【臺灣現當代作家
研究資料彙編】71

彭　歌

國立台灣文學館
出版

部長序

　　從歷史的角度檢視特定時代的文學表現，當代作家及作品往往是研究的重心；而完整的臺灣文學史之建構，更有賴全面與紮實的作家及作品研究。臺灣文學自荷蘭時代、明鄭、清領、日治、及至戰後，行過漫長的時光甬道，在諸多文學先輩和前行者的耕耘之下，其所累積的成果和能量實已相當可觀；而白話文學運動所造就的新文學萌芽，更讓現當代文學作品源源不絕地誕生，作家們的精彩表現有目共睹。相應於此，如何盤整研究資源、提升無論是專業學者或一般大眾資料查找的便利性，也就格外重要。

　　由國立臺灣文學館規畫、籌編的《臺灣現當代作家研究資料彙編》，即可說是對上述問題的最好回應。本計畫自 2010 年開始啟動，五年多來，已然為臺灣文學史及相關研究打下厚重扎實的基礎。臺文館不僅細心詳實地為作家編選創作生涯中的重要紀錄，在每一冊圖書中收錄豐富的作家照片、手稿影像，並編寫小傳、年表，再由學有專精的學者撰寫研究綜述、選刊重要評論文章，最後還附有評論資料目錄。經過長久的累積和努力，今年，已進入第六個年頭，即將完成總共 80 位作家的研究資料彙編。在本階段所出版的作家，包括詹冰、高陽、子敏、齊邦媛、趙滋蕃、蕭白、彭歌、杜潘芳格、錦連、蓉子、向明、張默、於梨華、葉笛、葉維廉、東方白共 16 位，俱為夙負盛名的重量級作者，相信必能有助於臺灣文學的推廣與研究的深化。

　　這套全方位的臺灣現當代文學工具書，完整呈現了臺灣作家的存
在樣貌、歷史地位與影響及截至目前的相關研究成果，同時也清晰地
勾勒出臺灣文學一路走來的變貌與軌跡，不但極具概覽性，亦能揭示
當下的臺灣文學研究現況並指引未來研究路徑，可說是認識臺灣作家
與臺灣文學發展的重要讀本依據，相信必能為臺灣文學研究奠定益加
厚實的根基；懇請海內外關心及研究臺灣文學之各界方家不吝指正，
以匯聚更多參與及持續前行的能量。

　　　　　　　　　　　　　　文化部部長　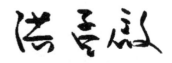

館長序

　　時光荏苒，「臺灣現當代作家研究資料彙編」第五階段已接近尾聲，16 冊圖書的出版，意味著這個深耕多年的計畫，又往前邁進一步，締造了新的里程碑。

　　「臺灣現當代作家研究資料彙編計畫」乃是以「臺灣現當代作家評論資料目錄」（2004～2009 年）為基礎，由其中所收錄的 310 位作家、十餘萬筆研究評論資料延展而來。為了厚實臺灣文學史料的根基，國立臺灣文學館組織了精實的顧問群與編輯團隊，從作家的出生年代、創作數量、研究現況……等元素進行綜合考量，精選出 100 位作家，聘請最適合的專家學者替每位作家完成一本研究資料彙編。圖書內容包括作家生平重要影像、文學活動照片、手稿或文物影像、作家小傳、作品目錄和提要、文學年表；另有主編撰寫的作家研究綜述，再從龐雜的評論資料中挑選具有代表性的評論文章，並附上完整的作家評論資料目錄。這套叢書不僅對文學研究者而言是詳實齊全的文獻寶庫，同時也為一般讀者開啟平易可親的文學之窗，讓大家可以從不同角度、多面向地認識一位作家的創作、生平與歷史地位。

　　本計畫自 2010 年啟動，截至目前為止，以將近六年的時間，完成了 80 位臺灣重量級作家的研究資料彙編，在本階段將與讀者見面的有詹冰、高陽、子敏、齊邦媛、趙滋蕃、蕭白、彭歌、杜潘芳格、

錦連、蓉子、向明、張默、於梨華、葉笛、葉維廉、東方白共 16 人。這是一場充滿挑戰的馬拉松，過程漫長艱辛，卻也積聚並見證了臺灣文學創作與研究的能量。為了將這部優質的出版品推介給廣大的讀者，發揮其更大的影響力，臺文館於 2015 年 8 月接續推動「臺灣文學開講——臺灣現當代作家研究資料彙編行銷推廣閱讀計畫」，透過講座與踏查，結合文學閱讀、專家講述、土地探訪，以顯影作家創作與生活的痕跡，歡迎所有的朋友與我們一同認識作家、樂讀文學、親炙臺灣的土地，也請各界不吝給予我們批評、指教。

國立臺灣文學館館長　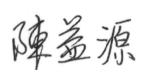

編序

◎封德屏

緣起

　　1995 年 10 月 25 日，在臺灣師範大學教育大樓的 201 室，一場以「面對臺灣文學」為題的座談會，在座諸位學者分別就臺灣文學的定義、發展、研究，以及文學史的寫法等，提出宏文高論，而時任國家圖書館編纂張錦郎的「臺灣文學需要什麼樣的工具書」，輕鬆幽默的言詞，鞭辟入裡的思維，更贏得在座者的共鳴。

　　張先生以一個圖書館工作人員自謙，認真專業地為臺灣這幾十年來究竟出版了多少有關臺灣文學的工具書，做地毯式的調查和多方面的訪問。同時條理分明地針對研究者、學生，列出了十項工具書的類型，哪些是現在亟需的，哪些是現在就可以做的，哪些是未來一步一步累積可以達成的，分別做了專業的建議及討論。

　　當時的文建會二處科長游淑靜，參與了整個座談會，會後她劍及履及的開始了文學工具書的委託工作，從 1996 年的《臺灣文學年鑑》起始，一年一本的編下去，一直到現在，保存延續了臺灣文學發展的基本樣貌。接著是《中華民國作家作品目錄》的新編，《臺灣文壇大事紀要》的續編，補助國家圖書館「當代文學史料影像全文系統」的建置，這些工具書、資料庫的接續完成，至少在當時對臺灣文學的研究，做到一些輔助的功能。

　　2003 年 10 月，籌備多年的「臺灣文學館」正式開幕運轉。同年五月《文訊》改隸「財團法人台灣文學發展基金會」，為了發揮更大的動能，開

始更積極、更有效率地將過去累積至今持續在做的文學史料整理出來，讓豐厚的文藝資源與更多人共享。

於是再次的請教張錦郎先生，張先生認為文學書目、作家作品目錄、文學年鑑、文學辭典皆已完成或正在進行，現在重點應該放在有關「臺灣現當代作家評論資料目錄」的編輯工作上。

很幸運的，這個計畫的發想得到當時臺灣文學館林瑞明館長的支持，於是緊鑼密鼓的展開一切準備工作：籌組編輯團隊、召開顧問會議、擬定工作手冊、撰寫計畫書等等。

張錦郎先生花了許多時間編訂工作手冊，每一位作家的評論資料目錄分為：

（一）生平資料：可分作者自述，旁人論述及訪談，文學獎的紀錄。

（二）作品評論資料：可分作品綜論，單行本作品評論，其他作品（包括單篇作品）評論，與其他作家比較等。

此外，對重要評論加以摘要解說，譬如專書、專輯、學術會議論文集或學位論文等，凡臺灣以外地區之報刊及出版社，於書名或報刊後加註，如中國大陸、香港、新加坡等。此外，資料蒐集範圍除臺灣外，也兼及中國大陸、香港、新加坡、日本、韓國及歐美等地資料，除利用國內蒐集管道外，同時委託當地學者或研究者，擔任資料蒐集工作。

清楚記得，時任顧問的學者專家們，都十分高興這個專案的啟動，但確定收錄哪些作家名單時，也有不同的思考及看法。經過充分的討論後，終於取得基本的共識：除以一般的「文學成就」為觀察及考量作家的標準外，並以研究的迫切性與資料獲得之難易度為綜合考量。譬如說，在第一階段時，作家的選擇除文學成就外，先考量迫切性及研究性，迫切性是指已故又是日治時期臺籍作家為優先，研究性是指作品已出土或已譯成中文為優先。若是作品不少而評論少，或作品評論皆少，可暫時不考慮。此外，還要稍微顧及文類的均衡等等。基本的共識達成後，顧問群共同挑選出 310 位作家，從鄭坤五、賴和、陳虛谷以降，一直到吳錦發、陳黎、蘇

偉貞，共分三個階段進行。

　　「臺灣現當代作家評論資料目錄」專案計畫，自 2004 年 4 月開始，至 2009 年 10 月結束，分三個階段歷時五年六個月，共發現、搜尋、記錄了十餘萬筆作家評論資料。共經歷了三位專職研究助理，近三十位兼任研究助理。這些研究助理從開始熟悉體例，到學習如何尋找資料，是一條漫長卻實用的學習過程。

接續

　　「臺灣現當代作家評論資料目錄」的專案完成，當代重要作家的研究，更可以在這個基礎上，開出亮麗的花朵。於是就有了「臺灣現當代作家研究資料彙編暨資料庫建置計畫」的誕生。為了便於查詢與應用，資料庫的完成勢在必行，而除了資料庫的建置外，這個計畫再從 310 位作家中精選 50 位，每人彙編一本研究資料，內容有作家圖片集，包括生平重要影像、文學活動照片、手稿及文物，小傳、作品目錄及提要、文學年表。另外每本書分別聘請一位最適當的學者或研究者負責編選，除了負責撰寫八千至一萬字的作家研究綜述外，再從龐雜的評論資料中挑選具有代表性的評論文章，平均 12～14 萬字，最後再附該作家的評論資料目錄，以期完整呈現該作家的生平、創作、研究概況，其歷史地位與影響。

　　第一部分除資料庫的建置外，50 位作家 50 本資料彙編（平均頁數 400 ～500 頁），分三個階段完成，自 2010 年 3 月開始至 2013 年 12 月，共費時 3 年 9 個月。因為內容充實，體例完整，各界反應俱佳，第二部分的 50 位作家，接著在 2014 年元月展開，第一階段出版了 14 本，此次第二階段計畫出版 16 本，預計在 2016 年 3 月完成。

　　首先，工作小組必須掌握每位編選者進度這件事，就是極大的挑戰。於是編輯小組在等待編選者閱讀選文的同時，開始蒐集整理作家生平照片、手稿，重編作家年表，重寫作家小傳，尋找作家出版品的正確版本、版次，重新撰寫提要。這是一個極其複雜的工程。還好這些年培養訓練出

幾位日漸成熟的專案助理，在《文訊》編輯部同仁的協助之下，讓整個專案延續了一貫的品質及進度。

成果

　　雖然過程是如此艱辛，如此一言難盡，可是終究看到豐美的成果。每位編選者雖然忙碌，但面對自己負責的作家資料彙編，卻是一貫地認真堅持。他們每人必須面對上千或數百筆作家評論資料，挑選重要或關鍵性的評論文章，全面閱讀，然後依照編選原則，挑選評論文章。助理們此時不僅提供老師們所需要的支援，統計字數，最重要的是得找到各篇選文作者，取得同意轉載的授權。在起初進度流程初估時，我們錯估了此項工作的難度，因為許多評論文章，發表至今已有數十年的光景，部分作者行蹤難查，還得輾轉透過出版社、學校、服務單位，尋得蛛絲馬跡，再鍥而不捨地追蹤。有了前面的血淚教訓，日後關於授權方面，我們更是如臨深淵、如履薄冰，希望不要重蹈覆轍，在面對授權作業時更是戰戰兢兢，不敢懈怠。

　　除了挑選評論文章煞費苦心外，每個作家生平重要照片，我們也是採高標準的方式去蒐集，過世作家家屬、友人、研究者或是當初出版著作的出版社，都是我們徵詢的對象。認真誠懇而禮貌的態度，讓我們獲得許多從未出土的資料及照片，也贏得了許多珍貴的友誼。許多作家都協助提供照片手稿等相關資料，已不在世的作家，其家屬及友人在編輯過程中，也給予我們許多協助及鼓勵，藉由這個機會，與他們一起回憶、欣賞他們親人或父祖、前輩，可敬可愛的文學人生。此外，還有許多作家及研究者，熱心地幫忙我們尋找難以聯繫的授權者，辨識因年代久遠而難以記錄年代、地點、事件的作家照片，釐清文學年表資料及作家作品的版本問題，我們從他們身上學習到更多史料研究可貴的精神及經驗。

　　但如何在規定的時間內，完成每個階段資料彙編的編輯出版工作，對工作小組來說，確實是一大考驗。每一冊的主編老師，都是目前國內現當

代臺灣文學教學及研究的重要人物，因此都十分忙碌。每一本的責任編輯，必須在這一年多的時間內，與他們所負責資料彙編的主角——傳主及主編老師，共生共榮。從作家作品的收集及整理開始，必須要掌握該作家所有出版的作品，以及盡量收集不同出版社的版本；整理作家年表，除了作家、研究者已撰述好的年表外，也必須再從訪談、自傳、評論目錄，從作品出版等線索，再作比對及增刪。再來就是緊盯每位把「研究綜述」放在所有進度最後一關的主編們，每隔一段時間提醒他們，或順便把新增的評論目錄寄給他們（每隔一段時間就有新的相關論文或學位論文出現），讓他們隨時與他們所主編的這本書，產生聯想，希望有助於「研究綜述」撰寫的進度。

在每個艱辛漫長的歲月中，因等待、因其他人力無法抗拒的因素，衍伸出來的問題，層出不窮，更有許多是始料未及的。譬如，每本書的選文，主編老師本來已經選好了，也經過授權了，為了抓緊時間，負責編輯的助理們甚至連順序、頁碼都排好了，就等主編老師的大作了，這時主編突然發現有新的文章、新的資料產生：再增加兩三篇選文吧！為了達到更好更完備的目標，工作小組當然全力以赴，聯絡，授權，打字，校對，重編順序等等工作，再度展開。

此次第二部分第二階段共需完成的 16 位作家研究資料彙編，年齡層較上兩個階段已年輕許多，因此到最後的疑難雜症，還有連主編或研究者都不太清楚的部分，譬如年表中的某一件事、某一個年代、某一篇文章、某一個得獎記錄，作家本人絕對是一個最好的諮詢對象，對解決某些問題來說，這是一個好的線索，但既然看了，關心了，參與了，就可能有不同的看法，選文、年表、照片，甚至是我們整本書的體例，於是又是一場翻天覆地的大更動，對整本書的品質來說，應該是好的，但對經過多次琢磨、修改已進入完稿階段的編輯團隊來說，這不啻是一大挑戰。

1990 年開始，各地縣市文化中心（文化局），對在地作家作品集的整理出版，以及臺灣文學館成立後對日治時期作家以迄當代重要作家全集的

編纂，對臺灣文學之作家研究，也有了很好的促進作用。如《楊逵全集》、《林亨泰全集》、《鍾肇政全集》、《張文環全集》、《呂赫若日記》、《張秀亞全集》、《葉石濤全集》、《龍瑛宗全集》、《葉笛全集》、《鍾理和全集》、《錦連全集》、《楊雲萍全集》、《鍾鐵民全集》等，如雨後春筍般持續展開。

　　經過近二十年的努力，臺灣文學的研究與出版，也到了可以驗收或檢討成果的階段。這個說法，當然不是要停下腳步，而是可以從「臺灣現當代作家評論資料目錄」所呈現的 310 位作家、10 萬筆資料中去檢視。檢視的標的，除了從作家作品的質量、時代意義及代表性去衡量外、也可以從作家的世代、性別、文類中，去挖掘有待開墾及努力之處。因此這套「臺灣現當代作家研究資料彙編」，大部分的編選者除了概述作家的研究面向外，均有些觀察與建議。希望就已然的研究成果中，去發現不足與缺憾，研究者可以在這些不足與缺憾之處下功夫，而盡量避免在相同議題上重複。當然這都需要經過一段時間去發現、去彌補、去重建，因此，有關臺灣文學的調查、研究與論述，就格外顯得重要了。

期待

　　感謝臺灣文學館持續推動這兩個專案的進行。「臺灣現當代作家評論資料目錄」的完成，呈現的是臺灣文學研究的總體成果；「臺灣現當代作家研究資料彙編」的出版，則是呈現成果中最精華最優質的一面，同時對未來臺灣文學的研究面向與路徑，作最好的建議。我們可以很清楚的體會，這是一條綿長優美的臺灣文學接力賽，我們十分榮幸能參與其中，更珍惜在傳承接力的過程，與我們相遇的每一個人，每一件讓我們真心感動的事。我們更期待這個接力賽，能有更多人加入。誠如張恆豪所說「從高音獨唱到多元交響」，這是每一個人所期待的。

編輯體例

一、本書編選之目的，為呈現彭歌生平、著作及研究成果，以作為臺灣文學相關研究、教學之參考資料。

二、全書共五輯，各輯內容及體例說明如下：

輯一：圖片集。選刊作家各個時期的生活或參與文學活動的照片、著作書影、手稿（包括創作、日記、書信）、文物。

輯二：生平及作品，包括三部分：

1.小傳：主要內容包括作家本名、重要筆名，生卒年月日，籍貫，及創作風格、文學成就等。

2.作品目錄及提要：依照作品文類（論述、詩、散文、小說、劇本、報導文學、傳記、日記、書信、兒童文學、合集）及出版順序，並撰寫提要。不收錄作家翻譯或編選之作品。

3.文學年表：考訂作家生平所進行的文學創作、文學活動相關之記要，依年月順序繫之。

輯三：研究綜述。綜論作家作品研究的概況，並展現研究成果與價值的論文。

輯四：重要文章選刊。選收國內外具代表性的相關研究論文及報導。

輯五：研究評論資料目錄。收錄至 2015 年 11 月底止，有關研究、論述臺灣現當代作家生平和作品評論文獻。語文以中文為主，兼及日文和英文資料。所收文獻資料，以臺灣出版為主，酌收中國大陸、香港、日本和歐美國家的出版品。內容包含三部分：

1.「作家生平、作品評論專書與學位論文」下分為專書與學位論文。

2.「作家生平資料篇目」下分為「自述」、「他述」、「訪談」、「年表」、「其他」。

3.「作品評論篇目」下分為「綜論」、「分論」、「作品評論目錄、索引」、「其他」。

目次

輯一◎圖片集
影像◎手稿◎文物

1949年7月12日，彭歌與徐士芬於湖南長沙結婚。（彭歌提供）

1957年8月，彭歌與司馬桑敦（右）合影於日本東京神田書店前。（翻攝自《幼獅文藝》第190期）

1950年代中期，彭歌與春臺小集文友公孫嬿（左）、何凡（右）合影。（文訊文藝資料中心）

1950年代後期，《自由中國》作者群合影。前排右起：聶華苓、林海音、孟瑤、潘人木、琦君、宋英；後排右起：彭歌、郭嗣汾、周棄子、何凡、雷震、劉守宜、夏濟安、夏道平、吳魯芹。（文訊文藝資料中心）

1961年春，彭歌赴美國南伊利諾大學（Southern Illinois University）就讀新聞學研究所，攝於大學校園。（翻攝自《幼獅文藝》第190期）

1964年，與南伊利諾大學學友合影。前排右起：劉會梁、李子堅、威廉斯、熊玠；中排右起：孟蒂王、金紹煌、彭歌；後排右起：徐震寰、馬硯田、盧鍾英、詹姆斯王。（彭歌提供）

1968年9月18日，彭歌應舒輔德博士與西德聯邦政府之邀前往西德考察。訪德期間，與湯德衡（中）、李荊蓀（右）合影於奧地利貝多芬墓前。（翻攝自《幼獅文藝》第190期）

1960年代後期，全家福照片。左起：彭歌、徐士芬、次子姚垚、長子姚晶。（翻攝自《幼獅文藝》第190期）

1970年6月16日，中華民國筆會於臺北中泰賓館舉辦第三屆亞洲作家會議，由彭歌擔任會議開幕式報告。（彭歌提供）

1971年11月11日，長篇小說《從香檳來的》獲第六屆中山文藝創作獎，與授獎人王雲五（左）合影。（彭歌提供）

1975年冬，彭歌與梁實秋先生及春臺小集文友於北投小聚。左起：彭歌、林海音、梁實秋（後）、侯榕生、何凡、琦君、葉曼。（文訊文藝資料中心）

1977年12月，出席菲律賓筆會主辦的太平洋作家會議。左起：菲律賓作家弗朗西斯科·赫塞（Francisco Sionil José）（前）、彭歌（後）、國際筆會會長巴爾加斯·尤薩（Mario Vargas Llosa）、殷允芃、殷張蘭熙、國際筆會祕書長彼得·艾斯塔布（Peter Elstob）。（翻攝自《印刻文學生活誌》第88期）

1977年12月28日,彭歌代表中華民國筆會,陪同國際筆會會長巴爾加斯·尤薩
(左)拜會時任總統的嚴家淦(右)。(彭歌提供)

1979年5月2日,出席美國作家蘇珊·桑塔格(Susan Sontag)於臺灣大學進行的
演講活動,會後與會者合影。前排右起:殷允芃、齊邦媛、蘇珊·桑塔格、余
思宙;後排右起:張漢良、胡耀恆、侯健、彭歌、畢夏普、王文興、彭鏡禧。
(彭歌提供)

1970年代前期，彭歌訪吳魯芹（右），合影於美國華盛頓吳寓。（翻攝自《憶春臺舊友》，九歌出版社）

1970年代後期，彭歌與春臺小集文友小聚。前排左起：殷張蘭熙、齊邦媛、琦君；後排左起：彭歌、林海音、何凡。（文訊文藝資料中心）

1980年5月3日，彭歌與殷張蘭熙（左一）為感謝英國作家、國際筆會會長普瑞契特（V. S. Pritchett）推舉林語堂擔任國際筆會副會長，代表中華民國筆會前往倫敦拜訪普瑞契特夫婦（中）。（翻攝自《生命與創作》，中央日報社）

1981年5月12日，出席中央日報社長交接典禮，接任中央日報社社長。右起：彭歌、周應龍、馬星野、曹聖芬、原任社長潘煥昆。（彭歌提供）

1982年1月11日，中華民國筆會設宴歡迎法國劇作家尤乃斯柯（Eugène Ionesco）來臺。前排左起：尤乃斯柯夫婦、法國駐臺代表；後排左起：石永貴、彭小妍、胡耀恆、李鍾桂、彭歌、殷張蘭熙、侯健、王藍。（翻攝自《生命與創作》，中央日報社）

1982年8月22日，與文友合影於臺北白沙灣殷張蘭熙別墅。前排左起：林海音、彭歌、徐士芬、吳葆珠；後排左起：瘂弦、殷允芃、吳魯芹、楊孔鑫、何凡、羅裕昌。（文訊文藝資料中心）

1982年10月25日，代表中華民國筆會出席俄國作家索忍尼辛（Алекса́ндр Иса́евич Солжени́цын）（右）訪臺活動，會前請索忍尼辛簽名。（彭歌提供）

1982年10月25日，代表中華民國筆會出席俄國作家索忍尼辛訪臺活動。前排右起：馬紀壯、李璜、谷正綱、索忍尼辛、倪文亞、吳三連、楊毓滋；後排右起：吳三連基金會代表、王兆徽、宋楚瑜、錢復、蔣彥士、陳奇祿、歐陽勛、吳豐山、彭歌、吳俊民。（彭歌提供）

1984年8月5日，參加菲律賓小說家赫塞來臺文藝交流聚會。前排右起：殷允芃、丁貞婉、殷張蘭熙、英國筆會祕書長鮑琳‧湯普森（Josephine Pullein Thompson）、國際筆會副會長彼得‧艾斯塔布、弗朗西斯科‧赫塞、林文月；後排右起：彭歌、周惠民、冷若水、胡耀恆、楊孔鑫、朱炎、陳紀瀅、羅青、侯健、曲克寬、王藍、黃文範、劉克端、楊牧、朱立民。（彭歌提供）

1986年9月22日，代表中華民國筆會接待訪臺的法國詩人
達維年（R. Tavernier），參訪金門。左起：彭歌、達維
年、金門國防部代表、法國作家白女士。（彭歌提供）

1986年10月，彭歌與梁實秋（中）、林文月
（左）出席蔣公百年誕辰紀念活動，合影於徵
文頒獎現場。（彭歌提供）

1988年8月28日，彭歌與蕭乾（左）、王藍（右）應邀出
席由韓國筆會於首爾主辦的第52屆國際筆會年會。（彭
歌提供）

1989年4月16日，彭歌應邀主持「現代文學討論會」討論潘人木作品，會後與會者於餐敘前合影。前排左起：殷張蘭熙、琦君、潘人木、林海音；後排左起：郭嗣汾、王德威、彭歌、齊邦媛、何凡、黃文範。（中央大學中國文學系琦君研究中心提供）

1990年代前期，參加殷張蘭熙七旬壽宴。前排左起：林海音、殷張蘭熙、何凡、齊邦媛；後排左起：彭歌、徐士芬、范我存、林文月、張橋橋、余光中。（夏祖麗提供）

1992年3月6日，應聯合報社之邀，與文友於新竹南園餐敘雅集。左起：張默、辛鬱、彭歌、陳慧樺。（文訊文藝資料中心）

1990年代中期，彭歌與王藍夫婦自美返臺，與眾文友聚會。左起：何凡、林海音、喜樂（後）、趙淑敏、徐士芬、王藍（後）、齊邦媛、王藍夫人、彭歌（後）、潘人木、小民、瘂弦（後）。（文訊文藝資料中心）

1999年3月27日，應邀出席九歌文教基金會於臺灣師範大學舉辦的「彭歌作品研討會」，會後與文友合影。左起：張作錦、彭歌、蔡文甫、瘂弦、保真。（彭歌提供）

1990年代後期，彭歌與陳之藩（右）拜訪林海音（中），攝於純文學出版社辦公室。（文訊文藝資料中心）

2002年3月6日，彭歌與《聯合報》副董事長劉昌平（右），攝於臺北。（彭歌提供）

2002年3月30日，臺灣大學為彭歌舉辦「姚朋教授著作贈藏儀式」，感謝捐贈著作80種，贈與臺灣大學典藏，會後合影於臺大圖書館。前排左起：歐茵西、陳雪華、彭歌、朱炎、周駿富、劉振強、許麗卿；後排左起：彭鏡禧、劉會梁、葉國良、胡耀恆、蔡文甫、殷琪、朱則剛。（彭歌提供）

2012年5月5日，應邀擔任中華民國筆會主辦之「我的文學因緣」系列活動主講人，於紀州庵文學森林演講「如果魯迅還活著」。（文訊文藝資料中心）

2012年7月14日，出席鍾鼎文生日兼九老宴。前排左起：徐佳士、彭歌、鍾鼎文、劉昌平、錢江潮；後排左起：洪繻曾、黃天才、李子弋、郭嗣汾。（文訊文藝資料中心）

2014年1月30日，與家人同遊淡水漁人碼頭。前排左起：彭歌、徐士芬、女兒Angela；後排左起：兒子姚晶、孫子Andrew。（彭歌提供）

2015年3月30日，香港傳播公司規畫製作林語堂記錄片，彭歌應邀受訪，談論於中華民國
筆會時與林語堂的交往經歷。（彭歌提供）

1961年1月，彭歌抄錄陸機詩作〈猛虎行〉，後附錄
於氏著《猛虎行》書中。（彭歌提供）

渴不飲盜泉水，熱不息惡木
陰。惡木豈無枝，志士多苦心。整駕肅時命，杖策將
遠尋。饑食猛虎窟，寒栖野雀林。日歸功
未建，時往歲載陰。崇雲臨岸駭，鳴條隨風
吟。靜言出谷底，長嘯高山岑。急弦無懦
響，亮節難為音。人生誠未易，曷云開此
衿。眺春我耿介，懷俗俯仰古今。

猛虎行
彭歌　〔印〕　辛丑年正月

1952年，短篇小說〈黑色的淚〉手稿。
（彭歌提供）

黑色的淚
彭歌

黃昏過了，夜色逼人而來，黑暗似迫而又退
遠，一段人覺得這些界限又廣漠，時間和空間
的分野都混淆為一，許多隔了多年的舊事，那
條又剛才在不遠的地方發生的——就在黑暗的
那一邊。
仔的童年好像此刻都遙遠，後母就是好人

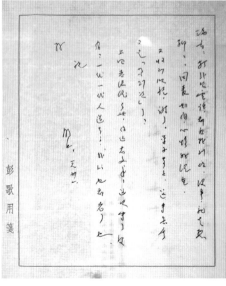

1981年9月29日，彭歌〈三三草十三年〉發表於《聯合報》8版，紀念「三三草」專欄連載13年。（文訊文藝資料中心）

1988年1月31日，彭歌致林海音函，提及彼此近況。（國立臺灣文學館提供）

1991年7月5～6日，彭歌連載於《中華日報》副刊
〈師生〉手稿。描述彭歌教書多年所遇見印象深刻
的學生們。（國立臺灣文學館提供）

2006年12月3日，彭歌發表於《文訊》第257期〈春臺舊友〉手稿，文中記述與「春臺小集」16位作家交流往事。（文訊文藝資料中心）

2009年12月，彭歌〈歷劫幾遭情多深——柏楊當年〉手稿，文中回憶與柏楊交往軼事，以及其文學與情感之路。（文訊文藝資料中心）

星垂平野闊，月湧大江流──紀念馬老師逝世二十週年

彭歌

感君辛苦事雕蟲──悼郭嗣汾

彭歌

2011年7月，彭歌發表於《文訊》第309期〈星垂平野闊，月湧大江流──紀念馬星野老師逝世二十週年〉手稿，文中追述馬星野於《中央日報》社長任內施展長才，奠定其於新聞界的地位。（文訊文藝資料中心）

2014年3月，彭歌發表於《文訊》第341期〈感君辛苦事雕蟲──悼郭嗣汾〉手稿，紀念50年交情的好友郭嗣汾。（文訊文藝資料中心）

輯二◎生平及作品

小傳◎作品◎年表

小傳

彭歌（1926～）

彭歌，男，本名姚朋，另有筆名余龍、隱公等，籍貫河北宛平，1926年1月8日（農曆丙寅年正月初八）生，1949年8月來臺。

政治大學新聞研究所畢業，1960年赴美國南伊利諾大學與伊利諾大學進修，先後獲得新聞文學、圖書館學碩士學位。曾任《臺灣新生報》總編輯與副社長，《中央日報》總主筆、社長，《香港時報》董事長，《自由談》雜誌總編輯，中華民國筆會會長。曾任教於政治大學、臺灣師範大學、臺灣大學，現已退休。曾獲香港雜誌《亞洲畫報》「第一屆亞洲小說徵文」第一名、中華文藝獎、教育部文藝創作獎、香港友聯社短篇小說獎、中山文藝創作獎、國家文藝獎、星雲真善美新聞傳播終身成就獎。

彭歌創作文類以小說、雜文為主，兼及翻譯。小說創作最豐厚的時期為1950至1970年代，作品特色為運用自身經歷，刻畫時代脈絡下人們的情感糾葛及民族憂患意識。創作風格大致可分為三階段：前期反映幼年於中國動盪時代之經歷，如《黑色的淚》；中期創作融合戰亂經驗與民族觀，內容亦拓展至留美生活，反映當時留學生文化，如《落月》、《從香檳來的》；後期作品致力於揭示兩岸議題，文字細膩並發人省思，如〈向前看的人〉、〈惆悵夕陽〉。保真認為：「感時憂國是彭歌作品的特色，其中又以憂患意識為主軸。」夏志清亦評：「彭歌小說《從香檳來的》，記錄作者複雜

的感覺，是離開家鄉與國家的雙重流亡，也包含了作者在留學期間對學校生活的細膩觀察。」

　　1966 年代後期，彭歌分別於《聯合報》、《臺灣新生報》開闢「三三草」、「雙月樓雜記」專欄，主題遠至分析國家時事、新聞事業，近至推薦新書與抒發作者個人感懷，內容多元，無所不談。1977 年，於「三三草」專欄發表〈不談人性・何有文學〉，引起文壇廣泛討論。

　　彭歌以學識專業推動新聞學、圖書館學，撰寫相關論述如《新聞學研究》、《知識的水庫》等作品，並致力於翻譯國外著作，選譯作品著重實用性或鼓勵人性光明面，如皮爾博士（Norman Vincent Peale）的《人生的光明面》（*The Power of Positive Thinking*）、李查・巴哈（Richard Bach）的小說《天地一沙鷗》（*Jonathan Livingston Seagull*）等，獲得讀者廣大回響，成為國內暢銷書籍。

　　彭歌創作等身，至今仍執筆不輟。李瑞騰描述其文字風格：「反映人生、反映現實，一直是彭歌的創作主張，在他的小說中，沒有虛華不實的文字，而是一則一則以人性本善為出發點的故事。」綜觀彭歌創作文類，持續以文字貫徹自我理念，堅持文學之於人性的創作核心。藉文學之筆表達對中華民族的憂患意識與社會關懷，反映複雜時代下人與人之間的衝突矛盾，以及藏於背後的人性本善與光明面。彭歌的文學觀，誠如尼洛所說：「他堅持著自己在國家、民族、文化傳統中，自己所應有的定位，無論是時間在變動著，空間在變動著，而他的定位不變。」

作品目錄及提要

【小說】

殘缺的愛
臺北：中國自由出版社
1953 年 10 月，32 開，120 頁

中篇小說。本書以 1940 年代的中國為背景，描述青年記者李容與兩位女子之間的複雜情感。正文前有趙君豪〈序〉，正文後有彭歌〈後記〉。

亞洲出版社 1956

中央日報出版部
1989

昨夜夢魂中
香港：亞洲出版社
1956 年 3 月，32 開，289 頁
現代文藝叢書

臺北：中央日報出版部
1989 年 5 月，25 開，266 頁

短篇小說集。本書收錄〈昨夜夢魂中〉、〈訪畫記〉、〈苦盞〉、〈憶夢錄〉、〈橋下之祭奠〉、〈除夕〉、〈焚情記〉、〈青芽〉、〈銀夜〉、〈孤城書簡〉、〈斷鴻〉、〈憂鬱的靈魂〉、〈淡水河上〉共 13 篇。正文前有編者〈編者識〉、琦君〈詞二闋〉。
1989 年中央日報版：刪去〈訪畫記〉、〈橋下之祭奠〉、〈青芽〉三篇。正文前刪去編者〈編者識〉、琦君〈詞二闋〉。

自由中國社 1956　　遠景出版社 1977

落月

臺北：自由中國社
1956 年 8 月，32 開，124 頁
自由中國社叢書

臺北：遠景出版社
1977 年 5 月，32 開，226 頁
遠景叢刊 69

中篇小說。以中國 1930 至 1940 年代為背景，描述平劇女伶余心梅的生命過程與悲歡離合。正文後有彭歌〈後記〉。

1977 年遠景版：正文與 1956 年自由中國版相同，正文後新增夏濟安〈評《落月》兼論現代小說〉、彭歌〈夏濟安先生的四封信〉、彭歌〈後記〉（新版後記）。

中國文學出版社
1956　　　　大業書店 1960

遠景出版公司 1977

流星

臺北：中國文學出版社
1956 年 8 月，13×18 公分，173 頁

高雄：大業書店
1960 年 9 月，32 開，173 頁
長篇小說叢刊 19

臺北：遠景出版公司
1977 年 6 月，32 開，201 頁
遠景叢刊 70

長篇小說。中篇小說《落月》的姊妹作，以男主角袁逸珊痛苦的初戀經驗為開端，揭示人之於時代不由自主的衝突。全書共 12 章：1.紅燈籠；2.淡藍的影子；3.心的陷落；4.玉手；5.浮萍；6.紅線；7.欄外的人；8.鹿的煩惱；9.雙葉；10.矛盾；11.碧潭；12.古寺。正文前有〈簡介〉、彭歌〈前記〉。

1960 年大業書店版：正文與 1956 年中國文學版相同，正文前刪去〈簡介〉。

1977 年遠景版：正文與 1956 年中國文學版相同，正文前刪去〈簡介〉、彭歌〈前記〉。

過客

香港：友聯出版社
1957 年 1 月，32 開，164 頁

短篇小說集。全書收錄〈林神父〉、〈沙河燕〉、〈懦夫〉、〈賣藝
人〉、〈蠟臺兒〉、〈生辰〉、〈新年〉、〈過客〉共八篇。正文後有
彭歌《過客》後記〉。

中華文藝社 1959　　明華書局 1959

煉曲

臺北：中華文藝社
1959 年 1 月，32 開，95 頁

臺北：明華書局
1959 年 4 月，32 開，108 頁

中篇小說。本書描述就讀音樂學校的女主
角，如何在動盪不安的時代中奮鬥與克服困
難。全書共九章：1.最初的歌；2.橋下琴
聲；3.新路；4.三星寮之月；5.郊遊；6.忠
告；7.苦修；8.晨鐘；9.遠走。
1959 年明華書局版：正文與 1959 年中華文
藝版相同，正文前新增〈紀德短語〉，正文
後新增彭歌〈後記〉。

明華書局 1959　　中央日報社 1980

尋父記

臺北：明華書局
1959 年 4 月，32 開，222 頁

臺北：中央日報社
1980 年 4 月，32 開，242 頁

長篇小說。本書為作者於 1958 年 7 月至日
本旅行後，將個人見聞與體悟化為筆下小
說，內容描寫一名中國少女為贖回被綁票的
父親，到日本尋父的故事。正文後有彭歌
〈後記〉。
1980 年中央日報版：內容與明華書局相
同。

歸人記

香港：亞洲出版社
1959 年 7 月，12.5x18 公分，79 頁

中篇小說。內容以心理描寫的方式，描述 1950 年代間男女主角樸實的愛情故事，最後更揭示「愛」即為人生之「根」的啟示。

象牙球

臺中：光啟出版社
1959 年 9 月，32 開，132 頁
小說叢刊 9

武漢：長江文藝出版社
1993 年 10 月，14x20 公分，237 頁
臺灣當代著名作家代表作大系

光啟出版社 1959

長江文藝出版社
1993

短篇小說集。全書收錄〈道南橋下〉、〈象牙球〉、〈三貂嶺下〉、〈矮籬外〉、〈川貝母〉、〈神田之惆悵〉共六篇。
1993 年長江文藝版：正文除〈象牙球〉相同，刪去〈道南橋下〉、〈象牙球〉、〈三貂嶺下〉、〈矮籬外〉、〈川貝母〉、〈神田之惆悵〉五篇，新增〈林神父〉、〈銀夜〉、〈苦盞〉、〈過客〉、〈焚情記〉、〈薄暗之花〉、〈斷鴻〉、〈憂鬱的靈魂〉、〈紐約之一夜〉、〈情俠〉十篇。正文前新增傅光明〈真誠與創作：彭歌訪談錄〉、〈彭歌小傳〉，正文後新增〈著作目錄〉。

辭山記

臺北：暢流半月刊社
1960 年 7 月，32 開，175 頁
暢流叢書第 26 種

臺北：中央日報出版部
1989 年 5 月，25 開，218 頁

暢流半月刊社
1960

中央日報出版部
1989

中篇小說集。全書收錄〈漏網〉、〈山之華〉、〈有辦法的人〉、〈奇遇〉、〈辭山記〉共五篇。
1989 年中央日報版：正文除〈辭山記〉相同，刪去〈漏網〉、〈山之華〉、〈有辦法的人〉、〈奇遇〉四篇，新增〈情俠〉一篇。正文前新增彭歌〈前記〉，正文後新增彭歌〈不合時宜之文〉。

花落春猶在／張英超圖
香港：中外文化公司
1961 年 9 月，32 開，260 頁
中外文藝叢書

中、短篇小說集。全書收錄〈涕泣谷〉、〈十年風雨〉、〈巨人之下午〉、〈花落春猶在〉、〈弱水〉共五篇。正文前有彭歌〈序〉。

長城出版社 1963　　中央日報社 1980

在天之涯
高雄：長城出版社
1963 年 10 月，32 開，240 頁

臺北：中央日報社
1980 年 4 月，32 開，232 頁

長篇小說。本書描寫留學生郭平在美國念書、打工、婚戀等生活景況，反映當代留學生生活。
1980 年中央日報版：內容與 1963 年長城版相同。

（上）　　　（下）

從香檳來的（上、下）
臺北：三民書局
1970 年 6 月，40 開，426 頁
三民文庫 99

長篇小說。描述臺灣留美學生鍾華的經歷，反映 1960 年代留學生的心理矛盾與衝突。全書共 18 章：收錄 1.涼秋風雨；2.披紅巾的人；3.黑髮的淑女；4.憂患中長大的；5.朦朧；6.心語；7.左鈎拳；8.快樂的失眠夜；9.逃避；10.生死之間；11.蝸牛的驕傲；12.青春的憂喜；13.春近；14.舌戰；15.不如歸；16.別意與之誰短長；17.未老莫還鄉；18.嘿，我來了。正文前有〈三民文庫編刊序言〉。

彭歌自選集——短篇小說

臺北：臺灣中華書局
1972 年 4 月，25 開，434 頁

短篇小說集。本書集結創作於 1951 至 1960 年間的短篇小說。
全書收錄〈黑色的淚〉、〈林神父〉、〈沙河燕〉、〈蠟臺兒〉、〈賈
營長〉、〈象牙球〉、〈三貂嶺下〉、〈昨夜夢魂中〉、〈蛙人記〉、
〈夜探〉、〈花落春猶在〉、〈中國人和我〉、〈矮籬外〉、〈青
芽〉、〈秋水涯〉、〈過客〉、〈紐約之一夜〉、〈薄暗之花〉共 18
篇。正文前有編輯部〈作者介紹〉，正文後有彭歌〈後記〉。

K 先生去釣魚

臺北：華欣文化中心
1972 年 6 月，32 開，244 頁
華欣文學叢書 1

中篇小說集。全書收錄〈K 先生去釣魚〉、〈餘香〉、〈情俠〉共
三篇。正文前有彭歌〈前記〉。

微塵

臺北：中央日報出版部
1984 年 3 月，32 開，288 頁

短篇小說集。全書收錄〈微塵〉、〈K 先生去釣魚〉、〈中國人和
我〉、〈紐約之一夜〉、〈薄暗之花〉、〈神田之惆悵〉、〈奇遇〉、
〈訪畫記〉、〈過客〉、〈象牙球〉共十篇。

Black Tears-Stories of War-Torn China／Nancy Ing 譯

San Francisco：Chinese Materials Center Publications
1986 年，25 開，213 頁
Asian library series no.33

英譯短篇小說集。全書收錄 "Black Tears"、"Father Lin"、"The
Swallow of Sha River"、"The Ivory Balls"、"Major Chia"、"Can
dlestick"、"Under the Tao-nan Bridge"、"Night Reconnaissance"、
"Specks of Dust"共九篇。正文前有 NancyIng"Translator's Pre-
face"、C.T.Hsia"Introduction"。

道南橋下

臺北：中央日報出版部
1989 年 5 月，25 開，287 頁

中篇小說集。全書收錄〈餘香〉、〈藍橋怨〉、〈橋下之祭奠〉、〈道南橋下〉、〈矮籬外〉、〈川貝母〉、〈青芽〉共七篇。

黑色的淚

臺北：中央日報出版部
1989 年 5 月，25 開，271 頁

短篇小說集。全書收錄〈黑色的淚〉、〈林神父〉、〈賈營長〉、〈沙河燕〉、〈懦夫〉、〈賣藝人〉、〈蠟臺兒〉、〈生辰〉、〈新年〉、〈夜探〉、〈三貂嶺下〉共 11 篇。

惆悵夕陽

臺北：三民書局
2009 年 10 月，13x21 公分，206 頁
世紀文庫 024

中篇小說集。全書收錄〈惆悵夕陽〉、〈向前看的人〉、〈微塵〉共三篇。正文前有彭歌〈為了未來〉、張素貞〈兩岸知識分子的對話〉。

【論述】

臺北市新聞記者公會
1965

仙人掌出版社 1969

新聞文學

臺北：臺北市新聞記者公會
1965 年 9 月，32 開，222 頁

臺北：仙人掌出版社
1969 年 1 月，32 開，187 頁

本書論述新聞學知識與歷史、介紹新聞學入門基礎如報導新聞的用字遣詞、格式、報導內容與新聞學歷史等。全書計有：1.緒論；2.鑄字鍊句的藝術；3.內容與格式的最低標準；4.報導事實與解釋意義；5.「內幕」、「造成」、「最長的一日」及其他等七章。

新聞學研究

臺北：臺灣商務印書館
1967 年 5 月，40 開，110 頁

本書為作者論述新聞學的概述性文章。全書計有：1.新聞自由與責任；2.新聞、輿論與宣傳；3.新聞事業的組織與分工；4.新聞採訪與寫作；5.編輯的要領等七章。正文前有王雲五〈編印各科研究小叢書序〉、彭歌〈序〉。

蘭開書局 1968

遠景出版社 1977

小小說寫作

臺北：蘭開書局
1968 年 6 月，40 開，216 頁
蘭開文叢 1

臺北：遠景出版社
1977 年 3 月，32 開，221 頁
遠景叢刊 62

本書收錄連載於《中央日報》之文章，教授初學者撰寫「小小說」的寫作技巧與方法。全書計有：1.小小說的風格；2.小小說的人物；3.如何收集材料；4.小小說的結構；5.小小說的形式等十章。正文前有彭歌〈小小說寫作（代序）〉，正文後有「名作評介」，收錄彭歌〈芥川龍之介的〈羅生門〉〉、彭歌〈托爾斯泰的〈天網恢恢〉〉、彭歌〈海明威的〈殺人者〉〉，逐篇附有評介小說之全文。
1977 年遠景版：正文前〈小小說寫作（代序）〉更名為〈自序〉。

知識的水庫

臺北：純文學出版社
1969 年 4 月，32 開，212 頁
純文學叢書 14

本書為評論國內外出版業與圖書館事業，提供索引訣竅與參考書編製等方法。全書收錄〈知識的水庫，學術的銀行〉、〈歐洲的著名圖書館〉、〈選擇新的西書之門徑〉、〈讀書人應重視參考書〉、〈如何選擇參考書〉等 12 篇。正文前有彭歌〈前記〉。

愛書的人

臺北：純文學出版社
1974 年 5 月，32 開，147 頁
純文學叢書 57

本書為哈塞・威廉・威爾森（Halsey Wilson）及其事業威爾森公司（H.W.Wilson Co.）的傳記。全書收錄〈貧困的少年時代〉、〈重大的嘗試：彙編書目索引〉、〈讀者指南〉、〈書評文摘〉、〈各種專門的索引〉等八章。正文前有彭歌〈前記〉。

書與讀書

臺北：純文學出版社
1979 年 5 月，32 開，237 頁
純文學叢書 36

本書談論人文學科、社會科學與圖書。全書分「時空與人」、「人文學科」、「社會科學」三輯，收錄〈歷史：鑑往知來〉、〈傳記：花崗岩與彩虹〉、〈地理學：大地之母〉等 17 篇。正文前有彭歌〈前記〉。

新聞三論

臺北：中央日報出版部
1982 年 4 月，32 開，339 頁

本書為新聞專業相關書籍。全書分「造破敵之勢・操必勝之權——三民主義的文化宣傳工作」、「中國新聞事業發展經緯」、「論新聞文學」三部分，計有：1.宣傳就是攻心；2.中華文化與三民主義；3.鼓動風潮，造成時勢；4.國家至上，勝利第一；5.實施憲政，進行戡亂；6.生聚教訓，策畫中興；7.現階段政策的重點；8.檢討與建議等 25 章。正文前有彭歌〈自序〉，正文後附錄〈新聞學名著二百種〉。

【散文】

文星書店 1964　傳記文學出版社 1969

文壇窗外

臺北：文星書店
1964 年 7 月，40 開，259 頁
文星叢刊 67

臺北：傳記文學出版社
1969 年 12 月，40 開，259 頁
文史新刊 61

本書為書評、書籍簡介及作者個人感懷。全書收錄〈二十世紀的小說家〉、〈美國文學之瑰寶──《白鯨記》〉、〈《馬丁・伊登》給我們的鼓勵〉等 16 篇。正文前有彭歌〈自序〉，正文後有蕭孟能〈「文星叢刊」出版緣起〉。
1969 年傳記文學版：正文後刪去蕭孟能〈「文星叢刊」出版緣起〉。

仙人掌出版社 1968　晨鐘出版社 1971

書香（雙月樓雜記第一集）

臺北：仙人掌出版社
1968 年 8 月，40 開，224 頁
仙人掌文庫 1

臺北：晨鐘出版社
1971 年 12 月，32 開，224 頁
晨鐘文叢 7

本書集結彭歌於《臺灣新生報》「雙月樓雜記」專欄發表文章，介紹新書、國內外出版業。全書收錄〈出版家與書卷氣〉、〈出書也要好編輯〉、〈談談大學出版社〉、〈再談談大學出版社〉等 48 篇文章。正文前有彭歌〈前記〉、〈作者簡介〉。
1971 年晨鐘版：內容與 1968 年仙人掌版相同。

仙人掌出版社　晨鐘出版社
1969　　　　　1970

新聞圈（雙月樓雜記第二集）

臺北：仙人掌出版社
1969 年 3 月，40 開，181 頁
仙人掌文庫 13

臺北：晨鐘出版社
1970 年 8 月，40 開，181 頁
向日葵文叢 10

本書集結《臺灣新生報》「雙月樓雜記」專欄文章，
以新聞界大事與新聞事業為主。收錄〈報業大王的
祕訣〉、〈新聞報導的分際〉、〈進步最多的報紙〉、
〈草根下的聲音〉等 39 篇。正文前有彭歌〈前
記〉、〈作者簡介〉。
1970 年晨鐘版：內容與 1969 年仙人掌版相同。

書中滋味

臺北：三民書局
1969 年 5 月，40 開，235 頁
三民文庫 47

本書集結《聯合報》「三三草」專欄文章，內容評介新書、文藝風
氣、出版事業。全書收錄〈溫柔敦厚〉、〈「三三草」說〉、〈東
風〉、〈書中滋味〉、〈創作與運動〉等 86 篇。正文前有〈三民文庫
編刊序言〉、彭歌〈前記〉。

青年的心聲

臺北：三民書局
1969 年 10 月，40 開，228 頁
三民文庫 75

本書集結《聯合報》「三三草」專欄文章。全書收錄〈青年的心
聲〉、〈開發青年〉、〈研究與宣傳〉、〈幾個聯想〉、〈窄門〉等 80
篇。正文前有〈三民文庫編刊序言〉，正文後有彭歌〈後記〉。

仙人掌出版社　　晨鐘出版社 1970
1969

萊茵河之旅

臺北：仙人掌出版社
1969 年 11 月，40 開，274 頁
仙人掌文庫 24

臺北：晨鐘出版社
1970 年 9 月，32 開，274 頁
晨鐘文叢 15

本書集結《臺灣新生報》「雙月樓雜記」專欄文
章，為作者 1968 年應邀訪問西德之見聞。全書
收錄〈秋風緊‧西柏林〉、〈看柏林新危機〉、〈西
德的東方攻勢〉、〈也是「漢賊不兩立」〉等 42
篇。正文前有彭歌〈前記〉、東西德形勢圖、東
西柏林形勢圖、德國風景照、作者訪德照片。
1970 年晨鐘版：內容與 1969 年仙人掌版相同，
正文前刪去圖片、照片。

仙人掌出版社　　晨鐘出版社 1971
1969

奇特與平凡（雙月樓雜記第三集）

臺北：仙人掌出版社
1969 年 12 月，40 開，180 頁
仙人掌文庫 37

臺北：晨鐘出版社
1971 年 4 月，32 開，180 頁
向日葵文叢 17

本書集結《臺灣新生報》「雙月樓雜記」專欄文
章，以介紹學術動態、圖書出版事業為主。全書
收錄〈捐款興學卅三年〉、〈筆端下的秘密〉、〈小
國也有大報〉〉等 37 篇。正文前有彭歌〈《奇特
與平凡》前記〉。
1971 年晨鐘版：內容與 1969 年仙人掌版相同。

天涯孤棹還

臺北：弘毅出版社
1970 年 1 月，40 開，231 頁
弘毅叢書 2

本書記錄在美讀書時期與留學生生活觀感。全書收錄〈八千里路雲和月〉、〈SIU 的氣氛〉、〈春訪春田・林肯深思〉等 13 篇。正文前有溫庭筠詩〈送人歸東〉、彭歌〈前記〉、〈作者簡介〉。

取者和予者

臺北：三民書局
1970 年 3 月，40 開，231 頁
三民文庫 84

本書集結《聯合報》「三三草」專欄文章。全書收錄〈取者和予者〉、〈薪盡火傳〉、〈耐心和信心〉、〈讀需才調查報告〉、〈文法與理工〉等 77 篇。正文前有〈三民文庫編刊序言〉。

暢銷書

臺北：三民書局
1970 年 5 月，40 開，189 頁
三民叢書 94

本書集結《臺灣新生報》「雙月樓雜記」專欄文章，介紹國內外圖書出版界景況。全書收錄〈託爾斯泰新傳〉、〈盲美人與集中營〉、〈索茲尼欽的新作〉、〈旋風中之旅〉等 37 篇。正文前有〈三民文庫編刊序言〉，正文後有彭歌〈後記〉。

英雄們（雙月樓雜記第四集）

臺北：晨鐘出版社
1970 年 9 月，40 開，174 頁
向日葵文叢 1

本書集結《臺灣新生報》「雙月樓雜記」專欄文章，描述當代著名人物及其成就對歷史的影響。全書分「登月者」、「尼克森的奮戰」、「消費者的十字軍」三輯，收錄〈慈母的教言〉、〈自幼醉心於飛行〉、〈注視著寧靜海〉等 25 篇。正文前有〈作者簡介〉、彭歌〈前記〉。

祝善集

臺北：三民書局
1970 年 11 月，40 開，209 頁
三民文庫 109

本書集結《聯合報》「三三草」專欄文章，介紹國內外圖書、勵志
性質書籍。全書收錄〈終身祝人善〉、〈淡淡心情〉、〈實效觀念〉、
〈韓非子之言〉、〈科學的學庸〉等 80 篇。正文前有〈三民文庫編
刊序言〉、彭歌《祝善集》前記〉。

筆之會

臺北：三民書局
1971 年 5 月，40 開，206 頁
三民文庫 126

本書集結各專欄文章，記錄第三屆亞洲作家會議與第 37 屆世界作
家會議。全書收錄〈筆之會〉、〈中國人的看法〉、〈第三屆亞洲作
家會議揭幕〉、〈文藝的交流〉、〈心神契合・盛會難忘〉等 55 篇。
正文前有〈三民文庫編刊序言〉、彭歌〈前記〉。

觀美草（雙月樓雜記第五集）

臺北：晨鐘出版社
1971 年 6 月，32 開，216 頁
晨鐘文叢 29

本書收錄作者第二次參觀美國所見之雜記，全書收錄〈美國的問
題〉、〈美國的知識份子與政治〉、〈實利、迷惘、為理想獻身〉、
〈在哥倫比亞的大樓裡〉等 35 篇。正文前有彭歌〈前記〉。

書的光華

臺北：三民書局
1971 年 12 月，40 開，195 頁
三民文庫 140

本書集結《聯合報》「三三草」專欄文章，內容多以書與書評為
主。全書收錄〈六十年之書〉、〈中華民國年鑑〉、〈幾點建議〉、
〈時代的代言人〉、〈第一層的控訴〉等 80 篇。正文前有〈三民文
庫編刊序言〉、彭歌〈前記〉。

回春詞

臺北：三民書局
1972 年 5 月，40 開，200 頁
三民文庫 156

本書集結《聯合報》「三三草」專欄文章，討論當前文化、人才、知識界問題。全書收錄〈回春詞〉、〈面對現實〉、〈堅百忍以圖成〉、〈年開明日長〉、〈尼克森颱風〉等 80 篇。正文前有〈三民文庫編刊序言〉、彭歌〈前記〉。

愛爾蘭手記

臺北：大地出版社
1972 年 6 月，32 開，171 頁
萬卷文庫 3

本書記述 1971 年參加第 38 屆國際筆會年會之見聞。全書分「筆會金禧」、「英倫之旅」、「其他」三輯，收錄〈在都柏林的海濱〉、〈且說作家與金錢〉、〈老祖母談反叛文學〉等 29 篇。正文前有彭歌〈前記〉。

風雲裏

臺北：驚聲文物供應公司
1973 年 3 月，32 開，223 頁
驚聲文藝叢書 4

本書集結各專欄文章，描述國際間風雲人物。全書收錄〈湯因比展望世局〉、〈為戰爭辯護的人〉、〈戰爭能避免嗎〉、〈列寧的笑話〉等 48 篇。

雙月樓說書

臺北：臺灣學生書局
1973 年 3 月，32 開，258 頁
學生書苑 12

本書集結《臺灣新生報》「雙月樓雜記」專欄之新書介紹與書評，收錄〈談《談學問》〉、〈《古籍導讀》〉、〈初學必讀古籍簡目〉、〈《中國歷史地圖集》〉、〈遠東是怎樣失去的〉等 61 篇。正文前有彭歌〈前記〉。

讀書與行路

臺北：三民書局
1973 年 4 月，40 開，221 頁
三民文庫 172

本書集結《聯合報》「三三草」專欄文章，記錄作者讀書與旅遊行路所感。全書收錄〈新春私願〉、〈思親與背影〉、〈智慧與文學〉、〈平凡的道德觀〉、〈最低的義務〉等 80 篇。正文前有〈三民文庫編刊序言〉、彭歌〈前記〉。

種樹的心情

臺北：正中書局
1973 年 10 月，15×19 公分，195 頁
正中文藝叢書

本書主要記錄作者個人感懷，全書收錄〈發財的價值〉、〈崇法務實之法〉、〈新的與舊的〉、〈談應酬〉、〈嚴乎取予之際〉等 83 篇。

自信與自知

臺北：三民書局
1974 年 1 月，40 開，236 頁
三民文庫 182

本書集結《聯合報》「三三草」專欄文章，介紹新書、知識與新聞。全書收錄〈樂觀〉、〈信念〉、〈專業〉、〈世界處處見孔子〉、〈李相殷的正論〉等 81 篇。正文前有〈三民文庫編刊序言〉、彭歌〈前記〉。

致被放逐者

臺北：三民書局
1974 年 11 月，40 開，199 頁
三民文庫 200

本書集結《聯合報》「三三草」專欄文章，記錄文壇動態、讀書心得。全書收錄〈致被放逐者〉、〈珍重〉、〈一士諤諤〉、〈澳洲一文豪〉、〈政府與文藝〉等 68 篇。正文前有〈三民文庫編刊序言〉、彭歌〈前記〉。

彭歌自選集

臺北：黎明文化公司
1975 年 5 月，32 開，263 頁
中國新文學叢刊 31

全書收錄〈蒼茫天地·淡泊心情〉、〈在藝文的日子〉、〈史家、詩人、記者——記《雅堂先生餘集》〉等 20 篇。正文前有彭歌素描、生活照片、手跡與〈作者小傳〉，正文後有〈作品書目〉。

成熟的時代

臺北：聯合報社
1975 年 10 月，32 開，372 頁
聯合報叢書

臺北：聯合報社
1976 年 6 月，32 開，372 頁
聯合報叢書

聯合報社 1975

本書集結《聯合報》「三三草」專欄文章。全書分「人與世」、「書與文」二輯，收錄〈哲人永生〉、〈含淚讀書〉、〈最長的道路〉、〈知恩的民族〉、〈實踐的第一步〉等 186 篇。正文前有彭歌〈前記〉。
1976 年聯合報社版：內容與 1975 年版相同。

聯合報社 1976

孤憤

臺北：聯合報社
1976 年 9 月，32 開，345 頁
聯合報叢書

本書集結《聯合報》「三三草」專欄文章，內容以評介圖書為主。全書收錄〈十年辛苦不尋常〉、〈啟示與鼓舞〉、〈瓦礫下的震撼〉、〈說「反共」，不對〉、〈陽光與鴕鳥〉等 116 篇。正文前有彭歌〈前記〉。

筆掠天涯

臺北：遠景出版社
1977 年 3 月，32 開，207 頁
遠景叢刊 63

本書為作者記錄多次參加國際筆會感觸。全書分「耶路撒冷大
會」、「維也納大會」、「倫敦大會」、「臺北的盛會」、「在回顧與
自省中奮進──20 年來國內的文學」五部分，收錄〈你們該彼
此相愛〉、〈天涯若比鄰的友情〉、〈鮑爾的悲憫之言〉、〈自由人
永遠站在一起〉等 31 篇。正文前有彭歌〈前記〉。

回憶的文學

臺北：聯合報社
1977 年 9 月，32 開，358 頁
聯合報叢書

本書集結《聯合報》「三三草」專欄文章，內容以評介新書與
文學作品為主。全書分「書之輯」、「非書之輯」、「日光行」三
輯，收錄〈回憶的文學〉、〈更廣大的鄉土〉、〈寫作的路向〉、
〈主題與技巧〉、〈梁山泊的幻滅〉等 117 篇。正文前有彭歌
〈前記〉。

戲與人生

臺北：九歌出版社
1978 年 7 月，32 開，245 頁
九歌文庫 7

本書集結作者對戲劇的感觸與評論。全書收錄〈戲劇與人
生〉、〈不存倖進之心〉、〈黃色與藝術〉、〈三軍大呼陰山動〉、
〈好意境〉等 58 篇。正文後有彭歌〈浮生絮語（後記）〉。

不談人性，何有文學

臺北：聯合報社
1978 年 9 月，32 開，360 頁
聯合報叢書

本書集結《聯合報》「三三草」專欄文章。全書分三輯，收錄
〈不談人性，何有文學〉、〈「卡爾說」之類〉、〈溫柔敦厚〉、
〈統戰的主與從〉、〈傅斯年論「懶」〉等 110 篇。正文前有彭歌
〈前言〉。

作家的童心

臺北：聯合報社
1979 年 11 月，32 開，310 頁
聯合報叢書

本書集結《聯合報》「三三草」專欄文章，內容以介紹、評介
新書為主。全書分二輯，收錄〈作家的童心〉、〈奚龍之悟〉、
〈狼群與獵人〉、〈新凱旋門〉、〈挫折與完成〉等 103 篇。正文
前有彭歌〈前記〉。

筆花

臺北：中央日報社
1980 年 4 月，32 開，298 頁

本書為參加文藝活動之見聞。全書分四輯，收錄〈均富以
後〉、〈橋的迷惘〉、〈缺席貴賓的一場對抗〉、〈商業化與教條
化〉等 42 篇。正文前有彭歌〈前記〉。

永恆之謎

臺北：聯合報社
1980 年 12 月，32 開，294 頁
聯合報叢書

本書集結《聯合報》「三三草」專欄文章，內容以評介新書、
文藝界動態，兼及當代問題之討論。全書分三輯，收錄〈永恆
之謎〉、〈無涯亦無爭〉、〈可親的美猴王〉、〈鬥戰勝佛〉、〈《蕭
莎》的沉思〉等 96 篇。正文前有彭歌〈前記〉。

猛虎行

臺北：聯合報社
1981 年 11 月，32 開，287 頁
聯合報叢書

本書集結《聯合報》「三三草」專欄文章。全書分三輯，收錄
〈猛虎行〉、〈真吾〉、〈談出一個文藝來〉、〈厚重之氣〉、〈厚重
的文風〉等 84 篇。正文前有彭歌〈猛虎行〉手跡。

夢中憂患尚如山

臺北：中央日報出版部
1983 年 3 月，32 開，222 頁

本書集結作者抒發個人感懷文章。全書分四輯，收錄〈報恩的心情〉、〈繼往開來〉、〈夢中憂患尚如山〉、〈紅紙廊的歲月〉、〈「三三草」十三年〉等 53 篇。

愛與恨

臺北：中央日報出版部
1985 年 12 月，32 開，222 頁

本書集結各專欄文章，內容以感懷國內外情勢為主。全書分二輯，收錄〈愛與恨〉、〈是與非〉、〈真與偽〉、〈和與戰〉、〈君子與小人〉等 53 篇。

生命與創作

臺北：中央日報出版部
1986 年 6 月，32 開，331 頁

本書內容以評介著名小說與作家為主。全書收錄〈傳統與創新〉、〈寫小說之道〉、〈為何寫作？〉等 24 篇。正文前有彭歌生活照、夏志清〈志士孤兒多苦心──彭歌的小說（代序）〉。

一夜鄉心

臺北：九歌出版社
1988 年 7 月，32 開，239 頁
九歌文庫 255

本書集結抒發作者個人感懷文章。全書收錄〈情動於中──談文學的起點〉、〈文學與民族〉、〈文學與社會〉等 17 篇。

水流如激箭

臺北：聯經出版公司
1989 年 12 月，新 25 開，324 頁
聯經文學 74

本書集結《聯合報》「三三草」專欄文章，全書分二輯，收錄
〈水流如激箭〉、〈朦朧之感〉、〈警覺派〉、〈繩子與貓〉、〈讀小
說之樂〉等 55 篇。正文後有彭歌〈後記〉。

風雲起

臺北：聯經出版公司
1991 年 12 月，新 25 開，354 頁
聯經文學 102

本書集結《聯合報》「三三草」專欄文章。全書分三輯，收錄
〈南宋乎？〉、〈六正〉、〈六邪〉、〈賽馬乎？〉、〈股市與人理〉
等 105 篇。正文前有彭歌〈序〉。

追不回的永恆

臺北：三民書局
1994 年 10 月，新 25 開，361 頁
三民叢刊 87

本書集結《聯合報》「三三草」專欄文章，談論書評與個人感
懷。全書分二輯，收錄〈追不回的永恆〉、〈山居春意〉、〈風雪
行〉、〈憶〉、〈贈書記〉等 101 篇。正文前有彭歌〈前記〉。

三三草

臺北：聯經出版公司
1994 年 10 月，新 25 開，371 頁
聯經文學 118

本書集結《聯合報》「三三草」專欄文章，內容評介傑出小
說、作家與欣賞國劇之感想。全書分「三三草」、「文學人
物」、「戲譚」三輯，收錄〈殷鑑〉、〈不忍〉、〈父子〉、〈喜來
年〉、〈天下為公〉等 70 篇。正文前有彭歌〈前記〉。

釣魚臺畔過客

臺北：三民書局
1996 年 4 月，新 25 開，338 頁
三民叢刊 127

本書集結各專欄文章，內容以作者重訪故鄉感懷、對臺灣社會
之感觸、旅美見聞為主。全書分「釣魚臺畔過客」、「第三層觀
察」、「迷惘」三輯，收錄〈釣魚臺畔過客〉、〈異中求同〉、〈聖
彼得堡來客〉、〈半世紀，重聚緣〉、〈覆轍〉等 82 篇。正文前
有彭歌〈前記〉。

說故事的人

臺北：三民書局
1998 年 1 月，新 25 開，321 頁
三民叢刊 163

本書集結各專欄文章，內容以評介小說、個人感懷、海外生涯
為主。全書分「故事與小說」、「人與文」、「海外生涯」三輯，
收錄〈說故事的人〉、〈密契納的《小說》〉、〈柯瑞契特的《揭
發》〉、〈分與合〉、〈譯事憶往〉等 37 篇。正文前有彭歌〈前
記〉。

在心集

臺北：三民書局
2003 年 5 月，新 25 開，181 頁
三民叢刊 263

本書集結刊登專欄、期刊之文章，內容有歷史人物、新書小說
評介等議題。全書分三輯，收錄〈雄視百代‧氣高天下──蘇
東坡的論政三言〉、〈創格完人‧千秋功罪──鄭成功與施琅的
歷史評價〉、〈歷史小說──《曾國藩》〉等 13 篇。正文前有彭
歌〈寫在前面〉。

九歌出版社 2009

九歌出版社 2011

憶春臺舊友

臺北：九歌出版社
2009 年 12 月，25 開，191 頁
九歌文庫 1052

臺北：九歌出版社
2011 年 12 月，25 開，205 頁
九歌文庫 1103

本書記述彭歌與文友組成的「春臺」集會軼事，全書分「憶春臺舊友」、「筆會三人行」、「暮春絮語」三輯，收錄〈春臺那幾位「文藝青年」〉、〈蹄聲已遠──記司馬桑敦〉、〈此世祇是一夢──寂寞詩人周棄子〉等 15 篇。正文前有彭歌〈紀錄有意味的生命片段（自序）〉。

2011 年九歌版：正文新增彭歌〈再說幾句話──寫給陳總編的信〉、彭歌〈溫柔敦厚的典型──懷念梁實秋〉。

【傳記】

自強之歌

臺北：三民書局
2015 年 2 月，25 開，472 頁
人文叢書・傳記類 3

本書為作者自傳，記錄作者的親身經歷和懷想。全書計有：
1.親情如海；2.崇實與藝文；3.輔仁歲月；4.雪暗太行山；5.跨越陰陽界；6.勝利在蔡家坡；7.海棠溪一年；8.紅紙廊猛讀書等 35 章。正文前有生活照片，正文後附錄彭歌〈後記〉、〈彭歌生平事略〉、〈彭歌作品目錄〉。

【翻譯】

純文學出版社 1968　　聯經出版公司 1998

改變歷史的書／唐斯著
臺北：純文學出版社
1968 年 7 月，32 開，294 頁
純文學叢書 9

臺北：聯經出版公司
1998 年 12 月，25 開，296 頁

本書介紹自文藝復興以來改變歷史的 16 本書籍。全書收錄〈政治學之父與惡魔：馬基維利及其《王者論》〉、〈憤怒的吼聲：潘恩及其《常識》〉、〈自由企業的守護神：史密斯及其《國富論》〉、〈食之者眾・生之者寡：馬爾薩斯及其《人口論》〉、〈個人與國家之間：梭羅及其《不服從論》〉等 16 篇。正文前有彭歌〈前記〉。

1998 年聯經版：正文與 1968 年純文學版相同。正文前刪去彭歌〈前記〉，新增彭歌〈聯經新版前記〉、〈唐斯博士與改變歷史的書〉。

仙人掌出版社　　仙人掌出版社　　晨鐘出版社
1968（上）　　　1968（下）　　　1970（上）

晨鐘出版社
1970（下）　　　皇冠出版社 1984

奈何天／雷馬克著
臺北：仙人掌出版社
1968 年 11 月，40 開，381 頁

臺北：晨鐘出版社
1970 年 12 月，40 開，379 頁

臺北：皇冠出版社
1984 年 7 月，25 開，294 頁

本書描述第二次世界大戰結束，卻在每個角色心中留下創傷。正文前有彭歌〈雷馬克和《奈何天》（代序）〉與〈譯者簡介〉。

1970 年晨鐘版：正文與 1968 年仙人掌版相同。正文前新增〈譯者序〉。

1984 年皇冠版：正文與 1968 年仙人掌版相同。正文前刪去〈譯者簡介〉，新增〈主要人物表〉、〈譯者介紹〉。

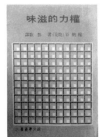
純文學出版社 1969

先覺出版公司 2003

權力的滋味／穆納谷著

臺北：純文學出版社
1969 年 9 月，32 開，326 頁
純文學叢書 21

臺北：先覺出版公司
2003 年 4 月，25 開，314 頁
繆思系列 25

本書以現實回憶交錯的筆法，描述「權力」
之於人的關係。正文前有彭歌〈悲憤的譴責
——「紅色漢明威」穆納谷及其《權力的滋
味》〉。
2003 年先覺版：正文前刪去彭歌〈悲憤的
譴責——「紅色漢明威」穆納谷及其《權力
的滋味》〉，新增柏楊〈推薦序——權力癡呆
症候群〉。

天地一沙鷗／巴哈著

臺北：中央日報出版部
1972 年 1 月，10×14.5 公分，86 頁

本書以擬人化的方式描寫海鷗學習飛翔，展現其生命目的在於
追求完美之境。正文後有彭歌〈《天地一沙鷗》書後〉、〈絕對
完美之境〉、〈沙鷗滿天飛〉。

浩劫後／尤瑞斯著

臺北：純文學出版社
1972 年 4 月，32 開，583 頁

本書內容描述歐洲猶太人與法西斯鬥爭過程，反映個人自由之
於社會的複雜面。正文前有彭歌〈關於《浩劫後》〉。

改變美國的書／唐斯著

臺北：純文學出版社
1973 年 5 月，32 開，368 頁
純文學叢書 39

本書介紹深刻影響美國文化的書。全書收錄〈憤怒的吼聲：潘恩的《常識》〉、〈勇往西征八千里：路易士與柯拉克的《遠征史》〉、〈末日聖徒：史密斯的《摩門經書》〉、〈一鎗揭開了祕密：畢尤蒙的《胃液與消化生理》〉、〈旁觀者的遠見：托克維爾的《美國的民主》〉等 25 篇。正文前有彭歌〈前記〉、〈唐斯博士與《改變美國的書》〉。

純文學出版社 1972　九歌出版社 2000

人生的光明面／皮爾著

臺北：純文學出版社
1972 年 10 月，32 開，266 頁

臺北：九歌出版社
2000 年 2 月，25 開，290 頁
九歌文庫 919

臺北：九歌出版社
2003 年 2 月，25 開，290 頁
九歌文庫 919

九歌出版社 2003

本書闡發積極思想如何達到人生光明面。全書收錄〈積極思考經常有用嗎？〉、〈決心要成功〉、〈不再有失敗〉等 15 篇。正文前有彭歌〈前言〉。

2000 年九歌版：正文與 1972 年純文學版相同。正文前有〈九歌新版前記〉、〈第六十版後記〉。

2003 年九歌版：更名為《積極思想的驚人效果》，內容與 2000 年九歌版相同。

（上）　　　（下）

輪影人生（上、下）／海雷著

臺北：黎明文化公司
1975 年 4 月，32 開，622 頁
世界文學叢書

本書以美國底特律汽車公司點出美國貧富差
距問題。正文前有彭歌〈寫在《輪影人生》
之前〉。

熱心人／皮爾著

臺北：純文學出版社
1975 年 12 月，32 開，389 頁

本書描述「熱心」對於人的重要性。正文前有彭歌〈心之火
（代序）〉。

蕭莎／以撒・辛格著

臺北：大地出版社
1979 年 12 月，32 開，313 頁
萬卷文庫 75

本書以第二次世界大戰華沙為背景，藉猶太作家亞倫愛上童年
玩伴蕭莎的故事，勾勒當時猶太人在俄羅斯隔離區的處境。正
文前有彭歌〈序〉。

夏日千愁／卡寧著

臺北：皇冠出版社
1981 年 10 月，25 開，286 頁
皇冠叢書 804

本書描述在第二次世界大戰期間，兩位已婚男女意外受彼此吸
引，並仍堅持維持聯繫的戰地羅曼史。

文學年表

1926 年　　　2 月　　20 日，生於天津市，籍貫河北宛平，原名姚尚友，後改
　　　　　　　　　　　名為姚朋。父姚崇實，母余宗隆，為家中長子。

1931 年　　　3 月　　25 日，母親病逝，由祖母高太夫人撫養。

1935 年　　　本年　　先後就讀慈惠、育仁、崇實小學，後轉往就讀北平藝文
　　　　　　　　　　　小學。

1937 年　　　本年　　中日戰爭爆發，北京、天津先後淪陷，祖母逝世。

1939 年　　　本年　　祖父姚景庭公逝世。
　　　　　　　　　　　北平藝文小學畢業。

1940 年　　　本年　　就讀北京輔仁大學附屬中學。

1943 年　　　本年　　開始投稿，文章刊登於校刊《輔仁生活》。

1944 年　　　本年　　南下自由區，輾轉抵達陝西蔡家坡，與家人團聚。

1945 年　　10 月　　考取政治大學新聞系，赴重慶入學。

　　　　　　　本年　　雜感、散文、小說陸續發表於南京《中央日報》、上海
　　　　　　　　　　　《申報》、北平《太平洋月刊》、臺南《中華日報》。

1949 年　　　春　　　擔任武昌《親民報》編輯。

　　　　　　　夏　　　政治大學新聞系畢業。

　　　　　　　7 月　　12 日，在湖南長沙與徐士芬結婚，次日相偕赴廣州，輾
　　　　　　　　　　　轉前往臺灣，入《臺灣新生報》工作。

1950 年　　　本年　　應趙君豪邀請，擔任《自由談》月刊編務。

1951 年　　　2 月　　12 日，長子姚晶出生。

　　　　　　　本年　　擔任《臺灣新生報》「省聞版」主編，擔任《自由談》月

刊主編。

| 1952 年 | 2 月 | 香港《亞洲畫報》徵選小說作品，以短篇小說〈黑色的淚〉獲第一屆亞洲小說徵文第一名。 |

5 月 中篇小說〈殘缺的愛〉連載於《自由談》第 3 卷第 5～12 期，至 1952 年 12 月止。

8 月 1 日，次子姚垚出生。

1953 年 2 月 〈當前文藝發展方向的探討〉發表於《文藝創作》第 22 期。

3 月 15 日，〈迎遠來嘉賓——《哈安瑙小姐》〉（Daphne Du Maurie 著）發表於《自由談》第 4 卷第 3 期。

5 月 〈東方與西方的悲劇——《櫻花姑娘》讀後感〉（賽珍珠著）發表於《野風》第 56 期。

10 月 中篇小說《殘缺的愛》由臺北中國自由出版社出版。

12 月 16 日，〈憂鬱的靈魂〉發表於《自由中國》第 9 卷第 10 期。

本年 擔任《臺灣新生報》要聞主任。

1954 年 1 月 1 日，〈絕望的代言人——吉辛及其作品〉發表於《晨光》第 1 卷第 11 期。

9 月 15 日，〈歷史的諷笑——《邱吉爾二次大戰回憶錄》評介〉發表於《自由談》第 5 卷第 9 期。

〈青芽〉發表於《文藝創作》第 41 期。

11 月 16 日，短篇小說〈訪畫記〉發表於《自由中國》第 11 卷第 10 期。

1955 年 3 月 15 日，〈自由談專訪——「自由中國號」一葉輕舟渡兩洋〉發表於《自由談》第 6 卷第 3 期。

7 月 長篇小說〈流星〉連載於《自由談》第 6 卷第 7 期～第 7 卷第 6 期，至 1956 年 7 月止。

1956 年	1 月	16 日，中篇小說〈落月〉連載於《自由中國》第 14 卷第 2～11 期，至 1956 年 7 月止。
	3 月	〈孤癖者的印象〉發表於《幼獅文藝》第 4 卷第 2 期。
		短篇小說集《昨夜夢魂中》由香港亞洲出版社出版。
	8 月	中篇小說《落月》由臺北自由中國出版社出版。
		長篇小說《流星》由臺北中國文學出版社出版。
		中篇小說〈煉曲〉連載於《自由談》第 7 卷第 8 期～第 8 卷第 4 期，至 1957 年 4 月止。
	9 月	短篇小說〈矮籬外〉發表於《文學雜誌》創刊號。
		短篇小說〈過客〉獲香港友聯社短篇小說獎。
	11 月	12 日，中篇小說《落月》獲得中華文藝獎。
		16 日，〈美國文學之瓌寶——白鯨記〉發表於《自由中國》第 15 卷第 10 期。
	本年	升任《臺灣新生報》副總編輯。
1957 年	1 月	短篇小說集《過客》由香港友聯出版社出版。
	6 月	〈從欣賞到創作〉發表於《自由談》第 8 卷第 6 期。
	7 月	13 日，前往日本旅遊，後將當時的見聞寫成長篇小說《尋父記》。
	9 月	20 日，〈日本文壇窗外〉發表於《文學雜誌》第 3 卷第 1 期。
1959 年	1 月	中篇小說《煉曲》由臺北中華文藝社出版。
	2 月	1 日，〈歲新談文三願〉發表於《暢流》第 18 卷第 12 期。
	3 月	20 日，〈文學第幾？〉發表於《文學雜誌》第 6 卷第 1 期。
	4 月	長篇小說《尋父記》由臺北明華書局出版。
		中篇小說《煉曲》由臺北明華書局出版。

	5 月	15 日,〈《馬丁・伊登》給我們的鼓勵〉(傑克・倫敦著) 發表於《自由談》第 10 卷第 5 期。
	7 月	中篇小說《歸人記》由香港亞洲出版社出版。
	8 月	15 日,〈送董生歸西城序〉發表於《自由談》第 10 卷第 8 期。
	9 月	短篇小說集《象牙球》由臺中光啟出版社出版。
1960 年	6 月	15 日,〈在藝文的日子〉發表於《自由談》第 11 卷第 6 期。
	7 月	〈青年文藝二事〉發表於《幼獅文藝》第 13 卷第 1 期。 中篇小說集《辭山記》由臺北暢流半月刊社出版。
	9 月	考取中山獎學金考試,赴美國南伊利諾大學(Southern Illinois University)就讀新聞研究所。 長篇小說《流星》由高雄大業書店出版。
1961 年	9 月	中、短篇小說集《花落春猶在》由香港中外文化出版社出版。
1962 年	1 月	長篇小說〈在天之涯〉連載於《自由談》第 13 卷第 1 期 ～第 14 卷第 8 期,至 1963 年 8 月止。
	本年	美國南伊利諾大學新聞研究所畢業。
1963 年	1 月	獲貝雷獎學金,就讀美國伊利諾大學(University of Illinois)圖書館研究所。
	6 月	15 日,〈清查史諾〉發表於《自由談》第 14 卷第 6 期。
	10 月	長篇小說《在天之涯》由高雄長城出版社出版。
	11 月	15 日,〈與外人談「漢學」〉發表於《自由談》第 14 卷第 11 期。
	12 月	4～21 日,〈甘迺迪之死〉,連載於《臺灣新生報》7 版。
1964 年	3 月	15 日,〈漢明威的忠告〉發表於《自由談》第 15 卷第 3 期。

	自美返臺，擔任《臺灣新生報》總編輯，9 月起兼任副社長職務。
春	美國伊利諾大學圖書館研究所畢業。
5 月	開始兼任政大公企中心圖書館主任，為期一年。
7 月	《文壇窗外》由臺北文星書店出版。
9 月	當選第二屆中華民國十大傑出青年。 受聘於中國文化學院（今文化大學），開設「新聞文學」相關課程。
本年	長篇小說《在天之涯》獲教育部文藝創作獎。

1965 年

5 月	辭去政治大學公企中心圖書館主任職務。
9 月	《新聞文學》由臺北市新聞記者公會出版。

1966 年

5 月	代表中華民國編輯人協會，應邀出席聯合國亞洲和遠東經濟委員會於曼谷召開之「亞洲編輯人圓桌會議」。會後赴馬尼拉，為菲華暑期文教研習會授課，主講「小說寫作」課程。
10 月	27 日，〈又一本新聞小說〉發表於《臺灣新生報》7 版。
11 月	23 日，〈霸才的少年時代〉發表於《臺灣新生報》7 版。
秋	於《臺灣新生報》開設專欄「雙月樓雜記」，每週發表兩篇文章。
本年	辭去《臺灣新生報》總編輯職務，專任副社長。

1967 年

1 月	1 日，女兒嬰如出生。 8 日，〈艾格農的啟示〉發表於《臺灣新生報》7 版。 16 日，〈趙樹理的作品〉發表於《臺灣新生報》7 版。 25 日，〈出版家與書卷氣〉發表於《臺灣新生報》7 版。 28 日，〈納須彌於芥子〉發表於《臺灣新生報》7 版。 〈從文藝獎說起〉發表於《純文學》創刊號。
5 月	3 日，〈羅素老兒的自傳〉發表於《臺灣新生報》10 版。

7 日,〈「文學」與「純文學」〉發表於《臺灣新生報》10
版。

6 月　4 日,〈卡山改行寫小說〉發表於《臺灣新生報》10 版。

9 月　3 日,〈他創造偵探之王〉發表於《臺灣新生報》10 版。

10 月　〈暗影中的貓〉發表於《幼獅文藝》第 27 卷第 4 期。

11 月　26 日,〈戴揚有女好文才〉發表於《臺灣新生報》10
版。

12 月　3 日,〈年輕的政治家〉發表於《臺灣新生報》10 版。

6 日,〈《徐訏全集》出版〉發表於《臺灣新生報》10
版。

24 日,〈羅丹集及其他〉發表於《臺灣新生報》10 版。

1968 年　1 月　7 日,〈託爾斯泰新傳〉發表於《臺灣新生報》9 版。

應政治大學新聞系主任徐佳士邀請回母校兼課,主講
「報業行政」、「專欄寫作」課程。

2 月　15 日,〈窮究心與血的奧祕──哈維及其《血液循環
論》〉發表於《自由談》第 19 卷第 2 期。

3 月　30 日,〈溫柔敦厚〉發表於《聯合報》9 版。

〈賞雪歸來〉發表於《幼獅文藝》第 28 卷第 3 期。

於《聯合報》開闢「三三草」專欄,每週發表三篇文
章。

4 月　1 日,〈福翁兩本新傳〉發表於《聯合報》9 版。

17 日,〈捐資興學卅三年〉發表於《臺灣新生報》10
版;〈老樹下〉發表於《聯合報》9 版。

〈原子時代的教父──愛因思坦及其《相對論》〉發表於
《自由談》第 19 卷第 4 期。

5 月　1 日,〈報紙與暴力〉發表於《聯合報》9 版。

3 日,〈小甲蟲故事〉發表於《聯合報》9 版。

25 日，〈第一次文藝會談〉發表於《臺灣新生報》10 版。

翻譯唐斯（Robert B. Downs）〈《改變歷史的書》是怎樣寫成的〉，發表於《自由談》第 19 卷第 5 期。

6 月　5 日，〈《改變歷史的書》〉（唐斯著）發表於《臺灣新生報》10 版。

〈世界文藝的新趨向〉發表於《幼獅文藝》第 28 卷第 6 期。

《小小說寫作》由臺北蘭開書店出版。

7 月　5 日，〈書中滋味〉發表於《聯合報》9 版。

19 日，〈「三三草」說〉發表於《聯合報》9 版。

31 日，〈《書香》要出版了〉發表於《臺灣新生報》10 版。

翻譯唐斯《改變歷史的書》，由臺北純文學出版社出版。

8 月　2 日，〈困難何在？〉發表於《聯合報》9 版。

4 日，〈索茲尼欽的新作〉發表於《臺灣新生報》10 版；〈大出讓〉發表於《聯合報》12 版。

11 日，〈美國總統研究院〉發表於《臺灣新生報》10 版；〈谷騰堡之國〉發表於《聯合報》12 版。

21 日，〈現代詩與信仰〉發表於《臺灣新生報》10 版。

30 日，〈權力的滋味〉發表於《聯合報》9 版。

31 日，〈紅色漢明威〉發表於《聯合報》9 版。

〈唐斯博士的來信〉發表於《純文學》第 4 卷第 3 期。

《書香（雙月樓雜記第一集）》由臺北仙人掌出版社出版。

9 月　1 日，〈《中國古典小說》〉（夏志清著）發表於《臺灣新生

報》10 版；〈十字路〉發表於《聯合報》9 版。

18 日，應臺北德國文化中心主任舒輔德博士之邀，與中國廣播公司副總經理李荊蓀前往西德考察訪問。

22 日，〈旅人雜感〉發表於《聯合報》9 版。

11 月　24 日，〈《遊園驚夢》〉（白先勇著）發表於《聯合報》9 版。

翻譯雷馬克（E.M.Remarqu）長篇小說《奈何天》，由臺北仙人掌出版社出版。

12 月　20 日，〈《奈何天》〉發表於《聯合報》9 版。

〈活潑潑的民族〉發表於《中央月刊》第 1 卷第 2 期。

1969 年　1 月　《新聞文學》由臺北仙人掌出版社出版。

2 月　1 日，〈雜誌界的甘苦〉發表於《聯合報》9 版。

〈西德青年山水遊〉發表於《幼獅文藝》第 30 卷第 2 期。

3 月　9 日，〈南伊大百年校慶〉發表於《臺灣新生報》10 版；〈魔鬼兵團〉發表於《聯合報》9 版。

16 日，〈大砲專欄作家〉發表於《臺灣新生報》10 版。

〈詩經的英譯本〉發表於《作品》第 1 卷第 6 期。

《新聞圈（雙月樓雜記第二集）》由臺北仙人掌出版社出版。

4 月　18 日，〈談《秧歌》〉（張愛玲著）發表於《聯合報》9 版。

19 日，〈化合之工〉發表於《聯合報》9 版。

20 日，〈我的三本小書〉發表於《臺灣新生報》10 版；〈展覽與研究〉發表於《聯合報》9 版。

27 日，〈將軍與史料〉發表於《聯合報》9 版。

《知識的水庫》由臺北純文學出版社出版。

5月　23 日，〈讀書常識〉發表於《聯合報》9 版。

24 日，〈日皇后的《錦芳集》〉（香淳良子著）發表於《聯合報》9 版。

30 日，〈《胡適文存》索引〉發表於《聯合報》10 版。

31 日，〈何自責之甚也〉發表於《聯合報》9 版。

《書中滋味》由臺北三民書局出版。

〈悲憤的譴責——「紅色漢明威」穆納谷及其《權力的滋味》〉發表於《純文學》第 5 卷第 5 期。

翻譯穆納谷（Ladislav Mnacko）長篇小說〈權力的滋味〉，連載於《純文學》第 5 卷第 5 期～第 6 卷第 2 期，至 1969 年 8 月止。

6月　1 日，〈大使的言論自由〉發表於《聯合報》9 版。

6 日，〈十大小說家〉發表於《聯合報》9 版。

8 日，〈冷落了甘迺迪角〉發表於《臺灣新生報》10 版；〈助教與職員〉發表於《聯合報》9 版。

赴馬尼拉擔任第 15 屆亞洲影展評審委員。

7月　18 日，參加中華民國筆會。

20 日，〈今日愚公〉發表於《臺灣新生報》10 版。

8月　1 日，〈文學對科學的啟發〉發表於《聯合報》10 版。

29 日，〈孩子們帶來的〉發表於《聯合報》9 版。

9月　10 日，〈《文學史上的大騙子》〉（傅良圃著）發表於《臺灣新生報》10 版。

12 日，〈中年人的興奮〉發表於《聯合報》9 版。

翻譯穆納谷長篇小說《權力的滋味》，由臺北純文學出版社出版。

10月　5 日，〈讀《亦雲回憶》〉（沈亦雲著）發表於《臺灣新生報》10 版。

8 日，〈漢明威手稿目錄〉發表於《臺灣新生報》10 版。

17 日，〈心理分析與宗教〉發表於《聯合報》9 版。

《青年的心聲》由臺北三民書局出版。

11 月　12 日，〈文藝創作展覽〉發表於《聯合報》9 版。

14 日，〈退伍上尉的戰略論〉發表於《聯合報》9 版。

15 日，〈大戰略〉發表於《聯合報》9 版。

16 日，〈間接路線〉發表於《聯合報》9 版。

21 日，〈諾貝爾經濟學獎〉發表於《聯合報》9 版。

28 日，〈白鯨記中譯本出版〉發表於《聯合報》9 版。

29 日，〈避過暗礁與淺灘〉發表於《聯合報》9 版。

30 日，〈萊茵河之旅〉發表於《臺灣新生報》10 版；〈聽戲與讀書〉發表於《聯合報》9 版。

《萊茵河之旅》由臺北仙人掌出版社出版。

12 月　1 日，〈實利、迷惘、為理想獻身——近二十年來美國大學生人生觀的演變〉發表於《臺灣新生報》10 版。

6 日，〈「百年之名著」的作法〉發表於《聯合報》9 版。

14 日，〈莎士比亞與宣傳〉發表於《臺灣新生報》10 版。

27 日，〈從臺灣看世界〉發表於《聯合報》9 版。

《奇特與平凡（雙月樓雜記第三集）》由臺北仙人掌出版社出版。

《文壇窗外》由臺北傳記文學出版社出版。

1970 年　1 月　2 日，〈歡迎之外〉發表於《聯合報》9 版。

7 日，〈從幾種畫集說起〉發表於《臺灣新生報》10 版。

23 日，〈好人農耕隊〉發表於《聯合報》9 版。

25 日，〈兩本西德的書〉發表於《聯合報》9 版。

《天涯孤棹還》由臺北弘毅出版社出版。

2 月　　22 日，〈天涯孤棹還〉發表於《聯合報》9 版。

3 月　　6 日，〈李德哈達逝世〉發表於《聯合報》9 版。

7 日，〈遲暮心情〉發表於《聯合報》9 版。

8 日，〈戴揚的讚揚〉發表於《聯合報》9 版。

13 日，〈終身祝人善〉發表於《聯合報》9 版。

14 日，〈柯南特回憶錄〉發表於《臺灣新生報》10 版。

20 日，〈望後山〉發表於《聯合報》9 版。

21 日，〈從大理石說起〉發表於《聯合報》9 版。

22 日，〈此時應談起〉發表於《聯合報》9 版。

《取者和予者》由臺北三民書局出版。

4 月　　11 日，〈古籍導讀〉發表於《臺灣新生報》10 版；〈大有深意在〉發表於《聯合報》9 版。

17 日，〈「文藝出口」一見〉發表於《聯合報》9 版。

18 日，〈文學翻譯獎〉發表於《聯合報》9 版。

5 月　　1 日，〈學人與明星之死〉發表於《聯合報》9 版。

2 日，〈短篇小說選〉發表於《臺灣新生報》10 版；〈少數與多數〉發表於《聯合報》9 版。

3 日，〈回顧的書〉發表於《聯合報》9 版。

23 日，〈他寫了四百多本書〉發表於《臺灣新生報》10 版；〈英國的例子〉發表於《聯合報》9 版。

29 日，〈巡撫與小吏〉發表於《聯合報》9 版。

30 日，〈湘江夜譚〉發表於《聯合報》9 版。

31 日，〈林則徐傳〉發表於《聯合報》9 版。

《暢銷書》由臺北三民書局出版。

6 月　　16 日，應邀出席中華民國筆會在臺北召開的第三屆亞洲作家會議，與會者有川端康成、林語堂、蓉子等。

〈第三屆亞洲作家會議揭幕〉發表於《聯合報》9 版。

19 日，應邀赴韓國漢城出席第 37 屆國際筆會年會。

26 日，〈《象牙球及其他》〉（殷張蘭熙譯）發表於《聯合報》9 版。

長篇小說《從香檳來的》由臺北三民書局出版。

短篇小說〈象牙球〉（殷張蘭熙編譯）收入短篇小說集 *The Ivory Balls&Other Stories*（象牙球及其他），由臺北美亞出版社出版。

8 月　《新聞圈》由臺北晨鐘出版社出版。

9 月　1 日，〈美國的知識分子與政治〉發表於《臺灣新生報》10 版。

5 日，〈廢止漢字嗎？〉發表於《聯合報》9 版。

《萊茵河之旅》由臺北晨鐘出版社出版。

應邀出席美國哥倫比亞編輯人協會於紐約主辦之「亞洲編輯圓桌會議」。

10 月　3 日，〈也要研究〉發表於《聯合報》9 版。

4 日，〈君子之朋〉發表於《聯合報》9 版。

《英雄們（雙月樓雜記第四集）》由臺北晨鐘出版社出版。

11 月　22 日，〈親者痛，仇者快〉發表於《聯合報》9 版。

24 日，〈美國報紙面面觀〉發表於《臺灣新生報》10 版。

27 日，〈紐約萬花筒〉發表於《聯合報》9 版。

《祝善集》由臺北三民書局出版。

12 月　5～6 日，〈時報「那個王國」〉連載於《臺灣新生報》10 版。

12～13 日，〈太陽與美聯社〉連載於《臺灣新生報》10 版。

1971 年　1 月　2 日，〈堅百忍以圖成〉發表於《聯合報》9 版。

3 日，〈六十年之書〉發表於《聯合報》9 版。

29 日，〈報紙與讀者〉發表於《聯合報》9 版。

2 月　7 日，〈苦瓜君子〉發表於《聯合報》9 版。

21 日，〈中華文藝會〉發表於《聯合報》9 版。

3 月　19 日，〈愛情故事〉發表於《聯合報》9 版。

20 日，〈學者兼作家〉發表於《聯合報》9 版。

27 日，〈第二屆書展〉發表於《聯合報》9 版。

28 日，〈不畏難〉發表於《聯合報》9 版。

4 月　22 日，〈論慷慨激昂〉發表於《聯合報》9 版。

24 日，〈讀書與救國〉發表於《聯合報》9 版。

《奇特與平凡》由臺北晨鐘出版社出版。

5 月　1 日，〈難以置信的勝利〉發表於《聯合報》9 版。

14 日，〈時代的代言人〉發表於《聯合報》9 版。

15 日，〈第一層的控訴〉發表於《聯合報》9 版。

16 日，〈堅忍與光華〉發表於《聯合報》9 版。

21 日，〈是與非〉發表於《聯合報》9 版。

22 日，〈父與子〉發表於《聯合報》9 版。

《筆之會》由臺北三民書局出版。

6 月　17 日，〈努力穿便服〉發表於《聯合報》9 版。

20 日，〈男女平權〉發表於《聯合報》9 版。

《觀美草（雙月樓雜記第五集）》由臺北晨鐘出版社出版。

7 月　2 日，〈一九一四年八月〉發表於《聯合報》9 版。

3 日，〈三部曲之一〉發表於《聯合報》9 版。

10 日，〈筆之會〉發表於《聯合報》9 版。

16 日，〈千古文章未盡才〉發表於《聯合報》9 版。

17 日,〈永久的懷念〉發表於《聯合報》9 版。

18 日,〈金石之言〉發表於《聯合報》9 版。

23 日,〈尼克森颱風〉發表於《聯合報》12 版。

24 日,〈不堪相比〉發表於《聯合報》12 版。

25 日,〈不合則去〉發表於《聯合報》12 版。

8 月　7 日,〈敬業與信心〉發表於《聯合報》12 版。

10 日,〈列女傳〉發表於《臺灣新生報》10 版。

11 日,〈半生結緣〉發表於《臺灣新生報》10 版。

12 日,〈東西接龍〉發表於《臺灣新生報》10 版。

《新聞學研究》由臺北臺灣商務印書館出版。

9 月　4 日,〈送王藍〉發表於《聯合報》9 版。

14 日,應邀赴愛爾蘭都柏林出席第 38 屆國際筆會年會。

10 月　15 日,〈在自由的旗幟下〉發表於《臺灣新生報》10 版。

17 日,〈觀之不盡〉發表於《聯合報》12 版。

18 日,〈謁唐斯博士〉發表於《聯合報》9 版。

24 日,〈莎翁故里〉發表於《聯合報》12 版。

27 日,〈越戰以來〉發表於《臺灣新生報》10 版。

28 日,〈青年的責任〉發表於《臺灣新生報》10 版。

11 月　5 日,〈狄更斯之家〉發表於《聯合報》9 版。

7 日,〈嚴肅感〉發表於《聯合報》9 版。

11 日,長篇小說《從香檳來的》獲第六屆中山文藝創作獎。

20 日,〈朱子新學案〉發表於《聯合報》9 版。

21 日,〈中俄國界考〉發表於《聯合報》10 版。

31 日,〈年開明日長〉發表於《聯合報》12 版。

《書的光華》由臺北三民書局出版。

《書香》由臺北晨鐘出版社出版 。

| 1972 年 | 1 月 | 1 日，〈回春詞〉發表於《聯合報》12 版。 |

7 日，〈中原與臺灣〉發表於《聯合報》12 版。

8 日，〈如此江山亦足雄〉發表於《聯合報》12 版。

9 日，〈廿七篇論文〉發表於《聯合報》12 版。

2 月　10 日，〈智慧與文學〉發表於《聯合報》9 版。

12 日，〈少年赫塞〉發表於《聯合報》12 版。

18 日，〈新春私願〉發表於《聯合報》3 版。

26 日，〈談中文外譯〉發表於《聯合報》12 版。

3 月　13 日，〈現代日本之文學〉發表於《臺灣新生報》10 版。

14 日，〈文學紀行〉發表於《臺灣新生報》10 版。

15 日，〈日本與中國〉發表於《臺灣新生報》10 版。

16 日，〈今年的芥川賞〉發表於《臺灣新生報》10 版。

18 日，〈17 歲的小說家〉發表於《臺灣新生報》10 版；〈劃時代作品〉發表於《聯合報》12 版。

19 日，〈文學少年〉發表於《臺灣新生報》10 版；〈自由・冒險・不安〉發表於《聯合報》12 版。

4 月　15 日，〈空疏與切實〉發表於《聯合報》12 版。

翻譯尤瑞斯（Leon Uris）長篇小說《浩劫後》，由臺北純文學出版社出版。

《彭歌自選集——短篇小說》由臺北中華書局出版。

5 月　14 日，〈純情派專欄〉發表於《聯合報》9 版。

19 日，〈期待與祝福〉發表於《聯合報》9 版。

28 日，〈子于的小說〉發表於《聯合報》9 版。

《回春詞》由臺北三民書局出版。

6 月　4 日，〈彭歌自選集〉發表於《聯合報》9 版。

　　　　9 日，〈愛爾蘭手記〉發表於《聯合報》9 版。

　　　　14～16 日，應邀出席政治大學國際關係研究中心與史丹福大學（Stanford University）胡佛研究所於美國舊金山合辦的第二屆「中美大陸問題研討會」。

　　　　中篇小說《K 先生去釣魚》由臺北華欣文化中心出版。

　　　　〈夏濟安的四封信〉發表於《中外文學》創刊號。

　　　　《愛爾蘭手記》由臺北大地出版社出版。

7 月　　8 日，〈英雄與非英雄〉發表於《聯合報》9 版。

　　　　9 日，〈作家不是廚子〉發表於《聯合報》9 版。

　　　　28 日，〈中外之古著今譯〉發表於《聯合報》9 版。

　　　　翻譯雷馬克長篇小說《奈何天》，由臺北晨鐘出版社出版。

8 月　　1 日，〈亮老新著〉發表於《臺灣新生報》10 版。

　　　　6 日，〈史家的毅力〉發表於《聯合報》9 版。

　　　　19 日，〈默默耕耘的人〉發表於《聯合報》9 版。

　　　　26 日，〈精・氣・神〉發表於《聯合報》9 版。

9 月　　8 日，〈錚錚鐵漢〉發表於《聯合報》9 版。

　　　　9 日，〈罵遍全世界〉發表於《聯合報》9 版。

　　　　10 日，〈作家的任務〉發表於《聯合報》14 版。

　　　　22 日，〈《滾滾遼河》〉（紀剛著）發表於《聯合報》12 版。

　　　　〈青年人的幹勁〉發表於《幼獅文藝》第 36 卷第 3 期。

　　　　擔任《中央日報》總主筆。

10 月　　1 日，〈譯事人才〉發表於《聯合報》9 版。

　　　　27 日，〈編輯與上帝〉發表於《聯合報》9 版。

　　　　〈文史箚記：讀《四庫全書簡明目錄》〉發表於《中央月刊》第 5 卷第 1 期。

翻譯諾曼・文森・皮爾（Norman Vincent Peale）《人生的光明面》，由臺北純文學出版社出版。

11 月　4 日，〈全國雜誌指南〉發表於《中央日報》9 版；〈不守原則之譏〉發表於《聯合報》9 版。

16 日，〈天地一沙鷗〉發表於《中央日報》9 版。

27 日，〈沙鷗滿天飛〉發表於《中央日報》9 版。

12 月　1 日，〈西柏林大會〉發表於《聯合報》12 版。

2 日，〈筆會出版計劃〉發表於《聯合報》14 版。

翻譯巴哈（Richard Bach）小說《天地一沙鷗》，由臺北中央日報出版部出版。

1973 年　1 月　20 日，〈我思故我在〉發表於《聯合報》13 版。

2 月　15〜17 日，〈蘆葦與巨人〉連載於《中央日報》9、10 版；〈越南的光明面〉發表於《聯合報》16 版。

24 日，〈西洋文學批評史〉發表於《聯合報》13 版。

3 月　30 日，〈責任・榮譽・國家〉發表於《聯合報》14 版。

〈李查巴哈（Richard Bach）的《天地一沙鷗》〉發表於《中央月刊》第 5 卷第 5 期。

《風雲裏》由臺北驚聲文物供應公司出版。

《雙月樓說書》由臺北臺灣學生書局出版。

4 月　6 日，〈好信封〉、〈思古之幽情〉發表於《聯合報》14 版。

27 日，〈利他〉、〈畫王千古〉發表於《聯合報》12 版。

《讀書與行路》由臺北三民書局出版。

5 月　翻譯唐斯《改變美國的書》，由臺北純文學出版社出版。

6 月　12 日，〈《改變歷史的書》〉（唐斯著）發表於《中央日報》9 版。

30 日，〈亞洲戲劇〉發表於《聯合報》14 版。

<table>
<tr><td>7 月</td><td>14 日，〈金山夜話〉發表於《聯合報》14 版。</td></tr>
<tr><td></td><td>15 日，〈一士諤諤〉發表於《中央日報》9 版。</td></tr>
<tr><td></td><td>21 日，〈臺大人與十字架〉發表於《聯合報》14 版。</td></tr>
<tr><td>8 月</td><td>11 日，〈二度梅〉發表於《聯合報》14 版。</td></tr>
<tr><td>9 月</td><td>1 日，〈天使與魔鬼〉發表於《聯合報》14 版。</td></tr>
<tr><td></td><td>7 日，〈北雄與南秀〉發表於《聯合報》14 版。</td></tr>
<tr><td></td><td>8 日，〈大丈夫〉發表於《聯合報》14 版。</td></tr>
<tr><td></td><td>21 日，〈寧靜澹泊〉發表於《聯合報》14 版。</td></tr>
<tr><td>10 月</td><td>7 日，〈虔誠與狂熱〉發表於《聯合報》14 版。</td></tr>
<tr><td></td><td>12 日，〈工作與蜜月〉發表於《聯合報》14 版。</td></tr>
<tr><td></td><td>13 日，〈電視演說〉、〈牛頭與白馬〉發表於《聯合報》14 版。</td></tr>
<tr><td></td><td>19 日，〈董顯光自傳〉發表於《聯合報》14 版。</td></tr>
<tr><td></td><td>26 日，〈澳洲一文豪〉發表於《聯合報》14 版。</td></tr>
<tr><td></td><td>27 日，〈政府與文藝〉發表於《聯合報》14 版。</td></tr>
<tr><td>11 月</td><td>11 日，〈迦陵談詩與談詞〉發表於《聯合報》14 版。</td></tr>
<tr><td></td><td>17 日，〈非小說〉發表於《聯合報》14 版。</td></tr>
<tr><td></td><td>24 日，〈大系之後〉發表於《聯合報》14 版。</td></tr>
<tr><td></td><td>《種樹的心情》由臺北正中書局出版。</td></tr>
<tr><td>12 月</td><td>28 日，〈含笑而去〉發表於《聯合報》12 版。</td></tr>
<tr><td></td><td>翻譯海雷（Arthur Hailey）長篇小說《輪影人生》，慶祝《臺灣新生報》發刊第一萬號，連載後出書。</td></tr>
<tr><td>1974 年　1 月</td><td>24～25 日，〈史家、詩人、記者——記《雅堂先生餘集》〉連載於《中央日報》3 版。</td></tr>
<tr><td></td><td>〈談談自己的書——回顧與自省〉發表於《書評書目》第 9 期。</td></tr>
<tr><td></td><td>《自信與自知》由臺北三民書局出版。</td></tr>
</table>

2 月　9 日，〈文明的哲學〉、〈愛惜的心〉發表於《聯合報》12 版。

28 日，〈詩與真實〉發表於《聯合報》12 版。

3 月　7 日，〈戲劇的探索〉發表於《聯合報》12 版。

8 日，〈先寫下高潮〉發表於《聯合報》12 版；〈致被放逐者〉發表於《聯合報》16 版。

23 日，〈《加拉猛之墓》〉（司馬中原著）發表於《聯合報》12 版。

4 月　5 日，〈出於同情〉發表於《聯合報》12 版。

6 日，〈難懂之趣〉發表於《聯合報》12 版。

12 日，〈小說面面觀〉發表於《聯合報》12 版。

13 日，〈內容與技巧〉發表於《聯合報》12 版。

20 日，〈才子西湖〉發表於《聯合報》12 版。

26 日，〈懷念雅舍〉發表於《聯合報》12 版。

27 日，〈《看雲集》〉（周作人著）發表於《聯合報》12 版。

5 月　10 日，〈《中國名畫研究》〉（李霖燦著）發表於《聯合報》12 版。

11 日，〈外行的欣賞〉發表於《聯合報》12 版。

17 日，〈臺灣諺語〉發表於《聯合報》12 版。

18 日，〈痛苦的自省〉（黃春明著《莎喲娜啦‧再見》）發表於《聯合報》12 版。

31 日，〈尋找林肯〉發表於《聯合報》12 版。

《愛書的人》由臺北純文學出版社出版。

6 月　7 日，〈新新聞與小說〉發表於《聯合報》12 版。

22 日，〈東方的寬柔〉發表於《聯合報》12 版。

28 日，〈憂患亭〉發表於《聯合報》12 版。

29 日，〈大丈夫的根本〉發表於《聯合報》12 版。

〈小品──本固枝榮〉發表於《中央月刊》第 6 卷第 8 期。

7 月　19 日，〈奇怪的安敏〉發表於《聯合報》12 版。

26 日，〈幼時不喜讀書〉發表於《聯合報》12 版。

8 月　〈東方的寬柔──評潘琦君著《煙愁》〉發表於《書評書目》第 16 期。

9 月　6 日，〈瑪薩的側影〉發表於《聯合報》12 版。

7 日，〈舞之外〉發表於《聯合報》12 版。

20 日，〈王者之香〉發表於《聯合報》12 版。

應聘兼任臺灣大學圖書館系副教授。

10 月　2 日，〈國際筆會新會長〉發表於《中央日報》9 版。

4 日，〈風雨讀書記〉發表於《聯合報》12 版。

11 日，〈為林老祝壽〉發表於《聯合報》12 版。

12 日，〈一事不忘〉發表於《聯合報》12 版。

25 日，〈關心貧窮〉發表於《聯合報》12 版。

26 日，〈自由的信念〉發表於《聯合報》12 版。

因王藍赴美任教，接任中華民國筆會祕書長。

11 月　1 日，〈轉捩點〉發表於《聯合報》12 版。

2 日，〈人與燕子〉發表於《聯合報》12 版。

30 日，〈要的與不要的〉發表於《聯合報》12 版。

《致被放逐者》由臺北三民書局出版。

12 月　5 日，〈羅素對話錄〉發表於《聯合報》12 版。

20 日，〈巨星的隕落〉發表於《聯合報》12 版。

21 日，〈英雄的沉默〉發表於《聯合報》12 版。

應邀赴耶路撒冷出席第 39 屆國際筆會年會，並於會議中發表論文，談中國文學傳統精神。

本年　兼任臺灣大學圖書館學系教職，開設「大眾傳播」、「圖書採訪」、「書評寫作」等課程。

1975 年　1 月　10 日，〈成熟的時代〉發表於《聯合報》12 版。

11 日，〈豈可無動於中〉發表於《聯合報》12 版。

17 日，〈一面明鏡〉發表於《聯合報》12 版。

2 月　28 日，〈最終詮釋〉發表於《聯合報》12 版。

3 月　1 日，〈好的與壞的〉發表於《聯合報》12 版。

14 日，〈文學讀品知多少〉發表於《聯合報》12 版。

21 日，〈科學有情〉發表於《聯合報》12 版。

4 月　4 日，〈大使小說家〉發表於《聯合報》12 版。

5 月　16 日，〈道藩圖書館〉發表於《聯合報》12 版。

26 日，〈百步與五十步〉發表於《聯合報》12 版。

翻譯海雷長篇小說《輪影人生》，由臺北黎明文化公司出版。

《彭歌自選集》由臺北黎明文化公司出版。

6 月　28 日，〈石川與北條〉發表於《聯合報》12 版。

7 月　18 日，〈陽光與鴕鳥〉發表於《聯合報》12 版。

8 月　16 日，〈譯事心血〉發表於《聯合報》12 版。

29 日，〈《師友・文章》〉（吳魯芹著）發表於《聯合報》12 版。

30 日，〈小說的極限〉發表於《聯合報》12 版。

9 月　12 日，〈現代化的書〉發表於《聯合報》12 版。

19 日，〈「農業先生」〉發表於《聯合報》12 版。

24 日，〈道與人〉發表於《聯合報》12 版。

27 日，〈啟示與鼓舞〉發表於《聯合報》12 版。

10 月　27 日，〈《居禮夫人傳》〉（曹永洋、鍾玉澄譯）發表於《聯合報》12 版。

		31 日,〈莊嚴的誓約〉發表於《聯合報》12 版。

31 日,〈莊嚴的誓約〉發表於《聯合報》12 版。

《成熟的時代》由臺北聯合報社出版。

11 月　16 日,應邀赴奧地利維也納出席第 40 屆國際筆會年會。

12 月　12 日,〈女皇新傳記〉發表於《聯合報》12 版。

翻譯諾曼・文森・皮爾《熱心人》,由臺北純文學出版社出版。

1976 年　1 月　3 日,〈十年辛苦不尋常〉發表於《聯合報》12 版。

2 月　9 日,〈迷宮之后〉發表於《聯合報》12 版。

14 日,〈陳若曦的小說〉發表於《聯合報》12 版。

3 月　12 日,〈比小說更小說〉發表於《聯合報》12 版。

13 日,〈雙面人〉發表於《聯合報》12 版。

26 日,〈問季篇〉發表於《聯合報》12 版。

27 日,〈兩特逐鹿乎〉發表於《聯合報》12 版。

4 月　9 日,〈敬悼林語堂先生〉發表於《聯合報》12 版。

10 日,〈蘇東坡傳〉發表於《聯合報》12 版。

23 日,〈亞洲作家會議〉發表於《聯合報》12 版。

26 日,應邀出席中華民國筆會於臺北舉辦之第四屆亞洲作家會議。

30 日,〈《文明的躍昇:人類文明發展史》〉(Bronowski Sames 著)發表於《聯合報》12 版。

5 月　28 日,〈瓦礫下的震撼〉發表於《聯合報》12 版。

6 月　4 日,〈喜見新人佳作〉發表於《聯合報》12 版。

5 日,〈蒐羅必須更廣〉發表於《聯合報》12 版。

11 日,〈年輕〉發表於《聯合報》12 版。

翻譯卡寧(Garson Kanin)長篇小說〈夏日千愁〉,連載於《自由談》第 27 卷第 6 期～第 28 卷第 3 期,至隔年 3 月止。

7月　1 日，《成熟的時代》獲國家文藝獎第二屆新聞文學類雜
　　　文獎。

　　　16 日，〈溫柔敦厚〉、〈大陸研究叢書〉發表於《聯合報》
　　　12 版。

　　　30 日，〈六五年短篇選〉、〈痛下決心〉發表於《聯合報》
　　　12 版。

8月　6 日，〈勿為親痛仇快〉、〈人重於書〉發表於《聯合報》
　　　12 版。

　　　24～27 日，應邀赴英國倫敦出席第 41 屆國際筆會年會。

9月　3 日，〈進步的年鑑〉發表於《聯合報》12 版。

　　　4 日，〈看花的懷念〉發表於《聯合報》12 版。

　　　10 日，〈倫敦盛會〉發表於《聯合報》12 版。

　　　11 日，〈毛之死〉發表於《聯合報》12 版。

　　　17 日，〈「華爾街」到亞洲〉發表於《聯合報》12 版。

　　　18 日，〈傳播理論的先驅〉發表於《聯合報》12 版。

　　　24 日，〈政治與電視〉發表於《聯合報》12 版。

　　　25 日，〈主題與技巧〉發表於《聯合報》12 版。
　　　《孤憤》由臺北聯合報社出版。

10月　15 日，〈花生農夫的奮鬥〉發表於《聯合報》12 版。

12月　17 日，〈且聽一席談〉發表於《聯合報》12 版。

1977 年　1月　7 日，〈梁山泊的幻滅〉（樂蘅軍著《古典小說散論》）發
　　　　　　表於《聯合報》12 版。

　　　　　8 日，〈六朝如夢〉（林文月著《山水與古典》）發表於
　　　　　《聯合報》12 版。

　　3月　〈不是最高最後——讀王源仁譯《諾貝爾文學獎秘史》〉
　　　　　發表於《書評書目》第 47 期。
　　　　　《筆掠天涯》由臺北遠景出版社出版。

《小小說寫作》由臺北遠景出版社出版。

4 月	30 日,〈重逢〉發表於《聯合報》12 版。
5 月	28 日,〈學術論文規範〉發表於《聯合報》12 版。

29 日,〈「集成」重印〉發表於《聯合報》12 版。

中篇小說《落月》由臺北遠景出版社出版。

6 月　長篇小說《流星》由臺北遠景出版社出版。

7 月　10 日,〈一本書的啟示〉發表於《聯合報》12 版。

15 日,〈「卡爾說」之類〉發表於《聯合報》12 版。

16 日,〈溫柔敦厚〉發表於《聯合報》12 版。

23 日,〈對偏向的警覺〉發表於《聯合報》12 版。

24 日,〈傅斯年論「懶」〉發表於《聯合報》12 版。

8 月　7 日,〈極權的誘惑〉發表於《聯合報》12 版。

12 日,〈博碩士論文目錄〉發表於《聯合報》。

17～19 日,〈不談人性,何有文學〉連載於《聯合報》12 版,引起陳映真、王拓、尉天驄等人回應,開啟臺灣文壇鄉土文學論戰。

9 月　16 日,〈《旋風》的英譯本〉(姜貴著)發表於《聯合報》12 版。

17 日,〈回游與淪落〉發表於《聯合報》12 版。

23 日,〈哀沈從文〉發表於《聯合報》12 版。

24 日,〈憂患之思〉發表於《聯合報》12 版。

30 日,〈鳴鐃伐鼓渡遼州〉發表於《聯合報》12 版。

《回憶的文學》由臺北聯合報社出版。

10 月　7 日,〈前事不忘〉發表於《聯合報》12 版。

21 日,〈人間夢間〉,發表於《聯合報》12 版。

22 日,〈新人新書〉,發表於《聯合報》12 版

12 月　9 日,〈我愛澎湖〉發表於《聯合報》12 版。

14 日，應邀赴澳洲雪梨出席第 42 屆國際筆會年會。

28 日，國際筆會會長尤薩（Marquesado de Vargas Llosa）訪臺，與殷張蘭熙一同接待並拜會總統嚴家淦。

31 日，〈逆境中的耐心〉發表於《聯合報》12 版。

應邀赴菲律賓馬尼拉，參加太平洋作家會議。

1978 年	1 月	13 日，〈紙包不住火〉發表於《聯合報》12 版。

21 日，〈《動物農莊》〉（喬治・歐威爾（George Orwell）著）發表於《聯合報》12 版。

3 月　4 日，〈《川端康成全集》〉發表於《聯合報》12 版。

4 月　1 日，〈談「極短篇」〉發表於《聯合報》12 版。

〈黑色的淚〉發表於《文學思潮》第一期。

5 月　應邀赴瑞典斯德哥爾摩出席第 43 屆國際筆會年會。

6 月　9 日，〈富而未必樂〉發表於《聯合報》12 版。

10 日，〈作品最重要〉發表於《聯合報》12 版。

16 日，〈林家武館傳奇〉發表於《聯合報》12 版。

24 日，〈盜匪語意學〉發表於《聯合報》12 版。

7 月　4 日，〈均富以後——出席國際筆會第 43 屆大會側記之一〉發表於《中央日報》10 版。

6 日，〈橋的迷惘——出席國際筆會第 43 屆大會側記之二〉發表於《中央日報》10 版。

8 日，〈缺貴賓的一場對抗——出席國際筆會第 43 屆大會側記之三〉發表於《中央日報》10 版；〈夏日好讀書〉發表於《聯合報》12 版。

27 日，〈人權鬥士——出席國際筆會第 43 屆大會側記之五〉發表於《中央日報》9 版。

《戲與人生》由臺北九歌出版社出版。

8 月　11 日，〈譯者的貢獻〉發表於《聯合報》12 版。

9 月　〈如何尋找題材——短篇寫作的一個問題〉發表於《文學思潮》第 2 期。

《不談人性，何有文學》由臺北聯合報社出版。

11 月　10 日，〈文學與人性〉發表於《聯合報》8 版；〈史記的故事〉發表於《聯合報》12 版。

12 月　29 日，〈團結和警覺〉發表於《聯合報》12 版。

本年　擔任中華民國筆會第五任會長。

1979 年　1 月　5 日，〈作家的童心〉發表於《聯合報》12 版。

19 日，〈自由的悲劇〉發表於《聯合報》12 版。

2 月　3 日，〈直道無憂行路難〉發表於《聯合報》12 版。

16 日，〈語堂文集〉發表於《聯合報》12 版。

24 日，〈國門〉發表於《中央日報》10 版；〈康熙字典現代化〉發表於《聯合報》12 版。

辭去臺大教職，接受《中央日報》新任社長潘煥昆之邀，擔任《中央日報》副社長兼總主筆。

3 月　3 日，〈再出發〉發表於《聯合報》12 版。

16 日，〈茅盾的腿〉發表於《聯合報》12 版。

23 日，〈餘音之外〉發表於《聯合報》12 版。

24 日，〈親情與友情〉發表於《聯合報》12 版。

4 月　6 日，〈孔學的現代化〉發表於《聯合報》12 版。

7 日，〈憂患之學〉發表於《聯合報》12 版。

20 日，〈慕尼黑促駕〉發表於《中央日報》10 版；〈言之過早乎！〉發表於《聯合報》12 版。

21 日，〈勞生自述〉發表於《聯合報》12 版。

22 日，〈不以「本行」自限〉發表於《中央日報》10 版。

27 日，《《八二三註》》（朱西甯著）發表於《聯合報》12 版。

28 日，〈性情的真實〉發表於《聯合報》12 版。

5 月　2 日，應邀出席美國作家蘇珊‧桑塔格（Susan Sontag）於臺灣大學進行的演講活動，與會者有齊邦媛、張漢良、畢夏普、王文興、彭鏡禧等。

　　《書與讀書》由臺北純文學出版社出版。

6 月　8 日，〈三十年後〉發表於《聯合報》12 版。

7 月　14～23 日，應邀赴巴西里約熱內盧出席第 44 屆國際筆會年會。

　　21 日，〈絕頂聰明〉發表於《聯合報》8 版。

8 月　10 日，〈里約回顧〉發表於《聯合報》8 版。

　　13～14 日，〈當選者與落選者──國際筆會新任會長華斯堡其人其文〉連載於《中央日報》10 版。

　　17 日，〈一番省察〉發表於《聯合報》8 版。

　　18 日，〈前臺與幕後〉發表於《聯合報》8 版。

　　20～21 日，〈越南案的奮鬥──國際筆會第 44 屆大會做了正確的決定〉連載於《中央日報》10 版。

　　23 日，〈國際筆會的新憲章〉發表於《中央日報》10 版。

　　25 日，〈梅花無言〉發表於《聯合報》8 版。

9 月　2～3 日，〈關於「獄中作家」〉連載於《中央日報》10 版。

　　8 日，〈《源氏物語》的中譯〉（紫氏部著；林文月譯）發表於《聯合報》8 版。

　　15 日，〈《愛荷華秋深了》〉（司馬桑敦著）發表於《聯合報》8 版。

　　21 日，〈《我的小女生們》〉（郭晉秀著）發表於《聯合報》8 版。

29 日，〈《好書書目》〉（胡建雄編）發表於《聯合報》8
版。

10 月　5 日，〈《中國現代小說史》〉（夏志清著）發表於《聯合
報》8 版。

19 日，〈永恆之謎〉發表於《聯合報》8 版。

20 日，以筆名「魏仁權」發表〈魏京生案破綻百出〉於
《中央日報》2 版；〈無涯亦無爭〉發表於《聯合報》8
版。

26 日，〈愛與恨〉發表於《聯合報》8 版。

27 日，〈文藝教學的研討〉發表於《聯合報》8 版。

11 月　15 日，〈湯未換，藥也未換——中共第四次「文代會」的
評析〉發表於《中央日報》2 版。

21～22 日，〈重組班底‧撒豆成兵——中共「四次文代
會」與文藝統戰活動〉連載於《中央日報》2 版。

23 日，〈夏志清的忠告〉發表於《聯合報》8 版。

《作家的童心》由臺北聯合報社出版。

12 月　1 日，〈苦學有成〉發表於《聯合報》8 版。

28 日，〈國存我亦存〉發表於《聯合報》8 版。

29 日，〈哀矜而勿喜〉發表於《聯合報》8 版。

本年　翻譯以撒‧辛格（Issac Bashevis Singer）長篇小說《蕭
莎》，由臺北大地出版社出版。

1980 年　1 月　12 日，〈師表三十年〉發表於《聯合報》8 版。

25 日，〈蕭莎的沉思〉發表於《聯合報》8 版。

2 月　1 日，〈林中之聲〉發表於《聯合報》8 版。

23 日，〈金盤的陰影〉發表於《聯合報》8 版。

29 日，〈「柏拉圖」與外語〉發表於《聯合報》8 版。

3 月　29 日，〈剛伯亭記〉發表於《聯合報》8 版。

4 月　　長篇小說《尋父記》、《在天之涯》由臺北中央日報社出版。

　　　　《筆花》由臺北中央日報社出版。

5 月　　2 日,〈清明上河圖〉發表於《聯合報》8 版。

　　　　23 日,〈戰爭的陰影〉發表於《聯合報》8 版。

　　　　24 日,〈五月英倫〉發表於《聯合報》8 版。

　　　　28 日,〈英倫訪書記〉發表於《中央日報》10 版。

6 月　　6 日,〈文學的暴露〉發表於《中央日報》12 版;〈不僅是憶舊〉發表於《聯合報》8 版。

　　　　7 日,〈公平論斷〉發表於《聯合報》8 版。

　　　　16 日,〈如坐春風——訪普瑞契特先生〉發表於《中央日報》11 版。

7 月　　12 日,〈痛惜〉發表於《中央日報》8 版;〈不是「說書」〉發表於《聯合報》8 版。

　　　　18 日,〈侯兼教授〉發表於《聯合報》8 版。

8 月　　1 日,〈談出一個文藝來〉發表於《聯合報》8 版。

　　　　9 日,〈作家無退休〉發表於《聯合報》8 版。

　　　　13 日,〈廿年憂患〉發表於《中央日報》8 版。

　　　　15 日,〈詩腸酒膽都如舊〉發表於《聯合報》8 版。

　　　　23 日,〈文藝的總統〉發表於《聯合報》8 版。

　　　　29 日,〈十八年後柳成蔭〉發表於《聯合報》8 版。

9 月　　5 日,〈厚重之風〉發表於《聯合報》8 版。

　　　　6 日,〈不亦君子乎〉發表於《聯合報》8 版。

　　　　19 日,〈小說之可愛〉發表於《聯合報》8 版。

　　　　20 日,〈中國語文讀物〉發表於《聯合報》8 版。

　　　　27 日,〈才德之間〉發表於《聯合報》8 版。

10 月　　3 日,〈容易讀的通史〉發表於《聯合報》8 版。

4 日,〈介乎繁簡之間〉發表於《聯合報》8 版。

10 日,〈中國當然要統一〉發表於《聯合報》8 版。

17 日,〈現代文學的考驗〉發表於《聯合報》8 版。

24 日,〈憶徐訏〉發表於《聯合報》8 版。

25 日,〈翻完了之後〉發表於《聯合報》8 版。

28 日,〈徐訏的悲歌〉發表於《聯合報》8 版。

12 月　6 日,〈走,投票去!〉發表於《聯合報》8 版。

13 日,〈哈安瑙重見〉發表於《聯合報》8 版。

20 日,〈文虎人龍〉發表於《聯合報》8 版。

26 日,〈沉默與蒼涼 〉發表於《聯合報》8 版。

27 日,〈歌頌長城〉發表於《聯合報》8 版。

《永恆之謎》由臺北聯合報社出版。

1981 年　1 月　2 日,〈七十年〉發表於《聯合報》8 版。

17 日,〈霧裡看英倫〉發表於《聯合報》8 版。

23 日,〈傅斯年全集〉發表於《聯合報》8 版。

31 日,〈韋尼高的專訪〉發表於《聯合報》8 版。

2 月　13 日,〈猛虎行〉發表於《聯合報》8 版。

14 日,〈西洋藝術史〉發表於《聯合報》8 版。

19 日,〈情之書〉發表於《聯合報》8 版。

21 日,〈博物館學的提要〉發表於《聯合報》8 版。

與胡耀恆、朱炎代表筆會會員,前往義大利、奧地利、
丹麥、西德、法國、英國訪問。

5 月　12 日,就任《中央日報》社長。

9 月　20～25 日,應邀赴法國里昂出席第 45 屆國際筆會年會。

29 日,〈三三草十三年〉發表於《聯合報》8 版。

11 月　《猛虎行》由臺北聯合報社出版。

本年　翻譯卡寧（Garson Lanin）長篇小說《夏日千愁》,由臺北

皇冠出版社出版。

1982 年	1 月	11 日，代表中華民國筆會出席法國劇作家尤乃斯柯（Eugène Ionesco）來臺歡迎宴。
	4 月	《新聞三論》由臺北中央日報出版部出版。
		擔任臺北市報業公會理事長。
	5 月	應邀赴西班牙馬德里出席國際新聞協會第 41 屆年會。
	6 月	24～25 日，〈寫小說之道〉連載於《中央日報》12 版。
		〈國際新聞界馬德里盛會〉連載於《中央月刊》第 14 卷第 8 期。
	8 月	1～3 日，〈生命與創作〉連載於《中央日報》12 版。
	10 月	15～25 日，以中華民國筆會會長與作家身分應邀出席吳三連基金會主辦之俄國作家索忍尼辛（Алекса́ндр Иса́евич Солжени́цын）來臺歡迎宴。
		26 日，〈索忍尼辛最長的聚會〉發表於《中央日報》2 版。
1983 年	1 月	8 日，〈觀化樂天的勉仲師〉發表於《中央日報》12 版。
	3 月	《夢中憂患尚如山》由臺北中央日報出版部出版。
	5 月	11～15 日，應邀出席義大利筆會於義大利威尼斯舉辦之國際筆會執行委員會。
	7 月	29 日，〈傳統與創新〉發表於《中央日報》12 版。
	8 月	20 日，〈哭魯芹──「文人相重」的典型〉發表於《中央日報》12 版。
		29 日，〈利瑪竇來華四百年〉發表於《中央日報》2 版。
	11 月	4 日，〈格島之戰的政治意義〉發表於《中央日報》2 版。
	12 月	28 日，〈進步與創新〉發表於《中央日報》12 版。
1984 年	2 月	13 日，〈為何寫作？〉發表於《中央日報》11 版。

	24 日，〈雋永的妙品〉發表於《中央日報》12 版。
3 月	短篇小說集《微塵》由臺北中央日報出版部出版。
5 月	13～18 日，應邀赴日本東京出席第 47 屆國際筆會年會。
	28 日，〈摘星〉發表於《中央日報》12 版。
	中華民國筆會會長職務任期屆滿。
8 月	5 日，應邀出席中華民國筆會主辦之菲律賓作家弗朗西斯科・赫塞（Francisco Sionil José）來臺歡迎宴。
9 月	6 日，〈和與戰〉發表於《中央日報》12 版。
	20 日，〈懷念〉發表於《中央日報》12 版。
11 月	翻譯雷馬克長篇小說《奈何天》，由臺北皇冠出版社出版。
12 月	21 日，〈夢中歸來路〉發表於《中央日報》12 版。
	23 日，〈駒行與牛步〉發表於《中央日報》12 版。

1985 年

1 月	19 日，〈我與敵〉發表於《中央日報》12 版。
2 月	1 日，〈小說與電視劇〉發表於《中央日報》12 版。
	7 日，〈悼石川達三〉發表於《中央日報》12 版。
	21 日，〈勝利四十年〉發表於《中央日報》4 版。
	22 日，〈中日戰史〉發表於《中央日報》4 版。
3 月	2 日，〈首富之言〉發表於《中央日報》12 版。
	11 日，〈寫得快，改得勤〉，發表於《中央日報》3 版。
	13 日，〈用功與自律〉發表於《中央日報》12 版。
4 月	2 日，〈筆和心〉發表於《中央日報》12 版。
	16 日，〈越戰悲劇十年後〉發表於《中央日報》2 版。
8 月	7 日，〈修己安人〉發表於《中央日報》12 版。
	15 日，〈詩意與寫實〉發表於《中央日報》11 版。
	18 日，〈喜樂天地〉發表於《中央日報》12 版。
9 月	20 日，應邀出席美國新聞協會於美國科羅拉多州泉市主

辦「全國主筆會議」第 40 屆年會。

10 月　14 日,〈山深不知處,洞中訪鋼城——主筆會議與星際戰爭報導之一〉發表於《中央日報》2 版。

15 日,〈破敵境外,議論紛紛——主筆會議與星際戰爭報導之二〉發表於《中央日報》2 版。

16 日,〈憂愁先生的逆耳忠言——主筆會議與星際戰爭報導之三〉發表於《中央日報》2 版。

12 月　2 日,〈企業與文化〉發表於《中央日報》11 版。

《愛與恨》由臺北中央日報出版部出版。

1986 年　1 月　11 日,〈現代文學與商業化〉發表於《中央日報》12 版。

2 月　1 日,〈平易正直之言〉發表於《中央日報》15 版。

3 月　15～16 日,〈百年小說〉連載於《中央日報》12 版。

6 月　22～23 日,〈大學師生〉連載於《中央日報》12 版。

27 日,〈一夜鄉心〉發表於《中央日報》11 版。

《生命與創作》由臺北中央日報出版部出版。

應邀出席於美國洛杉磯舉辦之美西學人會議,後轉往德國漢堡參加第 49 屆國際筆會年會。

8 月　25 日,〈友情與僑心〉發表於《中央日報》11 版。

9 月　10 日,〈新聞與文藝〉發表於《中央日報》12 版。

11 月　19 日,〈得意緣〉發表於《中央日報》10 版。

27 日,〈文學與民族〉發表於《中央日報》10 版。

28 日,〈情動於中——談文學的起點〉發表於《中央日報》10 版。

短篇小說集 *Black Tears-Stories of War-Torn China*（殷張蘭熙編譯）,由美國 Chinese Materials Center Publications 出版。

1987 年　1 月　10 日,〈寬容的態度——從毛姆的十大小說家說起〉發表

於《中央日報》10 版。

辭去《中央日報》社長職務。

4 月　23～24 日,〈文學與社會〉連載於《中央日報》10 版。

9 月　接任香港《香港時報》董事長。

10 月　應邀擔任國家文藝獎、中山文藝獎、吳三連文藝獎評審
　　　委員。

11 月　15 日,〈書生的友情〉發表於《聯合報》8 版。

　　　18 日,〈溫柔敦厚的典型〉發表於《中央日報》10 版。

　　　23～24 日,〈剪影〉連載於《聯合報》8 版。

　　　應邀赴美國波多黎各出席第 51 屆國際筆會年會。

12 月　17 日,〈往事十五年──為中央日報六十年社慶而作〉發
　　　表於《中央日報》10 版。

本年　與朱炎、羅宗濤、高大鵬共同編纂《文學與社會》,由臺
　　　北空中大學出版社出版。

1988 年　1 月　19 日,〈林語堂與諾貝爾〉發表於《聯合報》23 版。

2 月　2 日,〈讀小說之樂〉發表於《聯合報》21 版。

　　　4 日,〈美國綠島的矛盾〉發表於《中央日報》18 版。

　　　12 日,〈大盜小說家〉發表於《中央日報》18 版。

4 月　2 日,〈朦朧之感〉發表於《聯合報》23 版。

　　　9 日,〈警覺派〉發表於《聯合報》23 版。

　　　23 日,〈觀影如讀書〉發表於《聯合報》23 版。

　　　30 日,〈今夕之蟲二〉發表於《聯合報》23 版。

5 月　2 日,〈五四與新文學〉發表於《中央日報》16 版。

　　　3～4 日,〈從名著改編說起〉連載於《聯合報》22 版。

　　　7 日,〈赫本談編劇〉發表於《聯合報》21 版。

　　　28 日,〈收了威嚴者〉發表於《聯合報》21 版。

7 月　1 日,〈名記者、大間諜──「雙面人」費爾畢的一生〉

發表於《聯合報》21 版。

23 日,〈必有可觀〉發表於《聯合報》21 版。

《一夜鄉心》由臺北九歌出版社出版。

8 月　6 日,〈尤薩組黨〉發表於《聯合報》21 版。

9～10 日,〈苦難的白描——評介蕭乾的《我要採訪人生》〉連載於《中央日報》10 版。

13 日,〈珍芳達之悔〉發表於《聯合報》21 版。

20 日,〈熊玠訊息〉發表於《聯合報》21 版。

27 日,〈他也談「價值」?〉發表於《聯合報》21 版。

28 日,〈人間少一通達寬厚的人才〉發表於《聯合報》21 版。

應邀赴韓國首爾出席第 52 屆國際筆會年會。

9 月　3 日,〈蒼天饒過誰?〉發表於《聯合報》21 版。

5～6 日,〈「拜拜」之後——我看今年的國建會〉連載於《聯合報》21 版。

6 日,〈篤信自由的小說家——國際筆會會長金範士〉發表於《聯合報》21 版。

10 日,〈文學的奧會〉發表於《聯合報》21 版。

10 月　1 日,〈瞻拜四庫〉發表於《聯合報》21 版。

7 日,〈北平與北京〉發表於《聯合報》21 版。

24 日,〈孔子與報人〉發表於《聯合報》21 版。

28 日,〈水流如激箭〉發表於《聯合報》8 版。

11 月　26 日,〈長者之心〉發表於《聯合報》21 版。

1989 年　2 月　16 日,〈雄視百代‧氣高天下——蘇東坡的論政三言〉發表於《中央日報》17 版。

3 月　4 日,〈多事之春〉發表於《聯合報》27 版。

11 日,〈林先生傳〉發表於《聯合報》27 版。

16～18 日，〈戲路〉連載於《聯合報》22 版。

18 日，〈進與退〉發表於《聯合報》27 版。

25 日，〈人文教育〉發表於《聯合報》27 版。

4 月　　1 日，〈哲學之思〉發表於《聯合報》27 版。

13～15 日，〈所殉非道的悲劇——約翰・瑞德與《烽火赤焰萬里情》〉連載於《聯合報》27 版。

16 日，應邀主持中央日報社主辦「現代文學討論會」，探討潘人木《蓮漪表妹》、《馬蘭自傳》等作品。與會者有殷張蘭熙、琦君、潘人木、林海音、齊邦媛、何凡等。

22 日，〈不求人〉發表於《聯合報》27 版。

28 日，〈風雲起〉發表於《聯合報》27 版。

5 月　　6 日，〈大哉 國父〉發表於《聯合報》27 版。

28 日，〈中國人，站起來〉發表於《聯合報》27 版。

應邀赴荷蘭出席第 53 屆國際筆會年會。

短篇小說集《昨夜夢魂中》由臺北中央日報社出版。

短篇小說集《黑色的淚》、中篇小說集《辭山記》、中短篇小說集《道南橋下》由臺北中央日報出版部出版。

6 月　　1～2 日，〈非洲人的尊嚴——小說家阿基比的想法〉連載於《聯合報》27 版。

3 日，〈空前的團結〉發表於《聯合報》27 版。

8 月　　7～8 日，〈為自由而奮鬥——達維年當選國際筆會會長〉連載於《聯合報》27 版。

9 月　　16 日，〈記憶與遺忘〉發表於《聯合報》27 版。

19～21 日，〈競選總統的小說家——巴加斯・尤薩〉連載於《聯合報》29 版。

10 月　　7 日，〈遺忘〉發表於《聯合報》29 版。

14 日，〈六正〉發表於《聯合報》29 版。

21 日，〈六邪〉發表於《聯合報》29 版。

29 日，〈賢能與安樂〉發表於《聯合報》29 版。

11 月　4 日，〈冷眼〉發表於《聯合報》29 版。

11 日，〈非先知〉發表於《聯合報》29 版。

18 日，〈眾人推〉發表於《聯合報》29 版。

12 月　16 日，〈大破金牛陣〉發表於《聯合報》29 版。

31 日，〈好書排行榜〉發表於《聯合報》29 版。

《水流如激箭》由臺北聯經出版公司出版。

1990 年　1 月　20 日，〈患難情——記蕭乾與文潔若〉發表於《聯合報》29 版。

2 月　6 日，〈小品四則——方向感——為聯副新設專欄「危機臨界點」而寫〉發表於《聯合報》29 版。

3 月　4 日，〈李門武生總是春〉發表於《聯合報》28 版。

4 月　7 日，〈自由了，真好〉發表於《聯合報》29 版。

18 日，〈不只幽默〉發表於《聯合報》29 版。

獲國家文藝基金會特別貢獻獎。

5 月　應邀赴葡萄牙芳夏爾出席第 55 屆國際筆會年會。

6 月　6 日，〈海淀王先生〉發表於《中央日報》16 版。

7 月　3～4 日，〈新潮流、新人物——瑪地納・楓橋〉連載於《聯合報》29 版。

7 日，〈衰〉發表於《聯合報》29 版。

12 月　8 日，〈好漢也〉發表於《聯合報》25 版。

22 日，〈反面教材〉發表於《聯合報》25 版。

23～24 日，〈風雪埋乾坤，難埋英雄怨——看李寶春的名劇《林沖》〉連載於《聯合報》25 版。

29 日，〈教化〉發表於《聯合報》25 版。

31 日，〈小品四則——溫柔敦厚〉發表於《聯合報》25 版。

本年　中華民國筆會改組，獲選為理事。

1991 年　1 月　11 日，國家文藝基金會與《中央日報》合辦「現代文學討論會」，討論彭歌三部小說《從香檳來的》、《落月》、《微塵》。由《中央日報》副刊主編梅新規畫，齊邦媛主持，潘人木、黃慶萱提出論文。與會者有《中央日報》社長石永貴、司馬中原、大荒、林良、小民、郭嗣汾、古蒙仁、朱西甯、殷張蘭熙、尼洛、林海音等。

3 月　16 日，〈星沉〉發表於《聯合報》25 版。

17 日，〈權奸與才子《曹操與楊修》之間〉（陳亞先編劇）發表於《民生報》10 版。

21 日，〈萬馬齊瘖實堪驚──《曹操與楊修》的中心論題〉發表於《民生報》10 版。

4 月　6 日，〈老成〉發表於《聯合報》25 版。

5 月　辭去《香港時報》董事長後退休。

7 月　5～6 日，〈師生〉連載於《中華日報》13 版。

6 日，〈《洗澡》〉（楊絳著）發表於《聯合報》25 版。

10 日，〈勸戒煙文〉發表於《聯合報》25 版。

17 日，〈悼辛格〉發表於《聯合報》25 版。

8 月　應《聯合報》之聘，為於美國發行的《世界日報》撰寫社論專欄。

10 月　5 日，〈迴光〉發表於《聯合報》25 版。

11 月　7 日，〈竹本無心〉發表於《聯合報》25 版。

12 月　4 日，〈小品四則──精粹與珍貴〉發表於《聯合報》25 版。

15 日，〈小品四則──盡在不言中〉發表於《聯合報》25 版。

《風雲起》由臺北聯經出版公司出版。

移居美國。

1992 年	1 月	5 日，〈還神〉發表於《聯合報》25 版。
		9 日，〈尊嚴〉發表於《聯合報》25 版。
		25 日，〈偉人心事〉發表於《聯合報》25 版。
	2 月	8 日，〈靈明之旅〉發表於《中央日報》4 版。
		18～19 日，〈大疑雲——《誰殺了甘迺迪》影片所引起的迴想〉連載於《聯合報》25 版。
	3 月	24 日，〈新一言堂〉發表於《聯合報》25 版。
		〈唯善與愛〉發表於《聯合文學》第 89 期。
	4 月	12 日，〈聖彼得堡來客〉發表於《聯合報》45 版。
		18 日，〈孤帆渡重洋〉發表於《聯合報》47 版。
		23 日，〈報紙氣數〉發表於《聯合報》27 版。
		28～29 日，〈朦朧〉連載於《聯合報》24 版。
	5 月	9 日，〈貝戈戈〉發表於《聯合報》47 版。
		16 日，〈文學的興衰〉發表於《聯合報》41 版。
		20 日，〈中國的古拉格〉以筆名「常嘯」發表於《聯合報》25 版。
	6 月	29 日，應邀出席北京中國社會科學院於北京主辦之「海峽兩岸關係新趨勢學術討論會」。
	7 月	11 日，〈北京歸來〉發表於《聯合報》25 版。
		14 日，〈憶高陽〉發表於《聯合報》43 版。
		18 日，〈人治乎〉發表於《聯合報》25 版。
		25 日，〈獅子印〉發表於《聯合報》25 版。
		28 日，〈釣魚臺畔過客〉發表於《聯合報》24 版。
	9 月	19 日，〈林肯〉發表於《聯合報》25 版。
		26 日，〈金牛〉發表於《聯合報》25 版。
	11 月	28 日，〈軍心〉發表於《聯合報》25 版。

12 月　5 日，〈「銅誌」〉發表於《聯合報》24 版。

12 日，〈好感〉發表於《聯合報》59 版。

21 日，〈機會〉發表於《聯合報》43 版。

26 日，〈震盪〉發表於《聯合報》43 版。

1993 年　1 月　31 日，〈有容〉發表於《聯合報》25 版。

2 月　13 日，〈壯士心，孤臣淚〉發表於《聯合報》25 版。

20 日，〈交替〉發表於《聯合報》45 版。

4 月　30 日，〈譯事憶往〉開始連載於《中華日報》11 版，至 5
月 3 日止。

5 月　16 日，〈雲雨暗更歌舞伴〉發表於《聯合報》37 版。

7 月　3 日，〈也說團結〉發表於《聯合報》37 版。

8 日，〈追不回的永恆〉發表於《聯合報》37 版。

10 日，〈白臉後面〉發表於《聯合報》37 版。

25 日，〈人何在？〉發表於《聯合報》35 版。

31 日，〈《我的安東妮亞》〉（維拉・凱瑟著）發表於《聯
合報》37 版。

8 月　12 日，〈寧靜的革命〉發表於《聯合報》37 版。

14 日，〈盛衰之理〉發表於《聯合報》37 版。

21 日，〈憶〉發表於《聯合報》37 版。

10 月　9 日，〈《細說民國》〉（黎東方著）發表於《聯合報》37
版。

12 月　21 日，〈密契納的《小說》〉開始連載於《臺灣新生報》
37 版，至 1994 年 1 月 2 日止。

短篇小說集《象牙球》由武漢長江文藝出版社出版。

1994 年　1 月　1 日，〈新希望〉發表於《聯合報》37 版。

29 日，〈誰逝去？〉發表於《聯合報》37 版。

3 月　5 日，〈苦盡甘來〉發表於《聯合報》37 版。

30～31 日，〈柯瑞契特的《揭發》〉連載於《聯合報》37 版。

4 月　2 日，〈醉墨〉發表於《聯合報》37 版。

7 日，〈高學費〉發表於《聯合報》37 版。

14 日，〈血淚的教訓〉發表於《聯合報》37 版。

21 日，〈凱歌兮，歸來〉發表於《聯合報》37 版。

28 日，〈學報〉發表於《聯合報》37 版。

6 月　11 日，〈許之回憶〉發表於《聯合報》37 版。

7 月　2 日，〈玄都觀〉發表於《聯合報》37 版。

8 月　6 日，〈鑑園心影〉發表於《聯合報》37 版。

14 日，〈雪芹故居〉發表於《聯合報》37 版。

20 日，〈大觀幻夢〉發表於《聯合報》37 版。

27 日，〈人多之患〉發表於《聯合報》37 版。

9 月　3 日，〈「悲歡錄」〉發表於《聯合報》37 版。

18 日，〈故宮之痛〉發表於《聯合報》37 版。

20 日，〈秋思〉發表於《聯合報》37 版。

25 日，〈登長城〉發表於《聯合報》37 版。

10 月　1 日，〈甲午百年〉發表於《聯合報》37 版。

5 日，〈大爭議小說〉發表於《聯合報》37 版。

8 日，〈面對人生〉發表於《聯合報》37 版。

15 日，〈大爭議小說〉發表於《聯合報》37 版。

29 日，〈遊園驚夢〉發表於《聯合報》37 版。

《追不回的永恆》由臺北三民書局出版。

《三三草》由臺北聯經出版公司出版。

11 月　5 日，〈古鎖〉發表於《聯合報》37 版。

12 月　5 日，〈左禍〉發表於《聯合報》37 版。

10 日，〈第三層觀察〉發表於《聯合報》37 版。

21 日，〈小說家破案〉（張大春著《沒人寫信給上校》）發表於《聯合報》37 版。

24 日，〈能者不必多勞〉發表於《聯合報》37 版。

1995 年　1 月　7 日，〈安定牌〉發表於《聯合報》37 版。

14 日，〈一任便好〉發表於《聯合報》37 版。

2 月　11 日，〈超級英雄〉發表於《聯合報》37 版。

3 月　4 日，〈紙難〉發表於《聯合報》37 版。

4 月　8 日，〈金禧煩惱多〉發表於《聯合報》37 版。

15 日，〈白璧德〉發表於《聯合報》37 版。

22 日，〈最後一役〉發表於《聯合報》37 版。

5 月　20 日，〈和諧的結晶〉發表於《聯合報》37 版。

7 月　1 日，〈五十年炎涼〉發表於《聯合報》37 版。

9 月　23 日，〈蒼涼〉發表於《聯合報》37 版。

12 月　〈血性男兒〉發表於《新聞鏡週刊》第 369 期。

1996 年　2 月　4～8 日，〈愛之船訪冰川──阿拉斯加旅行散記〉連載於《聯合報》37 版。

〈《世界時報》的實驗〉發表於《新聞鏡週刊》第 378 期。

3 月　31 日，〈愓老，我們懷念你〉發表於《聯合報》37 版。

〈敬業的記者──湯瑪斯女士採訪新聞 50 年〉發表於《新聞鏡週刊》第 385 期。

4 月　6 日，〈鮑爾自傳〉發表於《聯合報》37 版。

20 日，〈善不求報〉發表於《聯合報》37 版。

《釣魚臺畔過客》由臺北三民書局出版。

5 月　4 日，〈高華氣質之星〉發表於《聯合報》37 版。

18 日，〈童言〉發表於《聯合報》37 版。

10 月　5 日，〈筆耕五十年〉發表於《聯合報》37 版。

19 日,〈價值何在？〉發表於《聯合報》37 版。

30 日,〈前輩風儀〉發表於《聯合報》37 版。

12 月　28 日,〈老人言〉發表於《聯合報》37 版。

1997 年　1 月　11 日,〈副刊的來去今〉發表於《聯合報》37 版。

11 月　〈看美國報業興衰(上)〉發表於《新聞鏡周刊》第 472 期。

12 月　〈看美國報業興衰(下)〉發表於《新聞鏡周刊》第 474 期。

1998 年　1 月　《說故事的人》由臺北三民書局出版。

4 月　1～2 日,〈溫故知新:從《女兵自傳》看五四精神〉(謝冰瑩著)連載於《中華日報》17 版。

22 日,〈醒悟吧!回應陳映真〈精神的荒廢〉一文〉發表於《聯合報》41 版。

7 月　中日戰爭抗戰 60 週年,應邀赴舊金山紀念會演講。

9 月　〈長夜中的燐火——歐陽冠玉兄逝世周年祭〉發表於《新聞鏡周刊》第 513 期。

11 月　〈新聞界不斷精進的保證〉發表於《新聞鏡周刊》第 521 期。

12 月　翻譯唐斯《改變歷史的書》,由臺北聯經出版公司出版。

1999 年　3 月　27 日,應九歌文教基金會之邀,自美返臺,出席「彭歌作品研討會」,研討會由朱炎主持,與會者有張素貞、保真、李瑞騰、瘂弦等。

28 日,〈暮春絮語〉發表於《聯合報》37 版。

2000 年　2 月　翻譯諾曼・文森・皮爾《人生的光明面》,由臺北九歌出版社出版。

3 月　〈謝師恩　並念《新生》、《新聞》兩報〉發表於《新聞鏡周刊》第 593 期。

2002 年	3 月	20 日，臺灣大學於臺灣大學圖書館舉辦「姚朋教授著作贈藏儀式」，感謝彭歌捐贈著作八十餘種予臺灣大學典藏。與會者有歐茵西、陳雪華、朱炎、周駿富、蔡文甫、殷琪、朱則剛及臺大同學百餘人。
	4 月	15～16 日，〈萬化根源總在心〉連載於《聯合報》9 版。
	8 月	21 日，〈弱冠之喜——創辦「全國學生文學獎」的回憶〉發表於《中央日報》14 版。
	12 月	16～18 日，〈筆會與蘭熙〉連載於《中央日報》16 版。
2003 年	2 月	翻譯皮爾《積極思想的驚人效果》（原《人生的光明面》），由臺北九歌出版社出版。
	4 月	翻譯穆納谷（Ladislav Mnacko）《權力的滋味》，由臺北先覺出版公司出版。
	5 月	《在心集》由臺北三民書局出版。
	6 月	30 日，因身體不適，進行心臟手術。
	12 月	27 日，〈落月滿屋梁——憶王藍〉發表於《聯合報》E7 版。
2005 年	10 月	〈《自由談》歲月——並追悼趙君豪先生〉發表於《文訊》第 240 期。
2007 年	3 月	〈蹄聲已遠——記司馬桑敦〉、〈此世衹是一夢——寂寞詩人周棄子〉、〈輕裘緩帶的讀書人——諍友吳魯芹〉、〈三軍將士們——記郭嗣汾、南郭、高陽〉、〈深情永不舊——林海音與何凡〉、〈溫柔敦厚，風華自蘊——琦君與李唐基〉、〈歷劫幾遭情多深——柏楊當年〉、〈走過飄浪的年代——寫聶華苓〉、〈回首群友話當年〉、〈感舊多悲辛〉發表於《文訊》第 257 期。
2008 年	7 月	〈向「小孤女」致賀——《文訊》創刊 25 週年誌慶〉發表於《文訊》第 273 期。

	11 月	自美國返臺定居。
2009 年	10 月	中篇小說集《惆悵夕陽》由臺北三民書局出版。
	12 月	《憶春臺舊友》由臺北九歌出版社出版。

〈緬懷新聞人謝然之的人格與風範〉發表於《文訊》第 290 期。

2010 年　1 月　29 日，應邀出席臺北國際書展「回歸與出走：彭歌小說中的知識分子──《惆悵夕陽》」座談會，與會人有林黛嫚、彭鏡禧、張素貞、歐茵西。

2011 年　7 月　〈星垂平野闊，月湧大江流──紀念馬星野老師逝世二十週年〉發表於《文訊》第 309 期。

　　　　11 月　21 日，應邀出席第三屆星雲真善美新聞傳播獎頒獎典禮，獲頒華人世界終身成就獎。

　　　　12 月　《憶春臺舊友》由臺北九歌出版社出版。

2012 年　5 月　5 日，應邀出席中華民國筆會主辦、紀州庵文學森林協辦「我的文學因緣」系列講座，主講「如果魯迅還活著」。

　　　　12 月　1 日，應邀出席第四屆星雲真善美新聞傳播獎暨第二屆全球華文文學星雲獎頒獎典禮。

2013 年　5 月　〈我那老弟〉發表於《文訊》第 331 期。

2014 年　3 月　〈感君辛苦事雕蟲──悼郭嗣汾〉發表於《文訊》第 341 期。

　　　　8 月　〈小詩的至味──《文訊》七月號〈詩性的小宇宙〉讀後〉發表於《文訊》第 346 期。

2015 年　2 月　《自強之歌》由臺北三民書局出版。

　　　　9 月　〈九年國教，十項建設，為什麼？──就教於陳芳明先生〉發表於《文訊》第 359 期。

　　　　12 月　〈秋風秋雨聽秋聲──記李寶春的這臺好戲〉發表於《文

訊》第 362 期。

參考資料：

• 彭歌，〈談談自己的書──回顧與自省〉，《彭歌自選集》，臺北：黎明文化公司，1975
　年 5 月，頁 247～263。

• 彭歌，〈浮生絮語（後記）〉，《戲與人生》，臺北：九歌出版社，1978 年 7 月，頁 231
　～245。

• 彭歌，〈彭歌生平事略〉，《自強之歌》，臺北：三民書局，2015 年 2 月，頁 453～
　464。

• 彭歌，〈彭歌作品目錄〉，《自強之歌》，臺北：三民書局，2015 年 2 月，頁 465～
　472。

輯三◎
研究綜述

彭歌研究綜述

◎張素貞

　　彭歌先生是小說家、新聞學學者兼報人，他寫小說、專欄，談文論藝，譯介文學作品。這篇研究綜述，我想推介選評的諸位名家大文，再增添一些個人粗淺的研究，將彭歌研究做統合條貫的綜述。大體分幾個重點：一、彭歌的志業與平生，二、彭歌的小說，三、彭歌的散文／雜文，四、彭歌的文學觀。

一、小說家、新聞學學者兼報人、專欄作家

　　本彙編中的「自述」部分，從〈浮生絮語〉可以了解作家成長、工作、寫作（寫小說）、進修、翻譯、寫專欄的大體經歷，不過，時間停留在 1977、1978 年之間。若想通透理解其後的詳情，精勤捷筆的彭歌曾在許多作品中留下一些雪泥鴻爪[1]；今年 2 月，他更出版了回憶錄《自強之歌》，對合一些資料，我們很慶幸借助這本新書做了相當紮實的研究基礎。大家都知道，研究作家作品，直接看本人的「夫子自道」是一種便捷的方法；但有些謙沖的傳主，自剖含蓄，對於某些讀者、研究者好奇、想要知曉的疑議，未必都有敘及。那麼，透過訪談，引發肯定的解答，便是高信疆、夏祖麗、陳義芝、李瑞騰、廖玉蕙的工作了。

　　高信疆曾親炙彭歌門下，他以作詩的筆名高歌撰寫〈寧靜的海〉，寫得

---

[1] 如：《彭歌自選集》（臺北：黎明文化公司，1975 年 5 月）就收錄〈在藝文的日子〉，頁 15～28。此文原載於《自由談》第 11 卷第 6 期（1960 年 6 月）。又如：1993 年 4 月 30 日至 5 月 3 日發表於《中華日報》的〈譯事憶往〉，詳述翻譯諸書種種。此文收入彭歌，《說故事的人》（臺北：三民書局，1998 年 1 月），頁 67～85。

深入肌理，細膩精緻。這是最早系統評述彭歌及其作品的第一篇，是深度訪談多次而精心鎔鑄成文的。起筆說：「彭歌的世界是一片寧靜的海。它深邃而遼闊，沉穩而堅強。」幾句話籠括彭歌的為人與寫作。全文巧立小標目，既見人物孕育培成的過程，也見出思想醞釀的關捩所在。太行山的「黃泉」和「護嶺水」兩地農民的堅毅與莊嚴，讓他了解「河山萬里祖國情」；新鮮人讀了新聞，用功勤學，也磨鍊了一支好筆。「愛與知：甜蜜的與辛酸的」，寫彭歌的烽火婚姻和來臺的新聞工作，慘澹經營，卻接編《自由談》，一邊寫起小說；又開始進修，政大新聞研究所之後，再去美國攻讀了新聞學與圖書館學的碩士。這麼忙碌，他卻大量創作小說，有著傲人的成績。高歌略談了彭歌的小說，也論定《在天之涯》是留學生文藝，是留學生的「天涯歌」。彭歌留學歸來致力於翻譯與論述，呼籲出版界與圖書館出版書籍、整理書目，但虔敬、熱愛的還是寫小說。高歌作結論：彭歌具備了成功者的三樣條件：熱情、力和有恆。

夏祖麗訪談：〈愛書的人〉，感慨《從香檳來的》之後，彭歌不再寫小說。本文談到他以很大的誠意和熱情來撰寫專欄和評論，也得到讀者的謬賞，個人初衷實不忘小說，便做了妥協，翻譯外國作品，其中有的是很好的小說。這是對自己的讓步和安撫。對於翻譯，他的看法是：信、達、雅的「信」，不應該只是字面上的「信」，「更要緊的是把握住原著者的精神和心願」。談到中文輸出，彭歌身為筆會會員很有想法。把中文作品譯成英文的費用可能超過稿費；必須多做，數量多了，自然會引起外國人重視。學了圖書館學後，他深刻感到責任重大，「有系統整理書評書目是迫不及待的事了」。他在臺大圖書館系任課，教圖書採訪與選購、書評寫作和大眾傳播。他認為要建立圖書的客觀評鑑制度，如：年度好書的評選。他也認為：新作家應該多寫社會寫實的作品。

陳義芝與楊亭的訪談：〈人性文學的發揚者〉，稱許「彭歌是一位傳統書生型的士子」。他強調盡其在我的「奉獻」。談起小說，承認《落月》與《流星》的命名具有象徵意味；長篇小說「很難定評說那個地方該怎麼

寫」，所以《落月》很難改寫。「三三草」中常見新書評介，「目的在於多造成讀書的風氣，藉以鼓舞出版社的發展」。《小小說寫作》一半翻譯一半論著，希望小說原理和技巧有助於小說的欣賞。至於「鄉土文學」的爭議，他以為：其實文學不須加上其他形容詞，文學不脫離人生，但不宜有褊狹的文學意識。

　　李瑞騰的訪談：〈文學筆話人性，新聞眼觀世情——專訪彭歌先生〉，與陳義芝的訪談隔了 22 年。「反映人生現實的創作主張」，泛談他的小說創作。其後簡要談論彭歌留學回國之後的翻譯工作及專欄的撰寫。談論他對中外好書的推介與倡導圖書館資料化、索引的建立。李文也敘及：他的新聞學和新聞文學的論述，以及對春臺小集諸賢逸趣的回憶，最後「淺談鄉土文學之始末」，並總檢討自己有些不太滿意：沒能專精去做一件事。在時代的巨輪推動之下，知識分子也不免有些許無奈。

　　廖玉蕙的〈談笑無還期〉刊在 2003 年 1 月 27～28 日兩天的《中央日報》副刊，是前往美國姚宅的訪談，採取比較輕鬆的談話方式，也談出一些重點。彭歌已退休，住在美國十幾年了，卻還為《世界日報》寫文章，跟時事有關。[2] 偶爾也寫些刊在《聯合報》，也很想幫《中央日報》寫文章。老友凋零，海音過世，王藍和他都不免傷感。談及愛國情操，彭歌說，他們那一代人，在戰亂中流亡，從北方到重慶，全靠國家照顧，生活過得去，讀書升大學有公費。《藍與黑》相當具有代表性，「也不是說特別愛國，而是說國家到了那個時候，你個人的命運和國家好像分不開了。」談到鄉土文學論戰，彭歌表示：論戰到最後都會離開本題。當時大陸文化大革命剛過，自己的想法是，臺灣需要安定，民心需要團結，文學不能作為政治的工具。國際筆會為了會籍，彭歌等人常要艱苦捍衛，卻有人在國內講國民黨不好，共產黨好。他很難過。他讚賞王拓當了立委能負責任，

---

[2] 「接到《聯合報》社長劉昌平兄簽署的聘書，囑我以主筆名義，替美國《世界日報》寫社論。……此後我每週寫社論兩篇，短評一篇。」《自強之歌》（臺北：三民書局，2015 年 2 月），頁 398。

敢說話；覺得政黨輪替等等，是一個很正常現象。他們也談兩岸的文化競爭、文學、影劇。談到小說創作，他說：初到臺灣，報紙篇幅不過兩大張、三大張，「一個記者，一個編輯，一天能夠寫個千字見報就不容易了，多出來的時間，自己就把當時的感觸慢慢寫出來。」原來彭歌是天生快筆，工作熟稔之後，就能騰挪時間寫作。他估計作品有 80 本左右。從作品出版，又談及他所敬佩三位出版人：三民的劉振強、純文學的林海音、新潮文庫的張清吉。

我們從不同的視角來觀察，可以了解彭歌有趣的另一層面。徐士芬〈希望彭歌沒有錢〉和彭歌的〈竹本無心〉兩篇散文小品，當事人非本業相關事體的描述，別有一番逸趣。平日工作崗位上的能者、慧者、巧者，也許在日常生活中有他意想不到的拙劣憨傻。夫人是彭歌的同學、同事、賢內助，傳統女性的主中饋美德，也為了彭歌的多能多才，出於愛，她讓他盡性發揮，身為職業婦女的她承擔了所有的家務。這樣彭歌才可能兼做兩份編輯、讀研究所，又寫小說。我們還知道，1960 年代初彭歌出國進修，一去三年半，兩個男孩都還在國小，《自由談》推不掉的編務，還是「處事謹慎負責」的夫人代勞的。彭歌事業的成功，背後這雙支持的大／巧手，必須在文學史上記上一筆。這「作家的另一半」寫起彭歌來，會驚爆什麼祕辛呢？非常純淨的客觀筆法，不帶任何情緒的描摹，寫出彭歌四項特質：1.他常丟三忘四的，但對某些事情，例如美食，「卻又有過『口』不忘的本領；……說得歷歷如繪」。2.量體重，隨口說：「又瘦了。」照相時，又怕照出雙下巴。3.怕電，得勞夫人換保險絲；還巧言推說：有個兒子學聲光電磁了，以後電器歸他保養。4.家裡書報成災，他上街卻總會買書。想買全二十五史，還要買書櫥。歸結，夫人只能許願：「希望彭歌沒有錢。」題目本來有點奇特，羅列事例之後，卻又順理成章了。從這篇短文，可見夫人機敏善辯，他談詞幽默，能隨機轉移話題，避去尷尬。基調上，彭歌的毛病無傷大雅，伉儷相知情深。文章簡鍊精緻，深蘊耐玩。

彭歌的〈竹本無心〉寫於 1991 年，足足晚了 20 年，卻是遙相呼應。

妙的是，彭歌對於「文人之笨」自我調侃，有一套說詞。「出街不辨東西，會友不記姓名。應邀赴宴忘記了時間地點，作東道主不記得請的是誰，而且忘了帶錢。」簡直就是前文「總是丟三忘四的」最佳註腳。夫人調侃他笨得差不多到「集大成」的程度，似見夫人的機敏無奈；有時稱他「竹本先生」，讓他很不開心，「倒不是在意笨不笨，而是覺得那樣叫起來很像個日本人」。理由點到為止，令人失笑，幽默又精準，弦外有餘音。以父親的教誨加重寧拙勿巧、按部就班之必要，如此之「笨」，可愛可敬。而笨得令人失敬的地方，還真有。妻的調侃是：幸虧沒有學醫。家裡許多精巧便捷的工具和機器，「嘶嘶作響；……小小的綠眼睛、紅眼睛閃閃爍爍，讓人有點發毛」。擔心手一摸一觸就出了毛病，「有夠笨的」。「幸好家有賢妻孝子，他們都比我內行，老夫樂得袖手旁觀了。」20 年前的對話，成為最好的印證。

　　寫文章、送稿，傳真機用得到，但也會使小性兒，讓人手忙腳亂。「越緊張就越笨，笨得想要怨天而尤人。」待人處世也是笨處。讀古人之書，才體會到「文人之笨」乃是正常現象。韓愈、蘇軾不都在現實生活中屢受折磨？依彭歌的思路，不能怨天尤人的，能借鑑的，作為處世箴言的，大概就是杜甫〈人日〉的那句詩：「直道無憂行路難」[3]吧！

　　彭歌大半生遭遇無數的機緣，他善用善緣，以誠篤奮進，締造了輝煌的成果。謝然之是政大的授業恩師，1949 年，他和夫人來臺，到謝然之主持的《臺灣新生報》任職，從基層做起，此後二十餘年，直做到總編輯、副社長。他參加第一屆中山獎學金考試，考取新聞學門第一名，出國攻讀新聞學，又另請獎學金攻讀圖書館學。回國後竭盡心力貢獻所學，為母校置辦圖書，建立書目引得；提倡讀書與出版風氣。1972 年，他受命轉任《中央日報》總主筆，此後 15 年，升副社長、社長，蓋大樓，起用新人才。因緣際會，他寫起專欄，而且竟是兩大報不同的專欄，專欄經常評介

---

[3]彭歌，〈直道無憂行路難〉，《作家的童心》（臺北：聯合報社，1979 年 11 月），頁 257～259。

新書。無暇創作小說，便以譯書取代，竟也大受歡迎。1967 年 1 月《純文學》創刊，他發表〈從文藝獎說起〉，介紹美國《最佳短篇小說選》的評選辦法；1972 年 6 月《中外文學》創刊，他發表了〈夏濟安的四封信〉。《年度小說選》出刊，「聯合文學新人獎」頒發，他都關注、有所期待。他參與中華民國國際筆會，最初只是偶然，後來卻積極奉獻，也寫下不少與筆會相關的作品。無論正事多麼忙碌，他的一支健筆一貫在運作。他與文壇的關係，若說有些疏遠，也未必盡然。

　　書生報國，文章報國，這位捷才敏學的文人，其人其文，不難發現大時代造就的犧牲奉獻精神。

二、彭歌的小說創作——虔敬的最愛

　　潘人木曾在〈樹樹皆秋色〉一文中，真切地描摹了彭歌各階段「振筆疾書」的形象。他一生中撰寫了各種文類的大量文章，然而終生虔敬的最愛，還是在寫小說。彭歌邁向文學創作之路，最初嶄露頭角是 1952 年香港《亞洲畫報》徵文，他以〈黑色的淚〉獲得第一屆亞洲小說比賽的第一名。後來亞洲出版社一系列的《亞洲小說選》，第一輯列的作者便是：彭歌等著。或許就因為第一屆第一名的殊榮，四年後亞洲出版社為他出版了短篇小說集《昨夜夢魂中》。當時彭歌來臺不過兩、三年，《臺灣新生報》的編輯和《自由談》的編務之餘，他擠出時間嘗試著寫起從小就夢想能寫的小說。得獎給他很大的激勵，又有師長、文友的鼓舞，他寫得很勤，八年之間出了十本小說、小說集。有人因此把他歸為 1950 年代小說家。又因為 1956 年，夏濟安撰寫〈評彭歌的《落月》——兼論現代小說〉，提供了一些意見，許多人談論臺灣文學史，便簡單提及這篇文章，彭歌的創作也就以《落月》輕輕帶過。其實，這之間，他考進政大新聞研究所，取得碩士學位；1960 年他考取中山獎學金去美國進修，小說的創作才暫告中輟；然而後來又有發展。1956 年出版的，不僅是小說集《昨夜夢魂中》，除了《落

月》，還有長篇小說《流星》，林適存稱這兩本書為「星月交輝」。[4] 後來因為新聞本業及專欄寫作、翻譯論著的客觀環境，彭歌的小說創作間隔時間較久，仍陸續寫下來，直到 2009 年還出版了《惆悵夕陽》小說集，總計長、中、短篇共有 60 篇。本彙編收集他出版的小說、小說集，排除再版、重版不算，共計 21 本。

　　研究彭歌的創作，不能忽略他的詩詞浸潤與深厚的涵養。自幼廣讀詩詞，不僅他的小說、散文／雜文不時呈現一些詩詞，朋輩也多才學豐厚的名家。他的春臺舊友中，散文名家琦君、歷史小說大家高陽，及天才詩人兼書法名家周棄子都擅長古典詩詞，曾以詩詞品評了彭歌的創作。彭歌的短篇小說映現個人的時代經歷，寫抗日、反共的題材，也呈顯臺灣的社會寫真，去美國進修時寫作留學生小說。因痛憤尼克森、季辛吉的政治手腕而寫下一篇政治人物虛擬實描的政治小說；他也嘗試推理、寓言小說。小說中抒描情感，貼緊人性，諸多題材往往也不乏男女情愛涵括在中，而以愛情糾葛為主題的小說更是意象繁複，曲折婉轉。琦君讀過彭歌〈孤城書簡〉、〈斷鴻〉兩篇以越南奠邊府陷落為背景的小說，深受其中極盡纏綿悱惻的情感感動，便施展她專擅的詞才，賦得〈虞美人〉與〈臨江仙〉兩闋詞。[5] 運用詞的委婉柔媚，細繹「眼枯」、「腸斷」、「頭白」、「愁絕」，真要「轉悔今朝分薄不如無」。

　　琦君填詞填得太美了，高陽不禁要起而效尤。他採用琦君的韻、調，也填了一首〈臨江仙〉，押同樣的韻腳，他題詠的是彭歌的小說〈苦盞〉[6]。三角戀愛的悲劇，「寸衷欲剖難明」，是以「苦」；而「一離一死兩吞聲」，無奈的結局，能擎舉的自然是「苦盞」了。高陽的詞氣比琦君還接近

---

[4] 詳見應鳳凰，〈報人、教授、作家——彭歌〉，《筆耕的人》（臺北：九歌出版社，1987 年 1 月），頁165～178。

[5] 琦君詞二闋，前有小序，收錄於短篇小說集《昨夜夢魂中》（香港：亞洲出版社，1956 年 3 月）卷首。〈孤城書簡〉、〈斷鴻〉皆為《昨夜夢魂中》小說集中的短篇。可參閱彭歌，〈夢中歸來路〉，《愛與恨》（臺北：中央日報社，1985 年 12 月），頁74～76。

[6] 〈苦盞〉為《昨夜夢魂中》小說集中的短篇。高陽這首詞，見《憶春臺舊友》（臺北：九歌出版社，2009 年 12 月），頁 58。

蘇、辛的變體，更酷似李後主的白描。

　　1956 年，夏濟安撰寫〈評彭歌的《落月》──兼論現代小說〉的長文，是文學史上第一篇嚴謹的現代文學批評。濟安先生的文學觀點，開啟了 1960 年代小說受現代主義影響的先機。彭歌是當代絕無僅有、獨受青睞的小說家。夏濟安終生也只寫了關於《落月》的這篇小說論評。《落月》的今昔交錯結構及人物心理描繪，在當代確實是很有創意的。夏濟安讚賞彭歌敢於把十幾分鐘的一個女人的回憶、思想、情感，寫成一本小說，有魄力和眼光，可說為中國的心理小說開了路。《落月》能掌握到女主角生命中重要的一剎那，文字也能留意細末小節。題名夠「現代」，受了象徵主義的影響，「彭歌先生在好幾處借用了象徵主義的手法，這是使我很高興的」。夏濟安先生誇讚《落月》是「一本相當好的小書」。但他還是從嚴謹的現代小說技巧來談論《落月》可以如何寫得更完美。一萬多字的長文鋪展現代小說藝術理論，詳盡透徹，不僅是《落月》的析評，舉凡現代小說的鑑賞、撰寫，都可以在此中獲益，深受啟發。彭歌對這篇評文作了這樣的論斷：

> 他寫了一篇很精采的評論，討論《落月》的得失。他並以此文為例，標舉出寫小說要用心於「厚、密、重」。他不僅分析了我寫作上的優點和弱點，同時進一步建議應該怎樣可以寫得更好。這是夏先生在國內發表的第一篇，也是僅有的一篇書評。我對他感佩萬分，也受益匪淺。[7]

　　夏濟安評《落月》之後 29 年，其弟知名現代小說批評學者夏志清在《聯合報・副刊》發表兩萬字的長文〈志士孤兒多苦心──彭歌的小說〉，對這位「稍受冷落的小說家」致力文學創作的成就，做了詳實而周密的討論。陳幸惠編《七十四年文學批評選》選入此文，並作了精切的編按：

---

[7]彭歌，〈寫小說的起步〉，《自強之歌》，頁 267。

民國 74 年 11 月 2 日，余光中先生應「聯副」之邀，在聯合報第一大樓
演講「文學批評的挑戰」時，曾提到夏志清先生從事文學批評，往往在
言歸正傳之前，先來上一段軼事，彷彿文教記者的報導；但這些看似瑣
碎無關的軼事敘述，卻常不著痕跡地透露出許多與正題相關的訊息和道
理，使人往往在無形中，由小見大，領會更多，其實是一種更為靈活，
且更需要功力的文學批評的寫法。此處夏教授這篇綜論彭歌小說的文字
「志士孤兒多苦心」，正好為此說提供了一個有力的佐證。[8]

夏文有許多「看似瑣碎無關」的文字，卻往往是有用的底色伏筆，有助於
展開整體的議論。他從彭歌的〈猛虎行〉[9]拈出「志士多苦心」，又從其人
幼少成長背景，掌握孤兒心理，以此比論他的小說，詳密周到，深入肌
理，頗有見地。他於瑣細的鋪陳中，剖析作者如何掌握小說人物的心思，
頗有獨到之處；不過，忽略小說的虛構本質，把小說完全看做真實人生的
敘描，並且多做揣測，有時並不盡妥切。夏志清的評文，從作者的經歷談
小說，把小說的情節都看作是作者的真實際遇，彭歌對夏先生撰評，雖則
敬佩和感激，在接受香港傅光明的訪談中，他也明白表示：這種議評方式
不全對。[10]

　　話雖如此，彭歌對於一代文學、學術重要名家——夏氏兄弟的嚴謹批
評，衷心感佩。〈夏濟安的四封信〉具見夏濟安的評論雖然正如楊照所說
「有著強烈的『導師』意味」[11]，不過夏濟安對彭歌極為尊重，一再向他
邀稿。後來彭歌又撰寫〈千古文章未盡才〉與〈永遠的懷念〉[12]，向夏濟
安及陳世驤致上無盡的悼念。彭歌的專欄常評介新書，關注文壇，當然不

---

[8]陳幸惠編，《七十四年文學批評選》（臺北：爾雅出版社，1986 年 4 月），頁 310。
[9]彭歌，〈猛虎行〉，《猛虎行》（臺北：聯合報社，1981 年 11 月），頁 3～5。
[10]傅光明，〈真誠與創作——彭歌訪談錄〉，《中華日報》，1993 年 12 月 17 日，第 11 版。
[11]語見楊照，〈臺灣戰後五十年批評小史〉，《聯合文學》第 11 卷第 12 期（1995 年 10 月），頁 177。
[12]彭歌，《讀書與行路》（臺北：三民書局，1973 年 4 月），頁 57～62。二文作於 1971 年 7 月 16～17 日。

會錯過對夏志清及其作品的引介,〈智慧與文學〉就談夏志清的《愛情·社會·小說》[13]。1979 年 11 月 23 日他更於《聯合報》發表〈夏志清的忠告〉,評述《臺灣時報·副刊》梅新專訪的〈夏志清談文學批評〉;接連收入同書的兩篇〈中國現代小說史〉、〈「左聯」那一段〉,也都是夏志清大作的評介[14]。1986 年,殷張蘭熙選譯彭歌小說出書,選用《黑色的淚》(*Black Tears : Story of War-Torn China*)為書名,英譯本的序言仍是夏志清執筆,蘇益芳曾有譯介[15],可以並讀。

潘人木的〈樹樹皆秋色〉,純粹以作家的視角來談彭歌的中篇小說《落月》和短篇小說集《微塵》。在 1980、1990 年代,國家文藝基金會與中央日報合辦過許多場「現代文學討論會」,大會特邀學者與作家一起發表論文,互相激盪,極有意義。潘人木敬佩彭歌「才氣縱橫,又下過功夫」,作品「光華耀眼」。她談論《落月》和《微塵》中的精準及愛國意識。精準是指作者「創造出獨特的文字密碼」,傳達「一幅幅突出而清晰的畫面」,使讀者感受,「產生所謂『共鳴』以外的抽象契合。」《落月》、〈微塵〉、〈象牙球〉都有好例。「捕捉一剎那的抽象感覺」可達到精準,「寫情感尤其要精準」。愛國情操在這兩本書中也多所呈顯,潘文舉證論析詳實,文采斐然。

梅新〈夜讀《從香檳來的》〉,寫在長篇出版後不久。他不談「文學作品中摻雜許多哲學思辨,是否有損或有益文學的純粹性問題」,而由作者的精神投射來剖析。他認為:《從香檳來的》是部「取材現實,迫使彭歌不得不以他個人的道德意向強烈地發揮導航作用的作品。」彭歌以留學生文藝理性地批判人生。國內對留學生的處境欠缺深入的了解,人才的鑑賞標準,愛不愛國的判斷,似乎都不盡合理。鍾華的擇善固執,視人生是無盡的痛苦與犧牲,在在都是彭歌精神人格的詮釋。美國朋友康茲與鍾華並置映照,目的在凸顯美國這類新興民族苦幹死幹,敢冒風險的創業精神。梅

---

[13]彭歌,《讀書與行路》,頁 7～9。
[14]收入彭歌,《永恆之謎》(臺北:聯合報社,1980 年 12 月),頁 30～38。
[15]夏志清著;蘇益芳譯,〈《黑色的淚》英譯本序言(一九八六)〉,《臺灣文學學報》第 9 期(2006 年 12 月),頁 1～12。

新以為：彭歌讚賞這種特質，覺得中、美民族性各有優、缺點，值得彼此互相借鏡。愛情的描繪不是本書的重點，美麗熱情的數學博士安娜選擇了鍾華，這知識貴族的選擇，暗示一個工商業極度興盛的國家，需要東方的精神文明的調濟。因此，吹毛求疵，挑剔兩人分離的細節寫得「稍嫌性急」，也許不見得那麼重要了。

　　同樣談論《從香檳來的》，黃慶萱的〈信念與真實之間〉副題是「漫談彭歌《從香檳來的》主題、情節和人物」。他細論這篇「留學生小說」，發現作者「一股強烈的企圖心」，貫串全篇的是作者對民族的信念。眾多人物中，代表各種類型，各具性情。鍾華和呂守成都是作者的外射投影，楓廬主人李太太是真正熱愛中國、把生命奉獻給中國人的美國人。黃慶萱看出：在情節安排上，作者有些主觀認定，與描摹出來的真實狀況似有差距；整體小說的脈絡、照應則相當嚴謹，有時伏線千里，小說的重要頭緒，最後一章都做了交代。作者也善用明喻、暗喻各種手法，使得人物塑造栩栩如生。而留美學生為什麼很多不肯回國？美國社會底層民主政治的實際狀況，未來中國之命運又當如何？或許《從香檳來的》已觸及了這個脈動。

　　多年後，張素貞重新討論彭歌的小說，論題：〈苦心深築的生命軌跡〉，卸去夏先生強調的「孤兒」主觀命題，專就小說文本客觀評析。從「抗日、反共」、「愛情糾葛」、「社會寫真」、「推理、寓言小說」、「留學生小說」、「政治小說」各種類型試圖將所有知見的彭歌小說列入觀察，作題材與性質的分類討論及精簡的評介；並另列「藝術經營」一項，對彭歌小說的文學藝術略作陳述。應該藉此補充的是：關於〈黑色的淚〉與〈象牙球〉兩篇精緻短篇的藝術成就。同樣都以第一人稱旁知觀點寫成，情節都從事實的鋪描中自然呈現。殷張蘭熙選譯彭歌小說，即用《黑色的淚》為書名，前文已敘及；她翻譯彭歌及朱西甯、王藍等五位作家的短篇小說合集，則以《象牙球及其他》（*The Ivory Balls and Other Stories*）為書名。隱地 2014 年出版《小說大夢》，避開爾雅整系列的「年度小說選」的選文，另行遴選多年來難忘的 14 位作者及其小說，略加短評（他評或自評）。他

選了彭歌的〈象牙球〉，下了標題：〈一篇張力飽滿的小說〉；殷張蘭熙在
「筆會小說選」英譯版的中文本《寒梅》導言則說：「〈象牙球〉以敏銳的
洞察力，表達一個小孩對家中因戰爭悲劇引出的一連串複雜事件之情緒反
映。」我個人認為：〈象牙球〉幼童的視點和心理把握得極為完美，運用難
得的客觀筆法，也可圈可點：從頭到尾不談抗日，只一逕地描繪連串的具
體事件乃由日本侵略而衍生。梁伯母今昔的對比，落差非常大，先做幻象
之經營，現實中再打破幻象；梁伯母的單純加上執著，對照梁伯伯的複雜
及反覆，讓人不禁反思：究竟做人還有沒有道德準則，尤其是戰亂的時
候？此外，《小說大夢》也選了侯楨的〈清福三年〉，採用的短評則是彭歌
的專欄雜文[16]，是針對爾雅版《六十四年短篇小說選》提供意見的。由此
可見彭歌對文藝創作的關懷與影響。

　　彭歌鎔鑄自己的留學經驗，寫成兩篇長篇留學生小說：《在天之涯》、
《從香檳來的》。之後隨著新聞工作責任的沉重與專欄撰寫的頻繁，小說創
作相距的時間不算短，卻見出他對小說的鍾愛細密綿長，欲罷不能。張素
貞〈兩岸知識分子的對話〉，對彭歌 2009 年出版的中、短篇小說集《惆悵
夕陽》做了精要的討論。〈微塵〉（1983 年）、〈向前看的人〉（1993 年）、
〈惆悵夕陽〉（2009 年）三篇都關涉到兩岸知識分子的關係。彭歌個人的
經驗與時代背景都還是現實描摹最逼真的取資，〈向前看的人〉中的王燕生
幾乎是彭歌的投影；不過，反共意識消褪淡化，轉為對大陸人民極大的悲
憫與關懷，帶著相當程度的批判。〈微塵〉是舊作，〈苦心深築的生命軌
跡〉已論及。本論文指出：〈向前看的人〉靈活運用今昔交錯的結構，著力
經營人物的心理描繪，謀篇技巧更見多元，而且蘊藉客觀；描摹人情，也
能平淡中見真醇。〈惆悵夕陽〉同樣關懷知識分子在政治運動中的遭難，又
添加了愛情這亙古的命題。一對情侶因戰亂而分離，各自婚嫁，都緣於大

---

[16]詳見 1976 年 6 月 4～5 日「三三草」專欄：〈喜見新人佳作〉、〈蒐羅必須更廣〉，收入彭歌，《孤
　憤》（臺北：聯合報社，1976 年 9 月），頁 136～141。隱地，《小說大夢──「年度文選」再會》
　（臺北：爾雅出版社，2014 年 10 月），頁 89～110、頁 127～143。

苦難中受惠感恩。情節不奇，卻是逼真。相反的，政治運動中，一些出乎常情的如實描摹，令人不忍置信的真實卻又有效地傳達了特殊情境的震撼實感。彭歌的晚期小說展現了洞察世事的練達。

三、談文論藝、新聞文學、報導文學、人物傳記

博雅而善詩的周棄子，「生平作詩三千首」[17]，他贈予彭歌的詩作不少，其中一首七律，彭歌至老不忘，隨口記誦：

> 曾聞荊棘世途難，鉛槧而今亦險艱。
> 魚豕偶譌當重沓，弓蛇幻影有危瀾。
> 文章報國談何易，得失衡心諒所安。
> 終是放翁哀憤語，夢中憂患尚如山。[18]

「夢中憂患尚如山」，確實是知友慧識，一語道中個人心志。彭歌來臺已過 32 年，從《臺灣新生報》小編輯到《中央日報》總主筆，在嚴謹厚重之中講求嚴密簡鍊，戰戰兢兢，不容差之毫釐，真個是「文章報國談何易」。而國事多艱，雖步步求生，積極奮進，難免憂思，寢食難忘，卻又是「夢中憂患尚如山」，彭歌感受深刻，用做篇名，結集出書，也用做書名。

保真撰寫〈二十年來的憂患意識──讀彭歌的散文與雜文〉，便掌握「憂患意識」，從「寫作題材」、「寫作風格」，談到「夢中憂患尚如山的彭歌」。彭歌那一代人，感時憂國是共同的創作意識，題材切合時代思潮，也相當廣泛，幾乎無所不包。保真拈出「三三草」、「雙月樓雜記」的專欄寫作風格在於：「溫柔敦厚」與「擇善固執」，確能提綱挈領，藉此鋪展議論，貼合作者的創作精神，非常中肯。不過或許當年由於篇幅所限，彭歌的散文、

---

[17] 彭歌，《憶春臺舊友》（臺北：九歌出版社，2009 年 12 月），頁 30。
[18] 當作於 1981 年 1 月之前，或者就在 1980 年歲暮前後。後四句，彭歌於〈夢中憂患尚如山〉一文，曾用為結尾。見彭歌，〈夢中憂患尚如山〉，《夢中憂患尚如山》（臺北，中央日報社，1983 年 3 月），頁 30。

雜文又數量龐大，保真撰文只能先從其犖犖大者說起，只談論彭歌的「憂患意識」。事實上，不論是純文學的散文、新聞文學或專欄雜文，彭歌寫作的量與質都不宜輕忽，彭歌的散文與雜文的成就，遠遠不僅止於「憂患意識」而已。1958 年，彭歌在政大新聞研究所的畢業論文是〈論專欄寫作〉，如今，若是逢得有心人，試以〈論彭歌的專欄寫作〉為題檢視，必能驚訝於他的創作豐沛，包羅萬象，單就文學相關部分檢視，也是美不勝收。他最早的、由文星書店與傳記文學社出版的散文集《文壇窗外》，收錄許多在當時重要文學刊物《自由中國》、《自由談》、《文學雜誌》發表的文章，清一色都是文學相關的篇目，這些 1957 至 1963 年的創作，九成是書評與文壇介紹，確是「談文」的一本書。後來的《生命與創作》（1986 年），幾乎每篇都以某位作家某些言論引發出一些創作論題；《說故事的人》（1998 年）第一輯更是他在大量專欄寫作的局限之外，試用比較多的篇幅來談文論藝。

小說是彭歌的最愛，他反覆談及自己的志趣在寫小說，想寫出對人生更深更廣的一些解說及透視。留美回國之後，他服務於學界、報界，著述、工作之餘，欠缺完整的時間撰寫小說，他便抽暇譯介外國文學，做為一種精神上的彌補，其中小說占了大部分。他也參考日本、俄國、美國的名家短篇，融會個人的寫作經驗，整理出小說創作入門的理論《小小說寫作》。他的談文論藝，重點大多在小說。文學寫作是他的初衷，所以他也關懷中外文學的推介。

當我們檢視彭歌兩大專欄系列的許多部結集時，可以看出除了新聞學與圖書館學專業的投射，大多為介紹書目，「雜取中外書誌報章，略抒己見」，他談有興味的話題，包羅文學、科學、往事、新聞，他寫的是「新聞記者的即興筆墨」。[19] 這些新聞文學，短小精鍊，難為的是，要談枯燥的論題不讓人嫌厭。我們也不難看出：大量的專欄論題中包含了很多文學與藝術，正反映作者的關懷所在。中外論題，有時一篇短文不能盡意，也許一

---

[19] 彭歌，〈三三草十三年〉，《猛虎行》（臺北：聯合報社，1981 年 11 月），頁 285。

而再，再而三討論，是常見的彈性寫作。例如：《取者與予者》中，自〈良知的議會〉以下六則都是第 36 屆國際筆會在法國的報導；〈正大光明〉、〈勉李行〉以下五篇都是記述第 15 屆亞洲影展。《祝善集》中，由〈退伍上尉的戰略論〉以下六則談的都是李德哈達及其作品；〈巡撫與小吏〉、〈湘江夜譚〉、〈林則徐傳〉談的都是林孟工的《林則徐傳》。這樣獨立而又連貫的彈性書寫，使充分報導可以滿足讀者求知的慾望，在「三三草」第六集《書的光華》中相當普遍，關於索茲尼欽（索忍尼辛）的有五篇，關於雷馬克、《名人傳記辭典》、《改變美國的書》的各有三篇。其實，1955 年 3 月，彭歌便寫過：〈自由談專訪——「自由中國號」一葉輕舟渡兩洋〉，報導种玉麟等六人的事蹟。[20]1963 年 11 月 22 日美國總統甘迺迪遇刺身亡，彭歌適在美國，就從各方面採集事件經緯本末，為《臺灣新生報》撰寫〈甘迺迪之死〉的長篇報導；1964 年石門水庫竣工，彭歌也曾前往進行獨家採訪，在《臺灣新生報》詳細報導。這類寫作可以延展到〈名記者、大間諜——「雙面人」費爾畢的一生〉[21]和〈三島由紀夫之死〉[22]，不必等高信疆在「人間副刊」大肆倡行，彭歌已開風氣之先，踐行報導文學的寫作了。

　　彭歌是嚴訓培成的快筆，新聞記者的機動採訪報導，常伴隨在他出席會議或應邀訪問之後一小段時間，豐富的資料便以靈動的新聞文學呈現在讀者眼前。1985 年 9 月，彭歌以全美主筆會議的特邀來賓身分赴美國丹佛參觀美國戰略空軍部等處。10 月 14 至 16 日三天，便有〈山深不知處，洞中訪鋼城〉、〈破敵境外，議論紛紜〉、〈憂愁先生的逆耳忠言〉三篇長文，各附副題：「主筆會議與星際戰爭」報導之一、之二、之三[23]，報導之詳

---

[20]見《自由談》第 6 卷第 3 期。事隔多年，他從不同的角度又寫了一次，見彭歌，〈孤帆渡重洋〉，《追不回的永恆》（臺北：三民書局，1994 年 10 月），頁 162～164。

[21]彭歌，《水流如激箭》（臺北：聯經出版公司，1989 年 12 月），頁 269～282。

[22]彭歌，〈三島由紀夫的一生〉、〈悲苦慘怖的手勢〉、〈五‧一五與二‧二六〉、〈極左與極右的激盪〉、〈南泉斬貓，所殉非道〉五篇。收入彭歌，《彭歌自選集》（臺北：黎明文化公司，1975 年 5 月），頁 135～178。

[23]彭歌，《愛與恨》，頁 138～177。

實，令人心疑可曾洩漏了軍機？類似的狀況：《萊茵河之旅》是 1968 年 9 月應邀去西德考察訪問的觀感，這 43 篇是國內最早有關西德的文章。《筆之會》則記載 1970 年 6 月 16 日在臺北主辦「第三屆亞洲作家會議」及 19 日在韓國首爾的第 37 屆國際筆會的情形，談作家與作品；1971 年 9 月，前往愛爾蘭都柏林出席第 38 屆國際筆會年會，途經歐陸返國，《愛爾蘭手記》便記述了大會討論情況以及旅行見聞。《讀書與行路》有幾篇是 1972 年春間訪問中東的記載；最後幾篇則是同年出席舊金山中美大陸問題檢討會的見聞。

當代人物傳記也是彭歌散文致力的重點之一。《憶春臺舊友》所收諸篇，司馬桑敦、周棄子、吳魯芹、林海音與何凡、琦君與李唐基、柏楊、殷張蘭熙、王藍等，都能呈現人物特質，具見性情。附錄的趙君豪與梁實秋，也寫出了一代報人、文人的長者風範。1994 年出版的《三三草》，特立一輯「文學人物」，寫國際筆會幾位人物，〈競選總統的小說家——巴加斯‧尤薩〉尤其精采，尤薩來訪過臺灣，讚賞臺灣的農經建設，2010 年獲得諾貝爾文學獎。另外，輯中〈患難情——記蕭乾與文潔若〉與〈往事如煙——胡風沉冤錄〉表露了對大陸文人的關懷，可與〈哀沈從文〉[24]等並觀。2003 年 5 月出版的《在心集》記述了近似傳奇的〈海淀王先生〉，記吳延環的事蹟；1993 年彭歌發表小說〈向前看的人〉，他讓海淀王先生的傳奇又復活了一次。[25]原發表在《歷史月刊》的〈悲劇時代‧悲劇英雄——讀沈克勤著《孫立人傳》〉，則敬悼一代武將孫立人。彭歌寫人物，有時會掌握突出的奇特之處著眼和命題，譬如：〈大盜小說家〉[26]，以聳動的題目描寫波多黎各的小說家皮瑞‧托瑪斯。既文雅又狂放的他和彭歌在國際筆會第 51 屆年會閉幕式初識，臺下交談，才知道他在紐約貧民窟長大，曾在街頭浪蕩，吸毒、搶劫而入獄。但他出獄後回波多黎各做戒毒助理，而後

---

[24] 〈哀沈從文〉，《聯合報》副刊，1977 年 9 月 23 日，收入彭歌，《不談人性，何有文學》（臺北：聯合報社，1968 年 9 月），頁 52～54。

[25] 彭歌，《惆悵夕陽》（臺北：三民書局，2009 年 10 月），頁 96～99。

[26] 彭歌，《一夜鄉心》（臺北：九歌出版社，1988 年 7 月），頁 147～153。

到美國演講、寫作。他的自傳體小說寫出留美波多黎各人特有的際遇和感受。以上談述的報導和傳記，有些都是相當篇幅的長文；但在專欄短文中，彭歌照樣能善下標題，勾勒人物的精神。相連兩天撰寫的〈千古文章未盡才〉與〈永遠的懷念〉[27]，同時悼念了兩位知名的學者——陳世驤先生和夏濟安先生，串連起許多相關的脈絡。陳、夏都是吳魯芹的好友，因為吳的介紹，夏濟安到美國之後，和陳世驤也常相過從，成為知交。陳世驤逝世，吳魯芹輓聯云：「平生知己今餘幾，千古文章未盡才。」哀切的聯文「千古文章未盡才」本是陳先生悼念夏濟安聯語。彭歌記起陳先生曾約見，談及該將夏濟安的苦學、才華與戀情寫成小說。〈永遠的懷念〉篇題採用夏濟安紀念文集的書名，也表達了自己「永遠的懷念」。夏先生評《落月》已成了經典，彭歌細抒個人蒙受的啟迪，讚許為一代評論家的典型。而二文的串場人吳魯芹，是春臺舊友之一，他和彭歌也素來就是文人相重的知交好友。

　　選評中尼洛的〈淺讀彭歌的《水流如激箭》〉，以作家的敏銳感受來談論彭歌的寫作。1989 年底出刊的這本集子，距前一本《猛虎行》足足八年之久；和以往一年出兩本的情形大不相同。1981 年彭歌升任《中央日報》社長，仍兼總主筆，9 月 29 日他撰寫〈三三草十三年〉[28]，意在結束專欄、向讀者告別。想必又是《聯合報》楊子等人的美意催促，他斷斷續續地寫，尼洛也就斷斷續續地讀。讀的人與作者同年，有著相同的時代經歷，後記說：「《水流如激箭》裡並不只是感嘆世變之疾劇，而更要透露出一點心情。」他深有感受的正是「一同走過從前」的「一點心情」。時代變化急遽，中年人寫的，中年人讀來，「常常浸沉在一陣子無言當中」，有時候，是徒然增添心底的無奈。這是彭歌卸任後「對世局感喟較深的一年」，彭歌說：「真理可能有千面，因而需要寬容；然而，真理其實只有一個，寬容並不是無所是非。人需要沉思，以及沉思之後形成的信仰。」他溫柔敦

---

[27]彭歌，《讀書與行路》，頁 57～62。二文作於 1971 年 7 月 16～17 日。
[28]彭歌，〈三三草十三年〉，《猛虎行》，頁 281～287。

厚地描繪「千面」,寬容是一種態度,但沉思之後,是其所是,非其所非,尼洛評斷,「他趨歸於國家、民族、傳統的『一點心情』,卻處處可見」。正因如此,他可以從寒山原詩只領受「水流如激箭」而由「人世若浮萍」掙扎出來,惶愧、憂慮,卻也有自傲、有信心。

尼洛做了作者創作精神的融貫檢視,但他的討論著重在第一輯,對於「千面」也似乎欠缺深入衍述。試看:〈今夕之蟲二〉一文,源自「今夕只可談蟲二」,暗喻「風月無邊」,提及議事堂上表演武德,論政座中流行「國罵」,讓人懷疑:這樣的民主有什麼可貴?〈盛景插曲〉談到連戰是十多年前首先向經國先生建言「解嚴」者之一;〈人間少一通達寬厚的人才〉悼念阮毅成,談及他對地方自治的設計;也談及他與趙君豪為總角之交,建議《自由談》徵文,結果選出了鍾肇政。其他如第二輯,〈苦難的白描〉、〈兩岸心情〉談蕭乾及其作品《我要採訪人生》;〈亂世文人〉從英文版《沈從文評傳》談及沈從文 47 歲就「棄筆不寫,潔身遠禍」。這些種種,是否還有可以發揮之處?

隱地〈《知識的水庫》〉是書評,也是本彙編唯一一篇討論彭歌論著的評論。彭歌出國留學,攻讀新聞學、圖書館學。1964 年回國,就任《臺灣新生報》總編輯,五月回母校政大公企中心兼任圖書館館長,彙編書目,向美國爭取出版圖書,查列人文和社會各種最新書刊,請美方承諾「美援」。他為政大置辦圖書,建立書目引得;寫專欄提倡讀書與出版風氣。這些實務操作,也許跟《知識的水庫》成書有點關係。

隱地點出:本書主要在介紹圖書館與書目的重要。強調知識需要存儲蓄積,學術需要流通往來,以及一些實際可行的做學問的方法。略做內容概述之外,他歸納彭歌提出的新觀念:圖書館的任務,應該是「服務」重於保存。知道美國新書評介之盛,書評所具的權威性,隱地就目前的狀況檢討,頗有展望。「治學當自書目始」,好比銀行做總帳,彭歌倡議我們的圖書館得向歐美學習,建立各種各類書目,舉《美國書業要覽》為例,細說可以如何整理的方法。另列「研究國際問題的參考工具」,彭歌強調,除

了引進、使用別人的工具,「尤其應當按照我們自己的需要,製作我們自己專用的參考工具」。強調自己的獨特性,是務實,也有其必要。談美國出版界好景空前,買書風氣,求知欲和自修,稿費與版稅,隱地又有所比論。隱地認為:這是一本能增進並擴展我們知識領域的報告文學,也是一本這一代讀書人所必備的參考書。

四、彭歌的文學主張與實踐

　　李瑞騰教授撰寫〈彭歌的文學主張〉,採行斷代的重點研究。他截取彭歌晚期從新聞職場卸去責任之後的十年(1987～1997 年),以《水流如激箭》、《風雲起》、《追不回的永恆》、《三三草》、《釣魚臺畔過客》、《說故事的人》六書做為觀察資料。他長年來關注文學界作家、作品,也是策畫臺灣文學整體研究的重要推手。他發現這段時期的作品,彭歌較少行文的顧忌,「語多激切,心中似有不滿之氣,倒仍然愛談論文學人事及閱讀感受」。李教授以老編的能手逐書下按語,也用較活潑的形式,擷取書中相關的「文學主張」,一段一段做「析釋」。由於彭歌的文章一貫是因時感興的自然流露,原本不是全面性的純文學書寫;李瑞騰的「析釋」,除了就單篇片段做解說,也引據作者其他相關的作品及文壇的現況,做了綜會貫串的論述,其中有些很具有前瞻性。

　　值得注意的是,李瑞騰就十年間所見的彭歌文學主張歸納,討論張大春的《沒人寫信給上校》,可見彭歌對政治評論極感興趣,對「新聞小說」這特殊類型特別重視,對於張大春這位優秀小說家日常就保持關心。從楊絳的《洗澡》,肯定了女性作家的勇氣和造詣,是否已在尋找「女性文體」之可能?從白樺的一段話,〈還是人性〉銜接了他談過的〈不談人性·何有文學?〉。〈誰逝去?〉一文,針對反共文學是一種「逝去的文學」之說,彭歌列舉巴斯特那克的《齊瓦哥醫生》加以辨證。至於〈你往何處去〉直言「文學不那麼容易死」,則呈現個人對文學的信心,一貫而執著。

　　彭歌的散文,由於文學素養與自我對文學創作的嚴肅要求,即使是極

短的篇幅，限時的寫作，也往往是謀篇考究、錘鍊章句的精品，他似有追求「知性美文」的傾向，而有些作品，也達致相當的水準，堪稱為「知性美文」。

他撰寫兩個專欄多年，每逢新春開筆，試想如何能不書生常談？何以創發新意？如何避去枯燥的命題，寫得內涵飽滿，層次分明，而又引人入勝？〈最貴的書〉[29]是 1980 年「開年第一筆」。談起出版界「若干大部頭的書」價格不便宜，再說所要介紹的最貴的書並非大部頭，也不是珍本，只是一本「現代中國人寫出來，足以向世人炫示並且向子孫交代的書」。這本書花費五年，成本新臺幣兩千多億元，全國上下都參與了的，都有貢獻。而後點題：書名是《十項建設評估》。迂迴導引，再逐步做精采呈現。他善下標題，也是一大特色。

〈年開明日長〉[30]寫於 1971 年的最後一天。多事之秋，「有一種說不盡的蒼涼悲壯的情懷」。歲暮讀詩，高適的〈除夜〉「是一種蕭索淡遠的意境」；倒是唐太宗的〈守歲詩〉：「年開明日長」讓他喜歡，雖不宜，也無心情「對此終歡宴，傾壺待曙光」，這句詩對於未來的憧憬與追求，讀來有「積極而肯定的感受」。他對蘇東坡的〈除夜野宿常州城外〉第二首最為動心，自己也是一個「直恐終身走道途」的南來客，深覺：「我們所需要的，正是這種豪邁而豁達的氣概，這種周旋到底的心情。」他遣字精準，不同一般；抒情有致，獨特而深切。

古詩的質地細，密度高，情韻綿長，彭歌常喜援引入文，也確能曲致委婉深蘊的意韻。〈直道無憂行路難〉[31]作於農曆正月七日「人日」。文中先引典說事，歸結：六畜在前，仍得為人所役，人才是宇宙的中心。他個人是奮進的，認為休假六天，人日該做事了。高適〈人日寄杜二〉失之於淺。卻是最後一首：「一臥東山三十春，……媿爾東西南北人。」自省三十

---

[29]彭歌，〈最貴的書〉，《永恆之謎》，頁 170~172。
[30]彭歌，〈年開明日長〉，《回春詞》（臺北：三民書局，1972 年 5 月），頁 7～9。
[31]彭歌，〈直道無憂行路難〉，《作家的童心》，頁 257～259。

年來唯有苦幹，沒有「一臥東山」的風雅。由此記述一段師長的笑話：「丘也，東西南北之人也」，「東西南北」以英文字字頭湊成News，推論：「孔子實在是中國歷史上最早的新聞記者。」細想來孔子述而不作，「倒的確像現在的編輯人。」知性的笑話別具意義。終篇，他選錄杜甫的〈人日兩篇〉：「……佩劍衝星聊暫拔，匣琴流水自須彈。早春重引江湖興，直道無憂行路難。」愛他基本精神「爽朗健旺」，而「直道無憂行路難，代表著中國人，『不信邪』的剛毅弘忍之志。」落筆精潔切體，意蘊無窮。

另篇〈猛虎行〉[32]則直接取用陸機的樂府詩題，記述父子陰陽合曆同一天生日，他應兒媳之請，書寫陸機〈猛虎行〉一幅墨寶，姑且做為家訓。選文自有其深意，「著意於志士仁人，『急絃無懦響』的高潔胸懷」。卻從中國人陰陽曆並用，可以過兩個年、過兩個生日說起，並且添加英國女王過兩個生日、憶述兒時過生日也算家中「盛事」，行文情趣盎然。

彭歌〈憂患亭〉[33]妙趣無窮，幽默調侃的敘筆，蘊涵不盡之意，具見其憂患意識。憂患亭，是他設想的一家飯館名字。「簡單樸素」，「淡雅潔淨」，「並無『時價』」。座次一種是面櫃檯而立，「『立而食之』，食客自取食物，就櫃而食，既節省時間，又有助消化」。招牌菜有「孔夫子快餐」、「武二郎晚餐」、「乾煸守財奴」、「生炒敗家子」，彭歌說：「皆有特色。」名湯則為「蘇學士酸辣湯」，好處在於它的「不合時宜」、「開胃」、「清心」。如果有人投資，「寓小康於憂患之中」，他這個構意願「無料奉送」。憂患亭最理想的地點是中山北路二段鬧區，可以跟「五萬二千元兩桌酒席」遙相對照。這該是此篇行文的動機。細細推敲，不難體會此中多少苦心的諷諭。

彭歌曾以小說〈K先生去釣魚〉諷刺美國國務卿季辛吉的權謀外交政策，〈問季篇〉[34]堪稱姊妹作。這是自問自答的「答客體」之再變，先有了答案，卻仍存深層的疑問，提問正為求「愈辯愈明」。季辛吉在 1976 年 3

---

[32]彭歌，〈猛虎行〉，《猛虎行》，頁 3～5。

[33]彭歌，〈憂患亭〉，《成熟的時代》（臺北：聯合報社，1975 年 7 月），頁 105～106。

[34]彭歌，〈問季篇〉，《孤憤》（臺北：聯合報社，1976 年 9 月），頁 315～316。

月 16 日發表長達 76 頁的「外交政策聲明」，彭歌判斷它「空言無用，無補時艱」，提出五項問題質疑。季辛吉的外交辭令很動人，彭歌質問的口吻很客氣，採用半文言的尊稱「君」或「閣下」，卻舉證充分，辭氣犀利無比。他巧用特殊的體例，道出敏銳的政治觀察，乍看平和而又溫婉，骨子裡詞語鋒利，句句在理。

彭歌 1992 年年初撰寫的〈偉人心事〉[35]，以類似寓言的格式，採行第三人稱有限觀點，融合偉人的自述寫成。「臺北少有的寒冬」實景描摹，也可以是政治氛圍。夜晚「那偉人從座椅上站起來，眉頭深聚，心事重重」。讓歷史人物現身說法，檢視當前政治口號：「政治要革新，不要革命。」是否符合總理遺志？紀念館、國定假日、開會行禮如儀、恭讀遺囑，都是形式，偉人在意的是「從我這個立黨建國的老人，到百年之後繼起的人才，能不能心心相印，能不能形神如一」？可嘆「眾生如夢」，同志「不力求上進」，要知道國民黨「老招牌」，靠的就是「『知其不可而為之』的革命精神」。

「偉人歸位坐下去的時候，好像有一陣三級地震，刻著『大道之行也』的石板都在撼動。」他有餘怒，不安、不平，動作就大了。這憤怒質疑著「天下為公」的終極理想是否有朝能實現。於是，偉人下定決心，「我要重返人間，號召更勇敢、更熱情、更有理想的人們，一起去革命！」當今之世，如何重建革命精神啊？彭歌的憂患意識壓縮在嚴格的敘事規範裡，隱形的吶喊，顯得更為急切了。

彭歌新近出版的回憶錄《自強之歌》，有一則寓言：

> 臺北午夜，國父紀念館廣場上有老人打著燈籠漫步，時而長嘆一兩
> 聲，原來是國父孫中山先生。他萬分焦慮地問：「三民主義到哪裡去
> 了？」[36]

---

[35]彭歌，〈偉人心事〉，《追不回的永恆》（臺北：三民書局，1994 年 10 月），頁 175～178。
[36]彭歌，《自強之歌》，頁 365。

微妙地呈現了一種沉鬱悲涼之感。這段文字，可以看做是〈偉人心事〉的衍生延展。

　　彭歌刻畫人物形象鮮明，善於描繪人物的言行，以突顯其特質。〈瀟灑走一回〉悼念張繼高，選材精要，落筆精準，清淡的敘述帶出深濃的不捨之情。記張繼高去年夏間在美國會面，「談談笑笑，……談鋒之健，一如盛年」。回臺不久，卻「忽攖惡疾」，引述歐陽醇先生、劉昌平兄、蔡文甫兄三段說詞，見出張繼高的瀟灑，以及備受新聞、文學界名人的關切與尊重。在新聞工作之餘，他「致力推廣音樂文化」，是「成功的評鑑家，和最有成績的倡導者。臺灣音樂舞蹈運動的發展，他是拓荒者之一。」回溯自己和繼高的關係：同在新聞圈，單位不同，各有所重，來往不多。但他曾有意對彭歌音樂方面加以「培訓」；也大力促成 1968 年彭歌與李荊蓀的西德訪問，期許「回來好好寫幾篇東西」。因而有《萊茵河之旅》一書出版。

　　兩人同年，一樣「刻苦耐勞」和「不肯服輸」。以感喟煞筆：「像繼高這樣做到了置死生於度外，那瀟灑毋寧說是值得羨慕而不易學到的境界吧。」人生如何能得「瀟灑走一回」？確實關係時運，也相關氣稟，不可學而至。

五、餘音

　　彭歌 2015 年出版了回憶錄《自強之歌》，將自己的大半生生涯，做了整體的回顧。其中有不少資料曾分別在他的文學筆墨中呈現，而一生步履多有轉折性的各種機緣，《自強之歌》也做了連結貫串。從他的回憶錄其實可以對照民國近九十年來的歷史變遷，彭歌篤誠奮勉地「紀錄有意味的生命片段」[37]，與時推移，扮演了不算太小的角色，自有他的歷史定位。

　　應該附帶說明的是，彭歌的翻譯成就斐然，讀者眾多。他撰有〈譯事憶往〉[38]一文，將所譯十本書分為小說類六本、非小說類四本。他心心念

---

[37]彭歌，《憶春臺舊友》，頁 3。
[38]1993 年 4 月 30 日至 5 月 3 日發表於《中華日報》的〈譯事憶往〉，詳述翻譯諸書種種。此文收

念在小說創作。當新聞本業工作日趨繁忙,中華民國筆會也有推卸不了的
會務,還得撰寫專欄,他不能專意創作,卻仍然勉力騰挪時間翻譯他人的
好作品,以示不忘初衷。翻譯其實也是另一種創作,彭歌耗用的心神不
少,必要時偶爾還做一些增飾或刪節。但研究彭歌的文學創作,翻譯畢竟
隔了一層,篇幅限制,本彙編只列他的翻譯作品目錄,未選錄相關評述文
章。

綜觀彭歌的著作,即使 1991 年、1999 年國家文藝基金會、九歌文教
基金會曾舉辦過兩次彭歌作品研討會,本彙編選錄了一些評述,仍不過只
是某些層面的梳理,其實,若要更深入探討他創作的成就,還有許許多多
的彭歌研究可以推展。不僅小說研究可以有不同的或更新的觀察視角,彭
歌的專欄寫作可以做系統地研究;我們也可以做彭歌散文/雜文/美文創
作的各種面向研究,可以做彭歌報導文學、傳記文學、新聞文學、旅遊文
學各種文類的分類研究,甚至他的書評、影評、劇評(尤其是書評)也大
有研究的空間。彭歌的翻譯作品譯述嚴謹,與他的創作理念相關,也有研
究的餘地。更重要的是彭歌的理念,他的文學主張,李瑞騰教授只截選了
十年六書做研究,其他尚未開發的論述範疇還很廣濶。還有他的回憶錄,
是彭歌自我的總回顧,可以當做傳記文學研究,可以比對彭歌的作品做繫
聯研究;也可以對合當代文壇、新聞界的師友剪影,試加比論。以上名家
評述及我個人的補充整理,大致先做了鋪墊,更多更深入的各種面向的研
究,令人期待。

入彭歌,《說故事的人》,頁 67~85。

輯四◎
重要評論文章選刊

浮生絮語（後記）（節錄）

◎彭歌

《青溪》雜誌主編人隱地老弟一再鼓勵我，在「作家的成長」這個專欄中寫一點傳記性的資料。我遲遲不敢下筆。我總覺得現在還不是我寫自傳的時候。

我已經不復年輕了，但是，我心中似仍有少年時的豪情起伏，我不願「回顧」，而只想往前看、朝前走。舊路沒有甚麼值得重視的。此處所寫，毋寧是如主編人所規定的，最簡單而原始的「資料」。

我於民國 15 年在天津市出生，幼年喪母，由先祖母撫育成人。我的父親是一個工程師，先母從事教育。父親遠遊在外，我則隨侍祖父母的膝下。

在天津時讀過三家小學，慈惠、育仁、崇實，似乎都不能算很好的學校。租界裡寸土寸金，念到小學四年級時，崇實小學的課外活動只有打乒乓球。

五年級時我轉學到北平的藝文小學，校長是查良釗仲勉師，校歌中有兩句話是「紅黑二色雄且偉，美哉我校旗」。一生中聽過很多「人格教育」的話，但我覺得影響我一生性格最大的教育，是在藝文的兩年——愛國家、愛人、愛真理。

小學畢業後，讀輔仁大學附屬中學，初中一年級時，國文老師是英純良老師（英千里先生的令弟），英文老師是顧廣佑老師，他們兩位對我的督責期勉和愛護，令我終身難忘。初中二年級時，就開始在《輔仁生活》上發表所謂作品。那時看到自己寫的文字居然白紙黑字印了出來，那種興奮

之情簡直無法形容。後來讀美國小說家托瑪斯‧吳甫的一篇文章說，他第一次看到自己的文章印了出來，高興得一個人在街上「走」了一整天。我想，每一個喜愛寫作的人，大概都會有這種激動的經驗，好比人生中的初戀。

在初中時最得意的一件事，是有一次參加輔仁大學和中學的作業展覽，英老師把我寫的一篇〈晚霞〉送去參展，那篇三、四千字的作文，經老師用紅筆圈圈點點很多，又加上很長的評語。展出之後，有幾位觀眾（大概都是本校師生和家長），在「意見簿」上特別對那篇小文表示嘉勉。但有一位的評語挑眼：「初中二年級的學生，能寫出這樣的文章來嗎？說他是大學二年級才讓人相信。」

儘管他不相信，我的老師和同學們卻都完全相信，因為我們的「作文」都是在課堂上作，大家傳觀的。那一位不知名的觀眾這一段「不友善」的話，對我而言，反而是最大的鼓勵，我曉得當時的「實力」大概總是比「初中二」稍微強一點。

讀初中的時候，中外小說已經看了不少。那是當時的風氣。一個學生到了高中而沒有讀過《三國》和《紅樓》的，大家會引為笑談。我常常向學生們講到這種情形，我覺得，青年學生們太不喜歡「看閒書」，是不正常的現象。

我讀高中時，輔仁的處境日益困難，大學部師生被敵偽逮捕者甚多；中學部也有好多位師長下獄。眼看著狐鼠橫行，內心的憤慨無以言喻。有一次，老師要我們寫文言的書信，我寫了一封「擬貂蟬責呂布書」，藉了這位傳奇美女之口，痛罵一班投降而無恥之徒。老師後來勸誡我，「文字上要小心」。

太平洋戰爭以後，我輾轉到了大後方，先在一家工廠裡做小職員，後來考進西北農學院，讀了快一年的農業經濟。然後在西安考區報考中央政治學校大學部新聞系。發榜時我僥倖榜上有名，等我到重慶入學時，八年抗戰已經勝利，正是後方準備復員、許多人沿江而下的時候。

　　國家行憲以後，中央政校改制為國立政治大學。那時候雖然社會環境不甚安定，物價上漲甚烈，可是學校裡讀書風氣仍然很濃。沈剛伯老師的「西洋近代文化思想史」和方東美老師的「人生哲學」是自覺最得益的課。新聞學方面的課很重；也有些是我沒有興趣的。但那幾年間確實看了不少的書。當時也不斷寫作，有一次上海的一家雜誌籌辦大學生徵文，我貿然一試，後來得了第一名。那一筆稿酬好像是 50 萬也還不曉得是 100 萬元——當然是因為通貨膨脹的關係。但在當時仍然是對我很大的幫助；其中有一部分是書券，可以買廉價書，我就買了好幾十本平常想買而買不起的書，十分快樂。單以「票面金額」而言，我以後再也沒有得那麼高的稿費。

　　大學畢業那一年，大陸局勢已經極為惡化，我剛剛結婚，馬上又開始「逃難」，從廣州來到臺灣。謝然之老師正主持《新生報》，我們夫婦倆都進了《新生報》。自此而後的 20 年歲月，都投在這家報館裡。從民國 61 年，應召入《中央日報》承乏言論部門工作；民國 63 年以後，並在臺灣大學教書。

　　回想年輕時一面當編輯，一面就寫一點自己的文章。《新生報》當時的總編輯王德馨先生看我還能夠做點兒事，特令我為已故的趙君豪先生幫忙，擔任《自由談》雜誌的主編。從趙先生那裡，我也受益不少。最大的好處是大大鼓勵了我寫作的興趣。

　　在那十年之間，我寫的以小說居多。起初完全是投稿，寫過一陣之後，也有些先進主動來約我寫稿。虞君質先生的《文藝月報》、王啓煦先生的《文藝春秋》，發表了我不少的短篇。後來才為《自由談》寫稿，我總覺得一個人不應該在自己的「地盤」上寫，因為自寫自編，恐怕不容易保持客觀的水準。長篇小說《落月》、《流星》、《煉曲》等，陸續出版。民國 41 年香港的亞洲出版社辦徵文，我寫了一篇〈黑色的淚〉，被選為第一名。也許因為臺灣與香港之間的文藝交流不及現在這樣密切，所以比較引人注目。

　　想起來，那段日子本身工作比現在輕鬆，可以花比較多的時間在讀書

和寫作上。此外，並因寫作而認識了一些朋友，每個把月有一些聚會，吃吃談談，也討論了些寫作上的問題，很有趣味。大家彼此互相策勉，也有時辯論一陣。散了之後，各人寫各人的東西。這些朋友如今有的遠適異國，有的已不幸作古。留在臺灣的也不再常常見面，年歲大了，事情多了，人反而「懶」了。但我至今仍很懷念這些朋友們給予我的指教和鼓勵。

民國 49 年，我通過一次考試，得到了一筆獎學金，去美國讀了幾年書，得了兩個 MS 回來。旅美歲月，忙迫不堪，但我仍寫作未輟。除了一般報紙雜誌上的通訊之外，我翻譯了雷馬克的《奈何天》，又寫了一部長篇小說《在天之涯》。回國的第一年，那本書使我得到教育部的文藝獎；也大概因為那本書的緣故，當選為所謂「傑出青年」。那一年我已經 39 歲了。

回國以來，我寫的東西大都以鼓吹讀書風氣、介紹新知為主。我覺得，讀書風氣不濃厚，一切學術文藝工作都無法生根，更談不上茁壯。也翻譯了幾本書，捷克的穆納谷的小說《權力的滋味》我很喜歡。美國唐斯博士的兩本書《改變歷史的書》和《改變美國的書》，據說對一般好學青年有些用處。前者已經印了 40 版。還有一本皮爾博士的《人生的光明面》，到今年已印 60 版。我應該特別感謝老友林海音女士替我「經營」。她不僅是一位優秀的作家，也是一位成功的出版家。

我為《新生報》寫「雙月樓雜記」，後來又為《聯合報》寫「三三草」，我十分感謝這兩家報社對我的寬厚，可以任我寫出我的淺薄意見，以貢獻社會。我頭幾年「倡導」的有些是當時比較冷門的東西，像圖書館事業，像圖書索引，以至於一般的新書介紹。換言之，都很不像報紙短評上的題材。但報社不以其為冷門而見卻，讀者們的反應也比我最初想像的要熱烈。這條路似乎可以走的。因為寫這兩個專欄，自己不能不逼著自己多看一點兒書，這是另一種「收穫」。「三三草」已結集出版了十幾本，其中《成熟的年代》獲得了國家文藝獎。但我自己曉得，寫短評並非我之所長，雖然我很看重這份工作。

　　近年來，我只寫了一本小說，《從香檳來的》，最近翻譯美國小說家尤瑞斯的《浩劫後》，先後在《中國時報》上連載。《從香檳來的》僥倖獲得民國 60 年度中山文藝獎——這個獎對我心理上非常重要，我希望我能繼續寫小說。師友先進們給我的鼓勵，我不應辜負。

　　回顧在臺灣的二十多年歲月，實在不敢說有任何成就，我只是盡力在「作」。對於內子士芬，我有很多的歉疚之情。沒有她的克勤克儉以持家，我不可能花費如許的精力與時間在我自己喜愛的工作上。我的兩個孩子在臺北出生，現在都已經大學畢業，繼續深造。士芬期望將來有一天我們可以有一點兒儲蓄，使我不必「上班」，專心去寫自己喜歡的東西。我倒希望有一天孩子們可以自立了，帶她出門去旅行。

　　國家多難，人心苦悶，但苦悶也正是文藝創作的泉源。我們正處於一個偉大的時代之中；以我極有限的人生經驗而言，無一時不令我肯定我國的可愛和中華文化的可愛。我曾經歷了許多苦難，也受到過若干挫折。但是我對於中華民族的前途依然滿懷信心。與整個民族的生命與歷史相比較，個人實微不足道。但是，我相信，每一個中國人都一定要在此大時代貢獻自己的一份力量，無論這力量是如何渺小。我們唯有懷著忍辱負重的心情，埋頭苦幹，拚命向前，紮了根就一定能結果，只有憑自己的血汗得到的果實才最甜。

——選自彭歌《戲與人生》

臺北：九歌出版社，1978 年 7 月

談談自己的書
回顧與自省（節錄）

◎彭歌

好多年前，讀一本很可愛的小書：《遠溪清流》。其中有一段說，一位女士問一位畫家，哪一幅畫是他自認為最滿意的作品？

畫家說：「我馬上動手畫的這一幅。」

這個故事的真假不必去考證；但那畫家所流露的樂觀、謙遜，而又充滿自信的心情卻十分可喜。他永不以過去已有的作品為滿足，總相信下一次還可以作得更好；而且，也暗示他抱著絕不罷休、繼續努力下去的決心。這是很有啟發性的說法，因而我對於自己的書，也抱著同樣的期待。只要能繼續寫下去就好，用不著回顧，更無所用其流連。

近二十幾年間，寫了若干作品，出版了若干冊的書。不時有識與不識的朋友會寫信來，討論從前的作品。一週前還有位先生問我，〈清查史諾〉那篇文章何處可以找到？真連我自己一時也說不清楚。恰巧這時《書評書目》主編人催我談談自己的書，乃抽暇把書架上的書一一理出，作了一番檢查，編成最簡單的書目。這才發現從民國 42 年到現在，20 年來我一共出版了 49 本書。如加上黎明公司的這一本自選集，剛好是 50 本。

我依照書的內容與性質，將這 49 本書歸為五類：1.小說類共 15 種；2.翻譯類共 8 種；3.論著類共 5 種；4.專欄類共 18 種；5.遊記類共 3 種。大約五百萬言。災梨禍棗，其罪深矣。至於已發表而尚未結集，和未完成、未發表的作品，大約亦有此數。

我自入大學，接受的都是新聞教育；就業以來，一直不曾離開過新聞崗位。對於這一行，我當然是有興趣的。但我也相當了解所謂大眾傳播之

影響與貢獻，有一定的限度。自民國 55 年以後，經常在報紙上寫專欄。近一年來的工作更以言論為主，政論時評，其實皆非我之所好，更非我之所能。我的志趣是在寫小說。我對小說，樣樣都喜歡嘗試。但大部分作品是在民國 49 年赴美讀書以前發表的。在海外的時候，課業雖頗繁重，畢竟尚有假日可資利用，因能寫成《在天之涯》；那本書後來得到教育部的文藝創作獎。民國 53 年回國之後，工作的擔子越來越重；勉強完成了一個長篇《從香檳來的》。這本書得到中山學術文藝獎。這兩種獎被認為是國內給予文藝作者的最高榮譽；我僥倖能先後得到這樣的鼓勵，內心實在有無限的惶恐。我對自己最為不滿的事情之一，就是我近年竟沒有努力去寫小說──這是我真正喜愛的事，並且總覺得如果一直寫下去，或許還可以寫得好一點兒的。

至於報紙上的專欄和評論，多少有些「即興之作」的意味。其中包括對於新知識、新觀念、或新作品的介紹；對於這個時代（包括自己在內）的批評。我是以很大的誠意與熱情來寫這些東西，專欄文字也能得到讀者的謬賞。但我總覺得這不應該是我「幹它一輩子」的事。

於是，這中間出現一種妥協的情況，我翻譯了一些外國作品，其中有的是很好的小說。這是自己對自己的讓步和安撫──自己寫不出來的時候，就翻譯一些別人的作品吧。就某種意義說，不免是「捨己耘人」。但是，像《改變歷史的書》、《人生的光明面》、《天地一沙鷗》、和《浩劫後》等等引起讀者的熱烈反應與獎飾，令我多少感到了一種無心插柳而居然柳亦成蔭的快樂，格外來得欣喜。

能夠與筆墨為緣，樂此不疲，我應該感謝許多人，老師的教誨、朋友的激勵、妻子的內助、出版界的合作、以及廣大讀者的愛護。負責、認真、並尊重作者權益的出版家，是支持作者繼續努力的推動力量。在此我應特別感謝老友林海音女士主持的純文學出版社和劉振強先生的三民書局。至於與少數出版者不愉快的經驗，我想不必多說了。總而言之，如果寫作純然是「為稻粱謀」，那將是極痛苦也極困難的事。

　　我把 20 年來的作品簡介於此，目的不是在提供資料，而是在和一些熱愛寫作的青年朋友們相期共勉。我充其量不過是中人之資，但只是靠了一股熱情與傻勁，不斷地磨鍊，不斷地學習，也曾有過不少次碰壁的經驗，20 年間僥倖也能出了 49 本書；我相信，寫作並不完全是苦事，更不完全是付出心血而毫無收穫的事——最主要的收穫，是你自己可以享受到一種完成感，慢慢地，一步一步地，朝前走著。而且，漸漸地，你所講的話有了越來越多的聽眾。

　　以下是我的書目；在五類之下，按照各書出版的年月次序排列。編者本來要我把每本書的版次和冊數寫出，不幸因為有幾位出版者並沒有時時與我聯繫，我無法提出數字來。又因最近紙價和印刷上漲，我所註出的定價都是初版的定價，目前的售價可能略高，也說不定。

　　（附帶說一句；在我的短篇小說中，有幾篇曾被譯為外國文字。〈黑色的淚〉由朱立民教授譯為英文，收入吳魯芹先生主編的《新中國小說集》。〈象牙球〉由殷張蘭熙女士譯出，收入她自己編的《象牙球及其他》。權熙哲先生曾將我許多短篇譯為韓文，在《韓國日報》上連載。另外有一兩篇譯為日文，譯者不詳。）

——選自彭歌《彭歌自選集》

臺北：黎明文化公司，1975 年 5 月

紀錄有意味的生命片段（自序）

◎彭歌

年輕的時候，寫作很勤，曾經「立志」每年至少出版一本書。這個小小願望似乎不難達到；最多的時候，一年之間可以出四、五本新作，還不算再版、加印甚麼的。

然而，正如陶淵明所說，「盛年不重來，一日難再晨」；人很快就老起來，從 1991 年退休之後，我好像只出過一、兩本書。將近廿年光陰，彈指而過。

倒並不是寫作的銳氣減退了，而是心境大大不同。以前，總是把文學創作看作是莊嚴的大事，老年的想法是，「真的有那麼重要嗎？」如果說，「看得開」、「放得下」就是智慧，寫作又算得了甚麼呢？所謂「千古不朽」，真有那樣的事嗎？

可是，愛好寫作的人，畢竟有一種無可解釋的癡迷，一種「無可忘情」，一種「明知其不可而為之」的執著。

前蘇聯那位以寫詩揚名、卻因長篇小說《齊瓦哥醫生》而得到諾貝爾文學獎的巴斯特納克，有一段話深得我心：

……藝術不斷關注的有兩點：它永遠在為死亡默想，而且永遠在創造生命。一切偉大的真正的藝術，都是在模仿並延續聖若望的啟示。

文學藝術關注的正是生死之間的歷程，也彷彿是宗教：有一種超乎理性的、難以言詮的神祕感。

　　人生的若干奧祕，或正是要到了我這般風燭殘年的時候才能體會的深切吧，譬如友情。

　　君子之交淡如水，要經歷很多很多年之後，才能充分品味出這「淡如水」的真滋味。盡在不言中。

　　中華民國筆會和春臺小集，是我無意間參與的兩個文學團體。沒想到在那兒結識的一些朋友，幾乎都成為我終身的友伴。那些朋友中，有幾位已走完人生的旅途，有幾位皆入暮年，當年最年輕的我，也已年逾八旬，去日苦多。

　　那些朋友，身世各異，性格不同，僅有的共同志趣大概唯有文學。我們明白，有了文學，世界不見得就會變好；然而，從寫作中嘗試走出一條路，「報國淑世，我輩不辭其勞」。當然，現在想想，這也是一種癡迷。一種少年期的不成熟的樂觀主義。

　　我譯皮爾博士　《人生的光明面》那本書裡，他為「朋友」下的定義是：

　　你最好的朋友，乃是將你心中本來有的最好的東西引發出來的人。

　　我很欣賞這句話，好朋友並不能「給」你甚麼，但他可以在有意無意之間，激勵提升，「引發」你成為一個更好的人。

　　死亡不意味著終結，文章也不見得真能不朽。但我寄望用這幾篇短文，紀錄下有意味的生命片段，以感恩懷舊的心情，寫下那隨風而去的友情，超乎平常的悲悼之外。

——彭歌，2009 年 11 月 12 日

——選自彭歌《憶春臺舊友》
臺北：九歌出版社，2011 年 12 月

竹本無心

◎彭歌

　　一個笨字拆開來看，「竹」是筆之首，「本」是書之末；所謂文人者，終身離不開筆與書，浸淫於此，樂以忘憂，其好惡之情往往異於常人，於是有「文人之笨」之說。仔細想想，乃如鄭板橋所說的「難得糊塗」，文人之笨裡最好的境界，渾厚天然，盡洗機心，沒有那麼多的計較，吃點兒小虧，受些兒閑氣，皆可以付之一笑。人生至此，寧可笨拙，不可巧佞。我覺得笨一些的人反而可愛些。

　　據說，在近侍眼裡，叱吒風雲的拿破崙算不得英雄。同樣的道理，在妻女眼裡，筆掃千軍的文豪巨匠，能不被用上一個「笨」字來形容的恐怕不多。

　　出街不辨東西，會友不記姓名。應邀赴宴忘記了時間地點，作東道主不記得請的是誰，而且忘了帶錢；諸如此類的笨事不敢說是「理直氣壯」，但的確是「無傷大雅」。活了偌大年紀，偶爾笨一下，有何不可？

　　內子史萊認為我的「文人之笨」差不多到了「集大成」的程度。有時她稱我為「竹本先生」，我就很不開心，倒不是在意笨不笨，而是覺得那樣叫起來很像個日本人。

　　我的某些固執，也許得之遺傳。先父學的是機械工程，大半生都奉獻於鐵路工程。我小時聽到牛頓為家中的大貓開大洞、小貓開小洞的故事，隨著眾人口氣也說，「這個人好笨哪！」先父當時告誡說：第一，不可隨便笑別人笨。第二「大貓開大洞、小貓開小洞」雖有些可笑，但基本精神並沒有錯。研究學問、作正經事情，都應該這樣按部就班，一個蘿蔔一個

坑，千萬不可一起步就取巧、抄近路。回憶童稚之年，跟父親在一起的時間很短，但這段話給我留下很深的印象。而且，成年以來，漸漸能感受到「一個蘿蔔一個坑」的方法很有道理，這樣的「笨」，不僅可愛，而且可敬。

笨得令人失敬之處，一部分表現在處理家務事的手忙腳亂，以及對於衛生醫藥、營養保健等新知識的孤陋寡聞。我自己沒有生過甚麼大病，總以為身體不舒服的人無非是過度疲勞、焦灼、受涼；對策是多睡覺、多喝水，吃維他命Ｃ；外科有毛病擦甚麼甚麼軟膏。

史薬的評語是：「你媽媽對世界最大的貢獻是，沒有送你去學醫，否則的話，人類中有一半會死在你的手裡。」

這話我一點兒也不氣。我從小曾立過很多志願，懷著許多夢想，但我從來沒有想到要作醫生。我不會有那樣「誤盡蒼生」的機會。

我對醫學上日新月異的許多新發明、新理論，常常有敬而遠之的疑慮感。舉個小例，記得在第二次大戰後期，我在讀高中。因戰火蔓延，全球經濟活動都受到嚴重的影響。很多國家為了節約物資、充實戰力，厲行配給制度。像英國的食品配給就執行得甚為徹底。每一成年人一週可買一枚雞蛋。邱吉爾以領導抗敵的首相之尊，每週可以配到四枚。有天他到醫院中探視老友，把四枚雞蛋作為贈禮，為病友補充營養；報紙上報導出來，成為一條全球性的花邊新聞。在青年人的心裡留下了深深的印象——

戰時生活真是艱苦，民主制度真是公平，而雞蛋真是好東西、好營養。尤其後面這一點，令我一路佩服到如今。

但現在不能這樣說了。因為醫學上有了新的發現，得到了新的結論。有甚麼膽固醇、有甚麼三酸甘油酯，這樣那樣以前沒聽說過的新名堂。以前當作寶貝似的雞蛋，而今則視同毒品——至少那蛋黃已成為碰不得的禁品，罪同「殺手」。如果非要吃雞蛋，蛋白則可，蛋黃不准通行。

現代醫藥保健，叫人少吃肉、少吃油、少吃糖、少吃鹽，禁絕菸酒，勿沾味精；總之是有滋有味的東西都碰不得。當年讀大學時，臨到重要考

試前夕，吃一碗豬肝煨麵，立刻士氣大振。現在不但豬肝不可、蹄膀不可，連雞肝鴨肫也一概不可。科學進步的結果，卻是證明四川毛肚火鍋裡的各種珍品美味，竟然「諸事不宜」。我覺得這樣的「新知」實在是太掃興、太無味道了。

我對此種種理論，疑信參半，沉吟至今。套一句李寶春演《野豬林》、豹子頭林沖在白虎節堂挨打時的供詞：「夫人之言，豈可不信？醫生之命，怎敢不遵？」只好委委屈屈，奉行如儀，否則便有「食古不化」的罪名，那豈不是「笨得出奇」了。

作為現代人，可以享受種種方便，許多精巧便捷的工具和機器，可以供人驅使，比《西遊記》裡的六丁六甲、伽藍揭諦還來得方便。從冰箱、冷氣機、洗衣機、烘乾機、微波爐、機動車輛，以至影印機、傳真機、電視機、錄放映機……林林總總，花樣繁多。方便的確方便，但它們各自有其內在的規律和確定的功能。一步錯不得，而且沒有甚麼自我調適的彈性。夜晚睡在床上，會聽到某種機器裡嘶嘶作響；還可看到各種機器上小小的綠眼睛、紅眼睛閃閃爍爍，讓人有點兒發毛。我對這些東西，向來敬而遠之，很擔心經我的手一摸一觸就出了毛病。這方面我承認，的確是「有夠笨的」。幸好家有賢妻孝子，他們都比我內行，老夫樂得袖手旁觀了。

科技發展，帶來許多方便，在交通通訊方面最為明顯。外國文人用打字機，我則寧願手工業，總覺得一個字一個字黑筆白紙寫下來才過癮。以前寫好了要付郵，魚雁相通。現代的文人，無分中外，都會用傳真機。朋友鼓勵我多多愛用。方便是真方便，這邊一按鈕，那邊就可收到，快過國際電報，比越洋電話也省氣力。不好處是那傳真機有潔癖，你得保護它纖塵不染；還有些小性兒，像林黛玉一樣鬧脾氣，也會紅眼睛綠眼睛閃閃發光，嘶嘶作響，這一來我就手忙腳亂，六神無主。寫文章是很快樂的事，上機器的時候就不免緊張。越緊張就越笨，笨得想要怨天而尤人。

對於這一切「奇技淫巧」，我都是抱著陶淵明筆下五柳先生那樣的懷

抱：「好讀書，不求甚解。」一樣樣仔細研究，未必學不會、搞不通；但一個人成了「萬事不求人」，人生似乎太無餘味了。

更大的笨處，是在待人處世方面——

我非常容易相信別人，尤其是相信別人的好處、長處。不幸的是，有些人並不值得相信，謬采虛聲，應為之戒。

我很看重踐履篤實的人，與人交往，彼此皆珍惜著「久要不忘平生」的感情。朋友漸漸都成了終身之交，越老越珍貴。

偶爾也有各執己見、各行其是，於是而分道揚鑣了。好像有位朋友文學境界本亦不俗，忽然大為讚揚毛澤東的詩詞如何豪放。我請他去讀〈鳥兒問答〉，裡頭有一句「不須放屁」。這一來朋友交情就完結篇了。在一般情況之下，我大體能作到「君子交絕，不出惡聲」。對於一個已經「有看沒有起」的人，何須辭費？

有人說我「不念舊惡」，我自己不知道這究竟是否可算美德。史萊有時責問我：「某人某人以前對你那樣無禮、無情無義，你不理他就算了，為甚麼現在還要跟他那樣有說有笑？」

我是真的早已不記得了，「有那樣的事嗎？人一輩子能快活幾年？何必事事計較得太清楚？就算我大人不記小人過吧。」

讀古人之書，漸漸體會到「文人之笨」，其實乃是正常的現象，像唐代的韓愈，「匹夫而為百世師，一言而為天下法」；像宋代的蘇軾，「力幹造化，元氣淋漓。窮理盡性，貫通天人」；但在現實生活中，蹭蹬困頓，屢受折磨，放浪嶺海，待罪天涯。二公之才如江海，千古罕見，而其遭際乃有如此之慘者，這不是笨到了極點嗎？

翻來覆去讀《紅樓夢》，有時自己為自己出些小題目考考自己，以助讀興。一個題目是，「全書一百二十回，洋洋百萬言，最後一個字是甚麼」？

最後一個字，是「癡」字。

書中說道，那空空道人把一部《石頭記》抄本擲交曹雪芹，仰天大笑，飄然而去。

後人見了這本傳奇，題過四句偈語云：

「說到辛酸處，荒唐愈可悲。由來同一夢，休笑世人癡。」

這就是全書的終結。照曹雪芹的哲學，眾生皆夢，眾生皆癡，「癡」不就是笨嗎？到了不癡不笨的境界，四大皆空，也就沒有甚麼文人不文人了。

──民國 80 年 11 月 7 日

──選自彭歌《三三草》
臺北：聯經出版公司，1994 年 10 月

希望彭歌沒有錢

◎徐士芬*

　　彭歌總是丟三忘四的，不是鑰匙不見了，就是把皮夾弄丟了。但對某些事情，卻又有過「口」不忘的本領；譬如參加宴會歸來，四冷盤、四熱炒、四大菜，外帶甜點甜湯什麼的，說得歷歷如繪，令人驚異他的記性怎麼這樣好。

　　逛街的時候，看到體重計，我總慫恿他站上去量一量。他從不管體重計上出現的數字，老是叫著：「又瘦了。」但替他照相時，他卻又很注意角度：「喂！照側面，別把雙下巴照出來。」

　　對於「電」，他一向抱著「敬鬼神而遠之」的態度，所以家裡的燈不亮了，電視不響了，熱水器不熱了，他是愛莫能助的。每逢換保險絲什麼的，他一定拿著手電筒，站在後面，千叮萬囑：「小心點哪！小心點哪！」叫得人心裡也不禁發起毛來。有時不免調侃他：「當初怎麼也不說清楚，你是這麼怕電的！」「別抱怨了，不是已經有一個兒子在學聲光電磁了嗎？以後一切電器都歸他負責保養。」

　　家裡早已書報泛濫成災，而他每次上街，必定要帶回幾本書，在他看來，每本書都有其可愛之處，譬如昨天，又買回一本《廿四史傳目引得》，我抗議說：「我們家並沒有一部廿五史，你買一本引得幹嘛？」「放心，等有錢了就買，還要買一個書櫥！」

　　希望他沒有錢。否則，新書櫥放在哪裡？

——選自《純文學》第 41 期，1970 年 5 月

---

*記者、編輯、作家。發表文章時為《臺灣新生報》採訪記者及編輯。

寧靜的海：彭歌

◎高歌[*]

　　彭歌的世界是一片寧靜的海。它深邃而遼闊，沉穩而堅強。無論什麼時候，它總是呈現出一片靜謐和安詳，一種平和與謙容的況味……

　　自從民國 42 年，彭歌出版了他的第一部小說《殘缺的愛》以來，16年了。這段飄逝如夢的歲月中，彭歌一直沒有停駐過，他不斷的讀書，不斷的寫作，不斷的工作，也不斷的提升了自己和鼓舞著他人——而今，他已經出版了 23 本小說和論著，他也曾先後獲得過中華文藝獎金，十大傑出青年，學術文藝獎金……等崇高的榮譽和讚美。他依然淡泊而謙遜，依然在不斷的努力與勤奮中塑造他生命的形象；並且，為一個更美好的明天，向社會提出他的建議和告白。

　　他曾說過：「文學的落伍，就代表著精神生活的落伍，而這是所有落伍中，最不可救藥的一種。」也許，就由於這一股深刻覺醒的力量吧，所有的寂寞或熱鬧，艱辛或安暢，煩憂或快慰，乃至咒咀或歌讚，對於彭歌，也就算不得什麼了。唯其如此，他才有那樣的氣度和胸懷，也唯其如此，他才有今日這樣的文學成就。

一、錦繡圖：多彩的幼年與少年

　　民國15年的初春，1月8日，彭歌誕生在天津英租界的一個大家庭裡。幾乎在一開始，彭歌與書，就結下了不解的緣分。

---

[*]高歌（1944～2009），本名高信疆，另有筆名高上秦，河南武安人。編輯家、詩人、評論家。《龍族》詩刊創辦人之一，並以主編《中國時報・人間副刊》聞名，開創臺灣副刊新格局。發表文章時為《中國時報》要聞記者。

　　彭歌是河北宛平人；「姚朋」，是他的本名。在家族裡，他的祖父曾擔任河北省財政廳的廳長，父親是南開大學機械系的教授，母親，這位為彭歌打下文學最深根基的慈母，是位國文教師，所有的這些，組成了那個家庭所特有的書香氣。身為長子的彭歌，很自然的秉承了這個家族的特性與榮耀。

　　在距離讀書識字的年代還要久遠些以前，家裡的傭人們，就不時的給他灌輸一些「濟公傳」的通俗故事。過年的時候，大人們以水滸、三國裡的人物所印售的一張張美麗的年畫，也都成了他求知的媒介……。「也許是四歲吧！」彭歌回憶著：他開始由大人指導，看起當時中華書局出版的《小朋友》、商務印書館印行的《兒童世界》週刊了。那是他啟蒙的開端，他對於那些刊物裡有關「遊記」一類的故事，特別入迷。

　　也就正是這些：嬉皮笑臉的濟公活佛，打老虎的武松，神機妙算的諸葛亮，有趣的遊記……在他幼小而多幻想的心靈裡，留下了不可磨滅的印象。它們像深埋的流泉，一點點、一滴滴、都湧匯成了彭歌日後寫作的靈河……

　　小學，彭歌轉了三次學校——天津的慈惠小學，崇實小學及北平的藝文小學。在最後那所沒有體罰的學校裡，度過了彭歌最美好的少年時光。

　　藝文小學的校長，就是現在的考試委員查良釗先生。那個學校的教學方式相當自由，老師經常帶著他們全班同學，到公園裡的古樹下，湖水旁，或草茵中上課。每逢歷史課的時候，他們就直接到故宮，一邊參觀一邊講解，歷史上的千年興衰與變異，彷彿都一一在他們眼前流過……。那時候，姚朋的心智成長得很快，他的成績，每次都很能令他的祖父母感到滿意。

　　那所學校在彭歌腦海中所留下的最深刻的印象，倒還不是這些。彭歌說，那是在一次「九一八」事變紀念日的早上，查校長在校內的後院裡，集合了全校師生，靜靜的升起國旗後，為他們發表的一篇演講，在這次的演說中，查校長只講了半句話，「今天是九一八……」就激動地落下了淚

水，那種「最後一課」的氣氛，沉沉地在彭歌童稚的心靈投下不可磨滅的陰影，也燃起他的悲憤及往後仇日的強烈意識。這幾乎是每一個從那個時代裡生活過來的人，都體驗過的一種情感，他忘不了它。

二、故鄉戀：不堪回首帝王州

在北平，他們住在城中的西長安街上，房子很大，是當地所謂的「四合院」形式。院子裡的海棠樹，中山公園裡的牡丹、丁香、藤蘿，以及街道旁古老的槐樹與松樹，都曾那麼深深的牽曳著彭歌少年時的笑靨、淚水和夢想。

北平的文化氣息，在每一條青石鋪成的道路上都可以嗅得出來，甚至任何一條馬路旁的老樹，都有著百年或千年的歷史，置身其中，每每使人墮入歷史和時間的迴漩中，去俯察過往，去默念人生……

這些幽美而又古老的景物，甚至多少年後，當彭歌在南方，在更南方，讀書，流亡，乃至到臺灣以後，仍不時會浮現到他的腦海，為他帶來濃重的鄉愁。

「七七事變」以前的三、四年間，每屆夏天，彭歌全家就搬到北平西郊的香山去避暑——那兒原是清代帝王經常打獵的地方，那兒有泉水，有巨石、有松柏、有滿山的花草。每天，天還沒亮，祖父就帶著年少的彭歌去爬山，然後，就在高高的山嶺上，在晨曦的照耀下，誦讀《古文觀止》。於是，年少的彭歌，沉迷在大自然的山色裡，沉迷在古人壯懷激昂的胸襟裡，也沉迷在不朽的上國衣冠裡……

那裡的空氣，是新鮮而清涼的；那裡的生活，是充實而多彩的——而彭歌，就這麼一天天、一月月、一年年的成長了。

小學畢業，彭歌的祖父去世了，他因此休學了一年，也因此，他變成了這個大家庭裡的小主人——早熟的彭歌，更是一舉一動都裝作得像個大人了。

民國 28 年，彭歌考上了輔仁大學的附屬中學，入學後，他很快地感受

到校園裡那股濃厚的文藝氣息。在經常仰視高年級學長向外投稿的神氣後，在一種試試看的心理驅使下，彭歌開始了他寫作生涯的第一步。

那年他剛上初三，第一篇文章就在輔仁大學的刊物──《輔仁生活》上登了出來，那是由現在輔仁大學的張秀亞教授主編的有著相當水準的雜誌。這件事，對初出茅廬的彭歌說來，不啻是一服興奮劑。以後，選貼模範作文的校內壁報，也開始有了姚朋的名字。

但那時候，他的興趣仍是多方面的，他愛好籃球、排球、象棋、平劇、溜冰、讀書和冒險。

有一種冒險是，他經常偷聽大後方的新聞廣播（北平是淪陷區），遇有好消息，他偶爾也著手紀錄、複寫，偷偷地分送同學，大大的滿足了他的愛國心，也奠定了他日後走上新聞界的興趣和基礎。

民國 30 年，太平洋戰爭爆發了。彭歌的愛國心更異常地高漲起來。他明白這是一個轉機──他應該投向大後方的懷抱。民國 32 年年初，彭歌和另外兩位同學開始了首次的流亡生涯。

那時的彭歌，才 17 歲，他已經在用自己的膽識和勇氣，緩緩揭開了他生命遼闊深遠的天地──

三、少年行：河山萬里祖國情

他們先到了河南，然後經過山西的一角，轉入蒼蒼鬱鬱的太行山──當時的河北省流亡政府，就設在太行山中。

他們在貧瘠的山村裡居住，在荒涼的小徑上行走，一邊是日軍對太行山大批的圍攻，一邊是共匪八路軍在後兇殘的劫掠。而那時已是四月，山上還殘留著白雪，一步步踏上去，更增加了他們蒼涼，悲壯的心懷。

他們就這麼的，整整在崎嶇的山中行軍了一個多月；總在想辦法偷渡過封鎖線，卻總沒得到機會。死亡，時時都隨著呼嘯而過的槍聲威脅著他們。

而後，他們失敗了──他又回到了北平。

　　但是彭歌追憶著：這一段體驗和感受，卻比他以往 17 年生命的總和還值得他記憶與感激。那是他第一次這麼親切，這麼深刻地走入中國純樸而廣大的民間，也是他第一次確確實實的擁抱了祖國古老而可愛的大地。

　　他說：「那段日子裡，我可以聽到一個偉大民族堅韌的呼喚和純樸的回音。」因為他們曾走過一個又一個的野舍荒村和市集小鎮，越過一個又一個雄山奇嶺和深谷──祖國的山河、大地、與農民，一一從他們跟前經過……它們如此清晰的激盪著彭歌，吸引著彭歌，召喚著彭歌──它們已深深濃濃地融入了他的血脈之中。

　　彭歌特別記得太行山上的兩個地名：「黃泉」與「護嶺水」──都沒有泉，也沒有水，連鹽也要從外面運進去；甚至豬羊都很少見到。而農民們依然居住下來，並且堅強的生活了許多代──他們點燃豆油的燈火，用著沉重的小鐵碗，吃著粗糙的雜糧。可是他們無視於這種困苦，就在戰火逼近他們耕地的第二天，他們仍默默地荷起鋤頭，一鋤鋤地耕耘下去。種田、打仗、殺鬼子、保國家，最簡單也最莊嚴地活下去。

　　「這才是中華民族的真實面目啊！」彭歌感嘆地說。它使他真正看到了中國地方的廣大，精神的深厚，生活的簡樸和刻苦耐勞的習性，也使他強烈的感悟出知識分子應負的責任；它並且同時堅定了彭歌多年來深信著一項真理：人道的光輝。換句話說：人與人之間的交通是可能的──從他以一個陌生過客的身分，被純樸而忠厚的農民，熱烈誠摯的款待這一事實就可證明。因為人都是人，只要是人，總有一縷共通性的。

　　為了更強烈的表現他的感受和對於這種信仰的堅定性，他在念完大學以前特地撰了一篇以〈論鄉村報紙〉為題的畢業論文，還使用鄉村作為他許多小說的題材和背景。此外，他又一直驅使自己去做一些能回應他內心良知呼喚的事情；在他後來的許多作品裡，在他平常的為人處世裡，他經常如此或明或暗的表現著──這些，遂形成了他個人獨立不拔的性格。

　　回到北平後，經過了近一年的躲藏，彭歌在民國 33 年的陰曆大年初一，再次走向大後方。這回他選擇了另一條道路，從北平順津浦路南下到

徐州，經過商邱到界首，繞了幾千里路再往西一直到達陝西蔡家坡——他
行程的終站。

四、新鮮人：大學前後的彭歌

　　蔡家坡是一個靠近寶雞的新興工業區，它對於彭歌是陌生的，但他很
快就在一家「雍興公司」尋到了工作。他坐在廠長的辦公室裡，負責某些
施工紀錄和小文書的工作。他同時也是這廠裡一份不定期壁報的主編、主
筆兼工友。

　　這段日子並不長久。基於對農民生活的體驗和重視農業的認知，彭歌
在民國 33 年夏天考入「西北農學院」。這座學院設於武功縣的張家崗，校
園很大，風景幽美，但不安定，常有學生鬧學潮；彭歌也在入學後不久，
發現學農業經濟對於他個人是不宜的。不過，他仍把握住這段「新鮮人」
急於求知的時刻，狠狠的看了些書使他步向成熟的階段。

　　——而這是廣大的西北平原，這是浩浩蕩蕩的渭河和涇水，這是挺拔的
華山……詩情畫意的灞橋……引人遐思的華清池……碑林……大雁
塔………。西北淳厚的民情，壯麗的景色，一一在彭歌心中激起了巨大的
波瀾，他的祖國之戀也愈趨深濃而難以分割了。

　　民國 34 年夏天，政大在西安招考新生，僅錄取 70 人，報名的就有兩
千多人——這裡面，也有彭歌。[1]他報考的是新聞系；說起來也是笑話，他
當時還不能完全了解「新聞」究竟是什麼呢？

　　而彭歌被錄取了。緊接著是勝利的熱潮。他隨著狂歡的人群，到達了
重慶，再一次開始了新鮮人的喜悅和驚奇。

　　大學一年級以後，學校遷到南京，局面已逐漸變遷了，物價不穩，生
活費用艱難，到後來，他們不僅是買不起書，甚至也買不到書。

　　大學裡，彭歌讀書甚勤，除了到處找參考書外，他也同時參加了很多

---

[1]彭歌，〈勝利在蔡家坡〉：「我在西安考區報名。八個考區有一萬四千人報考，預定錄取名額只有三
百名。」《自強之歌》（臺北：三民書局，2015 年 2 月），頁 101～102。

課外活動：學生代表，論文比賽，都有他。這時他的名字已開始在南京《中央日報》、上海《大公報》、北平《太平洋月刊》，乃至於臺南的《中華日報》上嶄露頭角——雜感、散文、小說，他都來得。

20 歲時他所發表的一個短篇〈雪夜行〉（《文壇》第 58 期曾予介紹）就是一篇極其凸出的作品。在這篇充滿神祕、緊張氣氛的風土小說中，彭歌極大膽的使用了很多鄉音土話，用許多粗鄙的字眼來形容粗鄙的人，精彩而恰當。他擅長描寫、刻畫和創造的天才，已在這篇小說中展露無遺。

彭歌也同時藉著〈雪夜行〉，宣洩了他對當時社會混亂不平的現狀的控訴——他那時的文章，總愛寫些對社會不滿的憤怒和童年時甜美的回憶。當然，這些僅是起步，和他後來的許多優秀的作品相較，自然還是輕飄了些。

「彭歌」的這個筆名，也是在大學以後才取的。他的一位四川籍的同班同學，老愛「朋哥子、朋哥子」的叫他，他就借音轉字用了「彭歌」這個筆名。

小學，彭歌聽人說空軍是如何如何英勇與神氣，便忍不住「立志」要做個軍人。中學，讀了商務印書館的書籍，看到王雲五白手成家的事業，他又盼望做一個出版家了。這回大學要畢業了，他思考久久，決心辦份以農民為對象的小報——從最基層著手，去改善農民的生活，去充實農民的心……

大局的動盪卻粉碎了他的理想——戰亂，再一次熾燃過祖國的大地。

五、愛與知：甜蜜的與辛酸的

彭歌是民國 38 年 7 月結婚的。婚後第二天，小夫妻倆就開始「逃反」的生活。

那時是在長沙。但一個多月後，他們已在臺北成都路的一間《新生報》宿舍裡定居下來。

他的夫人，徐士芬女士，是他在新聞系的同班同學，他們在大一時就已

相互傾慕，但由於彼此的矜持，直到大二後才開始慢慢接近，「要好」起來。玄武湖、棲霞山、中山陵……石頭城的每一處風景，都有他們的絮語拋過。

來臺後，他們都進入了《新生報》，她是文教記者，他是省市版編輯，那間位於現今中興橋下窄小而又簡陋的宿舍裡，雖然洋溢著笑語書香，但借用彭歌自己的話說：「是段澹淡經營的時光。」

大局仍在動盪不安，個人的前途也都渺不可期，一切似乎是剛結束，又似乎是還未開始。小家庭中，新婚的甜蜜，時時會襲來一縷國仇家恨的辛酸。

民國 39 年，彭歌應已故趙君豪先生的邀請，主持《自由談》的編務。他與文藝界的接觸，因此日益頻繁，讀的作品愈多，認識的作家愈廣，他變得更謙沖也更勤勉了。

他的第一部小說，也在這期間孕育，並且著筆了：他寫下《殘缺的愛》。那其中激揚著他對人世離亂，心情動盪的強烈感受。他意圖從小故事裡，反映著一個扭曲的時代中，個人的面目與愛的真諦。在《自由談》開始連載時，彭歌才 25、26 歲。這部書在當時極獲讚響，它很快就把彭歌的名字散布開來。

雖然這本書在技巧上，仍有不無商榷之處，但它卻是他的一個指針，為彭歌邁向更大的進步與成就，指出了一條寬廣紮實的道路。

彭歌總是那麼善於利用時間，分配工作。他把讀書與寫作、工作與休息，配置得恰到好處。隨著《殘缺的愛》以後，他寫了許多個短篇和中篇，彭歌的文名漸盛，而他在知識的充實和努力用功上，也相對的提升了。民國 44 年，政大在臺復校時，彭歌竟以第一名的成績考回了母校的新聞研究所，二年後，他以〈專欄寫作研究〉的論文，取得碩士學位。

由於不斷創作的成果，民國 49 年，他接到了美國國務院的邀請——邀請他以一位小說作家的身分，赴美訪問六個月。就在同時，彭歌又以新聞學門首名的成績，考取了中山獎學金，在兩者間，他選擇了學術的進修。那年九月，彭歌以留學生的身分赴美了。

——而這全都是在他半工半讀的情況下達成的。

　　所有的這些，彭歌都歸功於他的太太。他說，由於她生活的簡樸，治家的有條不紊，以及她不斷的鼓勵和幫助，不僅使彭歌不必為生活和家務煩惱，免除他的「後顧之憂」，同時也供給他一所最佳寫作和用功的環境，讓他努力讀書、安心向學、致力寫作。

　　民國 39 到 49 年，是彭歌創作的豐盈季。十年間，他整整出版了十部小說，再加上許多未結集的短篇和論評，他寫作的字數已超過 250 萬。也就是說，除了工作和讀書外，他每天平均要寫上 700 字的文稿——這實在不是一件簡單的事，而彭歌卻靠著他堅定的意志和才力完成了。

　　彭歌是有理由為自己驕傲的，但他從不如此，他從不曾對自己感到過滿意。

六、煉曲：流水十年間

　　沒有像貝多芬炫弄他的音樂技巧般的驟高驟低、忽寬忽猛的劇烈的變化和撞擊，只有清淡的哀傷和明朗的醇馨，像柴可夫斯基和孟德爾遜的綜合——這就是彭歌的小說所常給予我們的一種感覺。

　　彭歌的寫作基調是寫實的，態度是誠摯的，他說：「人應該為他自己所了解，所相信的去寫作。」（〈青芽〉）他更曾如此地強調：「事實上，古今中外都有許多大作家，衡之以世間的道德標準，並不是十分之盡善盡美，或甚至說是有嚴重缺陷的，但他們至少保持著一點共同的特點，那便是對寫作的忠實。」（〈小小說的風格〉）

　　的確，彭歌就是這麼的，在十年中寫下他一篇又一篇的作品：《殘缺的愛》、《昨夜夢魂中》、《落月》、《流星》、《過客》、《煉曲》、《尋父記》、《歸人記》、《象牙球》、《辭山記》、《花落春猶在》（民國 50 年出版）。由於體驗的豐富和感覺的敏銳，彭歌對於人性和人生中所欠缺的、以及一些可哀可嘆和可笑的形象，把握得相當真切，尤其對於生命不可避免的「變異」的本質，摸索極為透徹。雖然他也領悟到存在的虛無和荒謬，但在他的柔和

淳摯的筆下，卻仍時時流露著一縷縷的悲憫，並且用生動而精鍊的文筆，道出他對生命的熱情及對良知的期望——這世界雖然並不完美，人生雖然並不偉大，但我們既然已經如此的活著了，我們就不僅應該勇敢的活下去，且要用生命的熱情點燃起人性偉大光芒的一面。

在作品的取材上，彭歌是多方面的，從平劇到音樂，從繪畫到醫藥，從人類到野獸，從中國人到外國人……，幾乎每一樣曾在彭歌生活中出現過的人、事、物，都一一在他的筆下轉化而活現了。在寫作的方式上，長篇的、中篇的、短篇的都嘗試過，也都有著傑出的代表作——在長篇中，他民國 44 年所寫的《落月》，曾獲得民國 45 年度中華文藝獎金，這部歌頌「純潔無私的愛」和「藝術生命的不朽」的著作，夏濟安先生生前曾有過詳盡的評論（《文學雜誌》第 2 期，〈評彭歌的《落月》兼論現代小說〉），並誇讚它是「一本相當好的小書」。另一部同時期的《流星》，雖多少有些虛無的傾向，但它的題旨，卻是激情的，他表白了「那怕只是留下一道微光而將生命焚毀於俄頃，也在所不惜。為了愛，比生命更強烈的理由，這是渺小的人類所能做的最平凡而又最感人的壯舉」。這部書擁有相當多的讀者，並有數種版本——包括黑市的「海盜版」。

中篇的《歸人記》是民國 48 年出版的，寫人生的理念與兩性高潔的友誼，它平和淡遠，是一部雋永的作品。在這裡，它提示出，愛的本身就是一種「根」。無論我們是否能獲得它，只要我們擁有過這份情愫，它就可安定我們，支持我們，給我們以力量，堅強的生活下去。

彭歌在民國 49 年出版的《辭山記》，是一部奇特的嘗試；他寫下了「生命與自然搏鬥的悲劇」。誠如彭歌所說：「人，能不能戰勝自己內心中的獸性，這才是人類存亡絕續最重要的關鍵。」這部書，使我們不期然的憶起傑克‧倫敦的《雪虎》、《荒野的呼喚》……

短篇作品中佳構更多，也是奠定彭歌文學地位的主要因素。他的作品如曾膺選亞洲短篇小說比賽第一屆第一名的〈黑色的淚〉，以及〈過客〉、〈矮籬外〉、〈懦夫〉、〈象牙球〉、〈神田之惆悵〉……等等，都各有其藝術

的特色與境界。

在此我們願就較少提到的〈矮籬外〉做一番簡介：它使我們呼吸到一個完全成熟作家所特有的尖銳的觀察，冷酷的描寫，加上動人的文筆和詼諧的表現——表現出作者的不滿：不滿於社會淡漠的現實，不滿於瘋狂的拜金主義，不滿於愛情的愚昧……藉著一個被飢餓與傲氣擊敗的小人物，深刻而輕快的表露無遺。

彭歌筆端對心理的捕捉，對形容詞巧妙的把握，也同時在這個短篇中展露了出來。

對於小說寫作，彭歌強調：忠實的作者應該「對自己的良知負責」。他肯定真情，肯定個人的體驗，獨立的思考，以及努力與創造的價值。對於嘗試寫作的青年，他總勸他們：「多寫你自己熟悉的事物」。

彭歌就是這麼的一個忠於自己和良知的人。我們幾可在他的每一篇作品中，看到他生活的點點滴滴，看到他思維的結晶、感情的起伏……

在中外那麼多優秀的作家和作品中，彭歌所最最鍾愛的，該是托爾斯泰和他的作品了。彭歌讚嘆托爾斯泰，由於他「悲天憫人的襟抱，與即知即行的決心」，也由於他說過「一切文藝作品的基本功能，就在於傳達這種仁愛的情感」。彭歌說，托翁的《戰爭與和平》及《安娜·卡列尼娜》，是兩部偉大的著作（彭歌很少用「偉大」這類字眼的），尤其是《安娜·卡列尼娜》，彭歌形容它是「人道的春暉」——那種樸實、良善、和充滿了人道主義信息的題旨，在托翁細緻而雄偉的筆下，充分的發揚了出來。

在國內，他喜愛《紅樓夢》——從小學第一次接觸至今，他已看過近30遍了。

七、天涯歌：書與知識的尊嚴

彭歌生命的「天路歷程」中，影響他最大的體驗有三次——第一回，民國 32 年的太行山之行，他首次覺悟到山河之大及自身的責任；第二回，民國 38 年到達臺灣的感受，刺激了他創作的努力；第三回，赴美留學的三

年四個月，使他真正得知為學的門徑；體驗出知識的尊嚴與必須。

　　在美國，他研究新聞學，也研究圖書館學，先後在南伊利諾大學和伊利諾大學獲得了兩個碩士學位。這段生活嚴肅而緊張，每學期課業都出奇的繁重，幾乎整日與書本為伍──三年多下來，他讀到不少書，也「打」過工，但他仍抽暇寫了很多東西。

　　經常的，他給報社寫通訊稿和專題報導；他也嘗試著翻譯，雷馬克的《奈何天》就是他這時的成績；此外，一部刻畫留學生海外生活的辛酸苦樂的《在天之涯》，也完成了。《在天之涯》曾獲得民國 54 年教育部頒發的學術文藝獎金，是屬於彭歌所謂的「留學生文藝」；它是第一篇報導出中國留學生在異鄉的艱辛困頓和不屈不撓的故事。它是每一個留學生的「天涯歌」。

　　在同時，由於彭歌冷靜的觀察，使他發現了一樁「極可哀的現象」──我們的出版界和學術界，不僅是「缺乏精密而有系統的整理、組織、保存、與利用的方法與制度」，甚至連這種認識與觀點都很缺乏。而這些，卻正是衡量一個現代社會文化進步的測度儀啊！

　　他說：「民族自尊心並不能改變由於冷靜觀察所得的事實」。於是，當他從美學成回國後，他就痛下決心，埋首於譯介的工作和向社會大眾不斷的呼籲：要讀書、要出版書、要整理並且保存書……

　　這也就是為什麼在彭歌歸國以後，寫了那麼多譯介和論評的文章，卻少有小說創作的根本原因。他是民國 53 年 2 月回國的，到今天，他已出版了《文壇窗外》、《新聞文學》、《新聞學研究》、《改變歷史的書》（本書現已出至八版，銷路最多）、《小小說寫作》、《書香》、《奈何天》、《新聞圈》、《知識的水庫》、《書中滋味》、《權力的滋味》等 12 部書。他的成績是很可觀的。

　　但彭歌酷愛文藝的本質卻不能改變。最近，他又開始執筆寫另一部留學生涯的剖白：《從香檳來的》。他曾經說：他「對於小說，一方面抱著一種虔敬的看法，好像對宗教；另一方面又懷有一份親密的感情，彷彿對妻

子親朋。」那麼，他如何會捨棄這樣一種虔敬而又親密的事物呢？

八、彭歌：這一個人

彭歌現任《新生報》副社長，並且同時在大學裡講授有關新聞方面的課程。他先後曾在政大、師大、文化學院等學校任教，他的學生，沒有不深深敬愛著他的。他的兩個兒子姚晶和姚垚，老大考上了清華大學物理系，老二亦將是師大附中高二的學生了。他們在家中，從沒吵鬧過。「寧靜安詳」，是他家居的素描。

提起嗜好，就令人想到彭歌與菸，他是愛好抽菸的，平均兩天一包；去年，他曾一度戒絕過，但是多少年的習慣仍使他再度點起了香菸。他不太能喝酒，但他很喜歡飲酒時的那份情調。此外，他就再也沒有過多的時間去做別的消遣了。小時候的許多愛好，都一一被書本和寫作所取代——甚至他曾那麼熱愛過的平劇，也不再去欣賞。

他寫作多半在晚上，「我喜愛夜晚，喜愛對著茫無際涯的暗夜蒼穹沉思。夜空的寧靜，給我以極大的喜悅」，就在這種氣氛下，彭歌的作品一部部問世了。

如果我們願意去發掘，我們可以發現古今中外，一個成功的人必須具有三個要素：熱情、力和有恆。有了「熱情」，才能鼓舞他向上，並且以他的熱情來感染別人，走向更高更完美的境界；有了「力」，才能創造，才能從堅苦中脫穎而出；有了「有恆」，才能涓涓不息的，使自己的「熱情」和「力」表現出光芒。

無可諱言的，彭歌是一個如此的人，他確確實實具備了這三樣條件。他的「熱情」，很顯然的可以從他陸續發表的小說、文章裡看出，他愛他的國家，所以經常溫和而正確地提出合理的建議；他愛他的同胞，所以經常鼓舞他的同胞向人性的光亮處走，並努力獲取知識，以便改善自己、改善社會；他更愛文藝和學術，所以他要求出版界做有計劃的服務與改革；他同時將他的熱情貫注於知識青年上，因而他不斷的介紹新書、不斷地要求

知識青年去挑負起國家和文化的重擔。

而所有這些的累積，就是「有恆」，就是「力」——他數十年如一日的讀書和寫作，他對文學、知識、與良知的執著，他的無視任何逆境的精神，都是最強有力的說明。

關於這些，彭歌自己的解說很清楚：「事情總得有人去做，問題祇在於，我們究竟是否真的愛文學等於愛生命」。

——選自《幼獅文藝》第 190 期，1969 年 10 月

愛書的人
彭歌訪問記

◎夏祖麗*

　　那天，彭歌是抱病接受訪問的，他的臉色看來有點蒼白，但精神仍很好。坐在靜靜的客廳裡，他非常誠懇的說出他對書、翻譯和寫作的看法。

　　民國 59 年，彭歌出版了他的第 13 本長篇小說《從香檳來的》之後，就沒有再寫小說了。近年來，他的寫作偏向專欄、翻譯、評論、遊記，及對新知識、新觀念或新作品的介紹，這對喜愛他的小說的讀者來說，是個損失，對他個人來說又何嘗不是一件遺憾的事，因為他的志趣還是在寫小說。只是，近年來他的工作較忙碌，沒有太多的時間，而小說是需要有較長的時間，心力集中才能寫出的。

　　他曾經說過，雖然他以很大的誠意與熱情來寫專欄和評論，同時也得到讀者的謬賞，但他總覺得這不應該是他「幹它一輩子」的事，於是，這中間就出現了一種妥協的情況──他翻譯了一些外國作品，其中有的是很好的小說。

　　彭歌認為這種妥協也就是對自己的讓步和安撫──自己寫不出來的時候，就翻譯一些別人的作品吧！於是《改變歷史的書》、《權力的滋味》、《浩劫後》、《人生的光明面》、《天地一沙鷗》、《輪影人生》等書就分別問世。這些書受到讀者熱烈的反應，也給文壇上帶來一陣熱潮，而其中有好幾本至今仍在暢銷中，這是彭歌始料未及，也深感欣慰的一件事。

　　自從中國有了外文翻譯作品以來，所謂翻譯的三要件──信、達、雅，

*作家。發表文章時為純文學出版社總編輯。

一直是大家爭論的焦點。對於原事創作，再從事譯作的彭歌來說，他對翻譯是抱著什麼樣的看法呢？他說：

「我覺得，翻譯的基本目的是讓不懂的人懂，應該要做到『信』，但『信』不應只是字面上的『信』，更要緊的是把握住原著者的精神和心願。我想，翻譯的人應該完全沒有自己的存在，在翻譯時應抱著『如果這個作者會寫中文，他現在寫出來會是什麼樣子』的心理。有人認為翻譯要忠實原著，即使不通都可以，這種論調未免太勉強。因為，語文是反映文化思想的，有些詞句如果完全照字面譯，中國讀者無法體會，而這也就失去了原作者原來的意思了。所以我認為，如果只是忠實書中的字句，不能傳達其精神，那也是枉然。」

「林語堂先生就曾舉過好幾個英文華語化的例子。喬志高先生在他的《美語新詮》書中，對這個問題也有很深入的探討。」

近年來，彭歌翻譯的作品，有許多是富有戰鬥精神和鼓勵積極人生的。他認為我們正處於國家多難，人心脆弱的時期，我們的國策是反共產、爭自由，而很可惜的是，我們文壇風氣卻是十分「美麗與哀愁」。他燃起了一根菸，沉思了一下說：

「我們的民族優秀，歷經苦難，我們忍受外來的不平等遭遇，自己卻堅持自己的道路，這種中庸的精神是值得宏揚的。在臺灣的中國作家們，作品中表現出一種積極而沉著的態度，雖然皆以反共為基調，但作品中涉及政治色彩的並不多，我覺得我們很需要反映真實人生與時代意義的戰鬥性作品。我也願意多譯介一些富有戰鬥精神的作品，使文化精神在交流中得到鼓勵。」

一向謙和穩重的彭歌，在說這番話時，卻有一股掩不住的激動。接著他又說：

「當然，我不否認我們人生的境遇中有許多壞的、黑暗的，我也不反對寫出社會真實面，但是要看你是用怎樣的出發點來寫，最起碼要真實，也就是作者要了解實況。比如要寫礦工生活的悲慘，先要了解悲慘在何

處？但是一般人只是『想當然耳』。雖說文學是想像的，但作品本身也要堅實，作者要了解透澈，寫出來才不會空洞或沒有真實感。」

從翻譯又談到近年來大家很關心的一個問題──中文輸出。做為中華民國筆會的會員，又曾多次代表我國出席國際筆會，彭歌對於增進國際間文學的交流工作很注意。他說：

「要我國文學作品進軍國際文壇，基本上要有好的作品，其次要有翻譯文學作品的人才。這種人不僅要懂外國的文字，熟悉兩國的文化背景，還要對文學愛好。把中文譯成英文的費用可能比原著的稿費還高，而在中國譯介作品不多的情況下，要在國際書市場上銷售，恐怕很難。因此，頭一件事必須要做到即使不得利，卻也不能賠錢的情況。我們的好作品還是有的，也許剛開始做不會引起外國人的注意，但數量多了，就會引起外國人重視了。」

「我想我們現在對中文輸出所應做的事，一方面要鼓勵英文好的中國人多譯介中國作品，另一方面也要聯繫中文好的外國人來做這個工作。」

「據我所知，有一位叫 Seidensticker 的美國人就是專門翻譯川端康成的作品。他精通日文，熟悉川端作品，但他還說過川端作品中最美的、最好的部分，也就是他譯不出來的部分，由此可見翻譯之難。」

彭歌是在抗戰時期到大後方，在國立政治大學新聞系畢業的。民國 44 年，政大在臺復校，彭歌以第一名的成績考回母校新聞研究所。民國 49 年他又到美國深造，攻讀新聞學。

這些年，彭歌也一直是在新聞單位工作。接受了多年的新聞教育，從事多年的新聞工作，新聞對於彭歌的寫作是否有很大的影響呢？他說：

「新聞事業是很重要的，但過分強調新聞工作的態度，有時對世界也有妨礙。像現在一窩蜂的過度拿新聞做為最後價值評斷是不對的，我們把第二次世界大戰期間的新聞報導和以後的歷史對照起來，會發覺有許多觀點都不一樣。有許多當時所重視的報導，過了多少年之後，才知道『真相』並不是那個樣子。有人說小說比歷史重要，歷史比新聞更重要，我想

所以有這種說法，是因為新聞所記載的只是當時的情況，歷史卻是事後以正確客觀的態度寫下的。而小說更是以人性出發點來寫出，它對人的感動力更大。」

「新聞工作實在太忙了，這個沒完，那個又來了，使人不能專心想一個特別的主題。我倒不覺得新聞對我的寫作有什麼大的影響力。」

當彭歌在南伊利諾大學獲得碩士學位後，他又進入伊利諾大學攻讀圖書館學。一年之後，又獲得碩士學位。是什麼動機使得彭歌在念完新聞後，又去念圖書館學的呢？他說：

「學了圖書館學後，我深深感到知識分子要做的事太多了。有太多的東西需要整理、加以說明，使其發生更大的影響。」

他認為有系統整理書評與書目是迫不及待的事了。尤其是書目更需加強。所謂書目，不僅是做基本的工作——列出書名、作者、出版年月、何家出版及分類。更應利用這些原始資料再進一步加以分析、評註和研究。經過整理比較之後，才可以看出這本書是有用？無用？只是一時的效益或可以永遠存在？其他像書評索引、書評文摘也是可以根據書目再做出來的。

他捺熄了菸頭，再燃起一根菸，繼續說：

「現在臺灣平均每年出版 4000 本書，其價值如何？應該有專家加以客觀的評鑑。做學問的人，最苦惱的就是不知臺灣有多少資料書籍，要研究起某個問題時，常常有不知去哪裡尋找資料的茫然。幾乎每一個人開始研究一個問題，都要從頭開始，這是一種浪費。」

「國立政治大學有一位唐屹先生，他是伊斯坦堡大學博士，就遇到了這種困擾，他目前正在研究蒙古史，蒙古史在近年來頗受人重視，歐美和日本的學術界也有人在研究這段時間的歷史。而唐先生在國內無法找到資料，於是只好到美國去找。這件事也使我想到，如果我們的書目工作做得好，如果我們有很完整的中國歷代各朝的書籍、地圖等原始資料，那研究起來就方便多了，更不必求之於人了。也許有人一輩子不覺得這方面的缺

欠，但在學術界，這個痛苦是很普遍的。」

「葉維廉先生在『聯合副刊』上寫了一篇文章也提到這個問題，他說他 14、15 歲時，曾猛讀自五四以降到 1940 年代的作品，尤其是詩方面的，但現在時時想追捕當時的印象，發現那些書都無法找到了，心中無限沮喪。他很感慨談到，現在年輕的作家是全無五四以來新文化、新文學傳統的持續意識和歷史透視的，他們想讀也不易找到書本。」

「雖說現在已進步到電腦時代，但是如果沒有很完整的原始資料，建立系統，那電腦也無法幫得上忙。」

「過去，曾有些海外學成的人士回國，服務了一段時間又再行出國，原因之一是，在國內住久了，就和原來所學的東西脫節。這是實情，社會日新月異，如果不能得到自己本行的書目、索引，就無法知道這門學問最近的發展和變化，的確會造成脫節的現象。這也是我們知識界較弱的一環。」

彭歌認為現在科技方面的書目資料做得不錯，像中山科學院的圖書資料差不多已經上路了。這主要原因是，科技方面的西文資料本身就已經相當系統化了。國家科學基金會也有資料中心，因此，自然科學界做研究工作，就要容易得多了。

另外像農業方面，農復會出版品的農業索引做得很不錯，也一直沒斷過。農復會圖書館的馬景賢先生，目前正在做所有的中外研究與中國有關書目的整理。這個工作是相當艱巨的，目前還沒有人做過。馬先生還做了從民國 38 年開始，所有臺灣雜誌討論有關臺灣經濟問題的文章的書目。彭歌說：

「近幾年，臺灣工商業發達，但有關工商的書目索引卻很缺乏。在遠東，日本、韓國都已經做得很不錯了，我們實在應該迎頭趕上。」

他很感慨的說：

「20 多年前，曾有西方學者在訪問臺灣之後，說我們這兒是一片文化沙漠，當時曾引起我們知識分子的不滿與震動。但是我們不得不承認，臺

灣的書籍的確缺乏系統化的整理，圖書資料不足是事實，但更重要的是，即使極其有限的圖書資料，也仍缺乏系統化、邏輯化的整理，以便於讀者查考參閱而發揮其更大效用。」

他很推崇目前全世界最大、也最重要的參考書出版公司——威爾森公司的作法。

他說：「這家公司所出版的數十種英文索引，書目參考工具，其影響和貢獻都是世界性的。由於這些參考工具，使得各立門戶的學問與知識，建立起更為密切的互相關連。尤其重要的是，在各門學問範圍之內，使同類作品的內容，經過科學化、系統化的整理與安排，成為一個井然有序的整體。」

他將這些索引、書目等，比喻做鑰匙，一套套的鑰匙使人打開知識的府庫。

目前，彭歌是《中央日報》總主筆，每星期他固定要為《中央日報》寫一到三篇的社論，另外他還在《聯合報》撰寫「三三草」專欄。

每星期，他在臺灣大學圖書館系有七小時的課，他教的是圖書採訪與選購，書評寫作和大眾傳播。

每天，彭歌的作息時間幾乎是排得滿滿的。教書，必須要做準備工作。撰寫社論，更需要參考許多資料，還要不斷的吸收新的知識及專門性的學問。他很少參加應酬演講，座談會也儘量避免，為的是多寫點東西，多看點書。他也經常做筆記，這是為他將來寫小說蒐集材料的。

做為一個新聞工作者，看報是他每天不可缺少的。因為時間不夠，雜誌只能做選擇性的閱讀。讀書是彭歌的嗜好，也成為他的生活習慣之一，他自認在這點上他是很幸運的。

在中外作家裡，他最欣賞的是托爾斯泰。他認為他是一個天才，而且他所有的天才都用在寫作上，並且發揮出來。

他說：「有時看了一本書，心裡會想，也許自己也可以寫得出來，但是有些作品看後，心裡卻很明白，自己今生今世是永遠寫不出來的。托爾斯

泰的作品就給人這種感覺。《紅樓夢》也給我這種感受。」

在靜靜的客廳裡，彭歌用純正的國語，有條不紊的談著。偶爾，嫻靜的女主人——徐士芬女士，很客氣的出來招呼茶水。客廳布置得樸素而穩重，一面牆的大書櫃，除了書，看不到什麼擺飾，看得出主人是個愛書的人。

犄角的大茶几上，擺放著一個鏡框，裡面是彭歌和他的兩個兒子姚晶、姚垚的合照，照片中彭歌正對著鏡頭，姚晶和姚垚一人一邊，側著臉吻著父親的雙頰，彭歌笑得好開心、好年輕。

照片中的兩個孩子只有七、八歲的樣子，推算起來，這張照片恐怕有十多年了。但是眼前的彭歌，除了臉龐胖了許多以外，看不出有什麼改變。不免驚奇歲月並沒有在彭歌身上留下太大的痕跡。彭歌開心的笑著說：「大概男人都不容易顯老吧！」

年輕時代的彭歌，看起來是個瘦削書生的樣子，今天的彭歌，更增添了一份中年人的睿智和瀟灑。

對於當今臺灣社會的讀書風氣，彭歌認為有很好的趨向。因為新書越來越多，幾乎每個星期都有新的出版社成立，這顯示有人買書。

他覺得，目前主要的問題在於，父母和師長怎樣來輔導年輕人看書，培養他們讀書的興趣。而且知識界也應該有一個很客觀的評鑑制度，光是靠一、兩個人主觀的鑑評是沒有多大作用的。他說：

「現在大家過分強調『評』，其實書評不只是要評，首先必須要讀者知道這是一本什麼樣的書，然後再對書的好壞加以評鑑。」

「我認為壞書根本不值得評，所評的書應該都是合乎讀者需要的，這樣才可以達到助長推廣讀書風氣的目的。」

他建議多頒發各種類的「獎」，來鼓勵好的作品，並藉此掀起讀書風氣，像日本的芥川獎是為正統小說而設的，直木獎是為通俗文學作品而設的。這兩種不同類的獎，在日本都受到相當的重視。再者美國的普立茲獎，甚至世界性的諾貝爾獎，都是在作家和讀者心目中有相當分量的。（附

註：關於芥川獎與直木獎，請參看彭歌的《文壇窗外》一書。）

臺灣雖然也設有多種獎，但在讀者與作者之間似乎並沒有發生太大的作用。

他覺得我們不妨參考外國的方法來做，像外國的圖書館學會每年都有選當年度好書的工作。像美國的《紐約時報》、《時代週刊》，每個星期都有一個暢銷書的目錄，這是根據全國書商提供的統計資料做出的。這種暢銷書目只是提供讀者一個參考，與書本身的好壞無關，更不是價值判斷。他認為讀者具有相當的水準以後，所謂的暢銷書目只可供參考，對他們選書的影響並不太大。

《時代週刊》每年還有好書的介紹，並有專家總論這一年的美國出版界，往往寫得很客觀，有時也加以嚴厲的批評。

總之，在國外有許多機構在做這些事，這對推廣文藝和教育都有很大的幫助。

彭歌曾說過，影響他人生最大的體驗有三次——第一次是民國 32 年的太行山之行，他首次覺悟到山河之大及自身的責任；第二次是民國 38 年到達臺灣的感受，刺激了他創作的努力；第三次是赴美留學的三年四個月，使他真正得知為學的門徑；體驗出知識的尊嚴與必須。

這些也激起他寫作的熱情。

他說：

「從大陸來臺灣後的頭些年，我們的小說以描寫大陸上的生活、作家個人的童年的回顧較多，這是一種懷鄉病，是古今中外都有的例子，可以說是經過戰亂後一種痛定思痛的感覺。近十年來，新作家的作品以社會寫實方面的作品為多，這可以說是應有的趨向，以前是回顧，現在開始往前看。」

「文學和科學不同，往前看或往後看不一定決定作品的價值，主要還是在於寫得好或不好，我覺得不必說從某年某月以後就不必談，或是光談現在，不談過去。有人說，經過八年抗戰、大陸淪陷這一段大的動盪，我

們卻一直沒有好的現代史小說。我想，也許是現在還沒有。像以南北戰爭為背景的小說《飄》，就是在南北戰爭結束後 50 年才寫出來的。《戰爭與和平》也是在戰後經過一段不算短的時間才問世的。隔了段距離，再用小說的方式來寫那段時間的事，也是不壞的。」

目前，彭歌的兩個兒子都不在身邊，老大姚晶自清華大學物理系畢業後，已出國深造。老二姚垚臺大中文系畢業，目前正在服兵役。平靜和諧的家居生活，是彭歌寫作不斷，進修不停的主要原因。彭歌曾對人說過，由於他太太的生活簡樸，治家有條不紊，以及對他不斷的鼓勵，使他能不必為生活和家務操心，而能安心讀書專心寫作。

他認為一個人常常因為許多責任在身，而無法完全按照自己的心願行事。如今，他的孩子已自立，使他有更多的時間做自己想做的事。他說：

「人生百年，在你所能的環境中盡到你最大的努力，是最快樂的事了。能做得好固然最好，如果不能做得好，能盡了力也就很好了。」

告辭時，我們一起從六樓搭乘電梯下來。彭歌推推他的眼鏡，厚厚的鏡片後閃著學者的睿智，開朗的神情中帶著滿足的笑意說：「對於寫作的人來說，所有的痛苦都是有報償的。」

——民國 65 年 8 月

——選自夏祖麗《握筆的人》
臺北：純文學出版社，1977 年 12 月

人性文學的發揚者
彭歌訪問記

◎楊亭*
◎陳義芝**

一、蒼茫天地、淡泊心情

彭歌是一位傳統書生型的士子。對於人生，他的看法是：要以「出世的精神，作入世的事業」，「無論是科學的真、哲學的善、藝術的美，只要能有一丁點兒於人有益的創造，則皆不辜負了一生，人類也必不至於辜負了你」。

不管世局如何衰敗，人心如何壞亂，他所一再強調的，仍是真善美的人性裸裎及堅貞不拔的道德勇氣。從早年追隨謝然之先生在《臺灣新生報》服務，到今天身任《中央日報》總主筆，二十餘年來，彭歌以獨具的新聞眼透視人間百相，那種淡然寬諒的情懷，始終如一。

光陰在他的容顏和體態上，早已烙下輪痕，繁忙的工作負在他的肩上，五十開外的人，再也稱不得年輕了！甚至彭歌自己也有了人事的感慨及「悲涼」的意識（見民國 65 年 1 月 24 日「三三草」專欄）。

彭歌說：

「在這個世界上，人應該盡自己的力量，不論是做大事情或小事情，只要能盡個人最大的努力，把事情做好。就是『貢獻』。」

「時代是向前進的，我們個人的努力，完全是為了推動整個世代的進

---

*本名吳志遠。發表文章時為臺灣師範大學國文學系學生。
**發表文章時為臺灣師範大學國文學系學生，現為臺灣師範大學國文學系副教授。

步。當然，人生會因許多偶然的際遇——也就是我們中國人所說的『命運』——而改變。所以我覺得一個人除了讀書，吸收知識之外，性格的陶冶也很要緊，比如師友之間的砥礪……。」

「人與人交往，最可貴的是能在困難、軟弱、挫折時，互相安慰，這種親和的關係，很能影響我們一生，使人生顯得有意義。」

問：此即中國傳統「溫柔敦厚」的詩教？

彭歌：我想是的。所謂溫柔敦厚，並不只是一個人經常帶著笑臉，很和氣的樣子。也有它嚴正的一面，其最高境界就是「能為他人設想」，而對事情看得遠，看得深，看得很寬闊。

問：在您求學過程中，先後變換了 11 所學校，戰亂流徙，一定發生過一些印象深刻而感人的故事吧？

彭歌：是的，在我小學五年級時，由天津轉到北平，進入藝文學校就讀。民國 25 年 9 月 18 日，學校舉行紀念集會，中、小學生全體參加。當時的校長是查良釗先生，查先生是在創辦人高仁山先生遇害後，臨危受命，主撐這所私立學校的，那天紀念會在大操場舉行。當青天白日滿地紅的國旗升上去再降到旗桿的三分之二處，校長向全校師生講話，只說了一句：「今天是九一八國恥紀念日……」就哭了起來，哭得不能講話，我們雖只是五、六年級的小孩子，但也懂得國家局勢的艱難，於是，老師、同學，上千人都哭了。那一天的紀念會情形，我一輩子都記得。在我個人的感受來說，當查校長和我們這些小學生們在一起為東北的淪亡，為國家的前途慟哭時，是遠比都德的〈最後一課〉中那位老師在下課之前，用粉筆默默地在黑板上寫下了「法蘭西萬歲」的一幕，更為感人。中學，我就讀於北平私立輔大附中，太平洋戰爭爆發後，隨政府撤退，本想考軍校，立志做軍人，但因近視太深，體格檢查不合格而作罷。

大學階段，在西北農學院，曾念了半年農業經濟，後來考進政大前身——政治作戰學校。民國 38 年到臺灣後，念政大新聞研究所。民國 49 年通過中山獎學金留學考試，赴美國南伊利諾大學，念了二年，得新聞學碩士。

問：您是怎樣走上文學的道路？

彭歌：念中學的時候，就喜歡寫作，跟年紀大的同學辦刊物。大學時，功課繁忙，寫得較少。大學畢業後，因為生活環境壓力，覺得心裡有很多話要講，而且大學最後一年，在戰地後方因為通貨膨脹，家裡寄來的錢，往往第二天就不值一文了。因此，經常寫稿賺些稿費。來到臺灣，有幾個固定刊物約稿，就這樣慢慢走上了文學這條路。

問：您現在大學開了哪幾門課？

彭歌：在臺大圖書館系，教圖書館學概論、大眾傳播及圖書採訪。

二、談彭歌的小說

民國 42 到 49 年，是彭歌創作小說的黃金時期，短短七年，他出版了《流星》、《落月》……等十本集子。以當時印刷事業並不怎麼發達的情況看，這個量已經相當可觀了。

他以蜘蛛吐絲的才情，配上螞蟻搬米型的毅力，崛起於 1950 年代自由中國的文壇，如一顆光芒燦熠的星子，令人矚目。當年《文學雜誌》主編夏濟安先生曾讚揚他是「目前小說家中，文字造詣最深的一個」，並且說：「就文字而論，海內外自由作家，恐鮮有匹敵者……，希望您（按：指彭歌）能再接再厲，領導中國文學走上新生之路。」殷殷厚望，溢於言表。

時隔 20 年，彭歌的筆卻轉向了，已有五、六年時間，未見他發表小說了。近十餘年來，在這方面，他只寫了《在天之涯》、《從香檳來的》、及《K先生去釣魚》三部作品，實在令人惋嘆。

寫小說是他真正喜歡的事，但他不再努力去做，什麼原因呢？

彭歌說：「我從美國回來以後，覺得有必要把所學所得，貢獻給國家社會。因此一直守在新聞工作的崗位上。同時希望本身研究之圖書館學，能對社會有點用。」（我們知道，圖書館有很多功能，不僅可幫助學者專家作更高深的研究，也讓一般社會民眾接近知識。）

「其次，我的時間，用在報紙上的專欄和評論寫作上，其中包括新知

識、新觀念或新作品的介紹。寫這些東西，有事實配合與引導，比較容易，寫小說則必須要有專注的心情與精神。」

他很感慨地說：「新聞工作雖是自由職業，其實是最不自由的。你不曉得明天又將發生什麼事情，而一有事情，就必須被事情拖著走。所以，難得有一天真正休假。」

彭歌老菸槍一般，菸不離手、離口，一根接一根，在裊裊繞繞的煙愁裡，我們可以想見他的苦衷，或者這就是他對自己不滿的最大原因吧？

問：《落月》、《流星》已重新刊行。在《流星》中，您曾講到永恆與一剎那之分別，譬如流星在天空閃逝，劃出燦爛的光芒。能否談談寫作這部小說的心境？

彭歌：這部小說，是一位年長的朋友提供的材料。當然，小說的內容與結構都再經處理。主要的是那時很多從大陸上來到臺灣的人，心情很不定，有一種憂國傷時的心情，一方面個人的生活也有很多起伏。小說的前半是寫袁逸珊青年以前的事情，後半是寫中年以後的遭遇。我覺得寫歷史及寫新聞，都在寫英雄豪傑，但是在小說中，並不一定如此，小說家對每一個平凡的人，都要能深入的了解他的生活背景，他的奮鬥，他的掙扎——全力的掙扎——像流星一樣，一閃而過。

問：《流星》與《落月》的命名，是否具有象徵意味？譬如《流星》中，袁逸珊內心奔放不可阻遏的感情，或者《落月》中，余心梅那種體悟人生如落月浮沉的心情。

彭歌：我想是的。

問：這二部小說，都有固定的時空背景，把最近幾十年來中國的變動都寫進去了，但著墨不濃。您當初有沒有更大的企圖？

彭歌：很想！本來寫作的計劃很多、很大。但因為事情太忙了。我想有機會的話，盡可能擺脫一些事，我還是很願意回到小說上面來。

問：夏濟安先生對《落月》有深入之批評。您在遠景所發行的新版後記中說，對夏先生的批評，不同意的地方仍然不同意，他講得透徹的地

方，則比以前更欣然同意，能否說得明白些？

　　彭歌：我是覺得一篇長的小說，很難定評說哪個地方該怎麼寫。按夏先生給我的建議，這篇小說改寫起來，可能要跟原來的小說完全不同，這跟我最初的構想並不一致。至於夏先生說後半部寫得草率些，這是因為後半部經過再三改寫，參酌了一些朋友比如小說家聶華苓的意見，因此可能與前半部配合得較不緊密。也許與急於結束也有關係。

　　問：《落月》重印，有改寫之意嗎？

　　彭歌：最初，看了夏先生的評論之後，我是想改寫，但後來覺得這件事跟蓋房子一樣，蓋了以後再想修整，當然並無不可，但是事倍功半！

　　也許我還可以寫新的題材。

　　很多寫作的朋友都有一個感覺，有時候全心全力、貫注心血寫出來的小說，不見得寫得很好，有時候無心插柳，隨筆寫來，卻寫成很好的小說。作品不一定與作者的努力有關；當然，作者不斷地求進步是確確實實必要的。

　　問：《從香檳來的》這本小說裡的鍾華，是不是就是您自己的化身？

　　彭歌：不是。這本小說是在我留美期間寫成的。因此小說本身也借重於美國留學生的背景、人物、文化觀點……等。

三、筆墨生涯

　　民國 61 年，彭歌出版了他的第 15 本小說集《K 先生去釣魚》之後，就沒有再寫小說。

　　他說：「我對寫小說一道，至今尚未死心。」但「每念亡友（指夏濟安先生）的期勉，則心中惶惶，不敢率爾操觚。」

　　民國 59 年他重遊華府，遇吳魯芹先生。吳先生猶以「你怎麼可以不寫小說呢？」相督促，彭歌說：「這種友情的鼓勵，使我感受到一種精神上的壓力，但同時也是勉勵我、推動我的力量。」然則，他的寫作，卻無疑地已偏向專欄、翻譯、政論及時評，其中尤以聯副「三三草」之影響最大，其成就在透過大眾傳播媒體，推動社會建立一種良好的文化風尚。

問：「三三草」中常可見新書評介，請談談您寫作的用意，及選介標準。

彭歌：今日之社會，人太忙了。出版事業又發達，每年有四、五千種書問世，任何一位喜歡讀書的朋友也不可能每一本書都讀到。我因為接觸的機會比較多，在我認為對一般大眾，特別對青年朋友有幫助的，就詳介給大家。我認為「讀書」至少有二個前提：第一是知道有這本書，第二是能得到這本書。

「三三草」中所評介過的，最低限度都是我閱讀過、經過評量的。太壞的書當然不值得推介，太好的書，大家都已知道的，我也不再多此一舉。有些比較冷門的，值得大家閱讀的，常為人忽略，我不過是幫大家先看一些書，盡量做到公允持平，這也等於是站在幫助出版界的立場來做，因為現在報紙的廣告很貴，像《中央日報》最小的一塊廣告是 1000 元，而1000 元要賣多少本書啊？

今日之讀書界，大概以二種人最多——學生、軍人。我的目的在於多造成讀書的風氣，藉以鼓舞出版社之發展。再者，讀者與出版事業是互為因果的，若讀書風氣衰微，則出版社只好印行一些大眾趣味的書來充數。而讀書風氣也間接地影響了學術研究的成果，整個文化事業每一環都是息息相關的。

問：您近年也翻譯一些勵志方面的書，譬如《人生的光明面》，對我一般國民心理有很積極的啟發。您自謂這本書的銷行甚廣，可能與我們近年來的心境有關，請問我們是處在一個什麼樣的「心境」下？

彭歌：我們退出聯合國那年，我剛好有事到美國開會，旅途中想順便買本小書看看。《人生的光明面》這本書就是在飛機上看的，看完之後，覺得所講的道理對我們很適合，它教人不憂不懼，凡事從好的一面去想，同時，這本書的文字敘述也很生動，對於發揮人性光明的一面，有很積極的心理作用。

當年總統　蔣公要我們莊敬自強，而莊敬自強無非是要我們自己努

力，站立起來。近幾年來，我們與日本、菲律賓、泰國……相繼斷交，在外交上所受的打擊確實相當大，但在這種環境之下，無論如何要相信自己，要努力自強；而這種事並非靠領導者有此意志，而是要靠全國民眾都有此堅強的意志力。

問：您曾寫了一本《小小說寫作》，目前臺灣的文壇似乎很少看到所謂「小小說」，小小說與短篇小說如何界定？

彭歌：很難界定，短篇小說通常指一、二千字到一、兩萬字的小說，可是像亨利・詹姆斯有的小說多達五萬字，也被認為短篇小說，因為它的結構為短篇的結構。我寫《小小說寫作》這本書也很偶然。有個朋友知道我對小說寫作有興趣，送了我一本這方面的書，後來我參照了這本書，並蒐集了一些相近資料，加上自己的看法。因此，這本書等於是一半翻譯一半自己寫的。寫這本書的目的，是希望有心欣賞小說作品的讀者，能藉此多了解一些小說寫作的原理及技巧，因而走入作品中。比方說，看籃球賽，如果未曾打過籃球的人，也看得很有趣，但如果自己也曾打過籃球，就更加可以欣賞。因此，我覺得要鼓勵人看小說，最好的方法是先讓他懂得如何欣賞。不過，當時我不曉得丁樹南先生已經翻譯了這本書，因為丁先生住南部，很遠，平時未謀面。雖然重複了，但我寫的與他稍有不同，我多加了一些材料進去。

四、真理永不寂寞

民國 66 年 8 月 17 日至 19 日，彭歌在「聯副」發表了〈不談人性・何有文學〉的大作，深入問題，批判了當前文學的偏鋒。他說：「從本年初以來，讀到幾篇討論文學的文章，有些分析與討論，我認為是不正確的，甚至有害，有予以澄清的必要。……在愛國家、愛文學的大前提下，損小異而求大同，破邪說而明正理，這是關心文學之朋友們共同的責任。」辭誠義正，獲得各方喝采。

我們深知，文學創作的路，無論就選材或表現方法，都應該是絕對自

由的，但偏頗的論調，時髦的作為，卻有害無益。

　　問：前一陣子，「鄉土文學」爭議相當熱烈，請您就「鞏固文化壘堡」一項，仔細談談。

　　彭歌：有一位朋友說過：文學就是文學，上面再加上其他形容詞，不過是強調某一種風尚，文學本身有其本質；「鄉土文學」也許可以算是文學中的一個支流，而且，我並沒有認為這是壞的支流，也沒有反對「鄉土文學」，不論是「鄉土文學」、或「現實主義文學」，每一種流派登峰造極之作，都有很好的成績。浪漫主義、自然主義、古典主義……都各有其優缺點，我們讀大仲馬的作品，讀左拉的作品，讀托爾斯泰的作品，不是都覺得那是世界一流的作品嗎？儘管他們在文學史上代表著不同的主義及潮流，而近來某幾位先生的說法──文學作品要根據社會的病態，反映社會的矛盾。（當然，社會並非沒有矛盾，每個人自己都可能有矛盾，何況社會，但專門醜化社會的缺點，強調社會的汙處）──會讓人覺得社會已經腐敗，國家已經沒有希望，而事實卻又不然，我們國家雖然不能算是目前世界上最好的國家，至少在亞洲地區，很多國家比不上我們，而我們也正在各種建設上加速努力。

　　問：您是否認為目前的小說已經表現了這類傾向？

　　彭歌：有一些。所謂一種風氣，必先有人提倡，而後有人跟隨。但目前跟隨的人也不一定同意這種觀點，只是一味的跟著走，認為大家都這樣寫，自己也應該朝著這個方向走，特別是年輕人如此。這就好像穿牛仔褲，大家都認為要穿舊的、磨破的、發白的才好看。在文學上，這樣子會走進一個很窄的胡同裡去。最近我看到很多文章，都批評這種態度，例如：青溪學會出版的《當前文學的批判》，還有一本《小說新潮》，刊登十幾位年輕作家的看法，大概除了陳映真對自己的理論提出辯護外，大部分都持相反的觀點，有的甚至自承是本省人，但也不喜歡這樣的文學劃分。文學應該不脫離人生。不脫離人生的意思不是說避諱某些問題不談。社會現象好壞各有。小說家寫漁民、礦工，並非不可，但是應該考慮到：中華

民國有多少漁民？多少礦工？他們的生活是不是真的絕望、無助？同時還要比一比我們的漁民與其他國家的漁民的生活情形，譬如與大陸上的漁民比較一下。今天的漁民、礦工生活跟十年前、二十年前比，沒有進步嗎？如果真的沒有進步，當然不好！如果進步了，那就表示政府也在照顧我們，幫他們解決問題。太褊狹的文學意識會使文學創作走上偏激的窄路，不但算不得愛國，等於是替共產黨的思想作宣傳。

問：那，是不是反映社會現象應有適當的尺度？

彭歌：我想作家本人心裡應該有。

問：《從香檳來的》那部小說，主角鍾華回國後，對於國內的某些現象，如「歸國學人」的安置，文化建設的缺失……等等，也有很痛切的指陳，顯見文學應該反映社會人生。

彭歌：是的。但在那個時候反映的那些事情，在今日就不見得適用。而今天又有很多新的問題，譬如我們講「均富」，今天社會財富並沒有完全「均」，而且事實上完全「均」的要求，也是不可能的。我覺得文學最要緊的作用在增進人與人之間的了解與親和。

問：那麼，文學應該反映社會大眾生活苦樂這一點，已經無須置疑，問題是必須考慮今天的低階層是不是屬於大眾？

彭歌：我想「人」是個別的，對於低階層的人們，當然應該幫助他、輔導他，可是他何以會變成低階層的人，其中也有很多因素。同樣的農村青年，十年以後也許某人仍然守著農田，生活雖然苦些，心裡卻很愉快。但另外一個人，也許鑽營在都市社會裡，賺了很多錢，但也乘虛蹈隙的做了許多違法的事。表面上看，後者是很成功，但我想他的良心總會有不安的時候，別人總會看透他的時候，所以不能完全拿世俗的尺度去看社會的現象。文學家的任務就是要透過慧眼，看到世界看不到的地方，給予一種鑑定。

問：請談談中國當代作家面對傳統時，應如何承續這條江河，並發揚大之？

彭歌：我想全世界的作家都面臨這樣的問題，因為歷史的變動太快了，而我們的歷史又特別的悠久。可是，我想，我們不必像從前私塾時代，從小背四書五經，但經過時代的篩子留下來的文學作品，有其特定的價值及意義，卻不可不注意。最重要的是要提高文學欣賞的水準及寬廣的趣味。……

談到承續歷史文化的使命，這是每一個作家都避免不了的問題。像陳若曦那樣回去大陸又逃出來後，才感覺到中國人是可愛、可敬之；隨便一個中國人站在那裡，他本身就是一個文化的映像。今天我們身處臺灣的人不覺得，如果有一天腳踏的是異國土地，接觸的是異族文化，那麼這種感覺就會強烈了。……

「中華文化之所以偉大，是因為每個人只要努力，都可以做得到，它所需求於個人的，不是成為聖賢或超人，而是做個好人、常人……。」彭歌一面說著，一面起身準備到隔壁會議室去開會，那是下午三點半（民國66 年 11 月 22 日），我們隨即告辭，步離中央日報大樓。

——原載《中華文藝》第 85 期，民國 67 年 3 月號

——選自辛鬱等著《作家的成長》
臺北：華欣文化中心，1978 年 7 月
——2015 年 6 月修訂

文學筆話人性，新聞眼觀世情

專訪彭歌先生

◎李瑞騰訪問[*]
◎陳宛蓉記錄整理[**]

反映人生現實的創作主張

　　他是說故事的人，傳播故事的人，有時他也是故事中的主角。

　　「說故事」是小說家的本能，寫小說則是彭歌一生的摯愛。七七事變爆發後，北平古城即陷入敵人之手，此時就讀中學的彭歌內心有千叢怒火無處釋放，只好將所有不能說的故事都用筆寫出來，寄情於小說。1952年，彭歌以〈黑色的淚〉得到了香港《亞洲畫報》短篇小說獎第一名，這對他而言，可以說是生平的第一場「會戰」，參加這場戰役的皆為港臺兩地的文壇好手，所以這份榮耀便成為彭歌創作路上的一大動力。「別人如此的看重我，我就要不斷的超越自己。」有此信念，彭歌往後的創作便一再受到肯定，國家文藝獎、中山文藝獎等，都是他努力得來的。

　　1950 到 1960 年代是彭歌小說創作量最豐的時期，談起歷年來二十多部的小說作品，彭歌就像在說自己的孩子似的，有時責備連連，有時又得意滿滿。「以前所寫的小說，多少有一些是情感的流露，但也有一些被朋友逼稿寫出來的作品，現在看起來有的題材不合宜，有的粗製濫造。像〈K先生去釣魚〉這篇小說，我覺得有些賣弄，賣弄自己對外國事務的了解，所以稱不上是好的文學作品。」對於 1980 年代出版的《微塵》，彭歌就顯

[*]中央大學中國文學系教授。
[**]發表文章時為《文訊》雜誌社編輯，現為國家生技醫療產業策進會組長。

得滿意許多，原因是《微塵》反應了當時大陸留學生不願意回國的問題。彭歌膾炙人口的作品還有很多，如曾獲得民國 45 年中華文藝獎金的《落月》，這部「歌頌純潔無私的愛」和「藝術生命的不朽」之作，夏濟安先生曾做過詳盡的評論，誇讚其為「一本相當好的小書」。同時期的《流星》亦為反映時代之作，這部長篇小說擁有相當多的讀者。此外描述人生理念與兩性高潔友誼的《歸人記》，及寫下「生命與自然搏鬥的悲劇」的《辭山記》等，皆為傳頌一時之作。

反映人生、反映現實，一直是彭歌小說創作的主張，也是他欣賞托爾斯泰的原因。「托爾斯泰的作品寫實且入世，並以平凡的人生為對象，真正好的小說就應該是為追求更好的人生價值而寫，象牙塔中的個人想像，或是標新立異、不切實際的題材，未必是好小說。」也就是這點堅持，彭歌的小說中看不到虛華不實的堆砌字眼，也看不到綺情畸戀的另類題材，有的是簡淨淡雅的文字和一則則以「人性本善」為出發點的鄰家故事。

曾經有人問彭歌：「你小說中的人都太善良了，人生哪有那麼美好？」而彭歌的回答是，就因為人生有太多不可預知的悲苦，所以才要創造一些比較光明的事情，如此一來，讀者才能在文學的世界中得到鼓勵、找到安慰。

樂於撫育他人之子──翻譯工作

除了自己說故事，彭歌還喜歡說「別人」的故事，那就是翻譯工作。在美國留學多年，彭歌接觸了許多中文市場中少見的好作品，「把它翻譯出來，讓不能直接讀外文的人也能品嚐享受，豈不甚好？」此一信念，讓彭歌走上翻譯之路。彭歌的翻譯作品十分豐富，小說類有《權力的滋味》、《浩劫後》、《輪影人生》、《蕭莎》、《夏日千愁》、《奈何天》等，其中雷馬克的《奈何天》是彭歌的第一本譯作，也是花費時間最長的一部。這讓彭歌有了一個體認：翻譯名家作品，是一種學習及訓練創作技巧的好方法。尤瑞斯的《浩劫後》是彭歌所譯最長的一部小說，內容是講歐洲的猶太人

和法西斯的鬥爭過程，其中牽涉到新聞自由、人權迫害、宗教信仰等等問題。「尤瑞斯沒念什麼書，但他的人生閱歷十分豐富，曾當過士兵打過仗，也曾當過水手出海跑路，什麼三教九流的人物都接觸過，這也許是他的作品能如此平易的原因吧！」即使是小說的翻譯，彭歌依舊堅持著「小說要能反應人生」的主張。

除了翻譯小說，彭歌也譯《改變歷史的書》、《人生光明面》、《熱心人》等勵志小品文，這些作品對時下的年輕朋友來說，有如引領方向的燈塔。「我有一些在救國團工作的朋友對我說，每當他們遇到青年朋友有心靈上的問題時，就會買《人生光明面》送給他們。有一次一位澎湖的青年受了傷殘廢了，正在自怨自艾，我就將這本書送給他，他看了之後就重新站起來，誠實的面對自己、面對人生。」也許彭歌所說的故事總是那麼的貼慰人心，才讓他前後譯了十多本書，至少有一半成了暢銷書。

無論是小說創作或是翻譯，彭歌都將之視為孩子般細心培育，不同的是翻譯就好像是撫育別人的兒女，孕育時不必經歷那麼多的「痛苦」，在完成時自然也不會感到那樣的「快樂」。「唯有在寫自己的小說，才能體會到做母親的幸福。」彭歌微笑地說。

書香味十足的專欄文章

除了小說創作和翻譯工作，為報紙寫專欄也是彭歌一生的志業。從民國 55 年起，彭歌即在《新生報》副刊闢有名為「雙月樓雜記」的專欄，民國 57 年起亦在聯合報的「三三草」專欄發表文章，當時一個星期寫三篇，半年下來就有一本書的量，所以從「三三草」輯印成書的就有《書中滋味》、《青年的心聲》、《取者和予者》、《祝善集》等書，而由「雙月樓雜記」結集成冊的則有《書香》、《新聞圈》、《奇特與平凡》、《英雄們》等書。彭歌的專欄內容多以論書評文為主，偶爾涉及論人議事之作，皆不出文化學術的範圍。彭歌可以說是少數長期關心閱讀及工具書的專欄作家，在他的文章中，常常介紹各式各樣的書籍。「有一年快過聖誕節的時候，我

介紹了一本關於西洋酒的書，其實我對酒是一竅不通的，有個朋友看了我的介紹文章之後，就跑去買一本，我知道了好高興，因為這表示讀者有迴響，也表示我的介紹豐富了一般人的閱讀生活。」讀者有回應，對彭歌無疑是最大的鼓勵，也是讓他一直寫下去的最大動力。為什麼對介紹書籍情有獨鍾？彭歌說：「我們每個人都要讀書，但天下的書太多了，算一算最快一天讀一本，一年也是 365 本，更何況實際上我們不可能讀那麼多書，哪還有時間讀壞書呢？所以我才要在專欄中多介紹一些書，經過選擇再介紹給讀者，除了節省他們的時間，收穫也會比較大吧！」

　　專欄集結成書已十餘冊，但彭歌仍有一些遺憾。這十多本書都是以時間順序編排，對讀者而言，這年發生了什麼大事一目瞭然，但彭歌長年都有參與筆會、新聞學會等會議，一些心得感想也常在會後發表，但出版成書後，民國 60 年開的會放在民國 60 年結集的書中，民國 65 年開的又放在民國 65 年那本書中，讀者若要查閱這些資料，還得一本本翻讀，十分不便。所以彭歌的遺憾就是沒有將這些專欄文章按性質來區分，若有機會能完成重編工作，不只圓了彭歌的夢，也可以說為近代中國文學史留下了更完整的記錄。

　　對書籍的介紹不遺餘力，彭歌一直想推動的還有圖書館資料化。在美國讀圖書館系，讓彭歌深覺圖書館資料化的重要。他以美國新聞界一位著名人士為例，在他的評論文章中，多是用數字來作為資料的呈現，這裡面的一句話，我們可能要花上一個月的時間才查得出來，但為什麼他可以一下子就引用那麼多的資料？是不是他有很多的助手協助？彭歌在看過他的自傳後才知道，他唯一的助手就是他太太，這些資料都是去圖書館查到的，只要電腦一 key，資料立即呈現，節省了很多時間和精神。有鑑於此，彭歌就設法鼓勵臺灣的圖書館做這個工作。而資料化首重索引的建立，索引健全，引用起來就非常容易，這也是彭歌認為工具書十分重要的原因。

踏上新聞之路，獻出畢生心力

　　善於說故事，彭歌也樂在「傳播」故事，那就是他一生的事業——新聞。「我自己的愛好是小說，成年以後的專業是新聞。」彭歌如是說。從念中學起，彭歌就開始接觸新聞事業。「北京淪陷期間，我正在念中學，那時我們幾個同學常聽重慶的廣播，聽了之後，就用複寫紙一字一字的抄錄下來，然後散發給校園附近的居民，讓他們在資源斷絕的情況下，也能接受到關於抗戰情況的最新訊息。後來我們才知道這就是所謂的新聞事業。」中學畢業，彭歌以第一志願考上了政大新聞系，與新聞事業結下了不解之緣。1949 年畢業，彭歌從大陸來到了臺灣，即進入了《新生報》，最初開始是做助理編輯，很快的就升主編，沒多久就升為要聞組主任、副總編輯。對於平順的「仕途」，彭歌謙虛的說：「那時候的報紙只有二大張，一個版的編輯等於主管了整個版面，所以很容易表現。」但上進的彭歌並不以此為滿足，1960 年赴美繼續深造，在伊利諾大學攻讀新聞系及圖書館系兩個碩士學位。回國之後，彭歌回《新生報》任總編輯，後來升到副社長的職位。在《新生報》工作了十幾年，正好《中央日報》進行改組，彭歌就被請去擔任《中央日報》總主筆。這種言論工作，在此之前彭歌從未接觸過，但是彭歌也不好推卻，於是就進入了《中央日報》，一待就是 15 年。

　　在《中央日報》最後五年的時間，彭歌接任了社長一職。「當了社長，必須兼管言論和新聞、行政及業務，這對我來說是一個考驗，但我相信只要全心投注在工作上，而且大公無私，什麼事都會迎刃而解的。」彭歌這般堅定的信仰，的確為《中央日報》完成了不可能的任務，那就是新大樓的營建。當時有許多人認為彭歌是一介書生，哪能完成此一艱鉅的工作？但彭歌腳踏實地，東詢西問，有了概念後就訂定計畫，努力達成，絕不馬虎。「公家機關在行事上有時就壞在這裡，跟人家簽了約，到了要付款的時候卻百般苛刻，甚至於從中要紅包，如果如此，那商人當然只好偷工減

料！」在彭歌一絲不苟的行事態度與夥伴的通力合作下，新大樓蓋得非常順利。但是大樓蓋完，彭歌也精疲力盡了，於是萌生了退休的念頭，但當時中央黨部的李煥先生覺得此時退休太早了，新聞界還有很多的事可以做，於是就請彭歌到《香港時報》擔任董事長。這條新聞之路，彭歌可以說是走得輝煌且順遂。

長年身在新聞現場，尤其是一個「官辦報紙」的負責人，彭歌頗有「如人飲水冷暖自知」之時。「我記得黃少谷先生常講，辦官報是非常不容易的，外人看來你好像什麼都知道，但在言論的表達及新聞的報導方面，尺度的拿捏就要自我約束。太過保守，有失新聞記者的職責，但太過放任，強挖內幕，上層也無法容忍。」雖然困難，但彭歌勝任愉快，因為他確信新聞自由必須注意到保障國家安全、維護社會正義，亦如其他的自由，有其準繩與範圍，新聞自由不是也不應是一種特權。

也許是背著黨報負責人的頭銜，有人指責彭歌太偏向官方、太愛國了，彭歌語重心長的說：「我們那一代的人歷經戰亂，深知個人的存在是非常渺小的，如果沒有了國家，還談什麼個人的抱負？所以在當時，每個人都覺得愛國是天經地義的事，若是聽到或看到什麼對國家不利的事或言論都會難以忍受。」有了這個時代背景，難怪彭歌會對一些分裂國土、省籍對立的言論顯得十分氣憤。「我 24 歲到臺灣工作，就將全部的心血放在這片土地上，努力了一輩子，竟然有人說：你不是臺灣人，臺灣人不是中國人，這種說法我真的無法接受。」看著謙謙君子言及時的慷慨激昂，不難想見彭歌心中對家國的感情有多麼的深厚。

憑著長期投身新聞工作的豐富經驗，彭歌亦執起教鞭，將所學傳授學生。他曾在政大、師大、文化等學校教授新聞學，春風四座，學生莫不相稱道，譽為「叫座良師」。

在當時，國內大學教育仍沿襲演講式教學法，彭歌深感此道不足，因此在作法上他稍作改變，不尚死背，而採以啟發式教育。彭歌對學生作業批閱之仔細令學生難忘，幾萬字的讀書報告，他仍逐字逐句的圈點批語，

態度之嚴謹，令學生折服。就是這種負責認真的精神，讓學生在離開校園後仍對彭歌尊敬不已，而師生之間的深厚情誼，彭歌現在回想起來仍覺可貴。「現在的小孩和我們以前不同了，師生之間的關係也不若以往純粹。以前完全憑感情來做事，師生感情猶如父子，但現在請學生幫忙，可能就要論酬資了。不過這是時代變遷的結果，也必須適應。」

　　根深的文學涵養及新聞學術的造詣，彭歌出版了多本新聞學專書，如民國 54 年出版的《新聞文學》揉合了文學與新聞學的涵養，被譽為報導文學的指南，亦是學院中新聞系的教本；民國 56 年出版的《新聞學研究》則是一本以中學生為對象的新聞學。彭歌著作之多元，由此可見。

心中最甜美的回憶——春臺小集

　　彭歌用小說的筆寫出許多不朽的作品，用新聞的眼靜觀民國 40、50 年來臺灣的社會脈動，在這些成績的背後，有著為人所不知的「推手」，那就是「春臺小集」。「春臺小集」在文學史上是一個陌生的名詞，但卻是彭歌再熟悉不過的往事。話說四十多年前，臺灣的文藝氣息相當的濃厚，寫小說的彭歌也因此結交了許多志同道合的朋友，如林海音、聶華苓、孟瑤、琦君、何凡、南郭、柏楊、公孫嬿等等，他們常在一起天南地北的聊，有時談得高興，晚飯吃完後又接著吃宵夜，漸漸地就形成了每個月聚會一次的小團體，並以「春臺小集」命名之。

　　「春臺小集」的成員所學不同，有著不同的性情、不同的立場、不同的寫作風格，但這似乎都無關緊要，因為他們共同的熱愛都是文學。「我們這群朋友個性有靜有動，政治立場有左有右，但大家仍然相處得很好，可是只要一談起作品就毫不客氣了，你可以批評，我可以建議，大家開誠布公的談，這段日子現在想起來都覺得有趣。」可惜的是這個團體在幾年後便慢慢的分散了，每個人都有自己的一片天要開創，聚會也就少了，但只要朋友呼叫一聲，大家又會義不容辭地來幫忙，提供點子。如此有趣的文人雅集，沒能在文學史上留下記錄著實可惜，彭歌倒是顯得淡然的多。「我

們當時有一個心態，就是非常忌諱自我標榜，尤其我們其中有幾位是編輯人，更不願別人說我們在搞小團體，所以幾年的時間過去了，大家也分散各地，也就沒人再提『春臺小集』了。」

雖然已散，彭歌仍保留了當時朋友們往來的書信，這些書信的內容除了輕描生活點滴外，主要還是在談文學作品，比如說最近看了什麼書，有些什麼感想，或是對最近發表的作品有什麼意見，都在信中互相切磋，彭歌十分喜歡這種「交流」方式。「這些書信我保存了一些，但並不完全，現在都放在美國，還沒有時間去整理，但我也捨不得將它們丟棄，因為這裡面有的朋友已經過世了，所以我就把這些書信當作他們的遺物來珍藏。」面對已過半世紀的書信，彭歌仍然真情以對，同樣的，已逝的「春臺小集」在彭歌的心中也是一段最甜美的回憶。

淺談「鄉土文學論戰」之始末

說故事的人，有時也是故事的主角。1970 年代臺灣文學界最重要的大事是「鄉土文學論戰」，這場論戰自 1977 年春天開啟，一直延燒到次年春天，到了 1990 年代末尾的今天，二場鄉土文學論戰 20 週年回顧研討會，又將戰火重燃。以〈不談人性・何有文學〉一文激化戰事的彭歌，並不覺得「鄉土文學論戰」值得稱作一個事件，更不覺得值得開這樣一個會來討論。「那年所有的意見，包括我的言論在內，並不是在反對所謂的鄉土文學，或是一些鄉土作家，更不可能說要將鄉土文學置於死地，我沒那個權力，任何人都沒有權力去禁止某種文學的存在。我不贊成的是文學裡漠視人性問題，只講階級問題。」

民國 66 年 8 月 17 至 19 日一連三天，彭歌在《聯合報・副刊》發表了〈不談人性・何有文學〉一文，文中直接點名三位作者，認為他們對「社會上比較低收入的人賦予更多的同情」，只以收入高低為標準，忽視了善惡是非的人性才是文學的真正面目，而以「物」不以「人」為標準的論調很容易陷入「階級對立」、「一分為二」的錯誤，所以彭歌呼籲他們應以更

「負責」的態度寫作。之後，余光中先生以〈狼來了〉一文相呼應，「鄉土文學陣營」亦開始為文反擊，一場論戰便如火如荼地蔓延開來。

　　彭歌表示，真正能流傳千古的都是以人性為出發點的，所以文學真正的本質是人性，而不應淪為政治鬥爭的工具。在那風起雲湧的年代，各種文學主義紛立，這其中摻雜了政治、經濟等其他層面的問題，使得「鄉土文學論戰」有著複雜且多元的面貌。20 年來有許多的論者嘗試詮釋、定位此一「事件」，但當事人之一的彭歌已不再為之辯解，因為在親眼看過柏林圍牆被憤怒的推倒、蘇聯政權瓦解，以及大陸威權體制已走向改革開放，彭歌更堅信自己的想法，「我全心贊成自由，也正是為了自由，我認為階級論調是有害的，應該加以駁正」。

只想走一條路──文學創作

　　大部分的人都希望自己能觸角廣伸，朝多元化發展，但回顧自己一生輝煌的創作歷程及新聞事業，彭歌卻有一些後悔。「有的朋友認為我著作等身，橫跨翻譯、寫作及新聞事業多種領域，好像我的成就很大。但從另一個角度來看，我好像都沒有專精去做一件事，這是我不太滿意的地方，努力的方向太多了，有時會覺得自不量力，但這也是我們那個時代的悲哀，當時大家都是一個人當二個人用，有多少力量就盡多少力，所以根本沒想過要關起門來當一個專業作家或是鑽研學問。」這當然是彭歌的自謙之詞，但也道出了些許大時代下知識分子的無奈。

　　如果時光倒流，可以重新再走一次，彭歌只想走一條路，那就是他熱愛的文學創作之路，因為他認為真正能滿足他心靈的只有文學。「以前年輕的時候，看到一本好書可以整晚不睡覺，甚至急著介紹給好朋友們看，那時對好書的需求十分飢渴，看完了就覺得心靈好滿足。」但對現在市場上琳琅滿目的出版品，彭歌的感動反而少了，很多強調感官題材的書，看了之後不痛不癢，所以彭歌只好回頭讀中國古典文學，像老子、杜詩等作品，看完後比較有感通。

謝幕後的平淡生活

　　65 歲退休後，彭歌選擇離開臺灣，赴美定居，作這樣的決定，彭歌的內心也是經過了一番掙扎。彭歌的二位公子都在美國讀書，畢了業就在美國工作，也在那兒結婚生子，已屆含貽弄孫之齡的彭歌自然敵不過孫子們的嬰啼童音，便與妻子一同赴美，和兒子生活在一起。在美國，彭歌仍寫作不輟，在《世界日報》的舊金山版發表專欄文章，所以對彭歌而言，科技發達的今天，傳真機、電子郵件非常方便，在臺灣與在美國，寫作的環境都差不多，但是有一個讓彭歌不太能適應的就是美國沒有像臺灣有那麼多可以在文學上相互切磋的朋友，此時「春臺小集」的歡笑聲及成員們討論作品時的情景浮現眼前，彭歌的鄉愁就繫在過往的點滴中和今日臺灣的各種發展。「現在臺灣很多價值觀都有些錯亂，大家都向錢看，有錢就可以出名，就算是做壞事出名都還很得意。除了青少年問題嚴重，老人獨居問題更暴露出現代臺灣社會的危機。」彭歌對臺灣的愛就在他的憂容中展露無遺。

　　從說故事的人、傳播故事的人到故事中的主角，每個角色彭歌都盡心盡力地扮演，也因此在七十多年的人生舞臺上有亮麗燦爛的演出。退去一身「華服」，今日的彭歌已然謝幕，回歸平凡，服膺老子的「有容乃大」、「無欲則剛」，與老伴、子孫共享天倫之樂，一同品味、沉澱走過的歲月，這應該是人生最值得滿足的吧。

──選自《文訊》第 153 期，1998 年 7 月

評彭歌的《落月》兼論現代小說

◎夏濟安*

　　中國自從文學革命以來，不知有多少有志寫作的青年，在夢想著寫一本大書。大書的標準是：反映大時代。社會輿論以此期待於我們的作者，作者也以此自勉。好像一本小說不是背景跨地數千里，人物數以千百計，故事裡面穿插著戰爭、逃難、遊行、暴動、開河、築路等等大場面，不足以盡其小說的使命。

　　這樣的大書，的確有人寫過。書雖大，成功則未必。世界上以歷史為經，男女戀愛為緯的小說，真正寫得好的，本來就沒有幾本。彭歌先生的《落月》可能成為一本大書，現在我們所看到的只是一本小書——一本相當好的小書。假如有些批評家拿「反映大時代」這句話來讚美《落月》，我相信作者自己也要啞然失笑的。不錯，這本小說裡講起過北平、重慶、臺北等好些地方，就表面來看，故事所占的時間也很長，整整八年抗戰都在裡面了，還有反共戰爭。但是作者對於「反映大時代」所作的努力實在不夠，他對於余心梅這個女伶生命過程裡所發生的政治軍事經濟大事，似乎並不感覺到興趣。例如卓如是書中很重要的一個角色，可是關於他的「故事」，作者只用兩三行輕輕帶過。

　　「我們都有了不少的改變了。」卓如無限感慨地說。於是他先講他自己的故事。他怎樣離開北平，又怎樣逃到洛陽、西安、重慶、昆明那些地方去。後來他就到了國外去，在倫敦和紐約住了些時候；中間曾經一度

*夏濟安（1916～1965），江蘇吳縣人。學者、評論家。發表文章時為《文學雜誌》主編。

回到過上海。

——《落月》，頁 109～110

　　這兩三行裡可以包含多少故事——引入多少離奇的穿插，多少動人的場面，多少有趣的人物！到了《戰爭與和平》的作者手裡，這幾行便可以發展成好幾章大文章。

　　但是我並不因此就對《落月》覺得不滿意。一本壞的大書，實在比不上一本好的小書。小說的「規模」，並不是小說好壞的標準。寫小說固然有法則，但是並沒有一定不易的法則。不同的小說家有不同的寫法，他有選取「規模」大小的權利。像這樣一本描寫一個女伶生活的小說，可能成為一本傑作，儘管作者忽略好些政治經濟方面的大問題。

　　問題是：作者既然捨大取小，他所採用的是甚麼方法？這種方法是否可用？他是否充分的利用了這種方法，造成了完美的結果？

　　我是喜歡《落月》所採用的方法的。作者似乎並不想反映大時代，故事的開始是在第五頁上：

　　平靜地拭去了臉上的淚痕，她打開了照相冊的第一頁……

故事的結束是在第 119 頁上：

　　她翻到了照片本子的最後的一頁……

　　翻一本照相冊需要多少時間？我想十幾分鐘足矣。作者敢於把十幾分鐘以內一個女人的回憶、思想、情感等心理活動組織起來，寫成這樣一本小說，他的魄力和眼光是值得欽佩的。中國小說家還很少有人嘗試寫純粹心理活動的小說，彭歌先生可以說是替今後的中國心理小說開了路。

　　但是可惜的是：彭歌先生沒有貫徹他的主張。他常常忘記他是在描寫

一個女人的心理活動，他常常自己從照相冊子裡鑽了出來，向讀者說這說那。有時候，他根本把照相冊子丟開，打開話匣子來替我們講故事了。

結果是：我們聽到了一則很有趣的故事，有些地方還相當感動人。但是這本小說在藝術方面有了不小的缺陷。

小說的起源，本來是講故事。講故事很簡單：「從前有個農夫，他有三個兒子，老大老二是壞人，老三是好人。……」後來又有人不滿意這種簡單的辦法，就借用了舞臺的技巧。作者不告訴你誰是爸爸，誰是哥哥，誰是弟弟，他讓小說裡的人物如同在舞臺上一般的說話。三個年輕人叫老人一聲「爸爸」，大哥二哥叫聲「三弟」，三弟叫聲「大哥二哥」，這幾個人的血統關係就此確定，不必再費辭說明了。至於好人壞人呢？作者也用不著說明。他可以借用臉譜的辦法（例如：大哥生得獐頭鼠目，二哥生得一臉橫肉，三弟生得眉清目秀），再加以行動和對白（例如：大哥二哥談論的是謀財害命的勾當，三弟則是白天在田裡工作，晚上捧了書本讀書），讀者也可以判定誰是好人壞人了。

但是戲劇式的小說，懶惰的讀者是不滿意的。懶惰的讀者不耐煩聽這許多對白，不耐煩聚精會神的注意這些人的舉動，他只要知道故事的大概就夠了。他懶得自己動腦筋，下判斷。他要讓小說家把事情說得明明白白。

小說家絕不可縱容懶惰的讀者。他得相信讀者中自有用心者在；他用心寫出的作品，是寫給用心的讀者看的。他能夠講故事，但是他寧可不講，而採取戲劇的方式。因為他知道講故事的辦法常常會要技窮，他的「小說」絕不是用講故事的辦法說得清楚的。例如好人壞人吧，好人可能帶三分壞，壞人可能帶三分好；好人壞人可能改變；不好不壞的人可能做出亦好亦壞的事。那該怎麼辦呢？不如讓那些人把他們做的那些事做給讀者看，讓讀者自己去想，自己去推斷。

以上所說的是小說最普通的寫法。心理小說也可以借用這兩種方法。我們可以敘述「某人在生氣」、「某人在發愁」；我們也可以用戲劇的方式把那人生氣的情形描寫出來，把他生氣後所說的話記錄下來。

　　這兩種方法的混合，也產生過很好的心理小說。但是到了 20 世紀，小說藝術又有了新的進步。一方面是美國小說家亨利・詹姆士的「一個觀點」的辦法，現在已經為很多小說家所師法。所謂「一個觀點」也者，就是小說裡所有的人物、事跡、地方情調等，都是由某一個人的眼睛裡看出來的；這個人對於他周圍所發生的事有所不懂，讀者只好跟著不懂，作者並不加以說明；因為亨利・詹姆士並不想單單描寫客觀世界，他要描寫的是某人主觀意識裡的客觀世界。另一方面是「意識流」一派心理小說崛起，小說面目又為之一新。關於「意識流」後面還要講，這裡可以說的是：「意識流」的小說於 1920 至 1930 年間最為盛行，現在已經很少有人寫純粹意識流的小說了。但是意識流的技巧影響很大，今天寫小說的人，即使仍舊採用戲劇式的方法，也難擺脫意識流一派的影響。中國讀者所熟知的海明威的《老人與大海》便是一個例。亨利・詹姆士的作品介紹到中國來的不多，香港出過一本他的《碧廬冤孽》中譯本（「今日世界」叢書，書中另收〈黛絲・密勒〉一篇），這一本書，還有書前的那篇〈前言〉，值得向讀者推薦。

　　《落月》應該是一本心理小說，但是很可惜，作者沒有好好利用心理小說的技巧。我們既然不能因為彭歌先生寫得不像托爾斯泰而責備他，當然也不能因為他寫得不像亨利・詹姆士、或是吳爾芙夫人而責備他。我所要指出的是：心理小說的技巧將大大的有助於這本小說的完美，使得這本小說遠超過「消遣讀物」的水準。

　　不錯，《落月》的文字是流暢的，交代大體上是明白的，幾個戲劇性的場面處理得都很好，我也是「愛不忍釋」的讀者之一。但是，它的技巧，據我看來，還可能改善。

　　所謂心理小說的技巧，不是這篇文章所能說得完盡的。心理小說的大師有好多位，他們的技巧各不相同，今後假如又有一位天才出來，心理小說（或者說小說 in general）無疑又將有新的技巧。我這裡可以簡單的說一句：「20 世紀心理小說是有意模仿詩的技巧的。」

　　我所謂「詩的技巧」，並不是說小說裡應多穿插幾段「微微的風偷吻著樹梢，蔚藍的天空掛一鈎新月」、「陷入悲哀的泥淖，跌進痛苦的深淵」之類「詩意」的描寫。那類「詩意」的描寫，我們的小說家已經出產得很多了。這不是好詩，也不是好散文。林以亮先生在〈論散文詩〉（見上期本刊）裡曾勸有志寫作的青年少寫「抒情散文」，我對此亦有同感。

　　《落月》裡面很少有這種俗濫的描寫，這是我們感到欣慰的。彭歌先生能寫明白曉暢的散文，很少裝腔作勢之處，這一點，我們認為他已經勝過時下不少小說作家。可惜他的散文，常常只是通用的習見的散文，似乎還不曾創造他自己獨特的風格。

　　關於彭歌先生的文字風格，後面要討論到，讓我先來說明：「何謂詩的技巧」。

　　詩的技巧應該和講故事的技巧大不相同。（有一種「敘事詩」，那是詩模仿講故事的技巧，這裡不備論。）故事應該講得明白，詩不妨含蓄，甚至於應該說：詩以含蓄為貴。故事是直敘的，詩則應該盡量利用暗示、聯想、啟發的作用。故事是有什麼說什麼，詩則力求文字的經濟，每一個字都應該發生作用。講故事的人只要用通用的語言文字即夠，詩人於苦思殫慮之餘，不得不創造他自己專用的工具——他獨特的風格。

　　常有人說：〈孔雀東南飛〉像一篇小說。實在這只是一篇敘事詩，當然是一首好的敘事詩，但是它既然像了小說，小說家從它那裡也就學不到多少東西。小說家應該學怎麼樣的詩呢？詩的種類很多，寫詩的方法也很多，這裡我只預備隨便舉個例子。

　　《唐詩三百首》裡所收王昌齡一首〈閨怨〉，我認為在很多地方很像現代西洋心理小說。

　　　　閨中少婦不知愁　春日凝妝上翠樓
　　　　忽見陌頭楊柳色　悔教夫婿覓封侯

　　這一首七絕在講一件事：一個少婦忽然想起她的丈夫來。這件事背後，還有些故事。憑我們眼前這點材料，講故事的人是無所施其技的。「唐朝時候，某處有個少婦……」這樣一則故事，幾句話就說完了，是沒有人要聽的。用戲劇式的方式，也無法處理，因為這裡只有一個人，沒有對白；少婦沒有開過口，也沒有「獨白」。但是用現代的眼光，這首詩很可給小說家一點啟示。

　　詩雖短短四句，讀者仍可知道不少東西。這個少婦大約長得不醜，家境也不壞（既能「凝妝」，復有樓可上，想非「蓬門荊釵」之類），為人天真爛漫，可是有點虛榮心。（丈夫出外從軍或者做官，或非完全出於她的慫恿，但她卻把責任攬到自己身上。）至於背景，惱人的春色和寂寞的芳心正好成一對照；陌頭楊柳足以引起遐遠的聯想。筆墨經濟，但是夠人玩味。作者告訴我們的事情很少，但是讀者想像力所可以補充的卻很多。我們可以說：讀者把這首詩，每多讀一遍，他心目中所構成的圖畫，便愈益明確。好書之所以能「不厭百回讀」，正因為讀者每讀一次，就可以多發現一點意義。我們的小說家假如想寫「經得起時代考驗」的作品，對於這一點應該特別注意。

　　但是「人」，「景」，甚至於加上「情」，並不能就成為一篇小說。小說一定要有「動作」，這是寫心理小說的人必須注意的。有些寫小說的人用很多力氣描寫一個人的一段「心境」（mood），但是「心境」持續不休，小說就很少進展。結果往往成了一篇「抒情散文」，而不成其為小說。可是王昌齡的〈閨怨〉是有動作的。這一點我不得不特別強調，因為我們假如不能體會出〈閨怨〉裡所包含的動作，中國的小說將要忽略許多重要的題材，而限制在狹小的圈子裡，不得發展。

　　「動作」通常指外界看得見的動作，但是內心也有「動作」。釋迦牟尼在菩提樹下大徹大悟，耶穌基督在荒野裡對魔鬼說：「撒旦，走開！」這些都是兩位教主生命中的大事，從那時候開始，他們悟到了「道」，他們有了自信。這種內心的動作，應該和釋迦托缽乞食、耶穌治療痲瘋病人這種外

界的動作一樣重要，甚或更為重要。

這種「悟」，我們每個人生活裡都有。我們所「悟」的，通常並不是「道」。可能是一種後悔，可能是一種新的決心。幾年前鑄成的大錯，今天忽然想起來了。一個平日自怨自艾的人，忽然一旦覺悟；他所過的生活，原來也算是幸福的生活。這一類的經驗都可以成為小說的題材。

王昌齡〈閨怨〉的題材就是一個「悟」。「忽見陌頭楊柳色」是一種外界的動作，「悔教夫婿覓封侯」是內心的動作。這麼一「悟」，這位少婦也許不會再像以前那麼天真爛漫了；她對於生命的意義有了更充分的認識，也許可以說她就此「成熟」了。

「忽見」和「悔」只是一剎那間的事，但這是意義最豐富，影響最深遠的一剎那。這一剎那過去得很快，唯慧心妙悟的人方才能夠領略它的意義。小說家真想了解人生，表達人生，不妨在這方面用功夫。我對於今日的小說家，有這幾句勸告的話：在你編排你的故事，設想你的情節之前，不妨先設法把握住你故事中人物生活裡面最重要的一剎那。

彭歌先生是把握住余心梅生命中最重要的一剎那的。

> 她闔上照相本子，把它謹慎地收藏起來。然後，關上燈，小立窗前，遙望著天邊，她默默地和那落下去的月亮告別，她想，過去的日子應該隨著那月亮一齊落下去了。

——《落月》，頁120

這種寫法我是喜歡的。彭歌先生在今日小說家中，可以說是另闢蹊徑；他認識小說的動人不一定在乎場面的偉大或是動作的熱鬧，只要這麼一點點心理上的變化就夠了。可是我認為余心梅這一「悟」似乎還有點問題；這我預備留到最後再討論。

一剎那的「悟」可以成為一篇好的短篇小說的題材。《落月》是長篇小說，或者說是中篇小說，中篇小說應該是短的長篇小說（novelette），不是

長的短篇小說。長篇小說和短篇小說的技巧之間有其不同，單憑這點「悟」，是寫不出長篇小說來的。

《落月》既然以翻照相冊始，以翻照相冊終，我認為作者應該讓我們體會到這位退隱女伶看照相冊時的心理狀態。我說「體會」，恐怕還不大夠。我們應該憑藉小說文字的媒介，走進小說主角心裡去，聽她心裡的聲音，看她眼前所浮起的回憶。她在翻照相冊時候的心理狀態，應該全部暴露在我們面前。而且除了這些心理狀態，此外應該沒有什麼別的東西。這才夠得上「寫實」。

可是這麼一來，要使我們的小說家為難了。他還得有個故事要講呀！他要向讀者交代明白呀！這麼片片段段零零碎碎的回憶，讀者怎能了解呢？

我並不勸人寫叫人看不懂的小說。不過我總覺得《落月》的故事大體上可以重新安排一下，改排之後，可以更合理（更能符合主角的心理變化），文字可以更美，效果可以更動人，就整體說來可以成為一部更好的小說。

余心梅打開照相冊後，我期待著一張照片的出現。可是作者寫下這麼一句：

人生總是從童年時代開頭的……

這叫我很失望。這種話何必說呢？假如她一翻開來是她父親的照片。從相片上的容貌（照片可能已經褪了色了）回想她模模糊糊能記得的父親生前的容貌和表情，再想到這張相片在父親死後靈臺上供過，在北平老宅臥室的牆上掛過，她到重慶去還帶在身邊，到了臺北之類的地方貼在照相冊的第一頁。這樣，我認為較為合適。

這樣寫法，比現在的敘述法當然困難一點。但父親的性格，家庭困苦的情形，仍舊穿插得進。這張照片在不同的地方掛過放過，每個地方的情形等等，小說家都可以讓我們清清楚楚的看見。這樣的描寫，便可以更為生動。

作者假如大量的運用「聯想」作用，小說的安排不完全依照故事發生時間的次序，而以一連串心理的景象展示於讀者之前，使讀者有如同目睹之感，這樣的寫法，就已經在「故事」和「戲劇」兩種方法之外，採納了「意識流」的技巧了。

這本小說既然以回憶為主，凡是回憶裡特別清晰的事件，小說裡就應該著力的描寫。這種著力的描寫，《落月》裡有好幾處，像惠中飯店五樓會見趙麗英一段，很有戲劇性的力量。有幾處微嫌不夠，例如余心梅的第一次進戲園子聽戲那一段。這是她生平一件大事，平劇從那時開始對她有了引誘力，後來她進了梨園行，無疑更常常的回憶到這段情景。平劇院裡的「急弦繁管，密鑼緊鼓，和喧沸的人潮聲」（借用彭歌先生語，見頁 11）對於每一個初次聽戲的小孩子，都無疑會留下很深的印象；可是對於余心梅，印象應該特別深刻。彭歌先生描寫她進戲園時，

> 手裡還捏著一包糖炒栗子，一串冰糖葫蘆。
>
> ——《落月》，頁 10

為這兩句，我替彭歌先生喝采。這種細末小節，正是小說家所應該注意的。這非但點明了「地」（大約只有在北平才稱冰糖葫蘆）和「時」（糖炒栗子不是四季都有），而且「捏」字用得也好，確像小孩子看戲（我不敢再用「聽戲」這個詞兒了）的情形。但是彭歌先生描寫看戲出神的情形，卻使我失望：

> 她不知不覺地被那種氣氛迷住。漸漸地，她不再是一個冷靜的旁觀者，而是走進了戲劇中去。她忘記了自己，忘記了這個熙熙攘攘的世界。只是癡癡地望著臺上，用自己對人生有限的智識，去揣摩那種從人生之中擷取出來的結晶而演成的劇情。
>
> ——《落月》，頁 10

　　這不是余心梅這個小女孩子在看戲，而是作者在「評述」余心梅在看戲。作為「評述」而論，這段文字是明白乾淨的，但是小說家雖然也用散文寫作，他的散文應該和普通評述文章不同——有時簡直完全不同。

　　小說家碰到這種強烈感覺經驗的場合，最好避免抽象的字眼，避免概括說明的字眼。例如「熙熙攘攘的世界」，這個詞用在普通散文裡雖稍嫌「文」，但總算是很平穩的。用在這裡則不妥。因為：1.這個詞不能在讀者心中喚起一個生動的印象，讀者讀到這幾個字，只「知道」有這麼一回事；2.小女孩子腦筋中，不會出現這麼一個「概念」，「熙熙攘攘」她根本那時候不認識；即使後來認識這四個字，甚至於寫信記日記時都用到這四個字，但字終究是字，並不能代替經驗。在她的「意識」裡（當她回憶這段看戲出神的時候），所謂熙熙攘攘者只是戲院門口的水果攤、糖炒栗子攤、紅紙金字的大招貼（「海報」）、穿了黑袍子滿面笑容鞠躬如也的招待員（「案目」），（「海報」和「案目」等和她以後的生活有關，不妨在這裡先提出來；）還有和父親坐洋車穿過前門大街（或者西長安街）所見到的街景：汽車、洋車、電燈綴成的廣告，穿了時髦衣服的男人女人……

　　這些景象對於一個小女孩子都有吸引的魔力，但是魔力頂大的還是臺上的戲。一看到臺上的戲，她把這些有趣的東西都給忘了。一山更比一山高，有了前面一段襯托，後面描寫戲的魔力，才可以更有力量。

　　進戲院前的一段熱鬧景象，應該用力描寫。臺上的戲，更應該用力描寫。「人生」云云是很洗練的散文，但是余心梅不會用這種抽象的概念來看戲的。小說家所應該注意的，是這個小女孩子初次進戲院時的一剎那，看見的是什麼。

　　前面我說過了一剎那，這裡又得強調「一剎那」的重要。前面所說的是意義最豐富的一剎那，這裡所說的是色彩最豔麗在感覺上給她最大刺激的一剎那。尤其她吃了梨園行的飯之後，再回想起來：這一剎那一定是給她開闢了新的天地，使她領略到從來未有的快感美感和奇異之感。要描寫這一類的經驗，文字「調門」必須「拔高」，明白清楚通用的散文，在這裡

是不夠的。作者應該慎選華麗但也是妥切的字眼，句法的安排不妨上應戲臺上戲劇進行的節奏，下合小女孩子加速的心跳，運用明喻暗喻各種修辭技巧；從耀眼的燈光和「守舊」描寫到臺上幾個穿了特殊服裝的演員，然後眼花撩亂的小女孩子才漸漸的能辨認出來那些演員的動作。

　　這一剎那的描寫，對於作者的文字技巧，該是一種考驗，一種挑戰。每個偉大的小說家，幾乎都曾有過幾節超越散文而接近詩的描寫。把小說維持在平平穩穩的散文水準上，未始不可，但是作者應該慎選他的題材，他應該設法不去涉及那種狂喜出神的經驗，題材和文章能夠配合得上，那麼「純散文」的小說還是可以寫得好的。再則作者的態度假使純粹是理智的分析的，像法國的古典派心理小說家一樣，任何強烈的感情發生，一律以冷酷的分析去對付，一點點感情上的顫動，都可以把它的來龍去脈以及可能的含義，都考查得清清楚楚，這樣，小說的調門也無需拔高。但是，冷酷的分析到底，其難寫恐怕還勝過一段熱狂經驗的描寫。余心梅第一次進戲園子看戲，我想還是學濟慈〈第一次讀到卻普曼譯的荷馬〉那樣寫，比較合宜。

　　彭歌先生對於余心梅所看的「大軸戲」《玉堂春》，有一點交代，別的戲就略而不提，這一點我也有異議。小孩子還不知道大軸戲的重要，在她，第一次看到的戲，才是她生命中最重要的戲。《玉堂春》的出演，是休息十分鐘之後，休息之前是什麼戲呢？

　　我建議來一齣武生戲。武生戲熱鬧，鑼鼓敲得響，動作火爆，最能吸引小孩子的注意。假如要讓我隨便點個戲碼，那麼《挑華車》如何？《挑華車》的故事，作者不妨說她在連環圖畫上看到過，又在茶館裡聽說《岳傳》的說過，所以只要父親一說是《挑華車》，她就可以心領神會的看下去了。

　　在開頭的時候，介紹這一齣武生戲，還有一點好處：它可以使小說的結構更為嚴密。余心梅不是後來和一個唱武生的同學傅振翔戀愛嗎？假如在這時候就伏下一筆，前後呼應得可以更好。舞臺上的高寵，我們可以假

定是英姿奕奕的；高寵那種為國犧牲的精神，可以使她感動；高寵慘死的情狀，雖然舞臺上演不出來，像她這樣一個富於幻想（我們可以如此假定）的女孩子，一定覺得特別可怕。

《挑華車》之後，不妨來一齣老生唱工戲，那個她可以不感覺得興趣。她還在想念高寵。看完戲，回到家來，在她「絢爛多彩」的夢中，除了「穿著大紅色的罪衣罪裙的蘇三」之外，還可以有個全副盔甲手執長槍慘為華車所碾死的高寵。

然後在戲劇學校，她可以看見傅振翔排演《挑華車》。她對於這位同學的好感，到那時已經無需說明，讀者早已準備好了。再則《挑華車》還可以給她一點傅振翔以後慘死的預感。

《落月》這篇小說的結構，不能算好。作者於起始時提出「愛情」與「藝術」兩個問題，好像這個女伶面臨左右為難的困境，不得不於二者之間有所取捨。但是作者以後大部分只是平鋪直敘的說下去，並沒有強調這一點衝突。她對藝術似乎並不特別熱心，愛情給她的煩惱也很少。她和傅振翔的戀愛並沒有嚴重的影響她的事業。她是自動申請退學的，並不是戀愛逼得她不能唱戲。但是作者可以換一種寫法。我們不妨假設她為傅振翔之死，一慟之下，就此倒嗓，以後為了家境困難，母親又病，再想重行登臺。可是嗓子壞了，不得不先用心培養嗓子的復原，心裡又急，眼前有登臺的機會都不敢接受。她固然愛傅振翔，但她也珍惜這點玩意兒學來不易。這樣我們就可以看出來「藝術」如何受了「愛情」的妨害。她在倒嗓期間，可能特別覺得丟掉藝術很為可惜，因此在家裡加倍用功。她家境雖然困難，還節省了錢到戲園裡去聽某幾個老牌花旦的戲。她恐怕嗓子不能復原，只好在「做工」上下力。以後她的嗓子假如不復原，她專工「花旦」，藝術上有了新的進步。假如復原，那麼她青衣花旦一腳踢，成了全材。閉戶靜養期間，也許為了要配合自己這條破嗓子，苦練新腔（書中不妨添個琴師的腳色，或者，就讓康老師抽空來替她操琴吧），這樣她的唱做都大有進步，無怪以後睥睨儕輩，成為一代紅伶。

　　多添的這麼一章，我相信可以使小說更為動人，更接近「現實」，而且表示出她如何的為「藝術」而努力。這樣為「藝術」而努力的人，以後重墮情網，藝術又面臨威脅，讀者更可認識愛情的力量有多麼可怕，這個女伶一生又多麼受愛情的苦惱。

　　余心梅和林卓如那段愛情，叫我很失望。書開頭所謂：

　　……一種奉獻和犧牲……付出去的感情……這一點點為愛而自我犧牲的情操……

以及：

　　背叛藝術而遷就愛情，這在當時是多麼重大的一件事呵……

這裡的愛情所指的是她和林卓如的一段因緣。對於這一段愛情，讀者一開頭就期待著的，但是作者草草了事，未免有點辜負讀者的雅望。

　　林卓如是抗日的地下工作人員，余心梅同他合作過。後來兩人失散，戰後重逢，糊里糊塗的就結婚了。這種糊里糊塗的結婚，就是作者所謂使她「背叛藝術」的愛情。

　　我用「糊里糊塗」四個字，並非有意糟蹋彭歌先生。余林二人，戰後重逢，談了兩次話，訂下了一次約會，以後呢？請聽彭歌先生自己的話吧：

　　約會「派生」了新的約會，在默默相許的人之間，約會像是會滋長的東西。……

　　不到兩個月的時間，他們沉溺在愛河的洄瀾之中，當心梅毅然決定捨棄了舞臺生活。……

——《落月》，頁113

作者還用了這麼一句話：「這是很難解釋的事。」愛情的確是很難解釋的，但是小說家不應該讓它不解釋了之。像《紅樓夢》所提出的「木石因緣」之類的解釋，也許是太玄妙了，但是畢竟還是一種解釋。

上面所引的一段文章，假如是電影劇本，也許夠用了。一次又一次的約會，舉杯互祝，婆娑起舞，攜手共行，相擁而吻，加以優美的攝影畫面，動人的音樂配音，男主角的風流瀟灑，女主角的含情脈脈——電影觀眾一看到這種鏡頭就知道：這對男女在戀愛。接吻的時間愈來愈長，觀眾就明白他們的戀愛快要成熟了。

這是所謂「愛情文藝電影」裡描寫愛情的老調，這算不算好的電影藝術，我不欲批評。但是我認為小說家假如借用這種電影技巧來描寫愛情，他似乎對不起他自己的藝術。電影和小說兩種藝術，孰優孰劣，本來很難講。大致金殿巍巍千軍萬馬等大場面，小說的描寫很難及得上「新藝綜合體」大銀幕上所展示的景象那麼有真實感。至於愛情，那是小說（或者廣義的說：文學）所最擅勝場的題目，電影很難和小說來抗衡。

電影最大的缺點，是不能詳細的描寫心理。電影裡難得用獨白，對白也沒有舞臺劇那麼重要。即使少數傑出的編劇家和導演想在電影裡保持一點文學的格調，注重心理描寫，這種電影只好算是例外。電影裡的情感大部分是表面化了；而且電影大多講究「調子明快」，把一種情感翻來覆去的研究，小說家固優為之，電影製片家卻要束手無策。有人說過：現代小說之所以日益趨向心理描寫（因此也較為難讀），和電影之成為大眾娛樂大有關係。在電影流行之前，小說本來也是大眾的消遣品。但是電影發達之後，小說家眼見描寫一切景物和強烈動作，都難和電影競爭，他們中間有些人就索性把這些「地盤」放棄，讓給電影。他們自己所固守的是「心理描寫」這一個據點，他們知道電影因為技術上的限制和賣座力的牽制，暫時還不致侵占過來。因此那些人的小說，讀來很不像一部電影，因此也就很難成為「消遣讀物」。

《落月》假如是一部電影腳本，我相信在好的製片人監製之下，可以

拍成一部不壞的電影。但是它現在是以小說的姿態出現的，我不得不以小說的標準來批評它。照小說的標準來說，余林二人的戀愛，本書這樣的描寫是不夠的。舉兩部習見的小說來說：《驕傲與偏見》中達賽之愛伊利莎白，《紅與黑》中雷納爾夫人之愛朱利安，這兩件戀愛很不相同，但是兩書的作者對於戀愛的進行，費了很多的筆墨來描寫。戀愛過程中的種種困難和矛盾，希望和絕望的交替，理智和感情的衝突，只有用文字才能寫得明白，膠片即使能表達，也不過是表達一部分而已。今日中國有些小說家不向他們去學習，反而懶惰的（恕我用這兩個字）去模仿所謂「言情電影」，想拿幾個鏡頭來概括一切，這幾個鏡頭又很少創見新意，這不得不叫愛好小說的人士興悲了。

　　假如彭歌先生不忘他自己的「開場白」，極力描寫「愛情」和「藝術」在這個女伶生活中的重要，以及這兩種力量的衝突，那麼這篇小說的結構就可以更為完整。兩種力量的衝突，是「戲劇」的基本因素；「愛情」和「藝術」兩個主題交替的出現，一起一落相生相剋，在女伶的生活裡互相衝突，而在小說的結構裡互相輔助。這樣的結構比較完美合理，它的效果也可以比較動人。

　　我在這裡想說幾句關於音樂的話，因為現代心理小說家是有意模仿音樂的作曲法的。我對於音樂是個大外行，不敢侈談音樂理論。但是一個人假如聽過幾支好的樂曲，再看看現代心理小說，就可以發現心理小說家是在模仿音樂的技巧。我認為《落月》的結構，除了強調「愛情」和「藝術」的衝突以外，還可以更進一步的改善。更進一步的改善之後，這本「小說」可以更接近樂曲的結構。說一部小說像一支樂曲，本來是很牽強的譬喻。但是有一類的小說，以前很少人這麼寫過。它的結構並不完全依照故事發展的先後次序，不習慣的讀者初讀之下，也許會覺得混亂。但是仔細一讀，就可以發現作者在混亂之中，還是保持嚴密的組織。這種組織方法，和以前的小說寫法很不相同，勉強說來，還是和講究節奏，講究旋律的進行，講究主題的反覆呼應與發展的音樂最為相近。

假如《落月》是一部以反映時代為主的所謂「自然主義」小說，彭歌先生恐怕無需借用音樂的技巧。但這是一部心理小說，它的題材是一個女人的回憶。回憶其實都是混亂的，我們不可能按著時間次序一件一件事的想下去。某一樁似乎很不重要的事情可能不斷的在心裡出現，有些很重要的事情，我們偏偏想不起來，（大約是弗洛依特所謂的下意識「檢查員」在作怪吧，）輕重顛倒，前後倒置，零零落落，斷斷續續，小說家要想拿藝術形式來規範這種混亂的心理狀態，的確是一椿難事。無怪以前的小說家大多避重就輕，根本不理會回憶的真實狀態，另外用「歷史編排法」來替回憶重新整理一遍，好讓讀者容易接受。

但是回憶的混亂狀態，是對於小說藝術的一個挑戰。小說藝術之所以有今日，現代幾位大師嘗試以藝術方式來處理這些混亂的心理狀態，功勞實在不小。凡是一位天才藝術家出現，他不單替我們解決了以前所忽略（或者認為無法解決）的問題，他使以後的人對於世界都有了新看法。以圖畫為例，藍姆勃朗脫出，人們對於「明暗」的意義，才有新的認識；近代新印象主義派畫家興起，人們才知道所謂「事物的真實狀貌與色彩」是怎麼回事。自從法國普盧斯特，英國吳爾芙夫人，愛爾蘭喬哀思，美國福克納等人的作品問世，小說家再要描寫回憶，就可以不必完全靠歷史的方法來編排。他至少能夠多多少少的描寫「回憶」的真實狀態了。

上面所講幾位心理小說家所用的方法，都有專書討論，我在這裡不預備詳論。我在前面所建議的幾點改寫《落月》的辦法，如用父親的一張照片幻化出很多不同的地方和不同的景象，用第一次看戲時所看到的《挑華車》預示余心梅以後的戀愛和她情人的慘死——這些就是我所認為現代心理小說家的寫法。這種寫法我認為比「歷史編排法」更為「藝術」，同時也是更為寫實。

這本小說題名《落月》，這是一個夠「現代」的題名。這表示作者是受了象徵主義的影響。象徵主義是現代藝術的一大潮流，在很多藝術作品上都有表現，現在單以象徵主義的詩為例，簡單的說幾句話。象徵主義詩人

也有情感要表達，但他更重要的任務，卻是創造一幅圖畫。他盡量避免抽象的字眼，多講具體東西。抽象的字眼，如「愛」、「恨」、「空虛」、「人生」等，本來也許都是代表明確的概念的，但是這些字都給用濫了，讀者碰到了這種字，內心起不了「共鳴」，常常只覺得是一堆模模糊糊的字眼。象徵主義詩人要力矯此弊，就多用具體事物的名字。具體事物本來大多可以喚起某些情感，引起某些聯想，（如梅花的堅貞，竹子的勁節，）所以具體事物也可以用以表示抽象的性質。但是具體事物更有勝過抽象名詞者在：1.具體事物是眼睛所看得見的，詩人可以製造更生動的印象，例如「雪地上的梅花」無疑比「堅貞」兩個字生動得多；2.具體事物雖然可以代表某些抽象性質，但它到底「應該」代表些什麼性質，並無明文規定，全憑讀者己意推測，而詩的意義也因此更為豐富。例如即使以梅花代表堅貞吧，但是詩人不會只用「梅花」兩個字的，不同種類的梅花或者在不同情況下的梅花，可以造成非常豐富的意義。如老梅、病梅、紅梅、綠梅、早開的梅、晚開的梅、滿山開遍的梅、孤芳自賞的梅、西湖上的梅、梅嶺上的梅──這些不同的梅所能喚起的感情，實在不是抽象的字眼所能說得明白。因此「梅」這個具體的東西，可以給詩人發掘不完的題材。

　　我在前面說：20 世紀小說是有意模仿詩的技巧的。我所謂「詩」，主要的指的是象徵主義的詩。因為我們所習見的浪漫主義的詩，大多直寫詩人心胸，往往熱力有餘，而含蓄不足，小說家不能從那裡學到多少東西。浪漫主義的好詩當然很多，如我在前面提起過的濟慈〈讀荷馬〉便是，但是浪漫主義的末流，把情感過度發揮，因而忽略了藝術形式。小說家假如再去模仿這種末流浪漫詩，他的小說一定叫有藝術修養的人難以卒讀。

　　彭歌先生在好幾處借用了象徵主義的手法，這是使我很高興的。我剛才講了不少關於梅花的話；我懷疑《落月》女主角余心梅名字中的「梅」字是不是含有象徵的意義。假如是的話，我建議作者不妨對於梅花可以多一點描寫。這本小說缺乏自然景物的描寫，這也許也是一個缺點。假如《落月》是一部自然主義的小說，我不會提出這點批評。但是這是一部以一個

女藝人為題材的小說，小說家對於她的「藝術氣質」也應該稍微寫幾筆。

《落月》的結構上有一個很明顯的缺點，即是下半部草草了事。上半部關於這位藝人的幼年生活和她在北平、天津等地獻藝情形，寫得大致很好。余心梅去重慶以後，以及勝利後的北平的情形等，就沒有上半部細膩。彭歌先生真要維持他上半部那樣進行的速度和敘事的詳細，這部小說還應該長一點。現在這樣草草了事，可能因為彭歌先生沒有用全力，到後來「後勁不繼」。還有一點可能的原因：彭歌先生對於「西安、寶雞、成都一直到重慶這些大地方」（頁 96）並不很熟悉，至少沒有他對於北平、天津那樣的熟悉。現在中國一般評論小說的標準，大致還是「自然主義」的。自然主義小說是以「科學的態度」見勝，自然主義小說家應該先有地理學家的智識，然後才敢描寫某一個地方；他對於那地方的風土人情，應該和當地土著所知道的一樣的多；他對於某一種社會，不親自像社會學家那樣去調查一下，他是不敢落筆描寫的。

因此，一個自然主義小說家逢到要描寫一個他所知不多的城市或社會，他就難以下筆。寫小說如同創造任何一件藝術品一樣，本是一件苦事，但是自然主義小說家於藝術的完美之外，更要求科學的準確性，集兩難於一身，其苦心更令人佩服。

自然主義的起碼條件「準確」，這當然是每個小說家都要做到的。但是小說真要像社會學研究那樣的科學化，是不大可能的。而且小說家即使把心思多用在外界事物的準確性上，假如他在別方面，如人物性格的把握、文字技巧、小說結構、哲學意義等有所不逮，仍舊寫不出第一流的小說。即以《落月》為例，這部以描寫女伶心理為主的小說，也有它的間接的自然主義的企圖：描寫北平的戲劇界。儘管彭歌先生是個「戲迷」，但據香港《自由人》報的批評，他對於平劇的智識似乎還不大夠。以彭歌先生那樣有十幾年聽戲的經驗，從小生長在北平，家裡收藏過幾百張平劇唱片，尚且犯這些錯誤，那麼誰有資格來寫北平的戲劇界和平劇女伶的生活呢？齊如山先生恐怕是最理想的人選，但齊先生不是小說家，雖然他的文字造詣

極深，能寫很好的掌故和論文，寫小說恐怕還是要靠對平劇所知並不完全準確的彭歌先生之類的人。

我一向鼓勵有志寫作的青年走自然主義的路子，但是我們該知道：自然主義並不是寫小說唯一的方法。像《落月》這樣的書，作者儘管可以採取象徵主義的心理小說的方法，少去理會自然主義那一套。《落月》是前面詳，後面略，補救的辦法有兩種：一種是貫徹自然主義的方法，後面略的地方再加補充，使和前面一樣的詳。前面的雖說詳，其實還可以更詳，如余心梅在那裡坐科的戲劇學校，在真正自然主義小說家手裡，可以寫成很長很長的一章。那所學校的校址是一所「破敗古老的大宅」（頁 21）——但破敗到甚麼程度？古老到甚麼程度？大到甚麼程度？大門怎麼樣？二門怎麼樣？門前掛甚麼匾？甚麼對聯？牆是甚麼顏色？屋瓦是甚麼顏色？這些如要描寫，似乎都值得詳細描寫。

另外一個辦法，是對於這些外界事實不予重視，故意的忽略，作者把注意力移轉到別方面去。外界的事實，固然是現實；內心的情感和印象，也是現實。用「主觀的現實」來代替「客觀的現實」，小說仍舊可以寫得很好。中國談小說的人，似乎一向對於自然主義有所偏袒，我在這裡預備介紹另外一種寫法，這種寫法對於《落月》這種題材是很合適的。

說到這裡，現在可以再研究《落月》這兩個字的題目。

> 月亮落下去，明夜又將升起來。人是經不得幾次浮沉的。

——《落月》，頁 120

月亮正是一個好的象徵。作者的意思好像把落月比作「過去種種好似昨日死」（「過去的日子應該隨著那月亮一齊落下去了。」），這是一種很近人情的聯想。但是月亮可以代表的東西多得很（如純潔，女性美，人生的圓滿或不圓滿等），作者沒有拿它來充分發揮，我是認為很可惜的。

又有一點使我稍感驚訝的（當我看完這本書重又回到前面去的時候），

就是本書開頭沒有把月亮提出來。本書開頭是這樣說的：

> 寂靜的晚秋之夜，彷彿是半盞殘茶，盛在澄明的杯子裡；又冷，又澀，又淒涼。
>
> ——《落月》，頁1

這是好中文。新穎的譬喻，明確的意境，和全書的情調又配合，足見作者是受了象徵派詩的影響，或者是和象徵派詩人不謀而合。但是為甚麼作者不接著於余心梅聽無線電的時候，把那天晚上的月亮描寫一下呢？（假如屋子裡電燈太亮，使人看不見月亮，那麼不妨把電燈關掉。有些怕煩的人是喜歡關掉了電燈聽收音機的。）月亮是一個象徵，它在開頭可能代表蒼白色的感傷，到後來月亮落下去便表示舊的結束和新的生命的開始，這樣子月亮的意義便更為豐富了。

不止如此，我建議月亮這個象徵應該在書裡重複的出現。我說過小說的結構可以模仿音樂，月亮是本書的一個主要主題，作者若是把它看做是結尾的點綴，那是糟蹋好材料了。傅振翔慘死那天晚上應該有月亮，訪問趙麗英那天晚上也應該有月亮，不同晚上的月亮使得余心梅嘗到人生不同的況味。這些月亮都可以寫成好的文章，這樣，本書含義可以更為豐富，藝術價值也可以更高。（翻照相冊時窗外的月亮，引起以前關於月亮的回憶，這是很自然的聯想。）

作者假如把注意力轉移到象徵上去，那麼即使他對於西安的劇院情形可能覺得陌生，但是西安古城上的月亮，他不需要特別的科學調查工作，只要有詩人的訓練，就可以描寫。重慶黃桷樹樹梢上的月亮，也應該和臺北「綠芭蕉肥大的手掌」上所托著的月亮不同。他可以用月亮來貫串全書，這個很明顯的主題，在不同的場合以不同的狀貌出現，本書的結構可以更為嚴密和完整。

月亮是個主要的主題，此外還可以用次要的主題相輔而行。例如我上

面所提起的而作者從未用過的梅，便可以成為一個次要的主題。（美國當代劇作家田納西・威廉斯（Tennessee Williams）在他的劇本《玫瑰紋身》中不斷的大量的運用「玫瑰」這個象徵；男人身上刺了玫瑰紋，女人自己姓玫瑰，女兒名字叫玫瑰，衣服上繡了玫瑰……這許多玫瑰的出現，是可以給我們的作家參考的。）但是讀者請不要誤會只有月亮、梅花那些「風花雪月」的老調才可以成為象徵。任何具體的東西不論如何平凡，只要作者善於運用，都可以成為極美的象徵。例如剛才我所讚美過的「半盞殘茶」。（這個明喻假如改為暗喻，再從靜態變為動態，也許可以寫得更好。）

象徵主義的詩和小說，都需要較高的文字技巧，這一點我相信彭歌先生是夠格的（我也喜歡他芭蕉和月亮的那一句），他假如用心往這方面寫，可以成為中國第一個象徵主義小說家。

在月亮之外，可以貫串全書意象的（image——就是心目中所看見圖畫）還有照片。這一點比較困難，我們當然不希望這本小說成了一張一張照片的說明書。我建議照片第一張是要特別標明的，以後的照片就毋需特別說明。「意識流」的方法著重在意識中各種印象的繼續不斷的流動性；一個印象接著另一個，目前的與過去的，照片和照片所引起的回憶，臺北窗外的月亮和北平的月亮，舞臺上「月兒彎彎照天涯」的月亮，真境與幻境——這些在一個因回憶而想得出神的人的心中是不大清楚的。所以作者對於翻照相冊這種身體的動作，不必著重，這本小說因此也不致成為照相冊的說明書。

另外有一個意象，我認為也很重要，那就是傅振翔之慘死。

> 無論在戲臺上還是學校裡，振翔的影子好像時時在她身邊；帶著鮮淋淋的血跡。
>
> ——《落月》，頁 46

既然時時在她身邊，可是以後作者就不再提起，好像輕輕一「表」，就已經

完事。一個血淋淋的死人老在她身邊出現，這可以造成這位女伶多少心理上的不安！為加強這種恐怖的感覺，我建議作者不妨先取消這裡的這一句說明，然後找幾個場合，真讓這個血人在她身邊出現一下。這不是故意製造刺激，或提倡迷信，初戀的愛人遭受慘死，這在一個女人心裡，是可以造成不可磨滅的印象的。這是不可否認的心理事實。在本書裡，至少有一個地方，這個鬼應該出現一下：

> 范庚……急於要回後方去，不幸……一到運城就被日方發覺，扣押回平，以後就無聲無息地遇害了。
>
> ——《落月》，頁 97

范庚是她患難之交，他的慘死的消息應該使她想起另外一個慘死的人。

我在前面已經建議在開頭加一段《挑華車》的描寫。《挑華車》可以從傅振翔而連到范庚——這些慘死的人也可以貫串全書，成為本書的另一主題。

關於傅振翔之死，作者處理得很生動，但還不夠好。他忽然把「觀點」轉移，本來是余心梅的回憶，忽然作者改用了傅振翔的觀點；傅振翔「在陶醉著」，傅振翔「站在高空中鳥瞰池座中擺動著的人頭」，傅振翔痛苦地懷念著「心梅綽約的影子」。讀者中可能有人認為這是一段好文章，（作者在這裡的描寫的確很用心，）我認為這段文章還可以改進。傅振翔臨死那一幕的情形，應該存在余心梅想像之中。余心梅想念她愛人的死的時候，自然想像他如何「陶醉」和如何「鳥瞰」，她自然會想像到他如何的捨不掉她。這麼一改，非但使全書的「觀點」一致，而且和作者寫本書的根本立場相合。（作者寫本書時，似乎先立了這樣一個假定：他對於書中某一個人——余心梅——的心理是無所不知，知無不詳，其他各人的心理是一無所知，只可以記錄他們的言語和行動。）這麼一改，恐怕可以使這段文章的「氣氛」更為緊張。讀者所最感興趣的，也是作者應該極力描寫的，

是傅振翔之死對於余心梅起了甚麼樣的反應——余心梅究竟是書中的主角。這種恐怖場面假如用余心梅想像的方式來寫，讀者同樣的可以看到一幕慘死的情狀；但是他可以多認識一些別的同樣重要的東西：他可以體會到余心梅心中強烈的情感。

作者此處所描寫的余心梅的反應，我認為太軟弱。

> 一個女孩子在一生中第一次失去了愛人所嘗受到的痛苦，她都受到了。
> 很容易地，她也曾想到死……

——《落月》，頁46

這又是一次「說明」，而不是感情的描寫，作者在全書中對於情感的處理，可以說成功不多。作者和時下許多作家一樣，能夠處理「溫情」，而不善處理「熱情」。能夠處理溫情，當然比根本不能處理情感要高明一籌。但是現實生活中有的是熱情，熱情往往又是生命中最重要的事實，避熱情而不寫，或者把熱情寫成溫情，只好說是在人生的外表上摸索，怎麼能夠「發掘生命的奧祕」呢？推想熱情之所以難寫，原因有二：1.作者根本不大明白人生有這許多可怕的力量存在著；2.即使他知道熱情的存在和明白它們的重要，但是他的文字技巧表達不出來。熱情是狂亂的不合理的，但是寫文章必須顧到文法、句法、章法等等合理的限制，以合理的文字想要準確地描寫不合理的熱情，本來是件難事。亂叫亂嚷，也不成其為文學了。假如有人問我該如何處理熱情，我也提不出一個答覆。但是寫作的基本準備有二：1.勤練多寫；2.多觀摩名家作品。世界大作家大多都以描寫熱情見勝，彭歌先生所喜歡的巴爾扎克就是一個例子。

彭歌先生於本書〈後記〉中有幾句關於「愛」的含有哲理的話。我不想在文中討論哲學思想，因為哲學思想的討論，並不能幫助好的小說的創作。彭歌先生的信仰是一回事，彭歌先生的小說作品是另一回事。中國有一段很長的時期，幾乎全國人士都相信輪迴報應的話，但是根據輪迴報應

的信仰而寫成的長篇小說，似乎只有《醒世姻緣》一部。過去千千萬萬的人有過同樣的信仰，可是他們不會寫小說，即使寫，也寫不出這樣複雜而完整的小說（筆記小說則有之）；我們今天大多數人都不相信輪迴報應了，但是我們仍舊不得不讚美在輪迴報應的信仰下所產生的《醒世姻緣》的藝術價值。我們不懷疑彭歌先生信仰「愛」的那一份真誠，但是就《落月》而論，他的藝術成就似乎還未曾達到發揚（甚至是「表現」）他的哲學思想的程度。我們在《落月》裡所看見的「愛」是軟弱的、糊里糊塗的，這種愛在人生中起不了甚麼作用。我以一個《落月》的愛讀者的身分，希望彭歌先生能夠寫出更好的小說，負擔得起他的這份信仰。

　　但是凡是鼓頌「愛」的作家，都有一種危險，我在這裡不得不點明一下。彭歌先生大約早已知道：「溫情」並不就是「愛」，至少不是「愛」的全貌。拿「溫情」來代替「愛」，是貶低「愛」的身價，不是魚目混珠，就是東施效顰。好萊塢「言情電影」之所以大多庸俗，就是它們硬是拿「溫情」當「愛」來號召。一個去西天取經的聖僧，不一定怕妖魔鬼怪，他的最大危險是假西天、假雷音寺、假如來佛。彭歌先生自稱是「愛」的宗教的信徒，我這兩句苦口婆心的話，也許可以算得是「土地」給唐僧的警告吧。

　　溫情主義（Sentimentalism）限制小說家的想像力，使他陷於自我陶醉的幻境，而忽略了人生的真實。我看完《落月》之後，總覺得余心梅這個人不夠真實。何以故？余心梅這個人太好了。不錯，天下有好人，有很多好人，但是余心梅好得太容易。一個女伶的生活環境，充滿了罪惡的誘惑，古今中外，大致都是如此。余心梅可能是出汙泥而不染的，但是好的小說應該不止是描寫蓮花，汙泥也是他的題材。何況女伶生活環境中的罪惡誘惑，可能遠比汙泥為汙，比毒蛇為毒。作者曾約略的「說明」了一下余心梅在日偽統治下，受群奸包圍的情形。但那些群奸似乎並不怎麼可怕，那個烏禿子雖然態度惡俗，但他接近余心梅的時候，也是正大光明的「求婚」的。（頁88）

　　其實對於余心梅來說，可怕的人，隨時存在，並不專限於日偽統治時

期。我並不是建議彭歌先生應多揭發一些女伶陰私的黑暗面，給讀者一些「黃色」的刺激。彭歌先生儘管可以用象徵暗示的手法，描寫這些可怕的人給她的威脅。經不起考驗的善，還不足以稱為善，為了要使讀者更進一步的認識這個女伶堅貞的性格，她的向上求善的奮鬥是不得不用力描寫的。描寫善惡的鬥爭，實在是有功於世道人心之事。當代作家描寫罪惡最深刻的小說家當推美國福克納、英國格萊安‧格林（Graham Greene）、法國莫利阿克（Francois Mauriac），他們都有很深的宗教信仰，他們描寫罪惡，還是出於「勸人為善」的動機。

　　本文脫稿之日正是環球戲院改演電影的開幕第一天。臺北從此沒有演平劇的劇院了，愛好平劇的彭歌先生恐怕要為之歎惜不已。平劇實在是沒落了，假如臺北真有余心梅其人，不知將作何感想。我從來不喜歡替小說中人物找他們的「真本」。小說中人物有他們自己的生命，有些批評家甚至認為小說中人物比真人還要真，因我們不可能認識真人像我們認識小說中人物那樣的透徹。彭歌先生在他的〈後記〉中說余心梅並不影射任何人，勸人不要替她做考證。我相信余心梅是一個虛構的人物，但是作者可以虛構一個人物，他不可以虛構一個時代。一個人的樂觀悲觀為善為惡，可能受到很多種力量的影響，而「時代精神」就是其中一種很重要的。一個虛構的人物的性格，不會離開真實的時代精神太遠。說到這裡，我得重提這本書的結尾。我說過我認為《落月》結束時的樂觀語調，有點問題。假如余心梅勞過軍後，決心去從軍，參加軍隊康樂工作，（雖然這個決定來得太突兀了，）那麼這個樂觀尾巴還可以說有點振奮人心的作用，因為我們國家民族的前途是光明的。但是假如她決心重返舞臺，拾起她已經丟棄了的「事業」，那麼我不知道她何從樂觀起。因為「時代潮流」明明放在眼前：平劇是沒落了。她的藝術雖好，曲高和寡，亦是枉然。像余心梅這種「老板」身分的大角，更有種種實際困難，（例如賙濟那些無戲上演的班底等——彭歌先生對於班底等閒角，幾乎隻字不提，這也是這本描寫女伶生活小說的缺點；余心梅似乎不是一個倨傲勢利的人，何況班底中可能有很可愛的人

物，）她要組班出演，談何容易？永樂戲院平劇停演於前，從今天起，連臺北平劇最後一個地盤都在上演電影了。我想這本小說假如拿平劇的沒落作為結尾，也許更有動人的力量。平劇雖然沒落，人生並不是就此失掉希望。余心梅假如有此信念，那就表示她有很大的道德的勇氣，但是如要描寫這種道德的勇氣，彭歌先生現在所用的這個結尾，似乎還嫌軟弱。

　　最後還可以說幾句關於本書文字的話。本書的對白大致都很好，例如若寒勸心梅回到學校去的時候，心梅這樣堅決的拒絕：

> 「再回去？那絕不可能。打碎了的瓷器，再黏也黏不起來了。請你回去代我上覆康老師，謝謝老師到現在還這麼惦念著我。」
>
> ——《落月》，頁 47

道地的北平話，有禮貌可是又很乾脆。起句時自問自答，令讀者如聞其聲。（這種口語的節奏，我認為新詩人也大可效法。）「瓷器」云云，是新穎的譬喻，勝過文言的「覆水難收」之類的話。這樣的對白是可以襯托得出余心梅的個性的。

　　這是余心梅的聲音。我主張作者描寫她心理活動的時候，也應該多用這一類的白話，少用如：

> 說愛情是盲目的，還不如說它是一個不可解的謎。
>
> ——《落月》，頁 5

之類的「新文言」。一個人「心裡的聲音」應該和她的口語相差不遠。余心梅說話有她自己獨特的風格，我們記錄她的「思想」也應該設法保持這點風格。假如這樣，那麼本書又有不少地方需要斟酌了。

——選自《文學雜誌》第 1 卷第 2 期，1956 年 10 月

志士孤兒多苦心
彭歌的小說

◎夏志清[*]

一、稍受冷落的小說家

　　1956 年秋季我在德州奧斯丁一家小大學教書。前妻卡洛開一部老爺車辛辛苦苦從密歇根州搬家至此，九月下旬即生了一個女兒。從此我不管世事，教書回家即協助卡洛照料建一，覺得人生樂事，莫過於此。那一年同校林教授夫婦同我們有些來往，此外我們一無朋友，日子過得好清靜。

　　先兄濟安主編的《文學雜誌》也是那年 9 月 20 日創刊的。第一期即載了彭歌〈矮籬外〉這篇小說，當時我忙不過來，未讀。第二期航郵寄到，想已是十月底、十一月初，我生活已沒有九月底這樣緊張。彭歌這個名字對我既已不太陌生，濟安〈評彭歌的《落月》兼論現代小說〉這篇長文當然雜誌一到手就讀了。該文是篇趣味盎然的「實用批評」（practical criticism），彭歌對敘事結構、情節安排、人物素描容有疏忽之處，濟安差不多以作者自居，一一為之改善。先兄的建議，彭歌當然不可能全部接受，但有人肯花心思，要求他寫小說更用心，更合情合理，不由他不感激。果然，《落月》、《流星》（二書 1956 年初版）之後的長篇小說多種，我認為進步多多。1972 年 8 月《中外文學》創刊，彭歌特寫了一篇〈夏濟安先生的四封信〉，公開向先兄致謝。《落月》1977 年由遠景出版社重印，〈四封信〉、〈評《落月》〉二文都列為附錄。

---

[*]夏志清（1921～2013），江蘇吳縣人。學者、評論家、散文家。發表文章時為美國哥倫比亞大學東亞語文系教授。

　　彭歌三十多年來作品不斷，榮獲好多種文藝獎，到了今天稱得上是中華民國資望最深、擁有最多讀者的作家、報人之一了。根據夏祖麗 1982 年 12 月做的統計，彭歌的書計有長篇小說、短篇小說集 16 種；翻譯作品 11 部；論著 8 種；「三三草」專欄集刊 16 冊；「雙月樓雜記」（也是專欄）9 集；遊記 3 部，一共 63 種。1982 年之後，彭歌一定又出了些新書。我知道的就有一種，彭歌兄親自寄我的小說集《微塵》（1984 年，中央日報出版部）。但該集只有〈微塵〉這一篇（原載於「中央副刊」，1983 年 4 月 18 ～27 日）是近作，其餘九篇皆係舊作，連最新的那一篇〈K 先生去釣魚〉早已於 1972 年出過單行本。所謂 K 先生即是尼克森總統任期掌大權的季辛吉，他不當國務卿差不多已近十年了。

　　我說彭歌是擁有最多讀者的作家之一，那是指他先後在《新生報》、《聯合報》、《中央日報》上發表的社論、評論、專欄文字而言。我自己曾是「三三草」的忠實讀者。目今為「聯副」寫專欄的王靖獻、余光中、何懷碩也是我的好友，但不知如何，對近年不見「聯副」的「三三草」、「玻璃墊上」（何凡專欄），至今十分想念。彭歌的譯作也很暢銷，尤其譯自唐斯（Robert B. Downs）博士原著的《改變歷史的書》（*Books That Changed the World*），已「銷行了數十版次」，表示國人很想知道這類書的內容。當然，最光輝的西方巨著，我們如能憑原文或譯本有系統地精讀，得益最大。但對尚未讀過多少名著的青年學子而言，彭譯《改變歷史的書》、《改變美國的書》（*Books That Changed America*，也是唐斯原著）應該有很大的啟發作用，鼓勵他們去找那些巨著來讀。

　　彭歌的確是位極具影響力的專欄作家、翻譯家和報館主筆。相比起來，他的小說讀者較少，評者更只寥寥數人。濟安〈評《落月》〉刊出後，同樣長度有份量的論評還沒有出現過，多的是記者訪問。彭歌人又謙虛，成就又是多方面的，接受訪問時也就不便多講自己的小說。但 1963 年長篇小說《在天之涯》獲教育部文藝獎，他很高興；1971 年《從香檳來的》獲中山文藝獎，他尤其感到欣慰——「這個獎對我心理上非常重要，我希望

我能繼續寫小說。師友先進們給我的鼓勵，我不應辜負。」[1]但報館工作實在太繁重，力不從心，《從香檳來的》竟是彭歌最後一部長篇小說。彭歌1945年考進國立政治大學，主修新聞學系。1949年畢業後即同徐士芬（史芬）女士結婚，再一同來臺北。彭歌老師謝然之那時正主持《新生報》，夫婦二人就去報館任職。此後十年多，彭歌在《新生報》的職務雖然愈來愈吃重，他的確認真寫小說。長篇《殘缺的愛》（1953年）、《落月》、《流星》、《煉曲》（1958年）、《尋父記》（1958年）、《歸人記》（1959年）；小說集子《昨夜夢魂中》（1956年）、《過客》（1957年）、《象牙球》（1960年）、《辭山記》（1960年）、《花落春猶在》（1961年）一本本推出來，彭歌也就公認是1950年代的主要小說家。

很遺憾，文學史家既派定彭歌為1950年代的作家，他1960、1970年代的作品，雖然得了不少獎，卻未受批評家重視。他的代表作通常認為是回憶童、少年時代的那幾篇短篇小說，也都是1950年代的作品——〈黑色的淚〉、〈林神父〉、〈沙河燕〉、〈蠟臺兒〉、〈賈營長〉、〈象牙球〉。《彭歌自選集（短篇小說）》（1972年）就選了此六篇，再加12篇較後寫的。殷張蘭熙早有意為彭歌出本英譯小說集，也選上了這六篇，再加上〈道南橋下〉、〈夜探〉這兩篇以臺灣、金門地區為背景的小說（也是1950年代後期的作品）。最近，殷張蘭熙才決定把長達40頁的〈微塵〉也放進去，否則選集給外國讀者的印象，彭歌只是個1950年代的作家。

二、臺灣、日本、美國

1960年，彭歌通過考試，得到一筆中山獎學金，先去卡朋岱爾（Carbondale）南伊利諾州立大學讀了一個新聞學碩士；再北上香檳（Champaign）、歐本那（Urbana）二城，在伊利諾大學讀了一個圖書館學碩士。留美這段經驗，對彭歌來說非常重要，深深影響了他此後的創作、

---

[1]彭歌，〈浮生絮語〉，原載於《青溪》雜誌。

治學、翻譯生涯。且看夏祖麗〈愛書的人——彭歌訪問記〉下面這一段：

> 彭歌曾說過，影響他人生最大的體驗有三次——第一次是民國 32 年的太
> 行山之行，他首次覺悟到山河之大及自身之責任；第二次是民國 38 年到
> 達臺灣的感受，刺激了他創作的努力；第三次是赴美留學的三年四個
> 月，使他真正得知為學的門徑；體驗出知識的尊嚴與必須。這些也激起
> 他寫作的熱情。[2]

　　初到臺灣的感受，雖然「刺激了他創作的努力」，但他寫小說的題材主
要取自他人在大陸那二十多年的親身經歷，包括 1943 年的太行山之行在
內。同大半小說家一樣，彭歌一開頭寫小說，對自己童年、少年的回憶特
別珍貴，也視之為最可靠的（因為是最真的）寫作資料。住定臺北後，彭
歌日後為生活忙碌——寫稿、報務、家務（兩個男孩）、進修、教書——看
樣子簡直沒有時間去探察寶島的新環境，也沒有心思從日常生活裡汲取有
助於創作的新題材。以臺灣、金馬地區為背景的短篇小說他當然也寫了不
少，但這些作品以及早期長篇小說（《落月》、《流星》）裡的臺灣部分我都
覺得寫得不夠好，不夠真。所敘既非切身經驗，彭歌也就套用三角戀愛
（總有一角，人很高貴）等寫作公式來加強作品「感傷」（sentimental）的
調子。《彭歌自選集》裡〈昨夜夢魂中〉、〈中國人和我〉、〈秋水崖〉、〈過
客〉、〈薄暗之夜〉諸篇，感傷味道皆太重，不像〈黑色的淚〉、〈林神父〉
等回憶童少年的小說，讀來有真實感。

　　〈夜探〉、〈道南橋下〉這兩篇給殷張蘭熙選上，我也認為較不錯，但
其主角原也是大陸人，而且是彭歌小說裡經常出現的寂寞孤兒。〈夜探〉敵
情的蛙人生於河南岳飛故鄉，父親早亡，母親卻也深曉大義，勸他去投軍
抗日。〈道南橋下〉可能是彭歌臺灣小說中最好的一篇，男女主角（「外省

---

[2] 夏祖麗，〈愛書的人——彭歌訪問記〉，《握筆的人——當代作家訪問記》（臺北：純文學出版社，
　 1983 年，4 版），頁 100。

郎」蕭仲明講師、鄉下養女梁阿巧）都寫得很真，只可惜彭歌沒有勇氣把二人之間的關係進一步予以更長時間的考驗。仲明為阿巧的愛心所感動（「你只要帶我走。我願意伺候你一輩子，為你——」她激動地說[3]），決定娶她。但養母提出較苛的條件後，阿巧當天晚上即自尋短見，不免令人失望。阿巧不小心溺死的可能性我認為極小。

　　彭歌寫臺灣地區的小說，總稍欠真切，但他性好旅遊，近二十年來經常代表吾國文教新聞團體去參加國際會議，每次出差也順便寫下些旅遊外國的感想和印象，表示他吸收新經驗的能力，仍非常之強。無怪他在《新生報》工作了十年多之後，留學美國那段歲月他認為非常寶貴。1957 年初遊日本，雖然時間不算長，也留給他一個很深的印象，且供應了寫作的靈感。《尋父記‧後記》謂：

> 民國 46 年 7 月間，我到日本旅行。一部分時間是參觀報館、通訊社、雜誌社；另一部分時間，我盡力地從各個角度去體驗日本各階層人民的生活，並且去理解他們的心情。[4]

這樣的旅遊法，當然符合新聞記者業務上的需要，但彭歌真對日本人民的生活和心情大感興趣，完全不像一個觀光客。他在東京住得最久，也就寫了一部以東京為背景的小說。《尋父記》1958 年 4 月即已出版，寫得如此之快而文字毫不馬虎，結構也特別緊湊，真教我佩服。另有一篇東京小說〈神田之惆悵〉初集於《象牙球》（臺中：光啟出版社，1960 年 5 月再版，初版想是同一年），寫的大概也是那次旅遊。華人某長住東京，為作者餞行，先飯後酒，談到深夜忽想起已故的暱友信子，竟偕作者開了差不多二小時車到郊區青山墓道去憑弔一番。彭歌筆下的東京、神田、那朋友，

---

[3]中國現代文學大系編輯委員會編，《中國現代文學大系‧小說第一輯》（臺北：巨人出版社，1972 年 1 月），頁 214。

[4]彭歌，《尋父記》（臺北：明華書局，1959 年 4 月），頁 221。

和「那個不知道是高是矮的信子女士」，的確像是「夢境中的地方，夢境中的人物。」[5]

　　彭歌去了一次日本，竟寫了《尋父記》、〈神田之惆悵〉這兩篇憑結構、技巧而言很成熟的作品。1960 年他去美國留學，當然更擴大了他的視界，增強了他的愛國信心，豐富了他創作的內涵。像彭歌這樣來自大陸的1950 年代作家，大家都寫反共愛國的文章和小說：在當時沒有文學主題比揭露中共真相、重申救國決心更有迫切的重要性了。彭歌留美以前寫的長、短篇小說，一提到抗日、戡亂，總給我們義憤填膺的感覺。當時國人的心理的確是如此：把一切大傷國家元氣的責任歸諸日本軍閥、毛酋共匪的身上。彭歌初到美國，才發現原來好多同學、教授以自由主義者自居，並不十分反共，有些更是同情中共的。美國最具影響力的報紙、最有聲望的政論家，他們的政治思想往往也是偏左的。當年好多我國留學生，多看了美國報章，思想也就被同化，自以為很時髦。彭歌的態度卻相反；反共救國既是天經地義，他絕不同自由主義派妥協。同時他也感到私下裡憤慨一番毫無用處，不如鼓起勇氣以中華民國辯護人自居，在課堂、報館、教授辦公室裡同那些左派知識分子爭辯。《在天之涯》主角郭平、《從香檳來的》主角鍾華都勇於辯論，想來留學期間的彭歌也是如此。比起留美以前的小說創作來，《在天之涯》、《從香檳來的》二書的思想內涵更豐富。彭歌增添了一分留學經驗，對中國問題的看法也就更深入了。

　　沒有人把彭歌同「留學生文學」連在一起，我覺得很奇怪。於梨華1950 年代初期即來了美國，得「留學生文學」風氣之先，一般評家也視之為留學生小說的代表作家。彭歌留學遲了，而且為期甚短，但《在天之涯》、《從香檳來的》這兩部愛國小說，暢寫留學生念書、打工、戀愛、婚姻各方面生活實況，也是傑出的留學生小說。此外〈紐約之一夜〉（寫於1961 年 10 月），我認為是彭歌短篇傑作之一，毫無疑問是篇留學生小說的

---

[5]彭歌，《微塵》（臺北：中央日報出版部，1984 年 3 月），頁 217。

精品。作者和童年天津舊識「六姊」無意在西城河邊大道相會，真親如姊弟地講了一晚話，互開玩笑。到小說末了，我們卻體會到六姊生活之空虛。〈紐約之一夜〉寫曼哈頓，同〈神田之惆悵〉寫東京，有異曲同工之妙。

三、愛書的人

　　彭歌留學美國，寫起小說來，更有深度。但「真正得知為學的門徑；體驗出知識的尊嚴和必須」他也認為是留學美國的二大收穫。彭歌一直是報人兼小說家，留學期間多學了一門圖書館學，也給自己多添了一個任務：推介、翻譯國人應知的好書。留學返國，彭歌寫專欄、社論、散文、小說還不夠忙，竟也搞起翻譯來。自己寫小說的境界提高了，寫小說的時間卻減少了。很可能，人到中年，工作繁忙，寫小說的衝動也日漸微弱了。

　　彭歌在南伊大讀書，「忙迫不堪」，卻擠出時間來譯了雷馬克（1898～1970）的《奈何天》。手邊無書，我不知此書是雷氏早期的還是晚年的作品。

　　很可能，彭歌讀了該書英譯本，非常喜歡，有意譯出給國人看看。也很可能，中山獎學金數額不大，譯書主要為了增加收入。但無論如何，彭歌返臺後譯他的第二本書——《改變歷史的書》——絕不為貿利，真為「鼓吹讀書風氣，介紹新知」而努力。據《新書月刊》（1985 年 2 月號）報導，唐斯博士「曾任紐約大學圖書館長，伊利諾大學圖書館長及美國圖書館協會會長……等重要職務」。[6]想來彭歌在伊大進修的那一年，唐斯正是該校圖書館長，他的部分著作也是修圖書館學必讀的參考書。彭歌自己讀了《改變歷史的書》、《改變美國的書》，得益匪淺，也就有意把它們譯出來。

---

[6]王岫，〈唐斯博士和他介紹的書〉，《新書月刊》第 17 期（1985 年 2 月），頁 42。

留學返國的新聞記者鍾華在《從香檳來的》第 18 章裡，說過一段話：
「但是，獎勵和讚許到頭來都有點兒空虛。這是新聞記者這一行的悲哀；
當時隻字必爭，分秒必爭的事情，過後想想卻又沒有什麼了不起。一個月
的報紙堆在那兒有那麼一大堆，未必有一行兩行走進歷史之中。」[7]想來這
是彭歌自己的感慨：對大多數人來說，當天的報紙不到明天就丟進垃圾筒
裡去了。但介紹新知、譯介外國作品也是永遠做不完而不一定收太大實效
的工作。青年學子渴求新知，應該多讀些外國名著，於是五四以來的名作
家很多都兼業翻譯。彭歌顯然屬於同一傳統：即使沒有時間和衝動去寫小
說，多譯幾本書總是對讀者有益的。他譯的當然都是有用的好書，但絕大
多數說不上是能在歐美文學史留名的經典之作。精譯任何一位西方 20 世紀
的小說大師應該是心無旁騖的專業工作，彭歌當然沒有這份時間，也無此
雄心。近年來，身任《中央日報》發行人之職，忙不過來，彭歌不僅無空
寫小說，連翻譯的時間也沒有了。

四、大陸孤兒的童少年

彭歌才 59 歲，春秋鼎盛，在新聞界、文學界各方面的成就，將來會有
人加以評斷。除了〈微塵〉這一篇外，已有十多年未寫小說了，彭歌的小
說創作倒可先來一個初步鑑定。兩年前，殷張蘭熙約我為她的彭歌選集寫
篇序，我一口答應，雖然自知準備不充，小說還得一本本找來讀。寫這篇
評論，我主要讀了哥大圖書館的藏書和彭歌兄的贈書（有些早幾年就寄給
我了）。在他 6 月 7 日一封近信裡，他提供些從未公開過的傳記資料，我尤
為感激。書本收集不全，短篇小說我無法全讀；長篇小說也有《殘缺的
愛》、《煉曲》、《歸人記》這三種未看到。將來看到書，如有必要，當把本
文加以補正。

彭歌小說的男女主角好多是孤兒，童年很寂寞，因為作者自己也是如

---

[7]彭歌，《從香檳來的》下冊（臺北：三民書局，1970 年 6 月），頁 375。

此。大家都知道彭歌是個筆名，真姓名為姚朋。河北宛平縣人，1926 年出生於天津。父親專業工程，老是「遠遊在外」，彭歌從小對他的印象就很模糊。母親曾在北京女子師範大學讀過書，也當過短期中學教師，在當年也稱得上是位很有知識的新女性了。彭歌父母都出生於民國前 3、4 年；因之彭歌落地時，他們只不過 18、19 歲。

18、19 歲的小爸爸，尚無資格當工程師，講道理應該還在讀大學。彭歌 6 月 7 日那封信上說，他祖父母家「略有資產」。父親當然也不會太窮，上大學當然挑平津那幾家著名學府，回家看太太、兒子很方便。但不知何故，他老不在家。〈黑色的淚〉主角虎兒回憶他的幼年：「父親是在軍隊裡帶兵的，只有年節才回家，所以我們很生疏。」[8]彭歌自己的父親完成學業後，想來也就到軍隊裡去當工程師，長年不回家。其實，假如他真關愛妻兒，請求調任天津地區或者另謀新職，應該是很方便的。姚先生無意回家，會不會身邊另有女伴？

彭歌母親體弱多病又不能出門工作，心境一定很壞。母子二人相依為命，情形頗似《流星》裡的銀嬌和其獨子逸珊。當然銀嬌只是個姨太太，跟袁老爺（鐵崖）搬回河南老家後，備受大太太磨折，連逸珊也不好過日子。彭歌母親當然是正太太，丈夫不在家也就無人管她。《辭山記》（1960年 7 月初版）〈前言〉裡寫道：「30 年前，我曾隨亡母到東北省親，在東北的名城瀋陽……住了一個時期。」[9]但住了一陣，還得回到天津去，出嫁的女兒終不能長期住在親戚家的。1933 年，她才 25、26 歲，竟長離愛子而走了。

姚先生當然回來辦理喪事的，看來場面不小，「而在這場熱鬧的悲劇中扮演著主角的我，也被那些繁縟的禮儀和喧囂的賓客往弔，分散了對於失去母親的哀痛。」[10]虎兒這段自敘（錄自〈黑色的淚〉）想來也寫出了彭歌

---

[8]彭歌，〈黑色的淚〉，《彭歌自選集──短篇小說》（臺北：中華書局，1972 年 4 月），頁 1。
[9]彭歌，〈前言〉，《辭山記》（臺北：暢流半月刊社，1960 年 7 月），頁 69。
[10]彭歌，〈黑色的淚〉，《彭歌自選集──短篇小說》，頁 1。

當時自己的感覺，雖然二男孩之遭遇不完全一樣（虎兒 11 歲失恃，即遷居北平外祖母家；彭歌 7 歲喪母，即由父親帶給天津祖父母撫養；他隨二老遷居北平的那一年，也是 11 歲）。姚先生回到任所後，隔了一段時日，又結了婚。有了個新家庭，當然更想不起大兒子來了。彭歌信上告訴我：「我的父親在抗戰後隨軍赴西北，在隴海鐵路局任工程師，繼母和弟弟們都在後方。」很可能，彭歌同他的繼母和弟弟們從未見過面。

彭歌在天津、北平讀小學的那幾年，寄居祖父母家，心境一定很寂寞的。正如虎兒所記：「在這個家庭裡，有很多地方我意識到自己是一個客，儘管在生活享受上應有盡有，可是我總覺得好像是空蕩蕩地穿著一件華麗的袍子，沒有貼身的內衣，缺少那種溫暖。」[11]彭歌寫小說，愛用明喻、暗喻，頗見巧思。「華麗的袍子」這個比喻實在好，過去中國孩子過新年，總有幾天穿著「華麗的袍子」，假如裡面沒有衣服，豈不要凍壞了？張愛玲也有一句極妙的譬喻：「生命是一襲華美的袍，爬滿了蚤子。」[12]二作家的童年都是很寂寞的，但張愛玲還有母親、姑姑疼她，情形到底不同。她也甘於寂寞，只要不同人來往，反有閒情逸致去領略「生命的歡悅」。同人接觸，「咬嚙性的小煩惱」就多，像袍子裡「爬滿了蚤子」。彭歌真希望家裡多些人，一個孩子住在祖父母家裡，實在感覺不到多少溫暖。

有祖父母照顧，生活總還安全。很不幸，彭歌信上繼續告訴我：「我在小學畢業前，祖母病故，次年祖父也去世。由庶祖母撫養。家中人丁單薄，略有資產，⋯⋯管教約束很多，許多童年應有的快樂，我都沒有享受到，因此『懷母情結』特別強烈。⋯⋯您一眼就看出了我的童年與寫作心態，我自己倒卻沒有『意識』到這一點。」

彭歌小說裡的孤兒心態，是顯而易見的。但他早年竟如此苦命，我們實在難以逆料。童年失恃，中國現代作家裡多的是，但喪母之後，彭歌差

---

[11]彭歌，〈黑色的淚〉，《彭歌自選集——短篇小說》，頁 1。

[12]張愛玲，〈天才夢〉，《張看》（香港：香港文化・生活出版社，1976 年），頁 273。〈天才夢〉原刊於《西風》第 1 期（1939 年）。該雜誌在上海一帶銷路很暢，彭歌人在北平，不一定能看到。1939 年，張愛玲尚未成名，彭歌只 13 歲。

不多連父親也見不到面了，這情形實在很特殊。父親對子女漠不關心，在舊中國當然也不算稀奇，但尚未隨軍去後方之前，鐵路交通很方便，姚先生竟不返津、平省親，實在讓人覺得很奇怪。讀了彭歌的信，我才知道原來祖父母在他小學畢業前後相繼去世，庶祖母既非姚先生生母，他不回去看她，也就沒有人敢指責他了。父母一連兩次喪事，他總該回去的。但想來他忙於對付那些「儀禮」和「賓客」，也就沒有時間多理睬他久疏的兒子了。

　　通常說來，庶母出身較低，心眼較狹，自己當小老婆不順心，大太太留下來的孤兒，她是會虐待的。但彭歌的庶祖母年紀不小了，自己孤清清的，當然不會有意去虐待孫兒。但「空蕩蕩」住在一宅屋子裡，彭歌在她身上得不到多少溫暖是真的。讀〈黑色的淚〉、〈林神父〉、〈蠟臺兒〉等自傳性的小說，我們看到少年彭歌自然而然在值得欽佩的鄰居、同學、老師間找尋友伴以及可以替代父親的長輩。同時彭歌從小愛好文藝，進入中學後，即使沒有女友，心目中一定有個可愛少女的形象，以補償其七歲喪母之後的長期寂寞。

　　關於彭歌中學期間同異性交往的經過，他自己在〈浮生絮語〉這篇小傳裡未提到，我當然也不便去問他。他在小說裡倒常寫青少年的愛情故事，而這些故事當然並非完全向壁虛造，多少有些自傳的依據的。有兩類情節重複出現，我認為特別值得注意。第一類寫一個老實人（通常是大學生，或者年齡更大），同女友來往很久，而她不聲不響，到頭來另嫁他人了。第二類情節更悲慘：一對少男少女默默相愛，但家庭、學校對二人之暗戀大表反對，害得其中一人身遭橫禍，或死或傷。那位倖存者受打擊太重，也就終其生鬱鬱不樂，開心不起來。這兩類情節，第一類至多暗示彭歌在大學期間曾迷上一個城府很深的女孩子，摔了一大跤，但他不久即給徐士芬扶起，未受重傷。但那第二類情節，說不定真影射了作者自己少年時代的傷心事蹟。

　　《落月》、《流星》這兩部早期小說，可說是姊妹篇。主角（余心梅、袁逸珊）性別不同，寫的多少是作者自己。二人痛不欲生的初戀經驗，尤

其相似。余心梅生在北平，小學畢業的那一年，潦倒終生的父親也就病故了。她只好進舊式的平劇學校當學生，才可免飢寒之虞。日後演戲成名，更可好好奉養母親。到了 17 歲，心梅表演已很出眾，同演武生的同學傅振翔心心相印。二人偶有約會，單獨行動一次，被人打小報告，傅振翔竟以「行為狂誕，破壞校規」的罪名，開除校籍。離校前他演一齣《伐子都》，翻身跳下四隻高桌時，竟因對人生、愛情絕望而跌死。心梅「覺得內心有無限的歉疚。……一個女孩子在一生中第一次失去了愛人所嘗受到的痛苦，她都受到了。」[13]她自請退學，留在學校更對不起振翔了。

銀嬌在大太太手下難過日子，《流星》第二章就病死了，年齡應同彭歌母親去世時相仿。不多年，逸珊 16 歲了，愛上了丫頭白雪。大太太看破戀情，用燒熱了的火鉗燙她的手臂。翌年，逸珊進省城念高中不久，袁鐵崖怕土匪，率大太太及其子女遷居上海，留下老僕、丫鬟看守家園。不出所料，土匪果霸占袁宅，且逼白雪寫信，誘騙逸珊回家。白雪不從，慘遭吊打，到最後右手也給斧頭剁掉了。

《落月》、《流星》二書後半部都寫得較壞。作者敘述余心梅、袁逸珊離開校門之後的事蹟，有些交代得很草率，更有些情節顯然處理欠妥，不易置信。二書前半部則很動人。彭歌寫傅振翔之死，寫逸珊聽到噩耗之後的身心瓦解過程，不是輕輕交代幾句就算的，而是全心一意，嘔心瀝血地在寫。讀《流星》「玉手」這一章我們覺作者自己真為這對不幸的情侶邊寫邊哭，「眼淚再也噙不住，滔滔地滾了下來」。[14]彭歌早年喪母，到了中學初戀期間，會不會也有過一段傷心痛史？假如確曾有過，彭歌的少年，除了功課好，作文全校有名，實在很少得意之事的。我們讀他的小說，從不會失聲大笑，至多頷首微笑。他當然嫉惡如仇，但寫起壞人來，也從不誇大其醜惡面，讓我們感到好笑。彭歌童年遭遇如此，也就開心不起來，決定了他小說創作的基本調子。

---

[13]彭歌，《落月》（臺北：遠景出版社，1977 年 5 月），頁 67～68。
[14]彭歌，《流星》（臺北：遠景出版社，1977 年 6 月），頁 60。

五、〈辭山記〉

1961 年彭歌終於在自己的想像世界裡汲取靈感，寫了一部形似牧歌（pastorol）的小說，歌頌母子之愛而並不強調哀愁。小說〈前記〉首段寫道：

> 《辭山記》對我是一個試驗；我自己知道，這可能是一個吃力不討好的試驗。因為，在這一篇東西裡，我想嘗試著擴大我寫小說的範圍，《辭山記》不再是我所熟悉的地方，我所熟悉之人物之間的故事。它發生在遙遠的東北，而主角是一隻老虎。[15]

彭歌生肖屬虎，可能同〈黑色的淚〉主角一樣，從小家裡人就稱他虎兒。〈前記〉裡他自己也承認，「把人與虎相較，我毋寧是偏愛著虎的」。「試把整部的人類歷史打開來看，其中豈不是充滿了血腥、汙穢、自私、偽詐的紀錄？」[16]「三三草」最後一冊結集即題名《猛虎行》（1981 年）。正文前影印了彭歌手錄陸機〈猛虎行〉這首詩，原是為了留美的大兒子 30 初度而寫的，遙囑他「渴不飲盜泉水，熱不息惡木陰。惡木豈無枝，志士多苦心」。[17]其實，「志士多苦心」此句也可說是彭歌自己最好的寫照：好多次為了國家民族的利益，挺身出來說些得罪人的話，真是用心良苦！

《辭山記》我看的是暢流半月刊社發行的初版，書裡還集了四個短篇，但〈辭山記〉（頁 69～175）乃是個完整的長篇，假如早已絕版，應該由中央報社重印，不必同那四個短篇合在一起。《從香檳來的》之外，這是我最滿意的一本彭歌小說，讀後回味深長。

當年東北作家裡，端木蕻良常寫獵戶。有幾篇短篇寫得很不錯，但他

---

[15]彭歌，〈辭山記〉，《辭山記》，頁 69。
[16]彭歌，〈辭山記〉，《辭山記》，頁 70。
[17]彭歌，《猛虎行》（臺北：聯合報社，1981 年 11 月），頁 4。

沒有寫過專講獵戶的長篇，當然更沒有寫過以野獸為主的小說。〈辭山記〉這樣一個擴大小說範圍的試驗，彭歌以前的確沒有中國作家做過。幼年時隨母去瀋陽，彭歌當然沒有上過山，只是大人講打老虎的故事刺激了他的想像。老虎不像獅子——後者有個家族觀念，因之壯大的雄獅大占便宜，一獅守住好幾隻母獅，為他大老爺獵食餵孩子，局面還像中國舊式家庭差不多。雄虎通常不是家庭的一分子，母虎獨自把生下來的小虎撫養，為牠們找安全的藏身之所，為牠們覓食，萬分辛苦。〈辭山記〉第一部分（1～9章）專寫東北邊境落鶩峰的虎媽媽，也等於寫了作者自己的母親。但彭歌是獨子，母虎卻一胎二虎，給未來的虎王添了個妹妹，虎穴裡更充滿了溫暖。第二部分（10～18章）專寫日益成長的虎王。他父親原也是虎王，現在移居他山了。小虎王所向無敵，先殺了一隻老野豬，再殺了一隻大熊，也獵食了無數其他動物。有一個冬天，虎王思母，伴她住了一個多月。翌春，剛滿三歲的虎王性慾發動，找到了一隻健美的母虎，同她廝守一夜。比起《落月》、《流星》裡的少年主角來，虎王充分享受了母愛，受不到長輩的壓迫，更無必要為了不人道的社會制度、封建思想而犧牲自己的幸福。他還有一個親愛的妹妹。正因為現實生活裡的「虎兒」從未有過他那份福氣、那種自由，虎王也可以說是作者把自己理想化後的造型。彭歌當然讀過勃雷克詠虎名詩：虎王全身都是勁、精神、氣力，兩眼炯炯於黑森林中。

　　〈辭山記〉頭二部分寫得很細緻，讀來饒有趣味，也讓我們為彭歌投注於書裡的那份愛心所感動。他所歌頌的其實是脫離禮教拘束，全憑天性、本能驅使的那種母愛、性愛、兄弟姊妹之愛。假如沒有人類去干擾牠們，老虎就憑天性、本能一代代活下去，而且活得很痛快，因為至少在中國，沒有別的獸類比牠們更威猛有力了。〈辭山記〉頭二部分寫了一個虎的家庭，其實也寫了洪荒時代以來所有虎的家庭。沈從文寫的湘西小說，尤其是《邊城》、《長河》，也有這種牧歌味道——只要外面惡勢力不侵犯這個地區，湘西居民就這樣一代代活下去。蕭紅的《呼蘭河傳》也可以說是同類的作品，但她唱的牧歌是絕對悲哀的——只要沒有外界新思想、新知識

去開導他們，呼蘭縣雖也是東北富饒地區的一部分，它的居民以前愚蠢地活著，以後也還是這樣活下去。

　　落鶯峰上的虎類，不幸生在 20 世紀，必然要和身備火器的獵人發生衝突。〈辭山記〉第三部分（19～25 章）就寫人虎相鬥，但也必然寫了人與人間的衝突。小說的調子還是牧歌式的，但帶有悲劇的味道。彭歌在〈前記〉裡自言：「我所要寫的，也要涉及獸性中的人性和人性中的獸性。」[18] 人與虎都是高等哺乳動物，他們的天性相近，因之彭歌寫虎母、虎王的「人性」，並不過分。只有兩處，虎王的「人格」太凸出了一點。第 17 回，他大動孝心，去找他久違了的母親：

　　有一天傍晚，牠又跑到了落鶯峰前，牠無目標地跑來跑去，走遍了許多的洞窟。牠是在尋找牠的母親；牠並沒有把握一定可以找得到，但是，牠有兩個願望——這似乎也是屬於本能的，越是長成了，越是會體識到母愛的偉大。牠已經和母親分離了這麼久，雖然也常常感覺到孤獨，但卻從來沒有像眼前這麼熱切地要再看到牠的母親。嚴冬又快到了，牠覺得自己神力彌滿，不僅可以自給自足，而且可以幫助別的同族、朋友和親眷；最優先的，當然是牠的母親。[19]

找了不久，母子重會：

　　於是牠們偎依在一起，彼此互相舔著頭、臉、耳朵和眼睛。母親咽喉裡哼著親暱的歌聲，像人間的搖籃曲。歌聲盪漾，母子互相應和著，溫情洋溢。虎王的龐大身體斜歇在母親懷中，又像二年前牠還是個嬰孩時候一樣了。這景象，是有些滑稽的，然而，這也是天然的純情流露。[20]

---

[18] 彭歌，〈辭山記〉，《辭山記》，頁 70。
[19] 彭歌，〈辭山記〉，《辭山記》，頁 132～133。
[20] 彭歌，〈辭山記〉，《辭山記》，頁 134。

此情此景，鐵石心腸讀了也為之感動。但事後想想，將滿三歲的虎王絕不會再作嬌兒狀，「斜倚在母親懷中」的。牠也不會在嚴冬快到的時候，想母親想得這樣厲害。《四郎探母》畢竟是人間的戲劇。彭歌七歲喪母，到了35 歲特地寫虎類中的慈母孝子以報答亡母養育之恩，真可謂孝思不匱。

彭歌另在第 18 回裡賦予虎王顯著的「人格」，那是因為要把牠和人的世界連在一起。虎王同虎妻春宵一度之後，翌日虎妻不慎，誤闖獵人林英泰預設的機關，中彈身亡。林英泰聽到槍聲，去設下埋伏的地方一看究竟，即給虎王撲倒吃了。牠為愛妻報仇，這當然是合情合理的。但從此以後，牠不時下山到村莊裡去吃牛馬豬羊，也想找到個獵人，「讓牠再多一次報仇的機會」，就不太合情理了。普通老虎，除非為飢餓所逼，是不會下山去侵擾人間村落的。牠的記性不太好，腦袋裡不會老想著「報仇」這樁事。

虎王下山報仇，獵人林永成上山報虎王殺子之仇：小說進入了高潮。虎王當然避不了子彈，但死前一剎那，牠倒還救了林永成一命，表示牠也能辨別人間的正邪善惡。那次，金家寶幫舅舅林永成同獵虎王，但他心一橫想把舅舅殺了，既可謀其財又可娶林英泰媳婦為妻——他們倆原已相愛而私通的。林英泰偽詐無膽，金家寶利慾薰心，都給虎王所撲殺。老人林永成當然正派，但當年他明知逃荒孤兒黃花女比較喜歡家寶，偏把她配給自己不爭氣的兒子，也是自私心作祟。林英泰死了，公公頑固如此，黃花女當然只有守寡這條路，把兩個兒子領大。假如老人開朗一點，仁慈一點，准許黃花再醮家寶，有什麼不好？最後家寶有意謀財害命，當然充分流露他的「獸性」。但林永成雖是條正直、勇敢的硬漢，他也代表了中國傳統社會的「非人性」。人的「獸性」連老虎也看得出來，但宗法社會的「非人性」卻是我國歷代有人提倡而予以褒獎的——林永成當然不知道自己有什麼錯。他是打虎的大英雄，他根本不知道金家寶有意害他，也不知道黃花女也同意先捲款逃走。他勝利了，但他的勝利也是他的失敗：兒子死了，外甥死了，媳婦也應該恨死了他（雖然彭歌硬不下心腸這樣寫她）。他

代表宗法社會之盲目，稱得上是個悲劇人物。在暢寫虎類天倫之樂的牧歌裡添了這個人間悲劇的插曲，〈辭山記〉讀來意味深厚，稱得上是一篇傑作。

六、《尋父記》

在〈辭山記〉裡，彭歌借虎類以寫母子之愛，其創作動機我們很易了解。工程師父親如此絕情，彭歌對他應有怨恨，但奇怪的是，從小讀了聖賢書，即使對待其父，理智上彭歌也保持了一個孝子的姿態。（《流星》裡袁鐵崖這個舊派官場人物，對待庶出之子，冷酷無情，但逸珊並無任何反抗的表示。）1949 年偕新娘匆忙離開大陸，彭歌根本不知道父親的地址，當然無法向他道別。來臺以後，彭歌也真擔心父親遭鬥，還不時打聽他的消息。他給我的那封信上說：

> 父親在南開大學教書（機械系），去世於 1953 年（在天津），時任南開工學院院長，總算脫過了「文革」浩劫——我是過了十多年之後才輾轉知道。

1957 年去日本，彭歌當然也會打聽他的消息。打聽不到，忽然靈機一動，借用東京為背景寫《尋父記》，多少也補償自己情感生活上的缺憾。

彭歌在〈後記〉裡把小說故事說的很清楚：「《尋父記》是寫一個中國少女到日本去尋訪她的父親，她的父親是個被共匪榨乾了的『民族工業家』，最後又被暗暗押解到東京，勒索其家屬『贖票』的故事。」[21]但小說主角既非那臺北孝女柳靜如，也非那只會說「毛主席好」的柳崇厚柳老先生——他是曾與柳靜如有同機之緣的航行公司職員陸濤。他富有正義感，外表看來玩世不恭，樣子比彭歌一般男主角瀟灑、幽默，造型很成功。他

---

[21]彭歌，《尋父記》，頁221。

為靜如追查一架失蹤的照相機，剛到東京即為一群不三不四的人物所包圍，小說讀來緊張有趣。到最後，憑他的機智、好運，再加上中國之友高田謙三捨身相助，陸濤居然擊敗歹人，讓柳老先生父女重圓；自己早已贏得美人芳心，婚期也就不遠了。

　　《尋父記》讓我想起好多美國電影，男主角（不一定是私家偵探）為了救助一個女子，闖入罪惡之迷陣，幾乎出不來，最後邪不敵正，男女主角鋤奸脫險。此類小說在英美也極流行，好多此類名片都是小說改編的。英國小說家葛林（Graham Greene）早年寫過不少警察、流氓、間諜小說，自稱之為「消遣作品」（Entertainment），表示有別於他更嚴肅的小說。按照葛林定義，《尋父記》也可稱為「消遣作品」。但彭歌寫任何小說，態度一向嚴肅，《尋父記》既是接近大眾口味的偵探小說，他似乎更不肯放過機會勸忠勸孝。但一段段的說教卻並未增強全書的道德意味，總不免是憾事。譬如說，高田博士臨終大罵那夥甘為中共間諜幫兇的日本流氓，實在大可不必。彭歌自己也覺得「他的話在這樣緊急的場合未免顯得迂腐」[22]，但還是禁不住說教的誘惑，寫了好幾段。

　　孝女尋父，講起來應是很動人的題材，但《尋父記》處理這段情節，很難討好，因為柳崇厚、柳靜如名義上雖是父女，事實上等於陌路人，並無恩情可言。七七事變，柳崇厚就到後方去了，把髮妻、幼女（一歲？二歲？）留在天津。自己雖是工業鉅子，卻只留給她們「一點積蓄」，到內地後不再寄錢接濟，可能信都懶得寫。靜如母親搬居北平，主要靠高田博士經濟援助。柳崇厚「在後方也創辦了不少的事業」，勝利後重返天津，「簡直成了華北工業王國的首腦」。但對靜如「影響最大的，是他在重慶又結了婚」。她一定想：「原來我爸爸不是人，我們母女倆吃苦八年，一點也不在他心上，自己娶了個四川女人在重慶享福！」那裡對他還有半絲愛意孝心？

────────────
[22]彭歌，《尋父記》，頁197。

　　果然不出靜如所料，父親帶了「四川太太」回來後，「大家都非常的不快活，最苦的當然是我母親。」[23]1948 年，靜如母親怕淪陷於北平，趕早帶女兒先去臺灣。柳崇厚捨不得他那份事業，「四川太太」也怕臺灣局面太小，就留在大陸。三反、五反期間，柳崇厚已給清算、洗腦。數年之後，他被押送出來，已是個風燭殘年的傻老頭了。

　　臺灣母女二人籌滿美金五萬元為他「贖票」，實在很不容易。我們只能說：她們對那位名義上的夫君、父親還有那份責任感，畢竟她們是在舊社會吃慣了苦的好女子。但要說她們如何真心關愛他，實在是不可能的。最後父女相會，傻老頭當然不識亭亭玉立的女兒為何人，靜如也就「悲切地哭起來了」。

　　接著陸濤發了下面這段感想，當然是作者自己想說的話：

　　　然而，靜如的哭聲使我滿心惻然。她是對的，一個兒女為了父親，任何犧牲都是應該的，這不應該有什麼值不值得的問題。這是——如果說得嚴肅一點——這正是我們中國人引以自豪的文化的精華。如果我們不是一代一代互相流傳勉勵著這樣做，也許世界上已經沒有中華民族這個名詞了。「百善孝為先」，這不是一句空洞的抽象的格言，而是具備著活生生的力量，血與肉的內容，支配著我們的行為，子孫萬代，從沒有人懷疑過的。[24]

　　讀到這裡，我想好多讀者同我一樣，會大起反感。「一個兒女為了父親，任何犧牲都是應該的」；但柳崇厚這樣的混帳爸爸，有那一點對得起靜如，對得起靜如的母親？他為她們做了些什麼犧牲呢？勸孝的小說當然可以寫，但那「孝」的對象應該慈愛為懷，甚至為了子女的幸福，任何犧牲都在所不惜的好父親、好母親才對。彭歌一生沒有得到一點父愛，當代作

---

[23]彭歌，《尋父記》，頁 101。
[24]彭歌，《尋父記》，頁 181。

家之間勸孝最力的偏偏是他，這不由我們不感動。我想他不是盲目地提倡孝道──只有母親早亡、父親名存實亡的孤兒才會寫出虎王愛母、孝女尋父的小說來。

出版以來一直受到海內外評家重視的《家變》（1973 年）也是一部《尋父記》。王文興 1939 年出生，只比彭歌小了 13 歲，但感覺上他的《尋父記》要比彭歌的那部新得多了。隨政府遷臺的大半 1950 年代作家，看到中共在挖吾國固有文化的老根，因之自覺地感到要在作品裡宣揚傳統道德的迫切需要。比起 1930、1940 年代的主流文學來，他們的作品在思想上要保守得多；而在 1960 年代才出頭的年輕作家，不管是專攻西洋文學的學院派還是本省生長的鄉土文學派，也就沒有那股熱誠去讚揚舊道德了。學院派作家間，王文興對西洋現代主義的文學讀得最專心，自己作品裡反映的反傳統思想也就最激烈。我們儘可以對王文興之文體，對范曄之為人大表反感，但我們不得不承認《家變》是部融合了五四傳統和西洋現代主義的基要作品：魯迅筆下的「狂人」終於和喬伊斯的「青年藝術家」見了面，甚至可以說，已合為一人。柳靜如雖是 1960 年代在臺灣成長的少女，她生活在一個比魯迅、喬伊斯更早的時代。不管彭歌講她怎麼好，我們不為其孝思所感動，也是當然的事。

文評家屈林（Lionel Trilling）在一篇名文裡，早已問過一個問題：19 世紀下半期以來的西方現代主義的先驅者和文學大師，為什麼其代表作都如此諷嘲，否定固有文化的傳統道德和社會秩序。[25]屈林自己比較嚮往珍·奧斯丁、華滋華斯、濟慈所代表的那個英國文學時代，那時大家歌頌著愛情與友誼、大自然的真與美。但他也不能否定現代主義文學不留情面，撕破文明假面具的勇敢和其震撼人心的力量。身為人父，那一個不希望有一個柳靜如這樣的孝女，而不要范曄這樣的逆子！但在我國的文學傳統裡，柳靜如這樣的女子實在太普通了；范曄這樣對待父母一無寬忍之心的兒子

---

[25]此文最後定名"On the Teaching of Modern Literature"，見《屈林文集》*Beyond Culture：essays on literature and learning*（New York：Viking Press, 1965）。

倒是第一次出現，因此更值得我們重視。王文興的范曄是當代文學裡一個新的典型人物，雖然我們必須記住《後漢書》編寫人范曄也是個對中國文化大為不滿的反叛者。此人不信神佛，不忠不孝，大逆不道，以致遭殺身滅後之禍。請參閱沈約《宋書》卷 69〈范曄傳〉。王文興為他小說主角取名，一定想到了這位古代的「現代人」。

七、《在天之涯》、《從香檳來的》

彭歌不僅寫親子之愛的小說，也寫了更多的愛國小說。從〈黑色的淚〉到〈微塵〉，他都在寫近 60 年來戰亂不斷的中國。彭歌身為孤兒而更思親；同樣情形，他恨透了日本人侵略中國，共產黨製造內亂而僭據大陸，因之身在臺灣而更愛國。

廣義來說，《落月》、《流星》、《尋父記》都是愛國小說，因為余心梅、袁逸珊（在他來臺以前）、陸濤都是愛國者。上文早已提過，《在天之涯》、《從香檳來的》也是愛國小說，因為郭平、鍾華都是留學生間傑出的愛國青年，簡直以中華民國海外辯護人自居。郭平暑期來紐約，原是在一家報館裡工作，協助一位寫社論的主筆。但為了「外蒙古應不應該進聯合國」這篇社論，他在他上司面前，大表異議。一場爭辯，郭平「只覺得額角在淌汗，兩隻手氣得發顫」。[26]事後，他就在主筆的辦公室裡，打了一封「讀者投書」，假如報館不登，決定辭職另找旅館餐廳侍應生的苦差。時至今日，所謂蒙古人民共和國早已進了聯合國，我國退出聯合國也有好多年了，郭平那場舌戰當然無濟於事，他那封堅持吾國立場的「投書」當然也沒有資格被刊登。但郭平、鍾華骨頭如此之硬，事過境遷，今天讀他們幾場爭辯，我仍深為感動。

但我們若僅以愛國小說視之，對《在天之涯》、《從香檳來的》當然得不到全面了解。稱它們為留學生小說比較公允，因為彭歌在二書裡的確寫

---

[26]彭歌，《在天之涯》（臺北：中央日報社，1980 年 4 月），頁 50。

出了 1960 年代吾國留學生在美國的全貌。《在天之涯》說起來只是一本郭平暑期打工記，比起《落月》、《流星》、《尋父記》等小說來，簡直毫無plot 可言。但 1961 年暑假想來彭歌自己也從南伊大來紐約市找工作，再上山到一家旅館去當侍應生，情形同郭平相仿。因之他在小說裡寫自己，寫不少中國留學生辛勤打工、苦樂自知的實況，不需要多少「小說化」的偽裝，讀來也很饒興趣。

郭平是孤兒，也是愛國志士，但年齡還輕，因之彭歌給他一個女友名叫林曉青，在西部某大學圖書館工作。曉青到了最後一章才真人出現──她辭了工作搬到郭平居住的那個大學小城。長期不見面，單憑書信互通款曲當然比不上住在同一城鎮好。郭平打工太累，一個暑假沒有回她幾封信，教她好失望。彭歌留學以前寫的小說，其女主角，不論貞靜冶蕩，都是舊社會的產物。林曉青是彭歌小說裡第一個新女性。她心口一致，信裡什麼話都講，因為她同郭平大學時期即認識，實在太熟了，再也用不到那些普通女孩子對付男友的手段和策略。小說裡引錄的那幾段寫給郭平的信，文字實在美，給人一個好真、好可愛的女性形象。最後一章二人久別重圓，真覺得郭平辛苦了一夏天，有這樣一個死心塌地愛他的女人在他寓所裡等候他，好幸福！

彭歌 1963 年即返臺了，《從香檳來的》1970 年 5 月才完稿，同年 6 月三民書局出版上下二冊，共 426 頁。此書無序，因此我們不能確切知道彭歌寫了多久才完成這部長篇。但全書首 16 章寫他人在香檳的那段時間（1962～1963 年），只有末了兩章（17 章「未老莫返鄉」、18 章「嘿，我來了」）才寫鍾華返國後數年中的感觸和經歷。想來彭歌返臺不久即開始寫《從香檳來的》了，花了不少心血終於在 1970 年春把它寫成。

《從香檳來的》寫鍾華為主，也寫兩個他去美國後才認識的好友；呂守成和傑米·康茲。鍾華也是孤兒，父親乃水利工程師，早去世。抵臺後，母親一人教中學把兒子領大。她患了肺病無錢療治，終於鍾華考大學上榜的那一天，病重氣絕，沒有聽到兒子的喜訊。鍾華同郭平一樣是個富

有朝氣，肯吃苦，立志為國家做些事的好青年。只有一點比不上郭平福氣：原同他山誓海盟的女友，先到美國後卻另嫁別人了。

　　鍾華的兩位好友，傑米・康茲容後介紹，先講呂守成。他年齡比鍾華大，可能比彭歌自己也大一兩歲。雖非孤兒，他的教育背景倒很像彭歌：先在北平讀中學，再到後方讀大學。他個性柔弱則似袁逸珊：「中學快畢業的那一年，呂守成被哥哥押著回了家鄉，在父母嚴命之下，他結了婚。」[27]婚後不久，他又得返北平念書了。

> 他記得他們分手的那天夜裡，她睡在他的懷裡，哭著說：「到了外頭，可要好好保重自己的身體。」他明白她的意思：他是她的終身依靠，可不要在外面「學壞」。纏纏綿綿的，但也有一點膩，就像那沒有多少回味的年糕。[28]

　　勝利後呂守成回到北平，見到了守著一間雜貨店的親嫂嫂。從她口裡，才知道父母長兄都在鄉下，而他的髮妻早已發了神經病，回到娘家去住了。

　　第四章「憂患中長大的」介紹呂守成這個人。杯酒在手，他一人在曼哈頓公寓房子裡回想過去，一景復一景，意象活潑動人（自己的新娘「像是年底下的豬油年糕，白白的，軟軟的，甜甜的，然而，總缺少點兒甚麼……」[29]），短短 15 頁真把他寂寞多憂患的大陸歲月展開在我們面前了。鍾華另一位朋友，來自韓國的中國同學伍德，在第二章裡回憶韓戰間患難重重的日子，也教人讀後難忘。

　　彭歌童年的那份寂寞，早已變成他心靈的一部分，再也沒法子脫胎換骨地去改造自己。鍾華、呂守成都是骨子裡寂寞的人，代表了作者自己剛

---

[27]彭歌，《從香檳來的》上冊（臺北：三民書局，1970 年 6 月），頁 52。
[28]彭歌，《從香檳來的》上冊，頁 53。
[29]彭歌，《從香檳來的》上冊，頁 52。

強、柔弱的兩面。呂守成沒有辦法，靠傳統的解憂劑──酒──來排遣自己的寂寞。鍾華人比較新派，因之更感到現代人孤獨的恐怖。假如有個大公司的職員（鍾華愛講這則故事），有一晚加班辦公，從第 48 樓乘電梯下降。「電梯發生故障，停在半途不能動了。」按告警的鈴子，沒有反應，打電話無人來救助，慢慢的「他究竟存在還是不存在，連他自己也懷疑起來。時間靜止，空間靜止，整個的人生成了一場虛無」[30]。

《微塵》寫的即是電梯發生故障之後的故事。雖然電梯漆黑，站在裡面的恰是一對從不相識的中華男女（女的是大陸來的），二人真心話講得多了，黑暗之中也就看到了一線光明，二人心頭的虛無，也就慢慢充實起來。

身在外國，看樣子只有異性的知己才能驅走寂寞，在你冷清的公寓裡，帶來些溫暖。有一個星期天，剛來異國不久的葉蘭煙來找呂守成了，他為了她收拾房子，就緊張了大半天。同葉小姐來往，帶給他失眠：

> 失眠是很折磨人的；但是，這樣的長夜無眠，卻有一種說不出來的快樂的滋味，像破曉之前，迎面吹來的清風，風帶來了什麼信息？不知道。然而，那風聲寒意頗能令人精神一爽，在困倦慵懶之時，頓然打開了心靈的門牆，新的光明，新的希望。新的人生，都投影在他的夢與醒的邊沿。[31]

呂守成終於接納了新的光明和希望（引文裡破曉清風這個比喻，可謂神來之筆），開車陪葉蘭煙到香檳，給她一個轉學伊大的機會（她在阿班及紐約州立大學，讀書不順利）。不料公路上汽車出事，呂守成進了芝加哥一家醫院，大有變成殘廢的可能。希望成為泡影。

同一個秋天，鍾華在伊大愛上了數學系高材生安娜·柯林斯。安娜原

---

[30]彭歌，《從香檳來的》上冊，頁 83。
[31]彭歌，《從香檳來的》上冊，頁 158。

是伍德的女友，但鍾華更吸引她，二人無話不談，真正墜入了情網。第六章〈心語〉專敘鍾華半夜訴哀腸，面對安娜暢談過去的生活，也講自己對中國、對現代文明的看法。彭歌交代呂守成、伍德的生平，只憑回憶，因為二人都沒有深深了解他們的女人。鍾華對安娜推心置腹，因為她真正是個知識分子。同她相比，伊大那幾位臺灣、香港來的女學生都是不夠鍾華標準的，當然他對她們也沒有多少興趣。

在熱戀的那段日子，安娜真覺得要有「更圓滿，更甜蜜」的生活，應該「每一天每一小時每一分鐘」[32]都跟鍾華在一起。但同時她也想逃避，覺得二人終會分手的。鍾華愛她，但顯然更愛中國。他絕無意永久留在美國，為了安定的生活，甚至為了愛情，而放棄為祖國服務的志願。可是鍾華對她說臺灣生活水準低，安娜真就害怕而沒有意思同他共甘苦了嗎？她並無種族偏見，為什麼膽子這麼小，為了些不實際的考慮而自動放棄這份愛情？她想避開鍾華而決定轉學，這也顯得很笨拙，只要鍾華真心愛她，香檳離普林斯頓又有多遠？通常一個研究生想轉學，總得先讀滿一學年。安娜的指導教授秋季還在伊大，春季那學期即要辭職他往，更是聞無所聞。他向學校如何交代？臨時又能找誰來教他的課？指導他的那幾位受業門生？

安娜走掉以後，鍾華也就不去打聽她的下落，我也覺得作者安排欠善。即使鍾華無意開車去看她，打個電話、寫封信總是應該的。一個人為了自己的愛國大業，而忍心放棄一個異國知己，也就顯得人太現實，或者說太謹慎了。其實，中華民國不是美國，娶了外國太太，不會受到歧視。中國男子愛上美國白種女子，當然不一定結婚；婚後生活也不一定美滿。鍾華和安娜相愛下去，有一大半可能是會分手的。但二人相愛才一兩個月，就想到分手之事，我覺得不大可能。安娜這樣的女孩不應對一個未知的將來如此恐懼，而甘願放棄甜蜜的、圓滿的現在。

---

[32] 彭歌，《從香檳來的》上冊，頁 175。

　　再講呂守成，他長途開車，大雪天公路上給運貨車所撞，這是可能發生的事。但我想他絕不會為了葉蘭煙而辭掉他那份固定的工作的。在 1960 年代初期，年薪 8600 元數額不算小，呂守成既不能幹又無專長，哪裡再去找這樣好的職位？中外一例，普通人有了一份待遇不壞的永久性工作後，沒有拿到更好的聘約，他是不會貿然辭職的。呂守成一向是聽話的好兒子、好學生，更拿不出這份勇氣來。他受重傷，送進醫院，費用很大。普通人為了醫藥保險，也就得守住一份不太稱心的工作。

　　再說，呂守成同蘭煙的友誼尚未進入論婚嫁的階段，實在沒有必要作如此巨大的犧牲。當然，假如二人已非常親密，蘭煙更不會讓他把這份工作辭掉的。事後，我們知道，守成根本沒有同蘭煙商量——假如她知道他已辭了職，我想也就不要他開車送行了。何必欠他一筆這樣大的人情？蘭煙英文不好，功課平平，讀伊大也不會有結果的。對她來說，結婚比讀書更重要。假如守成失了業，這樣一個年紀大得多的老實人，嫁他就沒有意思了。動身前，守成寄封信告知鍾華：

　　　　我一定要在中西部找到一個工作，錢少一點兒都無妨，為的是離香檳近一點，可以和你們常常見面，可以多照顧她一點。[33]

但守成當然知道，有固定職業的人找事較方便，失業後找事就困難，何況他是個「只靠一張 M.A.文憑當小職員混飯吃的中國人！」[34]守成作此後無退路之決定，若非神經病，即為嬉痞型，或者真在宗教、政治信仰上有了一個大轉變，不再在乎世俗的價值。第十章「生死之間」，鍾華醫院訪友，守成遭受一場無妄之災，談話間明確表示看破世情，「大徹大悟」，因之日後他隱姓埋名依附南部教會做些教育低能兒童之工作是可信的。但他認識蘭煙之後，「全心全意」愛上了她，人應該變得更實際、更積極，絕不會未

---

[33]彭歌，《從香檳來的》下冊，頁210。
[34]彭歌，《從香檳來的》下冊，頁210。

徵求蘭煙同意而貿然辭職的。蘭煙去了香檳，他天天打電話、寫信都可以，週末去看她，年假再請小姐來紐約玩，多麼好！真的，要比失了業住在香檳「照顧」她，好多了。

彭歌寫小說，文字簡練早已有口碑，善用譬喻，前文曾一再提及。處理對白，年齡愈大，也就愈駕輕就熟：《從香檳來的》有好幾章，對白非常精彩；〈紐約之一夜〉、〈微塵〉都只是一男一女的對話小說，讀後餘味深長。唯獨在處理情節方面，彭歌總嫌不夠周到。早期常常遷就「故事」而損害了「現實」，到了晚期偶爾仍犯這個毛病，連《從香檳來的》裡有些情節也因不夠真實而「感傷」氣氛太重。假如安娜沒有為了鍾華而轉學，二人一直愛下去，甚至同居；假如呂守成沒有辭掉工作，把蘭煙送到伊大後，繼續追下去，或者假如他真把工作辭掉了，抵達香檳後再把真情透露，蘭煙因之大為生氣，罵他沒出息，二人關係僵化──這樣故事發展，可能更合情合理，但小說將長得不堪收拾，而且同「愛國」的主題愈離愈遠，也就不是彭歌要寫的東西了。

彭歌把兩則愛情故事早早結束掉，最主要的考慮，我想他人在香檳只有一年，要他設想小城那一年之後的人事變化，就要給自己添太多的麻煩了。安娜同鍾華不辭而別，守成遇難而忍心不再同蘭煙見面，對好多讀者來說，當然增強了小說無可奈何哀傷的調子；但對彭歌來說，主要為了自己方便。安娜走了，鍾華就可同伊大研究生彭歌一樣，有充分時間讀書、聽演講、吸收新知識，抱了堅決反共的態度去開導老師、舌戰左派學生。回國之後，鍾華也就是從香檳回來後的彭歌，日夜忙於服務。他同伊大諸友差不多斷了來往，但仍不時想念呂守成和康茲，當然也想念安娜。

傑米・康茲個性同鍾華正相反。鍾華是個愛國志士，身上有一種古代書生「為天地立心，為生民立命」的氣概。康茲雖然讀過兩年大學，對功課好壞毫不在乎，只要做生意，趕快發財變成百萬富翁就滿足了。我們可以說美國絕大多數非知識分子都有這個理想或夢想的。但康茲並非做生意的料，他在香檳開一個舊車場，生意平平，不久就把它結束掉了。之後他

到處打零工過日子。但到了 1960 年代後期，他在舊金山有一次給一、二百個嬉痞包圍著，要他為越共區「在美帝轟炸之下受苦難的人民輸血」。傑米一怒之下，決定投軍到越南去作戰：

> 「那些軟骨頭的傢伙一下子撕掉徵兵卡啦，一下子燒掉星條旗啦，扯著大隊伍鬧得個兇，其實，說穿了無非是怕死。我不怕。」他用力地捶著桌子，「傑姆斯・康茲要做給他們看一看，論徵兵我的年齡已經不一定挨得上了，我自己去找他們。有一個少校叫我填表，那傢伙再三再四問我是不是真心自願去打仗，意思好像是以為我發了瘋，我不理他，你看，我這人到處不吃香，誰都笑我笨手笨腳，腦袋兒也不靈，可是，在越南我居然打仗打得挺不錯的。照我自己的標準，真值得他們給我一枚紫心勳章或者國會勳章。」[35]

　　大兵康茲從越南飛到臺北度假。上面這段話是在一家飯館跟鍾華說的。故友重聚只一個晚上，當然有說不盡的話，我們因之也從康茲口裡聽到了一點安娜婚後的近況。但從談話間，我們主要看到了一個普通美國人的進步。想不到腦袋兒不太靈，看來毫無志氣的傑米・康茲，數年之後竟也是一個富有正義感的愛國者！彭歌塑造這個可笑可愛的美國角色時，尼克森總統還在打越戰，美國輿論差不多完全給自由主義偏左的「雞蛋頭」所操縱。想不到到了雷根總統上任前後，千千萬萬的傑米・康茲都已覺醒，美國等於換了一個面目。相反的，鍾華回國後，雖然忙於報務，也努力自修看書，倒並無多少作為。他對國內很多情形看不慣，因之心境也不太好，竟像留學美國時一樣，「偶爾會有那種無所歸屬之感」。[36]《從香檳來的》寫了不少中國留學生。除了一二敗類之外，他們都是用功上進的，基本上也都是愛國的。沒有一個看起來像傑米・康茲這樣糊塗、這樣腦筋簡

---

[35]彭歌，《從香檳來的》下冊，頁 404。
[36]彭歌，《從香檳來的》下冊，頁 355。

單的。但整本小說裡，真正快樂的、思想、行動上真正躍進一步的就只有康茲一人。對鍾華以及其他香檳故友來說，這不能不算是個諷刺。

康茲能躍進一步，主要表示他的國家強，元氣足，千千萬萬的嬉痞、吸毒鬼也搞不壞它。鍾華為自己愛國事業所作的準備要比康茲多了，但國家面臨的困難、問題如此之多，不論任何愛國志士都會感到苦悶，鍾華當然也不例外。在小說裡，彭歌從未因為希望國家好而故作樂觀，故意粉飾現實而讓讀者高興一番。寫社論是一回事，寫小說是另一回事。《從香檳來的》是彭歌最個人的、也是最真實的一部小說：我們可以說他把自己的生命，自己對國家的期望和失望都寫進去了。

《從香檳來的》也是彭歌最後一部長篇小說──討論了它，我這篇評論也應該結束了。初讀先兄〈評《落月》〉已是 29 年前的事，想不到遲至今日，才有機緣把彭歌的一大半小說創作細細鑑賞一番。我對這位當代重要小說家因之有了較深刻的了解，心裡自然是高興的。但本文只能算是一個研究的開端，希望今後會有更多的讀者、學者、評家對彭歌的小說發生興趣。

──原載《聯合報・副刊》，1985 年 8 月 13～14 日、16 日

──選自陳幸蕙編《七十四年文學批評選》
臺北：爾雅出版社，1986 年 4 月

樹樹皆秋色

◎潘人木[*]

　　初讀彭歌先生的小說，已經是三十多年的事了。記得陸陸續續的讀過他的長中篇《落月》、短篇〈象牙球〉、〈蠟臺兒〉、〈黑色的淚〉、〈道南橋下〉等。當時就覺得這位作者才氣縱橫又下過功夫，他的作品是智慧與時間的結晶，深感欽佩。那時候我和他也偶爾見面，卻從未將這個想法當面告訴他。後來他公費出國深造數年，回來後寫過一部長篇小說《從香檳來的》得到中山文藝獎，此後好像就不大寫小說了。但他寫作更勤，大都為評論、雜感、散文等等，文藝舞臺上的十八般兵器樣樣耍得精鍊，光華耀眼，寫什麼像什麼。

　　這次文建會和《中央日報》舉辦現代文學討論會，主辦人打電話到美國去，叫我回來參加「講評」的工作。我想也未想就說：「我不行」，因為我從來沒做過這種事情，既無興趣也沒這方面的修養。後來我問：「這次討論誰的作品呢？」回答說：「彭歌的。」一聽說是彭歌，我倒有那麼一點動搖了，我的腦海裡立刻出現了一卷連環動畫。我看見〈象牙球〉中的小元兒坐在 30 年前臺北簡陋的房舍中的暗淡燈光下，低著頭振筆疾書，外面不時傳來賣燒肉粽的叫賣聲。接下去是他在報館分配的宿舍燈光下，仍在低頭振筆疾書，太太給他沖泡的克寧奶粉擺在書桌的一角冒著熱氣；再接下去是美國伊利諾大學的宿舍燈光下，外面下著鵝毛大雪，他仍在低頭振筆疾書。後來的畫面顯示發了胖做了主筆的他，坐在很舒適的公寓燈光下，

[*]潘人木（1919～2005），本名潘佛琴，後改名為潘佛彬，遼寧法庫人。散文家、兒童文學家、小說家。發表文章時為臺灣英文雜誌社《世界親子圖書館》叢書主編。

還在低頭振筆疾書，他的頭髮也寫少了，他的兒女也寫大了。他仍然像是有不盡的話要說，這卷腦中的動畫使我非常感動，有幾個人能像他這樣鍥而不捨的寫、寫、寫呢？所以我在電話裡說：「好吧，我以讀者的身分談談彭歌作品的讀後感好了，絕對『不及』其他，諸如技巧、主題、人物等那些討論小說常常提到的問題，我是不會說的。」我主要的目的是不想失去這最好的機會當面跟他說我 30 年前就想說的：「彭歌，你真了不起。」

人坐頭等車·文學當貨運

　　諾貝爾文學獎得主馬奎斯在他的鉅著《百年孤寂》裡藉書中一個人物說的一句話，使我印象頗深，也是使我大著膽子來參加這個工作的原因之一。他說：「人坐頭等車，文學當貨物運，那麼這個世界一定亂糟糟。」我們現在臺灣的情形是不是如此呢？人人都坐頭等車，可是我們的文學受到的是什麼待遇？怕是連當貨物運都談不上，而當垃圾丟了。出版界不景氣，文學書不好賣。（弄得搞文學的人好像愧對出版老闆似的。）若作品的內容牽涉到愛國、道德、傳統的意識，壓根兒就沒人給你印，亂糟糟的情形，使許多文學工作者感到迷失和無奈。比方說我，現在的我已經不是真正的我，我不再跟人談愛國（不是愛黨，我不是黨員）的問題；不敢跟人辯論自由的問題，更不敢和人談論傳統和道德的問題，因為我感覺太孤單，總是居於少數。有時懷疑自己是否患了老年癡呆症？是否感情麻木了？若否，我能不能鼓起勇氣來參加這個文學討論會，大家討論出一些可行之道，怎麼做，怎麼寫，才能給馬奎斯那句話一個反證？「人坐頭等車，文學和人一起坐，一定能創造一個和平美麗的世界。」能不能呢？所以我來了。

　　原先以為看過的《落月》和《微塵》再看一遍很簡單，寫篇讀後感也不難，反正老幹舊枝，冒不出新芽來。想不到一經展讀，它們在我的眼前顯現出一種全新的面貌，正如唐朝詩人王績寫的一句詩「樹樹皆秋色」。秋色是陽光累積之色，成熟之色，收穫之色，金黃紅紫，外則各具燦爛，內則果堅子實。這種特殊的感受，使我在閱讀中重新認識了作者「滿樹」的

熱情，搖曳生姿，也把我與自己已逝的最華麗的歲月拉近了。

這種感受是複雜的、龐大的。但我只選出兩樣小感想來寫——彭歌作品《落月》和《微塵》中的精準及愛國意識。

現在先把兩書的內容簡介一下：

《落月》是一本中長篇小說共 175 頁，講一個女伶由沒沒無聞到大紅大紫，然後又歸於平淡的經歷。時代背景是七七事變以後到抗戰勝利，中共作亂，來到臺灣。月亮是小背景，主角余心梅在一個「寂靜的晚秋之夜」藉翻閱一本照相簿回憶她的一生，一直回憶到「關上了燈，和那落下去的月亮告別」。這本小說從余心梅的少女時代說起。七七事變後，受到戰亂影響，家境十分貧困，心梅總想快點長大好能賺錢幫助家計。此時有同學好友名姜若寒，姜為國劇世家的女兒，受了姜的影響，心梅也愛上了國劇，於是半生中都在國劇藝術與愛情的衝突中打滾。初戀情人傅振翔因與她約會犯了校規受到嚴厲的處罰，心中不平，有計劃的慘死舞臺上。心梅也因而退學。但因生活所逼，到天津屈就一個小角。想不到因緣際會，班中女主角趙鳳英耍脾氣罷演，由心梅頂替，一舉成名。雖然名利雙收，內心卻充滿人生的空虛感。在此期間認識了地下抗日分子范庚，范庚又介紹他的夥伴們和她認識，其中一位名叫林卓如的教授，心梅第一次見他就有好感，終於陷入情網。心梅知道他們做的是抗日救國工作後，也加入了他們。接著珍珠港事變，心梅利用幾個日本特務和軍人的矛盾，剷除了大漢奸烏海夫。同伴們怕她被查出，讓她去到大後方重慶去避一下，從此息演。勝利後回到北平，重新燃起追尋藝術並與老友重聚的希望，但聽說他們都「像泡沫一般被淹沒得無影無蹤了」。最後因中共倡亂，輾轉來到臺灣，一直「想做點事情」又組班演出，這一次更受歡迎，是她一生中最滿意的一段藝術生涯。正在名成利就處於巔峰狀態時，林卓如突然找到她。二人迅速結婚，生了一個女孩。可是林前此已有一樁婚姻，不得不以分手結束。

《微塵》是一本短篇小說集，全書 288 頁，包括十個短篇。依次為〈微塵〉，寫分別由海峽兩岸到異國去的男女兩位青年（兩岸皆在封鎖期

間）因停電一同困在大廈電梯內，正如兩粒微塵意外相遇，孤絕的空間，共同的命運，不可預知的未來，產生了溝通了解的必然性，也產生「做不了主的微塵」的無奈和無力感。是「偶然」的最佳闡釋。「你有你的我有我的方向。你記得也好，最好你忘掉，在交會時互放的光亮。」但人終究不是微塵，「黑暗只是一段記憶，人人有掙脫黑暗的決心」。

〈Ｋ先生去釣魚〉抱歉我沒有看完，不在討論之列。

〈中國人和我〉作者以第一人稱寫一位外國女記者到臺灣來訪問，參觀戰地金門。原本懷著好奇和誤解的心情而來，最後以了解和友好的態度離去。

〈紐約之一夜〉是一篇非常感性而優美的小說。主角在黃昏紐約的河畔，與兒時玩伴相遇。互道別後，回憶從前。洋溢著濃濃的「浮雲遊子意，落日故人情」。

〈薄暗之花〉寫一女子公寓的各色人等，其中一個被人視為「十三點」的交際草卻是最可愛的人物。題目就有象徵的意義。「她那件淺藍色的大衣，像是一朵遲開的玉簪花開在夜色初濃的薄暗之中。」

〈神田之惆悵〉寫一個沒有結果的異國戀情。

〈奇遇〉寫人性的貪婪和僥倖心理。很有毛姆此類小說的味道。一個老人和年輕人打賭。如果年輕人的打火機能夠連打十次都有火，老人就送他一部豪華轎車；若有一次不著火，老人就要剁掉年輕人的一根手指。正在緊急時刻，缺了三個手指的老人的妻子給解了圍。

〈訪畫記〉寫一位記者深入山區訪問一位在山區行醫的方醫生。方醫生手中藏有一幅藝術國寶——趙子昂畫的《八駿圖》，聽說他為了要修建一所像樣的醫院和學校要把這張畫賣掉，所以這位記者百里跋涉，想親自看看這幅也許不久就要賣到外國的名畫。結果方醫生經過跟自己一番艱苦的心理掙扎，決定要為國家保存一些屬於自己民族的心靈結晶，無論怎麼需要那筆金錢也不賣了。「不要因為物慾而失去了人生中另外一些更寶貴的東西。」

〈過客〉寫的是「愛人的丈夫不是我」，因戰亂而分手的兩個愛人在臺

灣互相知道了下落。可是女主角已婚。主角去女主角丈夫的工廠做廠醫，見面之後發現相見爭如不見，這是「一生一世都遲了的愛情」，只好別去。

〈象牙球〉寫一個平凡的女子，不屑與抽鴉片做了漢奸的丈夫生活在一起寧可自我流浪，寄居友人家中，最後不得不自謀工作的故事，象牙球為美滿婚姻的象徵。

小說的藝術是傳達的藝術

小說的藝術也是一種傳達的藝術。大多數的作者在有不得已於言的衝動下，想把自己的感覺、看法、觀念、理想、感情和希望等等傳達給讀者。傳達的工具當然是文字。但是奇怪得很，文字修養好，句句都合文法，都能用文法圖解出來的人，不見得能傳達得好，往往一些文字並不算太好的作者，反能把握傳達的效果。所以我讀小說全憑感覺，不為派別和理論的框框所限，對於新一點的文字接受系數並不和我的年齡成反比。一篇小說我讀了感覺很好，我就認為是好小說；感覺不好就是不好的小說。就文字而言，我把我讀過的小說分為上中下三類。下焉者是文中的每一個字我都認識，每一句都通順，可就是讀完了不明白作者說的是什麼，只感覺白費了時間，心靈靜然無波。中焉者是讀時心靈起了一點漣漪，看過了之後很快便恢復平靜，總印象是看了一張平面的感光不足的照片而已。上焉者讀時自己在不知不覺中消失了，化入作品之中。心靈被其緊緊抓住，感受到其中每個人物的情脈，目睹一連串生動的、立體的，不是任何媒體所能呈現的清晰畫面，一切感官忙著接收其外在及內在的訊息。或震盪低迴，或思潮起伏，或熱血沸騰，或淒然下淚。在此一刻，心中雜念全消，充滿被清洗、被授知的愉快；不僅此也，其精彩處永遠留在記憶之中，成為反芻的享受。

構成好作品的條件很多，我個人比較喜歡其中之一的一件小事情。這件小事情也許有人認為無足輕重，但卻為我所偏愛。那是什麼呢？直到現在我還無法給它一個具體的名字。或者已經有了，我還不知道。我發現一

篇好的作品的作者大都能夠以其特殊的智慧，觀察、體驗、選擇、創造出獨特的文字密碼，這密碼有效的傳達出一幅幅突出而清晰的畫面給讀者，使讀者的心靈能夠翻譯並接收，產生所謂「共鳴」以外的抽象契合。換句話說，他的文字裡另有文字，意義中另有意義。作者似在隱藏，卻故意讓讀者能找出來。這種高超的密碼技術往往形成整個作品的魅力和作者的風格，我不得不承認它是小說的文學特質之一。我原來稱之為「細節」，但細節二字容易和細膩、細緻相混，也往往被誤解為多餘的，可有可無的，浪費筆墨的，而實際上呢，細節寫得好，時空抓得準，不但不囉嗦，反而簡潔；不但不浪費筆墨，反而一言抵千行。經過斟酌再三，我還是稱它為「精準」好了。精準的含義主要在於意象方面的。不管我如此說有沒有不對，原諒我是不得已，此時此刻非得給它個名詞不可。

　　精準絕不是什麼洋玩意兒。在咱們舊文學裡俯拾即是。大家所熟知的袁枚〈祭妹文〉裡的最後兩句：「朔風野大，阿兄歸矣，猶屢屢回頭望汝也。」是感情的精準。李白的詩：「白髮三千丈，離愁似個長。」是心緒的精準，沒有第二句，第一句就毫無意義了。柳永的名句：「今宵酒醒何處？楊柳岸，曉風殘月。」是情景交融的精準。即使日常用的句子「她的齒如編貝」、「下著鵝毛大雪」也很精準，因其精準，才令人激賞。近代作家最擅於此道者是張愛玲，記得她描寫乾旱之鄉，大樹的根都裸露出來「像時時要走下山來似的」。這個畫面幾十年來還清晰的留在我的眼前，這種精準的才能形成她的作品特殊迷人之處，另外錢鍾書也是此中高手。而今天我們要討論的彭歌先生，他的作品也有精準的特色，使他的小說生動而真實。在《落月》裡有「連前門樓都像駝了背似的」的句子。這使我想起馬奎斯在《百年孤寂》裡「語氣重得可以壓垮樓板」，二者有異曲同工之妙。最近讀鍾書的《圍城》，裡面寫到抗戰時期幾個朋友旅途夜雨：「一行人如在墨水瓶裡趕路。」這墨水瓶就是他的密碼，世上成千上萬的物品中，偏偏選擇此物用在此時此地，真是精準而佳妙。寥寥幾個字，代替了即使費盡筆墨也描繪不出來的情景。可巧彭歌在〈微塵〉中也有同樣高超的手

法。在第 18 頁，寫到兩個男女青年困在電梯裡——

> 剛才還有那麼強烈的燈光照在頭頂上，頓時熄滅了，就格外覺得像是被黑暗泡起來那樣無可救藥的黑暗。

這個「泡」字也十分精準，不但外在的畫面鮮明了，內在的心靈也透明了。

精準使畫面清晰也增加景深

所以精準不但使所呈現的畫面清晰，也增加了它的景深。

平常我們形容飢餓說：「肚子餓扁了。」這裡面沒有什麼密碼，扁了就是扁了。但是錢鍾書在《圍城》裡形容飢餓卻說：「身如未放文件的公事包。」為什麼說公事包呢？因主角是教授，旅行時帶著一個公事包，於是就有了情景交融的精準，讀者看到此處，立刻會接收他的密碼，體會其飢餓的狀況。我認為比錢先生這個妙喻更妙的，是彭歌先生在〈象牙球〉（《微塵》，頁 278）中所寫的梁伯母。梁伯母和丈夫分開，逃難到小元兒家。她原本「像戲臺上的人兒」，常常披著一襲黑緞斗篷，穿著黑緞高跟鞋，嬌嬌小小的一位闊太太。如今在小元兒看來：

> 她一點也不像是我記憶中的那個梁伯母蛻變來的。……全成了一個萎縮成一團的小老太婆了。這種變化，真好像一顆豔豔的大柿子，變成了一個上了霜的柿餅，讓人一時之間有點兒想不通。

由新鮮柿子變為柿餅的比喻已經非常精準了，呈現的畫面已經十分清晰了，再加上「上了霜的」更增佳妙，無意之中表現出梁伯母的風霜之貌。在一個「開春十歲」的孩子心目中，柿子、柿餅乃是他僅有的知識中可以拿來形容梁伯母的，而作者居然能「搜索」了小元兒的「枯腸」代他挑選出來。如此精準的筆觸，怎不叫人興起「我見青山多嫵媚」之感！

　　可是這些時空、心理抓得準的神妙，若移至別處，便功能全失。所以不可抄，不可抄也。

　　其實我所說的精準也就是真實，是超真實的真實。只有千錘百鍊、智慧過人的作家才能捕捉到這份真實。必要時甚至創造一份真實。作家利用甚多方法來傳達真實，自不限於象徵、比擬和暗喻；他可以用誇張法，如毛姆曾形容一個人的瘦弱「給人的印象用一根頭髮可以吊死似的」；馬奎斯形容一個人的眼光「只憑視線就能使椅子搖晃的人」。他可以用選擇法。錢鍾書提到一個好占小便宜的粗俗女人「坐電車總為五歲以下兒童免費而吵嘴」。彭歌在〈紐約之一夜〉裡說從小不愛讀書的六姐「暑假一開學你就急得轉磨」（頁 167），開學「真」是愛玩的孩子轉磨時刻，比考試還具代表性。

　　反諷可以創造真實。錢鍾書形容一個人「鼻子上附帶一張臉」、「大使的特點就是不會說外國話」。彭歌在〈薄暗之花〉（《微塵》，頁 183）說女子公寓的侯主任「虎虎有生氣，腰裡總像揣著一條鋼板，走起路來如一陣狂颷」。連鋼板這又冷又硬的東西都搬上來了。因為侯主任過去是一位得理不饒人的女律師啊，這鋼板揣在別人身上就不精準了。

　　捕捉一剎那的抽象感覺也可達到精準。彭歌在《落月》（頁 158）寫余心梅和他心愛的人分別多年後，忽然聽到一個男人打來的電話時：「聽筒裡傳過來對方笑逐顏開的臉色」。臉色由聽筒傳過來的抽象感覺被作者捕捉個正著。

　　小說裡寫感情尤其要精準。感情是否真實決定小說的成敗。

　　以〈過客〉為例。在這篇小說裡，男主角到他以前的愛人女主角丈夫的工廠裡做醫生。初到那一天，在女主角家中，丈夫回來稍晚，一回到家，就把「客廳內外的燈開得通明，兩檯風扇開足四個字」。寫盡了一個慷慨的情場勝利者唯恐招待太太的前度情人不周，顯得小器的忙亂心情。其精準在於「內外」和「開足四個字」上，真是一段精彩影片。

　　到了晚上，更妙了：

當大家都疲倦了各自回臥房的時候，良甫用著低沉親暱的語調和濟美說話的聲音，像烙紅了的鐵一樣灼著我的每一根神經，（下略）

接著我彷彿聽到良甫打呵欠的聲音，隨著房門關上了，連那房裡的燈光都看不見了。一片黑暗與空虛包圍了我，我不能再想像下去，他和她現在說些甚麼。

——〈過客〉，頁260

多麼痛苦！多麼折磨！這種真實的情感沒有易地而處，進入人物心靈的本事是寫不出來的。他當然不能再想像下去，他不忍想像接下去他和她做什麼了。記得川端康成有一篇小說，恕我忘記是哪一篇了，有一段類似的描寫，好像寫的是公公嫉妒兒媳和兒子就寢那一剎那的心情。我敢說彭歌這一段比起川端那一段也毫不遜色。

至於在〈薄暗之花〉裡，男主角「恨不能把滿心的感激與羞愧，都能捆捆紮紮，呈現到她的手心裡」（《微塵》，頁196），「捆捆紮紮」是詩的境界，意象頗具美感與真實感。

寫愛國情操自然而不流於口號

現在來談談彭歌這兩本書裡表現的愛國情操。

愛國的感情人人有，愛國的故事人人會寫，重要的是如何去愛，如何去寫。一般作者把愛國意識放在小說裡的時候，這個主題常常顯得不自然，流於形式、口號和八股。書中人或振臂疾呼，或流血而死，給人一種矯揉造作的印象，失去精準度，阻礙了密碼傳達的功能。而《落月》寫女主角余心梅的愛國心卻極為自然。我們來看一看當「抗日分子」范庚決心請心梅加入他們工作時的一段對話（《落月》，頁113）：（范）：「你是個心地純良的人，而且我敢斷言，只要你知道我是幹什麼的，你就會毅然決然幫助我的。」（心地純良的事實太多了）（余）：「那麼你到底是幹什麼的？」（范）：「你猜猜看。」（余）：「至少總是個很會吹牛的人就是啦。」

（因為范先說自己是戲院的經理，又說是銀行老闆。）

　　心梅的語氣聽來十分天真純良，因為「她本來和那些市井之徒一樣對於所謂政治常常抱著一種與我何干的態度」。及至范庚表明自己是救國抗日的，私下印製偽鈔擾亂日軍統治下的天津金融以幫助國軍。幾天前路上遇到日軍臨檢，慌忙中藏在心梅身上的小盒子就是印假鈔票的鋼板時，心梅不但不像時下一般女孩子定不可移的一番歇斯底里，把范庚罵上一頓，捶上幾拳，反而：「心梅為之默然。她覺得有一種說不出來的榮幸之感。」（頁116）。這裡面雖無壯烈之語，卻自有壯烈的意義在。榮幸二字用得極為恰當。這兩個字看似簡單，卻在故事裡有承上啟下的作用。因為她覺得榮幸，而不是餘悸猶存，才答應加入工作，完全不顧艱苦奮鬥得來的名聲和財富；因為她覺得榮幸，她才愛上這個工作組合中的林卓如；因為她覺得榮幸，此後的一連串和日本特務、漢奸們周旋，才顯得自然而不勉強。作者給她取名「心梅」的同時，已經在她的心裡面放了一朵梅花；在塑造她的形像時，已經給了她一份愛國的榮譽感。因而她的一生雖然受著貧困、愛情、藝術，交替的折磨，好不容易名利雙收，但當自認應該盡國民一份天職的時候，當「人人有飢餓的肚子，憤怒的心腸」的時候，真如范庚所預料的「毅然決然」的不顧一切加入工作，無怨無悔。以一纖纖弱女子，教育程度不高，別人眼裡只知追求生活享受的女伶，竟然負擔極端危險的地下抗日活動的要角，真正做到了前美國總統甘迺迪的名言「不要問國家為你做了什麼，要問你為國家做了什麼。」這一切都由於其感到榮幸的一念之真，不但有衝激力，也有說服力。如果說小說多少都有點自傳性，那麼《落月》中的心梅便是那個時代所有中國女青年的故事了。

　　看彭歌先生的作品，給我一個印象，就是他心裡有的是話要對那些不愛國的人說，有一股氣要對那些誤解中國的人出，所以他以神奇的手法創造了各式各樣的人物聽他說話或代他說話。他想辯論，就找個理屈的對象；他要出氣，就找個出氣筒。中國人不夠用，竟然把自己扮成美國失戀的女記者，甚至專門從事祕密外交的季辛吉來了（〈K先生去釣魚〉），真所謂藝高人膽大啊。

作不了主的微塵・要我們等多久

　　他寫〈微塵〉時，兩岸還是一通不通的年頭。作者要傾述同胞隔離的心境，就安排兩個男女青年處在孤絕之境——停電的電梯中，不上不下，懸在不知的所在。兩粒微塵交會了，兩粒微塵放光了，但他們還不習慣於溝通。一直僵持了 22 頁，女主角的第一句話就說：「要我們等多久？」光是等電來嗎？不是！她的心裡在不耐的等候著許多事！六個字的背後有多少無奈和辛酸！等多久光明才到？等多久二人才同時步出絕境？兩個人都愛自己居住的「國家」，於是展開一場「哪裡好」的爭辯。結果是雖然二人都是「做不了主的微塵」，卻互相有了了解，最後光明終於再現。「她心裡想，黑暗讓人恐懼、孤獨，但也給人勇氣，讓人多想一想，增強了一個人掙脫黑暗的決心。人，畢竟不是微塵。」

　　他們憎恨的是國家的黑暗，盼望的是國家的光明。

　　與《落月》中的余心梅有相似愛國情操的女主角是〈象牙球〉中的梁伯母。前者是積極的參與救國工作，後者是消極的自我犧牲。離開了她做了漢奸、抽鴉片煙的丈夫，「她的光華沒有了，那種侃侃而談的丰采也沒有了」，自己落得寄人籬下，遭下人的白眼，心裡恨的是什麼？是日本侵略者——「要不是鬧日本人，（她丈夫）也不會弄上那東西（鴉片）」。

　　表現愛國有多種方式，間接的或直接的，〈訪畫記〉中方醫生的內心掙扎最令人同情，他在急需一筆鉅金時，面臨一個很艱難的抉擇：要達成自己的理想造一所醫院和學校呢？還是忠於友人的委託？要馬上拿到百萬美金呢？還是善盡一個國民的職責？「自己跟自己辯論好久我以為，無論是一個國家，一個民族，乃至於一個渺小的人，總得要有一點真正屬於他自己的東西。這是別人所不能幫忙而他自己應該不計一切代價保全下去的。」（頁 247）所以他決定不賣畫了。為國家保存這份「祖先的心靈創造中的一張證券」。這是何等高尚的愛國情操！盜賣國寶的人讀此能不汗顏？

　　最直接的愛國心表現在〈中國人和我〉這篇小說裡。作者以第一人稱

「蓓蒂・白蘭」——美國一位沒沒無聞的女記者寫的。在這篇小說裡，一切明來明往，毫不掩飾的代表全體居住在臺灣的中國人說話，為國家的立場辯護。那一段時日，美國對我國多所誤解，甚至建議我們放棄金馬。作者創造了一位翻譯官和一位戰士痛快淋漓的跟這位女記者辯論一場。連出賣過咱們的羅斯福總統和馬歇爾將軍都罵了。雖遭反駁，但非理直氣壯。最後這位女記者不得不承認「這個歷史系的學生（戰士蔡振華）駁倒了自我」、「他們不會發現我的臉在發燒像天邊的晚霞」。在回國前她走上扶梯的時候，由於深深的了解，而「心中竟出奇的有一種想哭的情緒，我在這兒一共停留了不過一個禮拜，倒彷彿生來就在這兒長大的。」（《微塵》，頁 137）

作者安排自己扮演這位外國女記者角色是有道理的。不然，讓任何人如此夾著尾巴走都不好意思吧？況且連男友都叫中國女人給搶去了。

高更說：「這世界有毒藥也有解藥。」

最值得喝采的，是作者在此篇後有幾行「附記」，距寫了這篇小說二、三十年後，猶覺言有未盡，勸讀者「忍辱負重，埋頭苦幹」。

看完了彭歌的這兩本書，覺得很慚愧，好像自己不像從前那麼愛國了。因為這是個愛國情操迷失的時代，個人免不了隨波逐流的把真正的自我掩飾起來，冬眠起來。有些人愛國而不敢承認，有些人置身事外，叫別人去愛國，更有人覺得自己愛國而國不愛他，滿肚子的委屈。見諸文學作品裡的愛國事蹟、愛國精神，近年來可說是少之又少。這次有幸讀到彭歌的這兩本作品——《落月》和《微塵》，雖然是舊作，而且時間相當久遠了，卻像滿眼秋山紅葉甦醒了我，復原了我。

「這世界有毒藥也有解藥」，高更說得真對！

——選自《中央日報》，1991 年 1 月 23～25 日，16、18 版

信念與事實之間

漫談彭歌《從香檳來的》的主題、情節和人物

◎黃慶萱*

一

　　年輕的時候很喜歡看小說。15 歲以前，看的大致上都是中國古典小說：《三國演義》、《水滸傳》之類。15 歲以後，才接觸到現代小說和翻譯小說。魯迅、巴金、托爾斯泰、屠格涅夫、巴爾札克、羅曼・羅蘭、海明威的作品，尤其使我著迷。師範畢業後，在小學教了多年書，25 歲才考取師大國文系，反而不怎樣看小說了，特別是長篇小說。短篇的偶爾挑著看過一些。《從香檳來的》，民國 59 年初版的。雖然知道有這麼一本曾獲中山文藝獎的長篇小說，卻並沒有看過。不過民國 51、52 年，在《自由談》上連載的《在天之涯》，倒是看過了。原因是我一位在美國留學的好友信中說：那就是他，也是所有去打工的同學們一幅真實的寫照。因此，當「中副」主編要我討論《從香檳來的》，我馬上想起《在天之涯》，把它也定位在「留學生文學」，一部寫實的文學作品。

　　但是，當我把這部長篇小說仔仔細細讀下去，愈來愈發現作者一股強烈的企圖心。這可從小說主角名叫鍾華透露出一個訊息：鍾華諧音是中華，中華民族的中華。所以鍾華不僅僅是一位留學生的代表，在作者的構思中，他可能還代表整個中華民族：民族的苦難、民族的奮鬥、民族的前途等等。作者雖然也以自己留學美國的親身經歷和觀察所得為素材，但是

---

* 發表文章時為臺灣師範大學國文學系教授，現已退休。

他真正要表達的，是「中國之命運」。所以這部小說所呈現的，不僅是留美生活的紀實，更重要的是作者對民族的信念。

二

　　小說分為 18 章，每章還有一個頗能概括章旨的小標題，近乎學術論文的架勢，也凸顯出「信念」在小說中所占強勢的地位。

　　在「涼秋風雨」的黃昏，鍾華開了三天的車，從紐約到達了香檳，投居於「楓廬」。香檳（Champaign）是伊利諾大學所在地；楓廬是李太太的房子。主人不在家，把鑰匙留給鍾華。鍾華在樓下客廳住了一夜。第二天早晨，發現客廳還住著一個「披紅巾的人」──伍德。不久楓廬樓上走下一位「黑髮的淑女」──安娜・柯林斯，數學博士研究生，伍德的女友。三人一塊吃了早餐，便去學校註冊，在那裡，鍾華又遇見他以前在烤雞店打工時認識的美國小伙子──詹姆斯・康茲，綽號「駱駝」。情節跳接到呂守成，鍾華的好友，一個「憂患中長大的」人。回頭再說鍾華，因為安娜，他和伍德各有些心結。鍾華搬出楓廬，安娜電話追蹤而至。互道晚安，他掛斷電話，躺在床上，想起從前女友陳露，有一種苦澀的不容易忘懷的記憶。於是他又抑制不住地撥了電話給安娜。月兒「朦朧」，他覺得不寧靜的欣喜。第六章，「心語」寫鍾華夜訪安娜，在校園散步，談到現代人孤獨的恐怖，留學生的苦悶和空虛，世界之混亂，熱門音樂流行的心理因素。鍾華還向安娜透露自己往日的苦難。李太太回來了，楓廬酒會中，保羅調戲新到的女生，鍾華出面制止，保羅挖苦鍾華對安娜的感情動機不良，一只「左鉤拳」，鍾華擊倒了保羅。情節再度跳接到呂守成。葉蘭煙從阿班尼到紐約來找他。葉把自己和韓瘦松結識以至分手的原委告訴他。那晚，呂守成失眠了，一個「快樂的失眠夜」。場景轉回香檳。自楓廬惹事，鍾華很久沒有見過安娜。撥了電話，才知道安娜去波士頓開會去了。有人把保羅挖苦鍾華的話告訴安娜，安娜借開會「逃避」去了。千里送京娘，

呂守成駕車送葉蘭煙去香檳，雪中趕路出了車禍，送進芝加哥醫院。鍾華趕到醫院，守成斷了一隻腿，蘭煙受到驚嚇，構成第十章「生死之間」。鍾華回到香檳，安娜到他住處來看他，數落鍾華：「像牆角的蝸牛，又笨又醜，一生一世都要背著那個殼子，那就是你們的虛榮、驕傲、自私。」安娜轉學到普林斯敦，鍾華維持了「蝸牛的驕傲」。守成的腿用鋼板接起來，人卻像水一樣蒸發得無影無蹤。蘭煙到了香檳，和晏如瑚住在一起。蘭煙大難之後的憂患，如瑚青春期中的歡樂，這「青春的憂喜」對比何等強烈啊！第 13 章是「春近」，鍾華和他的論文指導教授麥柯義間有一場精彩的對話，關於李普曼、毛澤東、糊塗的美國政府。葉蘭煙要去印第安納念書，李太太為她餞行，鍾華才知道蘭煙要避開陳寶樹的追求，而晏如瑚卻輕易地捕獲伍德的感情。「舌戰」可以略窺美國研究所上課的方式。在「亞非現勢」那門課裡，鍾華和埃及來的雅利槓上了，為「中國大陸在共產黨統治下近三年來一般情勢的評估」展開淋漓痛快的辯論。康茲賣舊汽車的生意垮了，這兒牽扯出美國社會和政治不健全的一面。鍾華聽了諾曼先生的一場演講後，興起「不如歸」的念頭。請君試問東流水，「別意與之誰短長」？鍾華搭機回臺灣了。臨行伍德關切他，晏如瑚說他大傻瓜，麥柯義留他，李太太送給他一個紅包。

　　上面第 1 章到第 16 章說的大致上都是香檳的事。下面第 17、18 兩章才寫這位「從香檳來的」在臺北的經歷和感觸。

　　鍾華回到臺北，看到社會畸形的奢靡現象，大家苟且懈怠的作風，學術界不注意知識系統化，不講究研究方法，對學術成就缺乏公正的評斷……不禁興起「未老莫還鄉」的感嘆。歸國學人周友和，就因此又去了美國。最後第 18 章「嘿，我來了」，作者把鍾華回臺灣後的工作、進修、交遊、信念作了說明；還把呂守成在教會服務，康茲參加越戰退伍，想回香檳念書，安娜結婚了，一一作了交代。鍾華心裡對自己說：有工作忙總是好的，只要開始永遠不算太遲。覺得身體裡邊有用不完的精力要朝外面湧。最後用「真是好，春天……………………」結束了這部小說，卻

留下長長一行刪節號。

三

　　要了解在這個情節結構中，作者想傳達給讀者的信念是什麼？我們必須進一步做人物的分析。

　　最重要的人物當然是鍾華，鍾華是中華的諧音，可能代表中華民族，這在前面已說過。另一方面，鍾華也可能是作者的外射投影。鍾華留學美國，得到大眾傳播學碩士回到臺北報社服務，和作者拿到中山獎學金留美獲得新聞、圖書館雙料碩士回臺北《新生報》服務，幾乎是相同的。這樣說來，鍾華既是作者自己又是中華民族的代表。這一點，最可顯示作者的自信和自負。孔子不是說過「天生德於予」，又說「文王既沒，文不在茲乎？」一身擔負起天德和繼承傳統文化的重責大任來。作者亦有類此自我期許的氣概；在小說的第 13 章，鍾華和他的論文指導教授麥柯義博士談論知識分子的使命，引用宋儒張載的話：「為天地立心，為生民立命，為往聖繼絕學，為萬世開太平。」更可說明鍾華這種歷史感的淵源有自，與儒家道統有密切的關係。在小說的第 17 章，鍾華和一個正在國內讀研究所的朋友談在國外求學的情形，以為「新觀念的背後還有許許多多的基礎工作，先對知識的全體有一個認識，明白各個學科之間的相關性，然後再講求知識的分工與嚴整」。而總結於「求新與求本」。第 18 章也談到「如何使我們的生活更為現代化？如何在進步之中維護傳統的價值觀？怎麼樣可以使我們的科學技術的發展與民生問題結合起來？」等等問題。原來，在鍾華的信念中，除了繼承中國讀書人繼往開來的歷史傳統外，還要學習歐美的長處，並落實在民生的現代化上。因此，鍾華之赴美留學，再返回臺灣服務，與《西遊記》中唐僧西天取經，返回中土傳教，就具有相當近似的意義了。

　　呂守成也許是作者另外一個外射投影。作者是河北宛平人，小說第一

章第二頁，作者借鍾華的口說守成：「你們河北人怎麼那麼土？」可能是一個故意安排的暗示。另外，作者「抗戰後期到大後方，在國立政治大學新聞系」念書，守成也與作者相同。與鍾華比較，兩人都尊重傳統，熱愛同胞。守成保守些，鍾華積極些。也許守成是作者原來的我；鍾華是作者自我教育氣質變化後的我。兩人都有過一段留有創痕的感情：守成在父母嚴命下結過婚，妻子在大陸沒出來；鍾華在大學時代也有一闋未完成的戀歌，導致以後渴望情愛卻又怯於接納的疏離。「心語」中，安娜和鍾華隔著一張圓桌談話，「那小小的圓桌，就好像一個地球」。「快樂的失眠夜」中，葉蘭煙坐在呂守成對面，「只隔著一張桌子，但又好像是隔著高山大洋」。多麼相似的心態！守成一生謹慎，卻破釜沉舟，辭了職陪葉蘭煙去香檳，竟碰上車禍，這也許是作者心目中中華民族過分保守過分小心的另一種或然。

伍德是韓國華僑和當地人結婚生下的男孩。韓戰時父親被韓共拉伕拉走了；母親在迫不得已下和一位韓國有錢人同居。伍德很小，流落街頭。楓廬主人李先生當時在麥帥幕下調配運輸，收留了他。李先生死在韓國，李太太把伍德接回美國上學。遇到鍾華時，伍德已是生化所的研究生了。伍德和鍾華有「同情」關係，同對安娜有情。鍾華搬出楓廬，是伍德開車送他去的；鍾華擊倒保羅，鮑爾拿起空啤酒瓶要打鍾華，是伍德拿刀擋在鍾華面前叫鮑爾別動的。這兩件事最能說明伍德的為人。

陳寶樹之人不怎麼起眼，卻是留學生中最常見的一種類型。這位情場上很不得意的年輕學人，把當年娶太太「比念博士學位還要難」的事實生動地呈現出來。

韓瘦松在小說中沒有正面出現，而只在他給呂守成信中和葉蘭煙口中出現過。蘭煙用「醜陋」兩字來批評他。其實也只是做人勢利些。勸蘭煙：「這個課有用的，將來好找事情；那個課最好選上，那是能夠賺大錢的。……有空的時候要多多和教授們往來。」蘭煙看不慣「他那種現實勁兒」，覺得「實在受不了」。

　　保羅是「香港來的小伙子」，照晏如瑚的說法，是「男不男，女不女，中國人的老毛病，外國人的壞點子，他可以說是集其大成。他是全香檳最差勁的中國人」。惹起鍾華怒氣上湧，而動了「左鉤拳」的一些話是：

你神氣甚麼？鍾華。我就看不起你們那種聖賢先烈的架勢，一腦門子的官司。你們臺灣來的人，我見識得太多啦。剛到美國的頭三個月，開口國家民族，閉口反攻大陸。等到一住定了，還不都是一個樣的卑鄙齷齪，裝甚麼正人君子？好一點兒的，拍拍教授的馬屁，多拿幾個 A，混個大博士，撈個小差事，打到頂兒一個月有千兒八百塊錢，叫他當美國人的狗都心甘情願。像你這種二流貨色，鍾華呀，我更是看得清清楚楚，夏天打打工，端端盤子，切切洋蔥，賺幾個低三下四的辛苦錢，在我眼皮子底下，你們這批人比狗還下賤。我尊重女孩子？我當然尊重。我說她們是朝聖新娘，有甚麼地方說錯了？你們臺灣老老少少，男男女女，萬眾一條心，還不都是一樣，只要鑽得進來，混得下去，就算英雄好漢。我難道冤枉了你們？

你說我的話哪點兒不對？就拿你來說，鍾華，你算聰明的，你不像他們有些混球那樣，為了要改掉「身分」，去娶黑人，娶波多黎各人；可是，你跟安娜・柯林斯勾勾搭搭，以為大家都瞎了眼睛嗎？你心裡想的是甚麼你自己明白，你的居心還不是鑽狗洞，走後門，做美國人的女婿，好在這兒優遊歲月。你這樣的角色，還配跟我講甚麼民族大義，講甚麼尊重女權？

　　這些話，雖然在那種有外國人在場的地方不該說，但說的是不是部分的事實呢？鍾華後來有一段自我反省，很值得注意：

難道我真的被那小子說中了心事？我揮拳動武只不過因為我惱羞成怒？難道我這人說了歸齊也還是和「那些人」一個樣，為了要在這兒混下去甚麼

事都可以低頭？鍾華狠狠地捶著床舖，好像那床就是保羅，就是「那些人」，不，就是他自己——那隱蔽在內心深處的躲躲藏藏著的另一個自我。

保羅指出中華民族墮落的一面，而保羅本人最大的錯誤，是忘記自己也是中國人，竟對這些墮落幸災樂禍！

　　陳露是鍾華同班同學，在大學時她總是那樣子緊緊地依偎著他，好像他們應該這樣子走一輩子似的。畢業之後，陳露出國去了，鍾華卻要留下來服兵役。一輩子沒有一年長久，分別不到一年，陳露自紐約來了最後一信，先說：「我非常疲倦，非常非常之疲倦。」最後提到：「我覺得他對我很誠懇的……使人多多少少有一些可以靜下來的安全感。」鍾華明白，那已是完結篇了。

　　「煙開蘭葉香風暖，岸夾桃花錦浪生。」葉蘭煙這個名字充滿著中華古典詩歌朦朧美麗的情韻。她是呂守成信中的「實在是一個很好的女孩子」，李太太口中的「最可愛的女孩兒，最懂事，最體貼」，晏如瑚口中的「真彷彿空谷幽蘭，和她相處越久越親近，就越會讓人喜歡她。」相對於呂守成妻子那種「像是年底下的豬油年糕，白白的，軟軟的，甜甜的，然而，總缺少點兒甚麼……」，葉蘭煙卻是「幽幽的，淡淡的，像一杯百年佳醪，讓人一口口地慢慢去品。」至於蘭煙自己說自己呢，是：「一個像我這樣受了這麼多折磨的人，再不懂事也會懂事了。」

　　其實第 7 章，晏如瑚就在小說中出現了。鍾華揮動〈左鈎拳〉保護的那朵穿鵝黃旗袍的花，就是她。但名字跟人一起出現，卻在第 12 章「青春的憂喜」了。她是一個只要講一句話，笑一笑，便能使人「放心」的不逞心機的人。中學時代就交過許多男朋友，只因為她媽媽不許她交。到香檳不久，主動交上伍德。鍾華倒是佩服這樣的女孩，要怎樣就怎樣，要喜歡誰就喜歡誰，充滿了生命力。

　　以上人物，也都是流落美國的中華兒女的寫照。鍾華和呂守成之為作者化身，固無論矣。伍德以下，性別上有男有女；身分上有臺灣去的，有

僑居地去的；性格上有純真如伍德，有無奈如陳寶樹，有現實如韓瘦松，有惡劣如保羅，有挫敗如陳露，有嫻淑如葉蘭煙，有活潑如晏如瑚，每人都代表留美學生的一種類型，呈現出中華民族各式各樣的靈魂。作者寫來，各具性情，絕不雷同，這當然要歸功於作者親身體驗之深，歸納塑造之精。

有幾位美國人值得分析一下：

李太太，父親大概是美國來華的傳教士，自己則在中國進大學的，嫁給中國學人李先生。李先生去世後，李太太孀居「楓廬」。「楓廬」可說是香檳的中國留學生的招待所。李太太有幾段話最發人深省。一段是鍾華揮拳打了保羅，李太太對鍾華說的：

中國歷史上最強盛的時代，往往也正是勇敢地吸收了野蠻民族文化的時代。我雖然不同意你動武，但我倒有點喜歡你那麼一股子蠻勁。蠻得年輕，蠻得理直氣壯。

另兩段也是對鍾華說的，在鍾華辭行回國時：

我曾經把我全部的感情和幸福奉獻給一個中國人，也許我在嫁給李先生之前就先愛上了中國和中國人，這是我自己也始終不能分辨得清楚的感情。每一個到楓廬來的中國人我都歡迎，我心裡面覺得你們都是我的孩子，從你們身上，我好像又看到古老的中國在我面前跳躍。青島、北平、武漢、那一望無邊的華北大平原，煙水蒼茫的洞庭湖⋯⋯。
有一件事我要告訴你，這是我不能也不願意對別人講的。到美國來讀書的中國孩子們，我曉得他們都很努力，都很用功，譬如在香檳所看到的——這些年來，我真看了不少。我常常想，他們學到了本領，應該回到臺灣去服務。可是，我不敢說，我覺得我對於臺灣的情形了解得太少太少。

　　李太太可說是真正熱愛中國，把生命奉獻給中國人的美國人！

　　有了李太太在前頭，作者處理安娜就諸多困難了。他不能把安娜寫得和李太太一樣，但除年輕些外，安娜偏偏和李太太相當一樣──一個願意把自己奉獻給中國的人。我們看第 11 章「蝸牛的驕傲」中安娜對鍾華說的話：「反正你能去的地方，我沒有不能去的理由。」「我相信我也能找到工作。臺灣不是很缺乏數理人才嗎？我想我可以去教書；白天教數學，晚上教英文。我聽別人說，臺灣好多人都願意跟美國人學英文。」那種奉獻的意志是十分明顯的。作者處處維護著安娜，說她是「黑髮的淑女」，又說她有「有一份跨越了西方與東方遙遠距離的純情」。因此，讀者的思考力在作者如此強烈干擾下，再也無法追究：安娜本是伍德女友，好得可以「睡在一幢空房子裡，深更半夜的」，為什麼一見到鍾華立刻移情別戀？為什麼鍾華毫不猶豫接納了？安娜到了鍾華臥房，他為她解下了頭巾，又忙為她解大衣。「安娜、安娜」他喃喃自語，「妳知道，我要妳。」「嗯」她的眼睛微闔著，「我知道，我從一開始就知道」。那「溫存的熱情的一夜」，到底合不合「純情」的定義呢？實在都不必追究了。這兒我沒有任何一點點道德判斷的意思。我只是說：作者主觀認定的「純情」與安娜客觀的事實表現，是有些差距的。「生命誠可貴，愛情價更高，若為『國家』故，兩者皆可拋。」在小說中，安娜角色的安排，可能是為了襯托出鍾華愛國情懷的堅定。

　　康茲是鍾華在紅鶴烤雞店打工時的夥伴。「在美國有多少像這樣的年輕人呢？」鍾華尋思。「那時候，我常常因為算錯了帳目賠錢。不過，這一回可不同，這是我一輩子的帳，這本帳要算錯了，我這一生一世都得賠上去了。」康茲自白。意味深長，值得推敲引申。康茲賣過烤雞，賣過百科全書，都沒有什麼成就。後來在芝加哥大亨蒲立德支持下賣舊汽車，雄心勃勃地宣示：「在我用銀刀去切開我 35 歲的生日蛋糕之前，我的姓名要在百萬富豪人名錄上占一行地位。」但是，蒲立德在選舉中走錯了一步棋，連帶康茲生意也垮了，賣車仍以賠錢結束。後來康茲在舊金山遇到嬉痞，要

他為越共區「在美帝轟炸之下受苦難的人民輸血」，康茲憤怒地教訓了他們，當夜作了決定：到越南參戰。退伍返美，康茲還特地經過臺北，和鍾華大談「法律和秩序」。

麥柯義是鍾華論文指導教授，「雞蛋頭」的典型。在〈春近〉章，鍾華向麥柯義表示自己的一些見解，如：

> 美國人也許並沒有刻意追求這種偉大，但是美國的朋友卻都需要她偉大……。可是，我總有一種感覺，我覺得這一代的美國知識分子彷彿是缺乏勇氣承擔這種偉大的責任。

> 美國現在有太多打小算盤的人，卻很少有「為萬世開太平」那一型的思想先驅。

並批評李普曼的專欄：

> 一再申說的政治現實主義，使得美國的立國理想貶了值。

作者這些意見，我要作一番擴充：我們需要一個能「為萬世開太平」的中國，我們也「希望」包括美國在內的所有國家和我們共同邁向「偉大」。

最後要談談雅利。雅利是埃及人，不是美國人。在「亞非現勢」課上，雅利口頭報告「中共在中國大陸上交通建設的分析」，結論是：

> 交通建設是一個最為雄辯的例證，證明了社會主義的優越性。我堅決相信，紅色中國所提供的成績，正是亞非國家都應該走，也必然會那麼走的路線。

這當然會引發鍾華產生激烈的「舌戰」。為了國家，為了真理，挺身維

護是應該的。不過鍾華預存的「覺得」：

> 雅利這個人如果有一分的「可愛」，那便是他的「忠誠」，像一頭拳師狗
> 一樣地忠誠而好鬥──如果不是為了「社會主義革命」，至少是很能為那
> 每個月 600 美元的活動費效忠。

卻過於激情，以致邏輯上有小小的漏洞。因為上文提及「納瑟政府每個月
要寄給他 600 美元的活動費」，前面原有「有人說」三個字，這就含「不確
定」的意思，「不確定」的前提怎樣可以導致如此「確定」的結論呢？

從香檳回到臺北，當然還見到不少人物，大部分是沒名無姓的「朋
友」，這兒就不一一介紹了。

在小說人物安排中，讀者所接受的訊息是：美國的中國留學生，他們
大部分是中華的好兒女。努力用功，彼此照顧，雖有挫折辛酸，依然堅定
樂觀。其間偶有一、二現實、惡劣分子，這原也是任何社群所不能免。只
是無論好壞，卻大多不想回國。這就顯示少數決心回國如鍾華者的可貴可
敬了。鍾華在李太太的照顧下，在麥柯義的指導下，學了不少知識。建立
與康茲的友誼，婉拒安娜的愛情，駁斥雅利的謬論，使自己更為成熟了。
回國之後，雖然也目睹臺灣一些令人失望的現況，但也發現從美國回到臺
灣來的人越來越多，其中想要回來平平實實為國家做點兒事業的人占絕大
多數。使鍾華有「吾道不孤」的快感。

以上所敘個別的情節，所寫各色的人物，有可能是實際現象，客觀存在
著；但必然也是作者主觀選擇、組織、塑造的結果。作者挾其寫作新聞評論
與學術論文的工力，小說的脈絡、照應相當謹嚴。例如：第一章末尾，鍾華
夢中還念著：呂守成和葉小姐，「他們會結婚嗎？」於是通過「快樂的失眠
夜」、「生死之間」、「青春的憂喜」、「春近」，到「別意與之誰短長」，晏如瑚
宣言「葉蘭煙快要結婚了」。不是和呂守成。而呂守成在最後一章也和鍾華
通了信。伏線千里，頗有《紅樓夢》筆意。有些脈絡以反諷手法牽線。例

如：小說一開始，寫呂守成囑咐鍾華：「一天頂多開八個鐘頭，記住沒有？到時候就住店。這是你第一遭一個人開車子跑長途，要小心呀！」結果，鍾華從紐約開車到香檳沒有任何事故；倒是後來呂守成開車從紐約到香檳，旁邊還坐了一個葉蘭煙，反撞上了貨車，斷了一條腿，也失去了結婚的可能。小說中重要頭緒，最後一章都作了交代。作者動筆之前，對整個小說的結構，想來已是成竹在胸的。人物塑造方面，作者善用明喻、暗喻各種手法，使人物栩栩如生。作者寫呂守成：「最近幾年來很捨得付出高價購置考究而時髦的服裝帽履。可是，不管多麼時式的樣子，穿到他身上就總顯得那麼古古板板的，連胸前口袋裡的手帕，插在他那兒就彷彿是水門汀上種的鮮花，說不出來的不得勁。」「水門汀上種的鮮花」這明喻真是絕了！又如：鍾華搬出楓廬，安娜來了電話，鍾華一面聽，一面「手裡玩弄著電話線，一圈一圈都繞在手指頭上。再猛一撒手，那電線就一下子鬆了下來，像一條慵懶的半死的蛇」。還有：「舌戰」後，鍾華走出大樓，「啊，我走錯了路。他在到十字路口的時候才發覺，這既不是到圖書館的路，也不是回家的路，這條路再走下去，就是火車平交道了。他急急轉回身來。」都是意味深長的暗喻，提供讀者遼闊的思考空間。當然，有時作者為了文字簡練，對人物偶作直接說明，如強調安娜「純情」，再三說葉蘭煙是「好女孩」，批評保羅的朋友鮑爾「以粗率為天真，以膚淺為真誠」，卻對讀者思考形成干擾了。

在一開始，我就說過，作者要表達的，是「中國之命運」。而一說到「中國之命運」，主要當然要靠全體中華兒女的努力。而中美關係與國際形勢也都是重要因素。作者雖然也寫到「一個正在國內讀研究所的朋友」，捍衛金門的「年輕的駕駛兵」，以為「就是要忙一點才好」的臺北計程車司機，他們對中國命運都有正面貢獻。但小說主要角色，卻都是留學生，這可能是題目《從香檳來的》限制住了。談到中美關係和國際形勢，作者成功地刻畫出一個「對中國人總是特別好」的美國人——李太太和一個埃及留學生——雅利。對美國雞蛋頭學者、嬉痞之類，也有所描繪，並且有意深入美國社會底層探討民主政治的實際情況：以蒲立德的起落所暴露的選

舉制度的流弊；以呂守成車禍，警員提醒鍾華「能有人打打電話，事情就會辦得順利得多」所暗示的關說文化……。

　　我覺得，從鴉片戰爭以來，滿清腐敗，列強侵略，歷經革命、北伐、抗日、內亂、大陸文革動盪、臺灣經濟起飛，在這驚天動地的變動中，做為有良知的中華兒女，有感於民族的危機，渴望著國家富強與現代化，謳歌正義，追求真理，前仆後繼，應該有一部長篇小說來描寫它的，像托爾斯泰的《戰爭與和平》，或羅曼・羅蘭的《約翰・克利斯多夫》一樣。《從香檳來的》已觸及這個脈動、這個良知，我希望它能更全面、更仔細、更深入地把這時代脈動和良知呈現出來。而且，我們也和作者一樣，盼望早日「大地回春」！

　　　　──原載《中央日報・副刊》，1991 年 1 月 11～12 日，第 16 版。

　　　　　　　　　　　　　　──選自黃慶萱《與君細論文》
　　　　　　　　　　　　　　　　臺北：東大圖書公司，1999 年 3 月

夜讀《從香檳來的》

◎梅新[*]

一

　　《從香檳來的》這部近二十萬字的長篇小說，雖然我們不能說它是彭歌先生截至目前為止最傑出的一部著作，但它將是研究彭歌先生思想最重要的一部書。

　　這部取材現實，迫使彭歌不得不以他個人的道德意向強烈地發揮導航作用的作品，因為作者學識淵博，見聞廣泛，呈現於書中的道德意識和人生哲學思維也特別發達。例如：

　　第一章「中年聽雨客舟中」，寫男主角鍾華冒雨駕車奔向香檳，奔向楓廬，那是個「不可思議」，充滿幻想的世界。

　　第五章：「為著一個飄渺的希望去苦鬥，在美國已經不流行了；也許在中國也同樣的不流行了吧。」鍾華自覺意識的流露。

　　第六章：「一個人如果常常不能忘情於過去，那便是喪志的象徵。一個國家也是一樣。」這雖然是一盆冷水，卻很富激勵作用。

　　最後一章：「走過了沙漠才懂得水草的甜美。」惋惜摯友過去所犯的幼稚病。彭歌於每一個情節的安排，幾乎都可以找到它自己思想的歸宿。

　　於此，我不擬討論文學作品中摻雜許多哲學思辨，是否有損或有益文學的純粹性問題。但我認為一部取材現實的作品，它的素材仍在我們周遭

[*]梅新（1933～1997），本名章益新，浙江縉雲人。詩人、散文家、評論家。發表文章時為《幼獅文藝》編輯。

繼續生長，還沒有進步到「合理化」，尚未有社會的共同標準可資遵循的時候，如不使用個人的道德意識向時代潮流加以批判，勢必不能達到文學的效用，而沉湎於新聞的寫實。

中年以後的作家，他們的創作態度，將應該是非常坦誠的。從傷感的哀痛轉向理性的忍受，從描寫人生轉向批判人生；不然，他將無法創造出偉大歷史感的作品。而彭歌在本書中所表現的，似是繼續他過去未走完的路程，但在步調上卻有了新的調整，邁著的是中年人十分穩健的步伐了。

二

彭歌預期《從香檳來的》出版後，可能獲致的兩項藝術表現為：

（一）在人物的演出上，為中國留學生世界的大雜燴。有樂不思蜀的，也有聽到「中國人」三個字「敬謝不敏」的。彭歌為了讓他們出場與讀者見面，還特別安排了一個迎接楓廬主人歸來的盛大晚會。但是，彭歌留美數年仔細觀察的結果，大多數的留學生，在他們非常冷靜的時候，他們還是聽得進甘迺迪總統的名言：「不要問你的國家為你做什麼，先要問你自己能為國家做什麼」的大道理。因此，彭歌希望透過文學的形式，創造委婉動聽的語言，以等待來自遙遠的反響。

（二）彭歌自美學成回國，重新加入新聞記者行列，他發覺國內人士對留學生的處境、困難，以及他們的心境都欠缺深入的了解。尤其需要提醒注意的是：對人才的鑑賞沒有合度的標準，對愛國與不愛國的判斷缺乏分析的認識。一個在國內是平凡庸材，被送到外國去「深造」了兩年，搖身一變就成為了不起的「人才」，這現象的發生不知緣起於何時，但是在一個正常的社會裡，那是十分不通的。至於愛國與不愛國，留學生回國該算是愛國，但因為現實環境的迫使，在國外多留幾年，而他們仍時刻在惦念著祖國的進步和國運的昌隆，我們能貿貿然指責他們不愛國嗎？事實上，自美國各地趕至聯合國總部廣場反對共匪進入聯合國的人群，每年都有不同的面孔出現。因此，彭歌說：「我們不能把留學生的才能估計得太高，而

把他們的道德標準估計得太低。」彭歌更說：「我們並不需要每一個留學生都能回來，我們需要的是有頭腦、有學問、有抱負、有傻勁的人。國內不但要切切實實的容納他們帶回來的知識，更要容得下他們那一股不知天高地厚的傻勁。」彭歌似乎在向那些永遠沒有結果的座談會提供參考，以一個政治系畢業的學生被分發到鐵路運貨所去工作為例，說明留學生的希望與現實環境配合不上的因素，並試著尋求根本解決留學生就業問題之途徑。

　　我的假設，可能根本不是彭歌先生撰寫本書的原意，而且將一個文學作品這般「功利」主義起來是犯忌的。但是，站在讀者的立場，讀者如不從多方面推究，恐怕收穫是有限的。

三

　　《從香檳來的》在技巧上，最見功夫的，是人物性格的刻畫。彭歌先生快刀斷麻的手法，確能做到筆及形出的地步。而無論戲劇或小說，若不能將各類人物雕塑成功，即使主題如何富時代性、語言如何圓熟靈活，還是要功虧一簣。

　　在討論別的人物之前，我想還是先替男主角鍾華找一個適當的歸宿。無可置疑的，鍾華是彭歌精神人格的詮釋，是彭歌自身行為的縮影。第一，假若我們曾涉獵過彭歌先生的其他許多著作，鍾華在本書中對各種問題所持的論調，有很多都已經零星地出現過。第二、鍾華也是學大眾傳播的。在這裡，彭歌絕沒有要給主角選擇一個和自己相同的行業，使描繪出來的鏡頭特別富實感的意思。因為像彭歌這樣一位才氣橫溢，閱歷豐富的作家，無論撰寫何種人物，都不會很外行的。鍾華說，幹新聞工作就像是逆流行舟，你對問題越往深處推究，對這個世界變幻的劇烈與迅速，便越覺痛苦。而新聞工作，是維護正義的行業。它要求記者要有中流砥柱的精神。彭歌在新聞記者的崗位上，默默地奮鬥了 20 年，始終沒有為現實環境所淹沒；他，有抱負、有目標，不甘心做「迷失的一代」。因此，鍾華擇善

固執的表現，可說是彭歌自己的特寫。第三、彭歌一向視人生是無盡的痛苦與犧牲；鍾華憂患的身世和煎熬的努力，以及對國家民族的熱愛，更是彭歌久已夢寐出現的人物。

另一個與鍾華同等重要的人物，是那位一度與鍾華同事，於西海岸一家烤雞店打零工，以後又拉鍾華一道販賣舊汽車生意，全身充滿著力和野性，外號駱駝的康茲。讀者若疏忽這號人物的表現，無疑將損失了另一層的感受。駱駝是目前最常見的那種美國人，現實、淺薄，但幹勁十足。彭歌簡直將他寫活了。

> 「即使博士了又該怎麼樣呢？我現在做事，辛苦一點也可以弄到四、五百塊錢一個月，存點錢，將來自己搞個小事業，幹到 60 歲退休，並不比一個博士少賺多少，我是說算總帳。」駱駝又稱讚同鄉蒲立德說：「跟我一樣，他並沒有念過多少書。現在發達了。在艾文士頓有個庭園別墅，有遊艇，他自己坐的那輛林肯轎車要多亮有多亮。他現在還是幾間公司的後臺老板，跟鐵路和屠宰場都有關係。聽說他有意競選國會議員呢！」

這是駱駝的人生哲學，也是多數美國人的人生哲學。

而為什麼彭歌硬要將鍾華和駱駝這兩個背景與性格迥異，知識程度懸殊的人扯在一起，而且使他們成為摯友呢？這是個值得研究的問題。

> 「你自己的本錢你看不出來？」康茲（駱駝）很得意的說：「……買賣汽車這一行，靠眼力、靠口才，更要緊的是靠人緣，和氣生財。」
> 康茲又說：「……和中國人共事最好，中國人比較老實，講道義，總不至於在生意做開了之後，跟你打對臺。」

彭歌認為中國知識分子不喜歡談錢，視金錢為骯髒的東西，是因為知識分

子的智慧與才思，並不像販賣舊汽車那麼容易販賣。因此，他們的觀念不
僅僅是吃不到葡萄怪葡萄酸，而是更深刻更強烈的表現憤世嫉俗的心理。
因而彭歌先生提出警世良言，勸告國人說：「像康茲這樣的人，如果能憑他
的傻幹苦幹，憑了他一點點社會關係與偶然的機緣，憑了他不怕麻煩，敢
擔風險的勇氣，賺一點兒錢又有什麼不好？百萬富豪並不一定都是豬
玀。」

　　這很明顯地暗示：彭歌企望將兩個不同民族的民族性融合在一起。因
為他們彼此都有缺點，也都有優點。我們中國人雖然有和氣生財、講求道
義，贏取榮譽的美德，但缺乏一個新興民族苦幹死幹，敢冒風險的創業精
神。

　　至於其他人物：如伍德是百分之一百美國化的華人，晏如瑚是時下流
行在市面上「我要過我自己的人生」，火熱得可以馬上將你燒死，但也很快
就會熄滅的那種女性，以及葉蘭煙和呂守成那種典型的厚道中國人性格，
彭歌先生都讓他們有很好的演出。

四

　　《從香檳來的》，雖然也有好幾場纏綿的好戲，但愛情在這部書中是沒
有地位的。關於鍾華的女友，那位美麗的西班牙女郎安娜，彭歌對他的筆
觸，根本不在使她成為一位溫婉多情的少女，而是要她以知識界貴族（博
士）的身分，「跨越西方與東方遙遠的純情」，自動地投入一位無論外貌或
內心都比西班牙人（歐洲人）、美國人（美洲人）深沉的中年男子鍾華（中
國人）懷抱裡來。而鍾華這個名字的匠工設計，想亦必定是緣於此一情操
的構想。這絕不是彭歌個人的傲氣，而是他認為美國這個文化流動性極大
的國家，知識分子一旦走出他自己鑽牛角尖的小天地，就會有一種茫然迷
失的感覺。主要是因為缺乏我們中國讀書人「為天地立心，為生民立命，
為往聖繼絕學，為萬世開太平」的積極而富歷史感的入世態度。尤其有趣
的是安娜是一位數學博士。這「數學博士」的選擇，暗示一個工商業極度

興盛的國家，如果沒有東方的精神文明救濟他們心靈的空虛和迷惑，絕難以維護一個正常社會的平衡發展。

在彭歌的苦心安排下，呂守成和葉蘭煙的相愛，犧牲了呂守成的一條腿，也能達成彭歌所要表現的中國人偉大的心願。呂守成因送葉蘭煙赴香檳，於途中車禍傷腿，成為殘廢之後，竟跑到美國北方一個黑人區，以服務人寰來彌補個人的不幸。他說：「我現在不是為某一個小鎮或某一個國家工作，而是為比我遭遇更不幸的一群人服務。」

彭歌對這兩對情侶的處理，目的不在要他們表現愛情，所以對他們的結場都稍嫌性急。例如安娜在返回寓所前，還與鍾華摟在一起，返家後，卻突然搖電話給她的老師，希望離開香檳，離開鍾華，而在事前也沒有要他們分離的跡象。這種快鏡頭的轉變，使讀者的情緒有追不及的感覺。如果我們一定要吹毛求疵，我想，這可能是這本書最可挑剔的地方。

五

這些年來，文藝界關心彭歌的朋友，都因他疏於創作而深感惋惜。但據筆者了解，彭歌自美留學歸國，發現國內知識界貧乏的現象，已非一日之寒，除積極提倡翻譯，著文介紹西方新知識以外，至少目前，別無其他捷徑可走。於是幾年下來，倒也成績卓越。不過對一位具有高度創作力的作家而言，長久專事譯介工作，無論於文學或於他本人，都是一項犧牲和損失。尤其讀過他這部鉅著《從香檳來的》，更會有這種感覺。因此，筆者願意誠懇的建議彭歌先生，在翻譯《改變歷史的書》和《改變美國的書》之後，現在應該是輪到，以創作來改造我們這個文壇的時候了。我確信只要彭歌肯下決心，絕不致使我們空等。

——選自《文藝月刊》第 27 期，1971 年 9 月

苦心深築的生命軌跡
彭歌的小說

◎張素貞*

　　彭歌先生是小說家、新聞學學者兼報人,他寫小說、專欄,譯介文學作品,1975 年已出版 50 本書,1984 年統計達 71 本。他的小說,長篇 6 部,中篇成書的 2 部,收入別集中的共有 14 篇,短篇共計 36 篇。總計小說長、中、短篇共 58 篇。小說是彭歌的最愛,他曾經說過:「對於小說,一方面抱著一種虔敬的看法,好像對宗教;一方面又懷有一份親密的感情,彷彿對妻子親朋。」留美回國之後,服務於學界、報界,著述、工作之餘,欠缺完整的時間撰寫小說,他便抽暇譯介外國小說,做為一種精神上的彌補。他也參考日本、俄國、美國的名家短篇,融會個人的寫作經驗,整理出小說創作入門的理論《小小說寫作》。對於這樣一位小說家,讓他「稍受冷落」,是後生晚輩的失禮,也是極大的損失。

　　彭歌(1926〜),本名姚朋,河北宛平人。小學在天津、北平讀過三個學校,就讀輔仁大學附中初三時,開始在張秀亞主編的輔大刊物《輔仁生活》發表作品。珍珠港事變後,他與另外兩位同學決心到自由區去,兩度流亡才成功。終於從北平經由津浦路南下到徐州,過商邱到界首,繞幾千里路往西直達陝西蔡家坡。民國 33 年夏天,他考入西北農學院;次年夏天,在西安考取政大新聞系。到重慶進大學,抗戰已勝利。大一以後,學校遷往南京。20 歲時他發表了第一個短篇〈雪夜行〉,大膽地使用鄉音土語,對當時社會混亂不平的現狀表達了不滿。

---

*發表文章時為臺灣師範大學國文學系教授,現已退休。

後來學校遷往杭州,再轉長沙。民國 38 年 7 月在長沙結婚,夫人徐士芬女士,是新聞系的同班同學。婚後第二天他們就開始逃亡,經廣州來到臺灣。他在臺灣的第一個短篇〈有辦法的人〉,由重慶、南京寫到臺北,針對拍馬逢迎、發國難財的得意小人,加以嘲諷,文字活潑,是紀實的京味兒小說。此後的小說,大抵就消除了京味,採用一般的普通話了。

來臺後,他在《新生報》服務,做到副社長兼總主筆;後來到《中央日報》,做到社長。政大在臺北復校,他又在母校新聞研究所畢業。民國 49 年,他考取中山獎學金,入美國南伊利諾大學,獲理學碩士,主修新聞學;三年後再入伊利諾大學,獲理學碩士,主修圖書館學。他在政大、師大、臺大、文大任教,撰寫專欄,並且譯介外國作品。他還擔任中華民國筆會會長,常應邀到各國訪問。他曾當選「十大傑出青年」。

他的小說創作,〈黑色的淚〉獲亞洲短篇小說獎。《落月》獲中華文藝獎金,《在天之涯》獲教育部文藝創作獎金,《從香檳來的》獲中山文藝創作獎金,〈蠟臺兒〉選入齊邦媛編選《中國現代文學選集》,部分作品被譯為英、日、韓等文。

半個世紀前彭歌避禍來臺。從抗日到逃共,正是彭歌高小到大學的黃金歲月,回首故園,慘痛的記憶猶新,不免也跟許多的 1950 年代作家一樣,拾筆寫作,以大時代為經緯,把個人的真實經歷略加增飾,虛構一些合理的情節,利用小說作為寄託。彭歌小說產量最豐富的時候,是剛來臺的十年,正好是 1950 年代。要談彭歌的小說,似乎就非得從 1950 年代小說的「反共抗暴」、「懷鄉思舊」談起不可了。不過,我們了解 1950 年代小說雖有時代性的意識形態,不一定都是僵化的反共八股,不妨也把它們看做是傷痕見證文學。其實,細讀彭歌的小說,可以看出:他的小說時代背景,從童年幼少,到抗日避難逃共、在臺定居、留學美國,都有一些篇幅,反共絕不是僅有的題材;1960、1970 年代也還有長篇作品。儘管工作繁忙,專欄寫得多,小說譯多於作,1980 年代他還寫了〈微塵〉。彭歌的小說當然不能簡單地用某一種框架來歸類,我想直接依據文本去探索其中

的種種問題，排除既有的定見，客觀重新審察是必要的。

　　夏濟安先生曾經以強烈的「導師」意味寫了〈評彭歌的《落月》——兼論現代小說〉，提出許多修飾的意見。筆者愚見，濟安先生的文學觀點，其實已經開啟 1960 年代小說受現代主義影響的先機。值得注意的是：彭歌是當代絕無僅有、獨受青睞的小說家。《落月》的今昔交錯結構及人物心理描繪，在當代確實是很有創意的。為了方便討論，我想試著先從小說文本所牽涉的政治、社會層面分析著手，兼顧人生永恆的命題——愛情，再就特殊的小說體裁加以討論。

一、抗日、反共

　　彭歌寫了一系列抗戰紀實的小說，都採取第一人稱旁知觀點側寫人物，敘述者「我」的分量也都蠻重。〈林神父〉描寫一位在輔仁大學附中擔任英文教員兼學監的美籍神父林思廉。先鋪陳他監督周嚴，教學嚴格，看重錢財，學生破壞公物必得賠償。其實，林神父為支應開銷，以及救濟愛國被捕的教員家屬，真是用心良苦。彭歌善用旁知觀點製造懸疑，故意先做幻象的經營，效果特佳。〈蠟臺兒〉描寫一位讀書魯鈍、從軍卻務實、奮進的好朋友。〈沙河燕〉描寫游擊區的女隊長，繼承父兄遺志，艱苦奮鬥；也協助護送流亡學生到大後方。〈銀夜〉的主角由江南回北平，擔負情報任務；〈三貂嶺下〉的錢木水則從事臺灣抗日活動，被漁家女所救而相偕潛渡到大陸。

　　《落月》中的余心梅，曾積極參與救國工作，〈象牙球〉中的梁伯母則是消極的自我犧牲，離開那做了漢奸、抽鴉片煙的丈夫，寧願在窮窘中自力更生。

　　另一組抗日兼反共小說，也都是採取第一人稱旁知觀點側寫人物，〈黑色的淚〉描寫樸實的煤鋪掌櫃黑杴李，慷慨補足虎頭遺失的贊助東北抗日的捐款，他的拐腿「就是東洋人留下的好處」。東家善意幫他存錢置產，不料回鄉下竟被共產黨清算鬥爭，獨生女兒被逼跳河，他又到北平搖煤球。

他讓虎頭跟著煤車逃出北平。情節都從事實的鋪描中自然呈現。〈賈營長〉
是真人實寫。高級軍官利用短暫的平靖到大學修課,功課認真,做人隨
和,卻是戀愛失敗,對時事自有主見;後來又回川、鄂邊界作戰,剿共作
戰殉職。小說中作者的議論不少,很接近紀實散文。〈川貝母〉中的貝伯伯
死在日軍的野砲下,獨子貝成龍從軍,勝利後,在東北長春之戰中殉職。

　　其他反共小說,地點多在臺灣或金、馬前線,反共的題材,則有多
種。〈昨夜夢魂中〉的空戰英雄在金門砲戰中犧牲,護士女友領養了他的無
母孤女。〈除夕〉中即將出國進修的女老師,見到好友寄人籬下受虐的兒
子,原來父親接受任務潛去大陸「殺敵復仇,顧不得他了」。〈蛙人記〉寫
金門砲戰中,一位蛙人與戰地護士女友雙雙殉職。〈夜探〉是金門砲戰中兩
位蛙兵出任務的實景描摹。中篇〈花落春猶在〉則預設反攻勝利,復員回
北平,因昔日女友請託,險些縱容了共黨私運毒品的地下組織。雖是虛
擬,中段其實是抗戰經驗,北平的熟悉環境,寫來極為傳神。

　　彭歌筆下最刻毒的兩個角色,是〈花落春猶在〉中的姜伯龍及〈情
俠〉中的沈劍龍。小莊營救張嵐,已說動日本隊長,付贖金交換自由,姜
伯龍卻趁火打劫,威脅逼婚;中共得勢後,亟需日文翻譯人才,他便由漢
奸轉而媚共。「復員」後,小莊託「我」保釋他,安全單位卻發現他與共黨
私運毒品的地下組織有關。沈劍龍在抗戰時協助達偉到大後方;達偉在 35
歲時回到出生的異國小鎮,探望母親的墳墓,意外遇到昔日的戀人瑤美,
她已和沈結婚。沈保留了達偉交付的存摺,必須達偉簽字才能領款。瑤美
才知道達偉為營救叔父誤信沈,沈其實是延安抗大出身,這回就為提款而
來。他要一半存款,叫達偉把另一半捐給「祖國」。他用槍脅迫,最後被達
偉用刀刺死,瑤美載著他墜入山谷。

　　在彭歌的兩本長篇留學小說《在天之涯》及《從香檳來的》中,都有
主角慷慨陳詞的反共論調。《在》中的郭平為了外蒙古進入聯合國,不惜丟
掉好不容易得來勉強餬口的工讀機會,跟小報主筆辯論爭執,與陳映真
〈夜行貨車〉中的詹奕宏同樣憤激,同樣誇張。《從》中的鍾華,跟教授辯

論，也跟親共的阿拉伯職業學生辯論，頗為冗長，卻也痛快淋漓。

　　以上不過是約略重點觀察，事實上，許多小說都以戰亂流離為背景，卻另有重心，其中愛情描敘所占的比例最大，也最錯綜複雜。

二、愛情糾葛

　　長篇《殘缺的愛》、《流星》都是兩女一男的三角戀愛糾葛。《殘》的風塵女子珊珊和《流》的男角袁逸珊個性都相當複雜，袁的性格弱點，作者從童年時母親被大娘虐待、少年時所愛女子被劫持傷殘布了伏線。中篇〈漏網〉、〈弱水〉則是兩男一女，都是女子所適非人，愛她的男子為她犯罪或救助。短篇〈苦盞〉與〈懦夫〉，男角周旋於表姊妹之間，〈苦〉是表姊寬忍，已病入膏肓，表妹離去；〈懦夫〉是表姊虐待表妹，表妹對姊夫有情，卻只能忍耐。在以越南為場景、法國將軍身陷奠邊而擬寫的〈斷鴻〉，將軍的妻子和情侶在危城之下各有不同的反應，用情侶的第一人稱書信體寫成，也是愛情三角戀愛糾葛。

　　以臺北為場景，中篇〈藍橋怨〉庚去之與白美薇的戀情，因為庚去之搭救投水自殺的風塵女子端容而生誤會而有了變數。比七等生的〈我愛黑眼珠〉更合理、更好理解一點，雖然端容有心攀緣，庚去之始終是個君子；但白美薇另外結交男友，論及婚嫁。最後倒是端容憑著天良與機智，重新撮合了一對有情人。

　　中篇〈餘香〉有比較繁複的情節。軍中作家武正平因為心儀倪露影，而拒絕相親的對象賀侶梅；賀嫁了富豪，倪另對薛步垣動心，賀受託為薛撮合倪。賀於是去探望從前線負傷回本島療養的武，重訴衷曲，鼓勵他以創作補償愛情的缺憾。作者把兩人約會訴衷情安排在倪露影的視點中，在巧合中嘗試製造高潮。中篇〈涕泣谷〉中，「我」與丁乃珍、丁乃珠姊妹有著理不清的情感。乃珍已訂婚，「我」愛乃珠，乃珍愛「我」。乃珠另有婚約，到大後方去，「我」與乃珍結伴，也去自由區。乃珠生病，「我」在大後方的地獄——古路壩遇見乃珠，她的男人已死，才知道她其實也喜歡「我」，卻直覺

「我」對她三心兩意。後來乃珍死了，乃珠遠去重慶。小人物的優柔，情愛的牽纏，有動人的描繪。

以上愛情描寫，大都採用第一人稱自知、旁知敘述觀點或全知中的人物視點，便利描繪人物的心理狀態，這是成功的。司徒衛指出《殘缺的愛》文中有些作者議論攔入的部分，也懷疑「珊珊的大徹大悟毅然遠行，是否顯得突然？」就作者議論攔入來說，這篇早期的作品，無可避免地有著些許當代一般的缺失，然而「戀愛原就是犧牲」這樣的理念，其實在彭歌的小說中幾乎是主要觀點之一；連帶的，奉獻精神也常是作者所強調，與 1950 年代的思潮不無關係。筆者以為：珊珊早先已有武漢之別，這回為成全李容與師妹茜潔的愛情而毅然遠行，也在情理之中；只是為國奉獻，到前線當護士，確實必須多加部署，否則難免有突兀之感。

三、社會寫真

彭歌有部分小說，雖仍離不開愛情的描摹，卻呈顯了社會的現實層面。〈道南橋下〉寫超越地域觀念的愛情。一個臺灣養女愛上外省郎，卻被養家逼死的故事。不僅反映臺灣民間虐待養女的陋習，也見出地域觀念的排他性。陳映真早期的小說題材，超越省籍的婚姻也大多以悲劇收場；彭歌的另一篇〈山之華〉描寫一對山地姊妹花的婚姻故事，便有了突破。雲子因為姊姊逃婚出走，不得已輟學回山地侍奉多病的母親。她與在山地服務的山東籍警察陳吉光同為教友，彼此互相照應，有了情感。族中老輩聽不進雲子「去求學、去深造、將來回家鄉來幹點有意義的事業」一類的話，雲子只好答應留下來，但要求不結婚，除非是陳吉光。村長恨平地人，帶頭投票反對；恰巧一場火警，陳吉光奮勇救人，消除了村人的歧視，兩人的愛情有了圓滿的結果。〈三貂嶺下〉描寫抗日志士的遺孤在被歧視中長大，變成慣竊及大流氓；由於父母的恩人——上海醫生的開導，又成為奮勇救人的英雄。傳奇故事以記者採訪的方式寫成，引人入勝。

〈薄暗之花〉，刻畫女子公寓中的眾多女子，其中「交際草」雪莉在

「我」的女友琵琶別抱之後，給予體貼周到的溫情，「隨便而有情」，卻是適度而矜重。作者描寫人物不落俗套。在〈憂鬱的靈魂〉、〈橋下之祭奠〉中，同樣有男人因為另有所愛的女子而棄家遠去的情節，〈憂〉逼得妻子發瘋，〈橋〉與子女反目。〈秋水崖〉中橫貫公路的模範司機，險些由於爭奪女友而萌生肇事害人的邪念，前文先鋪陳「雙滅門血案」起於不夠理性；文末人物靈光閃現，及時避去一場大禍，便有了呼應。

從人物的婚姻態度，可以探窺社會的風氣。彭歌小說中有許多女角都以金錢的考量做為抉擇對象的重點。發表在《文學雜誌》創刊號的〈矮籬外〉，飢餓難當的曾省之，在新公園聽著「烹飪教學」的廣播節目，踱到昔日女友的「矮籬外」，她表白自己走錯了路，「嫁給了鈔票」。〈餘香〉中的倪露影不肯認定武正平做單一對象，正是為了金錢；賀侶梅婚後自覺有羞辱之感：「我不是為愛而是為金錢而結婚的啊。」〈過客〉的背景在東臺灣。一位退伍的軍醫被推薦來擔任工廠的駐廠醫生，廠長夫人就是昔日的女友。當年分手的原因理解之後，她差點就放棄既有的身分地位，隨他遠走。她的考量就顯然是情感重於一切。而工廠爆炸，廠長搶救器材而受傷，醫生救護以後，次日悄悄離去。文中的廠長妹妹，一副少女的矜慢與敏感；夫人對愛貓的叱責，語含雙關，都很有巧思。

〈賣藝人〉刻畫了一些跑江湖賣藝維生的藝人，粗俗中，飽含辛酸，是作者少有的對市井人物的觀察。

至於〈青芽〉比其他幾篇以作家做主角的小說更明確的是，它幾乎是作家的甘苦談、假借臺大學生社團的邀約，他的演講及會後跟學生的對答，等於宣示了他的文藝觀，大致也就是彭歌的文藝觀。文中的種種現象，也是臺灣社會寫實的一部分。

四、推理、寓言小說

彭歌有兩篇以日本為背景的小說，〈神田之惆悵〉寫東京友人辜負「全東京美女之中的美女」的一段婚外情。另一篇長篇《尋父記》，寫一位少女

帶著高額贖金到日本，從中共手中換回「民族工業家」的父親。夏志清先生曾從彭歌幼少時期缺少父愛，讚揚他卻勸孝最力；認為《尋父記》像英國小說家葛林（Graham Greene）的「消遣作品」（Entertainment），也「接近大眾口味的偵探小說」。我們知道作者有心處理「中日兩大民族的恩怨」、「日本在戰後所受到共產黨的滲透與蠱惑」的問題，因此男主角之外，給予柳家最大助力的，是柳父的好友日本教授高田謙三。抗戰期間他接濟柳家母女，柳靜如來日本贖父，也是他安排照料，最後他甚至犧牲性命，讓其他人有機會脫逃。而高田在與黑道打手對峙時，還放言高論，有些過於僵化；作者的目的便在於揭示日本人不該忘恩負義，年輕人不該受共產黨的蠱惑。筆者以為：本篇布局完密，節奏明快，第一人稱的旁知敘述觀點選擇適切，細節安排也自然而合理，確實是不可多得的推理小說。當然，作者的態度是嚴肅的，他還為增添趣味性而深覺無奈。

〈辭山記〉在彭歌的作品中別具一格，我把它看做寓言小說。小說的背景在東北，他曾經跟隨母親到東北省親，在瀋陽住過一個時期，聽過很多採人參、打老虎的故事；加上自己生肖屬虎，對虎特別親切，就用老虎作主角，「寫生命與自然搏鬥的悲劇」，也想寫出「對於自然與禽獸的歌頌」。小說寫得很細緻，似乎對老虎的生態相當熟悉。寫母虎如何避開人類，為即將降生的小虎營建窩穴，如何獵食，如何訓練子女。連抓樹皮的細節，也說明「那是為了使牠那角質的利爪除舊更新，也像人們剪指甲一樣」。母愛勝過情欲，母虎為了照顧小虎，不理會虎王的求偶之聲。小公虎長成第二代虎王，獨立生活一段時間，竟想念母親，重回那個窩穴，「龐大身體斜敧在母親懷中」，牠幫助母親訓練異父弟弟，滿足於獵物有親人可以分享。

虎王找到合意的虎妻，第二天，虎妻就中了陷阱，虎王搶救不及，咬死設陷的林英泰。並且報復性地騷擾村莊，咬食牛馬豬羊。打虎英雄林永成並不贊許設陷阱，但兒子慘死，村莊不寧，便發誓殺虎。外甥金家寶與英泰的妻子黃花女相愛，老獵人卻把黃花女給兒子為妻。家寶陪他去獵

虎，槍口轉向他；虎王恨家寶沒有人性，咬死家寶，同時被林永成殺了。林永成得了大筆獎金，卻不知道虎王救了他。虎王依偎母懷、騷擾人畜，情節太過人性化；到村莊騷擾人畜，過分誇張，不合「虎」性，夏志清先生已經指出。不過，這篇小說透過虎王的成長，寫老虎的家族情愛，親情愛情都能深度融入；描繪獵戶行獵自有規範，人虎對峙，互相敬重，非常動人。1950 年代小說家徐文水的〈狼〉，刻畫獵人老金的打獵哲理，很有相近耐玩的地方。至於金家寶最後背棄舅舅，代表了非人性；他終於「活祭山神」，似乎闡釋了正義；黃花女沒有「忘恩負義」，另尋出路，則是人性的展現；林永成代表的傳統，加在黃花女身上成了悲劇，卻是自私而又不自覺的。這是一篇寓意深刻的好小說，高歌認為：「這部書，讓我們不期然的憶起傑克・倫敦的《雪虎》、《荒野的呼喚》。」

五、留學生小說

彭歌以留美經驗做為依據寫成的小說，有長篇《在天之涯》、《從香檳來的》，短篇〈紐約之一夜〉、〈微塵〉。算是稍晚的作品，著力點略有不同，眼界也較寬廣。

《在天之涯》，以留學生打工的艱辛經歷為主體，用郭平的視點，穿插對女友的戀念，描寫各類打工的留學生，寫出彼此扶持照應的溫情；也描繪山區度假旅館中形形色色的猶太老闆或貴賓。除了郭平為外蒙古事件曾有慷慨的抗議，已見前文；岳少鵬提論文，出席十大學討論會，對於聯合國內中國代表權在法理方面的分析，「語驚四座，議論精闢」。他用尼赫魯「中共是侵略」的聲明駁斥印度籍代表；同情波蘭籍代表不敢說真話，抗議他隨口誣陷自己是「國民黨特務」，必須負法律責任。骨子裡彭歌是要發揮愛國情操，議論藉人物對話呈現，倒自然生動，讀來痛快，沒有郭平事件那種生硬勉強的感覺。這些議論，重點在顯現「中國人的骨氣不是那麼容易摧折得了的」。

《從香檳來的》中主角鍾華是作者的外射投影，背景相似，又是中華

民族的代表，留學期間跟麥柯義教授暢論中國儒家陶冶的知識分子使命，從《毛澤東全集》談到「美國對待敵人太寬，批評朋友太苛刻」。他跟親共的阿拉伯職業學生雅利辯論，幾乎是駐美大使在聯合國爭國權的義正辭嚴之辯。不過，《從香檳來的》並不僅僅在宣揚反共意識，它以鍾華到香檳留學、學成歸國、服務於報界為主線，描繪許多留學生的形象，兼及一些相關的美國人。留學生學成之後是否該歸國服務？小說中藉麥柯義教授推薦優渥的工作，跟楓廬主人李太太贊許他決心回國、送紅包襯比，來加強張力。還鄉之後，再藉周友和返國又決定回美國的困境，來對襯鍾華歸國服務的莊嚴性。呂守成留美工作，車禍後殘廢，潛隱到僻遠的小鎮教書，表現了彭歌小說一貫犧牲奉獻的精神。美國人康茲輟學經商，一心想賺錢；後來在舊金山教訓嬉痞，竟決心去越南參戰；退伍返美，特地過境臺北，跟鍾華敘舊，也帶來鍾華女友安娜的消息。他將再回香檳去念書，康茲的經歷是一種成熟的歷練。本篇愛情的描繪不夠曲折婉轉，鍾華與安娜短暫的戀愛過分理性，呂守成對葉蘭煙的追求似乎是單向的，他貿然辭職也和他穩重的個性不盡相符。其他各色人物的勾勒則大致各具性情，足以呈現留學生群的眾生相。

短篇〈紐約之一夜〉是很優美的抒情小說，側寫童年玩伴六姊飄泊在紐約的孤寂悵惘。他們在赫德遜河畔重逢，六姊帶他見識了紐約的另一個層面，共同回憶天津的童年瑣事，也粗略了解六姊往事的甜蜜與酸苦。〈微塵〉寫作的觸發點，應該是《從香檳來的》中鍾華對安娜講的故事：一個勤奮的會計員臨時加班，從 48 層樓搭電梯下去，電梯突然故障，停在半空中。他按告急的警鈴，人家卻不認得他。這種虛無感，是「孤獨的恐怖」。然而「同花異果」，彭歌在〈微塵〉中安排電梯故障，電梯裡卻有兩個來自海峽兩岸的中國人，一男一女。來自臺灣的男子跟作者一樣具有大陸生長的背景，來自大陸的少女奉命中輟留學，即將歸國。男子嘗試突破藩籬，跟「同胞」溝通，兩人都為自己的地方辯護。黑暗中的兩粒微塵交會了，彼此似乎有一點了解。當光明到來時，少女答應男子一起吃三鮮鍋貼，她

想：「黑暗讓人恐懼、孤獨，但也給人勇氣，讓人多想一想，增強一個人挣脫黑暗的決心。人，畢竟不是微塵。」作者可以說是寄望遙深，在那還未解除戒嚴的時代，確信臺灣的民主必定能對大陸同胞產生作用，正因如此，本篇起筆故意不設定時間與空間，只肯定是「異國的都會」。

六、政治小說

中篇〈K先生去釣魚〉，是一篇政治人物虛擬實描的小說。原載於《新生報》，1972 年 2 月 25 日至 3 月 2 日，正是尼克森訪問中國大陸的時候。作者有憤憤不平之感，但明白寫小說必須冷靜。他參考許多資料，關於「三〇三小組」、俄國詩人、猶太服務所，都有事實的依據，只有帶著象徵意味的 K 先生膩友莉莎是虛構的。

〈K 先生去釣魚〉採取 K 先生第一人稱自知敘述觀點，著力在心中私密權謀的刻畫。選定美國熱門政治人物季辛吉做敘述者，複雜的背景本身就是一大挑戰。作者運用新聞專業的長才，以小說形式把各組資料自然呈現。「釣魚」是 K 先生與尼克森對話常用的名詞，有俏皮引伸的意涵，祕密外交常是巧布誘餌，冀望獲取重大利益。小說巧用人物意識流，穿插母親和莉莎的對話，大致是今昔交錯的手法，實際上大多是 K 先生腦海中的回溯。K 先生忽略親人的團聚，母親怕他傷害美國，他幼年時就理性、自私，任由德國孩子打傷弟弟而不出手援救。尼克森自有政治詭詐，計畫「以共制共」、「不肯把眼睛去看陰暗面」；K 先生和總統幕僚也有權力傾軋，他採行「『用總統的聲音』去釣魚的老戰略」。這些描繪逼真妙肖。小說中也藉副總統表達：不宜做中共的幫兇、打擊忠實盟友；K 先生期望消弭戰爭，「那紫禁城、那些宮殿，可是人類的瑰寶，不應該如此毀滅」。敘述中不知不覺仍然流露了作者中國知識分子的情懷。而莉莎這位善良純情的女子提供給 K 先生一面鏡子，又增添了小說柔美的氣氛，調和了通篇的嚴凝之氣，虛構得很有意義。

彭歌另有短篇〈中國人和我〉，也採用美國人做敘述者，寫芝加哥某報

女記者來臺訪友，到金門採訪。這朋友的丈夫原來是「我」的男友，到中國加入飛虎隊，娶了中國太太，生了女兒，卻為中國犧牲生命。她來臺灣，願意帶女孩去美國；她去金門，訪問一位軍官、一個從大陳撤退的士兵。藉著對話，官兵坦白陳述了對馬歇爾斡旋談判，導致中共坐大，以及美國擬想逼迫中華民國放棄金門、馬祖的不滿。敘述人物與觀點的巧妙運用，使一些充斥憤慨的言論，有了合適而自然的宣洩管道。而那個中國母親，也並不貪求安逸，沒讓骨肉過早離開自己。

七、藝術經營

綜觀彭歌的小說可以見出匠心經營、苦心內蘊的軌跡。「蠟臺兒」的書信說：「蠟炬之光，雖不足道，決盡其在我。」這幾句話代表了許多當代的青年願意為國家犧牲奉獻的心意，彭歌把這種生命軌跡深深地藉他的小說砌築起來。他的小說人物，多的是這樣的情懷，即使頹廢、虛無、最後精神崩離，《流星》中的袁逸珊，在結婚去大後方之前，也曾奮進積極，一心要為國家盡力。於是到了異國，這種情操在必要的時候，就發展成替自己的國家辯護，留學生小說中的郭平、岳少鵬、鍾華都是這麼做；甚至〈K先生去釣魚〉也有小說人物為中華民國抱不平，〈中國人和我〉中的鄭平與蔡振華更是以憤激的態度面對美國女記者。而〈訪畫記〉中在偏遠鄉村行醫多年的醫生，費心籌措經費，最後還是不忍把手中的國寶名畫賣給外國人。

然而彭歌的小說絕不是單調的愛國小說，反共意識在作者匠心處理之下，大抵能自然展現，小說也多半蘊藏豐富深刻的意涵，而在寫作技巧上，彭歌也確實有獨到之處。他的小說主角大都是知識分子，絕大多數小說人物跟作者一樣是避難來到臺灣，他選擇自己熟悉的人物來鋪陳，敘述觀點大多是單一的觀點，最常見的是第一人稱自知或旁知，不然就在全知中善用人物的視點，這樣就便於心理刻畫，而心理刻畫的成功正是彭歌小說的優點。彭歌的中、長篇都分段落，而《流星》、《從香檳來的》更隨篇

章旨意立了適切的小標題，極盡巧思，耐人尋味。彭歌在小說敘述語中也穿插引用典故，李白、杜甫、李商隱、韋莊、陸游、蔣捷、曹雪芹、張愛玲、余光中的名句，都曾以高級知識分子的視角展露；西方作家，如托爾斯泰、杜斯妥也夫斯基、拉馬丁、雷馬克、王爾德、白郎寧、都德、紀德、李門、潘恩的話被引述，〈K 先生去釣魚〉中 K 先生的思緒出現這樣的描繪：

> 他（總統）還沒有完全懂得我的血管中奔流著德國的血液，狂飆般的熱情，純理性的批判，集歌德的浪漫與康德的冷靜於一身。
>
> 我的思念總是徘徊在赫塞的《鄉愁》與雷馬克的《西線無戰事》之間。

同篇也提及柯南道爾、弗洛依德。因為適度嵌入人物可能的理解範疇，這些事典還不致造成扞格，相反地，卻顯得典雅，也有助於讀者進入小說世界。《落月》因為描摹平劇藝人的事蹟，平劇的劇目自不能少，《從香檳來的》也提及「三千里送京娘」、「包公案」，反映了作者博雜的戲劇素養，小說中也因為作者學識的融入散發著耐人品味的哲思。

小說的取材，小自小人物情感糾葛、社會百態；大至抗戰、游擊、渡海來臺、大陳撤退、金門砲戰、尼克森走訪中國大陸，一些時代的脈動，彭歌的健筆都刻下了軌跡。小說審題命名也別具匠意，或典雅，或口語化，或象徵，或白描，大抵靈活傳神。且看〈巨人之下午〉，描寫爸爸在媽媽外出的一個下午，窮於應付兩個活潑的稚子。「巨人」是採幼兒的視角，也因為親子遊戲中，爸爸扮演了「大巨人」。臺北新式小家庭的歡愉熱鬧生動呈現，可能有作者家庭寫實的成分。原來彭歌也可以這樣經營童話意味的小說，柔美溫婉，媲美 1920 年代閨秀作家凌叔華的〈小哥兒倆〉，毫不遜色。

彭歌小說的文字簡練、精準，潘人木曾就《微塵》、《落月》談論過；黃慶萱則討論《從香檳來的》，分析主題、情節、人物，並且談到它照應謹

嚴，修辭上有反諷手法，善用明喻、暗喻。前文敘及〈秋水崖〉中，就用到了伏筆照應的技巧。彭歌小說中的明喻相當多，有些精采的神來之筆，如〈薄暗之花〉裡寫到王雪莉同時結交許多男士的高明手腕：

> 就像一個熟練的女工，同時管理著許多部紡織機。男人們像紡錘一樣圍著她團團轉，她從容不迫地站在那兒，偶爾撥弄撥弄他們，便都一絲不紊，各不相擾地旋轉下去了。

在優美的文句中，明喻也帶著些許哲理：

> 快樂向來都是來去匆匆，只有憂傷才像個跛了腳扶著杖的老婦人，一步一步地走，踩痛了人的心。

至於用字精準，往往是彭歌小說吸引讀者的魅力所在。如：「蠟臺兒」辛苦考完軍校等候放榜：

> 他躺在床上兩夜一天，整整睡足 36 小時，眼皮都沒有翻過。
> 每天天一亮跑出去看街頭貼的報。……偶爾有人把牆上報沒黏牢的那一角撕掉了去擦了鼻涕，就會害得他六神不安，生怕是放榜的報告被撕掉了。「他媽的，這種人真不講公德！九個汽碾子壞了一個，八個壓路！」這後面的一句話，是他不知怎麼一陣靈感發明出來的名言：汽碾子是北平人對壓路機的俗稱，八個壓路是日本人的那句最大眾化罵街「馬鹿」的譯音。

疲乏至極，焦急不堪，憨厚無比，這段文字寫得既粗俗又典麗，趣味橫生，又能凸顯人物形象，反覆閱讀，不覺莞爾。

在恭迎千禧年到來的世紀末，重新翻檢彭歌的小說，確實獲益良多。

〈青芽〉裡的作家說：「人應該為他自己所了解所相信的寫作。」我明白彭歌正是如此。他善盡小說家的職分，苦心深築，為時代的眾生相融鑄了種種的生命軌跡。

附註：

彭歌的小說計有：

1. 《殘缺的愛》，長篇小說。中國自由出版社，1953 年 10 月初版。

2. 《昨夜夢魂中》，短篇小說集。香港亞洲出版社，1956 年 3 月初版，1958 年 8 月再版。共 13 篇。1952 年以〈黑色的淚〉獲亞洲短篇小說獎。

3. 《落月》，長篇小說。自由中國社，1956 年 8 月初版。榮獲 45 年度中華文藝獎金。遠景出版社，1977 年 6 月初版。

4. 《流星》，長篇小說。中國文學出版社，1956 年 8 月初版。大業書店，1960 年 9 月初版。遠景出版社，1977 年 6 月初版。

5. 《過客》，短篇小說集。香港友聯社，1957 年 1 月初版。共八篇。〈過客〉入選友聯社主辦短篇小說獎。

6. 《煉曲》，中篇小說。1958 年 1 月自費出版，明華書局 1959 年 4 月重印初版。

7. 《尋父記》，長篇小說。明華書局，1959 年 4 月初版。中央日報出版社，1980 年 4 月初版。

8. 《歸人記》，中篇小說。香港亞洲出版社，1959 年 7 月初版。

9. 《象牙球》，短篇小說集。光啟出版社，1959 年 9 月初版。共六篇。中央日報出版社，1989 年 5 月初版。

10. 《辭山記》，中篇小說集。暢流半月刊社，1960 年 7 月初版。共五篇。中央日報出版社，1989 年 5 月初版。

11. 《花落春猶在》，中、短篇小說集。香港中外文化事業有限公司，1961 年 9 月初版。共五篇。

12. 《在天之涯》，長篇小說。長城出版社，1963 年 12 月初版。獲 53 年

度教育部文藝創作獎金。中央日報出版社，1980 年 4 月初版。

13. 《從香檳來的》，長篇小說。三民書局，1970 年 6 月初版。獲 60 年度中山學術文化基金會文藝創作獎金。

14. 《彭歌自選集》，短篇小說集。中華書局，1971 年 12 月初版。由 2、5、9、11 選出，新收〈黑色的淚〉、〈賈營長〉、〈蛙人記〉、〈夜探〉、〈中國人和我〉、〈秋水崖〉、〈紐約之一夜〉、〈薄暗之花〉，計 18 篇。

15. 《K 先生去釣魚》，中篇小說集。華欣文化中心，1972 年 6 月初版。收〈K 先生去釣魚〉、〈餘香〉、〈情俠〉3 篇。

16. 《微塵》，短篇小說集。中央日報出版社，1984 年 3 月初版。由 5、9、14、15 選出，〈微塵〉乃新作。共 10 篇。

17. 《道南橋下》，中、短篇小說集。中央日報出版社，1989 年 5 月初版。為 2、9、14、15 四冊的選集，〈藍橋怨〉乃新收。共 7 篇。

18. 《黑色的淚》，短篇小說集。中央日報出版社，1989 年 5 月初版。為 5、9、14 三冊的選集。共 11 篇。

19. 《昨夜夢魂中》，短篇小說集。中央日報出版社，1989 年 5 月初版。較 2 少〈尋畫記〉（16 收〈訪畫記〉，疑即是）、〈青芽〉（收入 14）、〈橋下之祭奠〉（收入 17）。

以上 1 至 15 收錄篇目，詳見黎明文化事業股份有限公司，1975 年 5 月初版《彭歌自選集》中〈談談自己的書〉。

另有《大漢魂》，幼獅書店，1965 年初版。係革命烈士徐錫麟的傳記，不列入小說創作討論。《煉曲》、《歸人記》兩部小說未得見，若有機會再作補論。本文原附詳細注釋，可參閱原書。

——本文原發表於「彭歌作品研討會」，九歌文教基金會主辦，1999 年 3 月 27 日

——選自張素貞《現代小說啟事》
臺北：九歌出版社，2001 年 8 月
——2015 年 9 月修訂

兩岸知識分子的對話

讀彭歌新作《惆悵夕陽》

◎張素貞

自從 1949 年以來，海峽兩岸因為政治的因素，音訊阻絕，由於封鎖與禁忌，雙方人民彼此陌生疏遠，好奇疑懼；親友離散，不通音訊；更有那情侶苦遭亂離，生死未卜，徒然牽掛。1987 年 10 月，臺灣開放大陸探親，一齣齣的大時代悲喜劇便陸續上演了。彭歌新作《惆悵夕陽》的三篇小說，正好鋪描了三種海峽兩岸知識分子相遇與重逢的故事，讓男男女女進行了兩岸的對話。

60 年前彭歌避禍來臺。回首故園，挫辱的慘痛記憶猶新，也曾寫些傷痕見證文學。時移事往，從〈微塵〉（1983 年）、〈向前看的人〉（1993 年）及新作〈惆悵夕陽〉（2009 年）這三篇後期創作來觀察，少年求學、抗日逃共、在臺定居、留學美國，仍是作者愛用的經驗，不過，反共的意識消褪淡化，成為對共產黨統治下的大陸人民極大的悲憫與關懷，藉由兩岸知識分子的對話，仍帶著相當程度的批判。

〈微塵〉營造了一個封閉的空間——故障的電梯。電梯中有兩個來自海峽兩岸的中國人：來自臺灣的男子生長於大陸，在美國工作順利，開朗、不顧忌；來自大陸的少女奉命中輟留學，即將歸國，「似乎有太多的戒懼，像一隻小白兔遇到了敵人」。男子在電梯的禁錮中想起有篇文章「描寫現代人的孤絕感」。他嘗試突破藩籬，跟同胞溝通，女子試探、好奇。黑暗中的兩粒微塵交會了，彼此似乎有一點了解。當光明到來時，少女答應男子邀請吃三鮮鍋貼，她想：「黑暗讓人恐懼、孤獨，但也給人勇氣，讓人多想一想，增強了一個人掙脫黑暗的決心。人，畢竟不是微塵。」作者寄望

遙深，在那還未開放戒嚴的時代，確信臺灣的民主必定能對大陸同胞產生作用。因此本篇起筆故意不設定時間與空間，只是一個「極其繁忙而又極其孤寂的地方」，為能達致讓兩岸阻隔的知識分子有互相從容理解的可能，必須是「異國的都會」。

〈向前看的人〉對大陸數十年慘重的政治劫難，表達了沉痛的關注。兩對夫妻，妻子是親姊妹，連襟是好同事。一對渡海來臺，夫妻都有工作，王燕生新聞系出身，由記者一直做到總編輯；一對滯留大陸，夫妻都是高幹，胡之遙更是共產黨地下工作者、學運推動者，是功在黨國的人。當年兩人是球友，由於相聲演員急智詼諧的批判抗議竟致被捕，刺激了少年決心逃離淪陷區。球隊教練徐中忱安排了陳丹美、丹琳姊妹一起逃亡。四人安全到達了大後方，各自考取大學，王、胡的性向和志趣逐漸顯現分歧。最後見面是在上海，跟徐老師重逢，胡已擺出等待解放預備接收的姿態，王、陳與胡不歡而散。然後是 40 年的睽隔，王燕生到北京之後才具體了解胡之遙在文革期間被打壞了腿，丹琳有過兩個孩子，一個夭折，一個流產。徐老師自殺，他們領養了老師的兒子徐剛。胡要求王燕生代徐剛留意出國的事。探親回來不久，天安門事件爆發，徐剛被關進監獄。

胡之遙記得年輕時王燕生講道理「爭得面紅耳赤的樣子」，也想到「丹美坐在一旁、低眉斂目的神情」。彭歌善用人物視點來描摹人物，精準的幾筆就把王、陳的特質呈現出來。描摹人情，作者也能平淡見真醇。陳丹琳想探知香港雜誌刊載的懷舊文章作者是否就是姊夫，胡不贊同搞「海外關係」，又怕是否「引蛇出洞」的陰謀？輾轉收到回信，丹美的筆調完全不像記憶中的「親切溫婉」，只是最平凡不過可以「公諸天下」的「平安家書」，絕對挑剔不了任何毛病。這情節如實地交代兩岸微妙詭譎的政治環境，為對方，也為自己，都寧可謹慎小心，掩飾真情。最後徐剛出事了，胡之遙來信，勸止王暫時不必為徐剛的出國費心，理由是「此子性情執拗」，「我已送他回舅母處住一時再作打算……」，王燕生解說，是「關在監牢裡」了。「徐剛想必是為了天安門血案而被捕的。」有些話就是不能道

破，呈現小說人物的實際境況，平淡的文筆不僅寫實，而且更能妥適地醞釀那種危險而不安的氣氛。

40 年後，要「向前看」，王燕生之子元元嚮往並實踐史懷哲服務非洲的大悲憫，深受胡之遙嘉許；徐剛雖未露面，他參與天安門抗爭代表「向前看」的精神，對未來美好的憧憬。〈向前看的人〉裡很多「向前看」的意象，尾聲中胡之遙的信說：「跳脫塵網勞形之上策，唯有放寬心境，一意向前而已。」還引述路加福音的兩句：「手扶著犁杖向後看的人，不能進上帝之國。」儘管王、陳沒有把握能完全無誤地掌握真正的意旨，但逝者已矣，不再追究過去，且承擔起屈辱和重負，不必問因由，看未來吧！堅決、貞靜、勇敢地懷著理想向前看，這和當年徐老師鼓舞的不服輸的精神正是遠遠銜接著呢！

〈惆悵夕陽〉添加了愛情的命題。一對舊情人在男士定居美國的住所相會，女子剛以大陸優良教師代表的身分參加了美國的考察旅遊，男士的妻子因事外出。抗戰氛圍下的愛情是外表平淡而內心深摯的相契。余如海把幾經亂離收藏的幼少年家庭照片都交給汪寒雲，不能說不深愛；而後來她為求自保不得不燒毀了它，則呈顯了共產黨統治下的恐慌驚懼。藉由對話，我們了解：余逃到臺灣，苦學有成，出國深造，留居美國，已是著名學者。彼此各自婚嫁，都因為大苦中受惠感恩，汪寒雲和老張結婚十多年，「兩人真正在一起連頭到尾不到一年」。聚少離多是大陸許多家庭共同的不幸。余如海與康寧的婚姻，基本上是互相扶持，康寧做妻子兼看護，繼女和他親密和諧。但是，再見到舊情人，他仍不免悵然若失。汪寒雲小心測探起對方情愛的分量。汪在最痛苦時，相信「他活著，我不能死」。余以元稹的〈離思〉表明心志，並強調：更愛後頭兩句。曾經擁有的，再也沒有人能替代；「半緣修道半緣君」，為了思念無從排解，只有為你而修道，把你珍藏在內心深處，藉著修道來求得心靈的平靜。此情依稀，而人事皆非，夕陽雖好，已近黃昏，怎能不惆悵？

當年熱中改革救國的青年，不乏真誠愛國，熱血赴難的刻苦志士。劉

少奇有功而遭禍，最能呈現傾軋爭權有理難伸的慘狀。余如海的親兄弟余如山，曾在上海從事地下工作，後來逃不過文革小將的摧殘。余如山的下場撲朔迷離，描寫得很多，卻終究只是猜測，如此留白更能讓人感受到政治迫害之嚴重。胡之遙、陳丹琳談到「三面紅旗」時鬧饑荒餓死幾千萬人。大男人挨餓受不了，曾經拿雜貨店久放變質的「調經丸」咀嚼，竟然沒有餓死。出乎常情的如實描摹，令人不忍置信的特殊情境有效地傳達了震撼實感。〈惆悵夕陽〉中余如海談起某地下黨人寫下一生的總結：「以前如果有人說他幹共產黨是誤入歧途，他一定會翻臉；現在，若是有人誇獎他為黨犧牲奮鬥，有多麼了不起，他也一定會跟人拚命。」同樣是出乎常情的如實描摹，卻是幾經生死關頭，歷經多少政治風暴，到晚年才有的一番痛徹定悟。這些情節耐人省思。

〈惆悵夕陽〉的主線雖是愛情，關懷的層面卻很廣，談戰亂，談大陸的各種運動，也談論文革。余、汪更談起兩岸的遠景；繼〈微塵〉的思考，臺灣即使近年有些混亂，畢竟是朝民主的方向努力，可以讓大陸借鑑嗎？大陸政權有可能放寬嗎？其次，許多人拿文革來比論臺灣的二二八，儘管範圍更大、時間更長、受害者眾多，「但追求真相的人卻是一代接一代，這個病灶不挖出來是不行的」。心繫兩岸，向前瞻望，可以說是《惆悵夕陽》的主題。彭歌對當代時事的深切關懷，藉兩岸知識分子的對話做了充分地表述。

——選自《文訊》第 289 期，2009 年 11 月

二十年來的憂患意識
讀彭歌先生的散文與雜文（節錄）

◎保真*

一、前言

　　姚朋先生在臺灣數十年來均以「彭歌」為筆名發表作品，依他自己在民國 87 年（1998 年）的估計，著作及翻譯作品約有七十餘種。他的作品大抵上可分為幾大類：小說、翻譯作品、散文與雜文。其中當以最後一項「散文與雜文」最難歸類，因為除了彭歌先生署名發表的「雙月樓雜記」（《新生報》）及「三三草」（《聯合報》）兩個專欄之外，他也是一位新聞工作者，在臺灣的《新生報》、《中央日報》及香港的《香港時報》任職多年，據他自己回憶，「為《中央日報》寫的社論、短評、專欄等，當已在千篇以上」[1]，其中即以民國 67 年（1978 年）美國宣布與臺北斷交的那一個月裡，彭歌先生就寫了 20 篇以上的《中央日報》社論。[2]

　　的確，彭歌先生的本行乃是新聞工作，他在大陸時期的「中央政治學校大學部」（國立政治大學前身）新聞系畢業後，民國 38 年（1949 年）來臺灣，先在臺灣省政府的《臺灣新生報》服務，副總編輯任內再入在臺復校的「國立政治大學」新聞研究所，復考取中山獎學金出國，取得美國南伊利諾大學新聞研究所及伊利諾大學圖書館學研究所的兩個碩士學位，回國後升任《臺灣新生報》副社長兼總編輯，接著轉任中國國民黨的《中央

*本名姜保真。發表文章時為中興大學森林學系副教授，現為中興大學農業暨自然資源學院・國際農學碩士學位學程退休教授。
[1]彭歌，〈報恩的心情〉，《夢中憂患尚如山》（臺北：中央日報出版部，1983 年 3 月），頁 11。
[2]彭歌，〈繼往開來〉，《夢中憂患尚如山》，頁 18。

日報》總主筆，升任副社長、社長。在《中央日報》服務 15 年後復轉任中國國民黨的《香港時報》董事長，不旋踵即退休，移民美國定居。在臺灣的這幾十年，彭歌先生也曾在國立臺灣大學、國立政治大學等五所大專院校執教。討論彭歌先生的文學作品，不能不先認清姚朋先生是一位學者、文化人、新聞從業人員，及作家。據他自述懷抱，從事新聞工作的最高志願是做一位戰地記者，個人的志趣則是在單純的文學創作。[3]然而，評價彭歌的文學事功，亦不應被他的其他身分職業模糊了焦點。

所以，要整體的、通盤的了解及評論彭歌先生的散文與雜文，最好是把他全部署名的及不署名的作品（包含新聞性質的作品）蒐集起來，做全面的閱讀與分析整理。可是，這樣的工程對於像彭歌先生類型的作家來說幾乎是不可能的，連他自己都說曾經想把自己的書按圖書館分類法分類、編目、作索引，「但從來沒有作通，因為實在太麻煩」。[4]雖然如此，本文仍然企圖從彭歌先生發表的散文與雜文類作品中，嘗試為他在臺灣的寫作生涯做一定位。作者採取的策略是從作品的題材及寫作的風格兩方面著手，試圖剖析彭歌先生身為一個作家的獨特之處。「風格」反映的應是作家的特質及性格；「題材」的取捨則顯示了作家的關懷所在。已逝的趙滋蕃先生曾說[5]，作家的世界可分為內在的及外在的，外在世界是指受生存環境影響而產生的「時代感、空間感、地域感」；內在世界則包括作家的「背景知識、興趣性向、生理狀況、心理與生理障礙，其家人、朋友、敵人等」。呂正惠先生也提出「歷史感性」與「文化感性」在文學批評上有其功能。[6]本文也就是想探討彭歌先生的內在與外在世界對他的作品的影響。

散文與雜文也許是文學作品中最容易直接反映作家的心靈世界的一種文體，已逝的司馬長風先生曾說：「散文作者則必須面對讀者說心裡話。他

---

[3]彭歌，〈報恩的心情〉，《夢中憂患尚如山》，頁 11。
[4]彭歌，〈讀小說之樂〉，《水流如激箭》（臺北：聯經出版公司，1989 年 12 月），頁 19。
[5]趙滋蕃，《文學原理》（臺北：東大圖書公司，1988 年 3 月）。
[6]呂正惠，〈戰後臺灣小說批評的起點——新批評與文化批評〉，行政院文化建設委員會「臺灣現代小說史學術研討會」論文，1997 年 12 月 24～26 日。

必須對某些確定的東西，如某人、某事、某物，或某些思想和情感，表示自己的悲喜、愛憎和褒貶」。[7]本文作者希望從「題材」與「風格」兩方面交叉分析彭歌先生在臺灣的寫作生涯，冀圖從文章透露的「悲喜、愛憎、褒貶」，探討作家在多年寫作歷程中的「變」與「不變」是什麼。

二、彭歌的寫作題材

司馬長風對於散文和雜文做了一些區分[8]，他認為散文是「以抒情敘事為主」，雜文雖然也有抒情敘事的成分，「但是它的基本旨趣，在放射某種思想和主張，以影響他人」。這麼說來，彭歌的「三三草」專欄文章比較接近司馬長風定義下的雜文。在「聯合副刊」的專欄「三三草」，一般讀者印象多以書介、書評的性質視之，實則涵蓋的範疇相當廣闊，他追述這個專欄所寫者，「不拘一格，談文學，談科學，談往事，談新聞，談一切自認為有興味的話題」。[9]

作者把彭歌先生的散文與雜文略做分類，可以歸類為幾個主題：「書評書序」、「書與讀書」、「今古人物臧否」、「感時憂國」、「大陸觀察」、「旅遊見聞」、「戲曲欣賞」及其他零星題材等幾種。當然，這裡的分類純粹是為了歸類討論的方便，因為一篇作品中可能同時包含了幾個主題。以下分別略做介紹：

「書評書序」是彭歌著力最多的一種題材，彭歌評介的書，種類相當廣泛，有純文學（中國古典文學的四本《賞析》），也有通俗文學（例如美國柯瑞契特的《揭發》）；有本國人寫的，也有歐美文學譯作。此外，也有大部頭的鉅作（如《國父全集》、《傅斯年全集》）；有古典（如《乾隆甲戌脂硯齋重評石頭記》），也有今人之作（沈宗瀚的《晚年自述》）。英譯《四書》出版，彭歌也是興致勃勃地撰文介紹。

---

[7]司馬長風，〈散文的格調〉，《文藝風雲》（臺北：時報文化出版公司，1977 年 8 月）。
[8]司馬長風，〈散文的格調〉，《文藝風雲》。
[9]彭歌，〈「三三草」十三年〉，《夢中憂患尚如山》，頁 37。

　　「書與讀書」這個分類，作者指的是彭歌鼓吹讀書風氣的一些作品，至少有兩本彭歌的選集是以讀書做主題的（《知識的水庫》及《書與讀書》），而兩本選集中的文章都與圖書館有關。圖書館學原是彭歌的一門專長，在書評中也寫過不少推介關於圖書館的工具書（如紀秋郎與李達三主編的《英美文學及比較文學書目選註》）。

　　彭歌曾翻譯了兩本「推薦書單的書」：唐斯（Robert B. Downs）著的《改變歷史的書》及《改變美國的書》，在臺灣都有很好的銷路。但是彭歌雖然熱愛讀書，他也十分清楚在經濟急遽起飛的臺灣社會中，書與讀書人可能都是寂寞的。在《知識的水庫》序言中，他說：「作者並不迷信讀書萬能；然而，自古至今，讀書仍不失為求知識作學問最有效的方法」。[10]

　　「今古人物臧否」是彭歌作品中饒富趣味的一個類型，他寫出席國際筆會年會的作家，寫來臺參加國建會、比較文學會議的學者專家，寫國外新聞工作者，寫國外國內的作家，寫美國大學校長，寫國際政治人物，寫今人也寫古人。他介紹的這些人物大抵以文化界居多，在彭歌筆下都會帶出一兩點生活化的花絮，讓讀者覺得字裡行間的人物有了生命。例如介紹英國偵探小說女王克麗絲蒂（Agatha Christie），彭歌說西方批評家曾形容她是「從謀殺中得到最高報酬的女人」。這句話頗有畫龍點睛功效。

　　「感時憂國」是彭歌寫作取材的另一特色，用通俗的話說，他選擇題材不怕碰政治。民國 66 年（1977 年）臺灣社會爭論是否可以開放 1930 年代文學作品，彭歌直言[11]「究竟左傾文人如何一步步控制了 1930 年代文藝的主導，用的是什麼口號和技巧，值得作深入分析」、「到了 1970 年代如果再不幸而有類似的情況發生，自由的文藝界應採取甚麼對策？」簡單說，他毫不諱言認為臺灣社會應有危機意識。

　　此外，彭歌也為臺灣的某些社會現象憂慮，例如大學高學費政策、青年人的國語文能力退步、新銳小說寫得看不懂、國劇之沒落……等等，這

---

[10]彭歌，〈前記〉，《知識的水庫》（臺北：純文學出版社，1969 年 4 月），頁 1。

[11]彭歌，〈前事不忘〉，《不談人性・何有文學》（臺北：聯合報社，1978 年 9 月），頁 3。

些曾經都是彭歌筆下憂國憂民的具體對象。今天回顧彭歌的作品，不禁覺得他講的很多問題並不陌生，原因是那些現象仍然出現在今天的社會。如果彭歌仍在寫「三三草」，他還是會敲警鐘。

「大陸觀察」是彭歌筆下常出現的題材，對於中共高幹他絲毫不假顏色，直呼他們為「盜匪」；對於留在大陸的文化人，他或批判（如郭沫若）或報以同情（如沈從文）；對於海外中國知識分子「回歸」大陸，他是不贊成的。諷刺他們是「幫閒的尾巴分子」；但對於侯榕生、陳若曦等曾經回歸而又「覺悟」者，彭歌在文章中流露出欣喜之情。他讚揚陳若曦的小說是「理想幻滅之後的清明與自省，形成了血淚交凝的感人作品」。[12]

「旅遊見聞」也是彭歌常寫的題材，早期彭歌的旅遊不外乎以公務性質居多的開會、訪問、參觀等活動，筆下所寫的純見聞屬「偶得偶拾」。他也自承「中年以來，遊蹤處處，但十之八九是為了工作」。[13]待退休後，彭歌寫的旅途見聞比較接近一般的「遊記」，是單純的旅遊，例如寫去美國阿拉斯加州搭乘「愛之船」海上航行 13 天，彭歌逐日作記，「以誌雪泥鴻爪之意」[14]，但寫來生動如在讀者目前。

「戲曲欣賞」是彭歌雜文中分量最少但最不可小覷的一環。〈雲雨暗更歌舞伴〉[15]是寫大陸北京京劇團來臺灣訪問演出，他逐一評介演出的主要演員傳承來歷，也沒忘了伴奏的胡琴手。這篇文章在「聯合副刊」以「隱公」筆名發表後，引來張佛千先生注意：「臺北不乏京劇行家，但卻罕見這支大筆。評論極精，而又充滿感性。文情相生，由文又可窺其人，必有慷慨蘊藉之故」。[16]張佛千一時興起，配合彭歌的評論文做成七絕詩八首，詩成才想起電詢「聯合副刊」編者，經告知該篇作者是誰後乃有恍然之感。彭歌將張佛千的「讀後」收入《釣魚臺畔過客》一書時特地補註說明。彭

12彭歌，〈陳若曦的小說〉，《孤憤》（臺北：聯合報社，1976 年 9 月），頁 272。
13彭歌，〈古典之旅之一〉，《中華日報·中華副刊》，1998 年 5 月 6 日， 16 版。
14彭歌，〈愛之船訪冰川〉，《說故事的人》（臺北：三民書局，1998 年 1 月），頁 247。
15彭歌，〈雲雨暗更歌舞伴〉，《釣魚臺畔過客》（臺北：三民書局，1998 年 4 月），頁 167。
16張佛千，〈〈雲雨暗更歌舞伴〉讀後〉，《釣魚臺畔過客》，頁 178。

歌對京劇之內行，當是由於幼年在北京生活逛戲園子耳濡目染之故。

　　整體來說，彭歌寫「書評書序」及「書與讀書」，讀者看見的是一位知識淵博的讀書人；寫「今古人物臧否」，驚嘆其人交友廣闊；寫「大陸觀察」，儼然是一位大陸問題專家；寫「旅遊見聞」，妒羨他海天遊蹤的機遇；「戲曲欣賞」則令人浩嘆此君之內行！「感時憂國」篇則彷彿看見了「先天下之憂而憂」的愛國主義者。民國 70 年（1981 年）元月，彭歌在《中央日報》撰文[17]追述接任總主筆八年多的感懷，歷述 53 年報史中 13 位總主筆中以他任職最久。文章結尾以周棄子贈詩披露自己的心情：

> 文章報國談何易，
> 得失衡心諒所安。
> 終是放翁哀憤語，
> 夢中憂患尚如山。

　　坦白說，即使在彭歌寫「三三草」歲月裡，不見得所有讀者都了解彭歌字裡行間的憂患意識何以如山之重之大；懂他說什麼的人，也不盡同意他的看法。然而，也正是「感時憂國」的彭歌造就了他在文學創作上的獨特定位，是使彭歌之為彭歌的原因。關於這一點，本文在第四節將再做深入探討。

三、彭歌的寫作風格

　　本文特別提出兩點，「溫柔敦厚」與「擇善固執」，認為這是彭歌寫作風格的特色，以下分別討論。

（一）溫柔敦厚

　　彭歌的寫作風格第一個特色就是字裡行間始終保持不卑不亢、溫文儒

---

[17]彭歌，〈夢中憂患尚如山〉，《夢中憂患尚如山》，頁24。

雅的筆調，套用他自己的話就是「溫柔敦厚」。他在追述《聯合報》副刊
「三三草」專欄的寫作經過時，曾說：「溫柔敦厚是所追求的一種風格，言
之有物是所嚮往的一種標的」。[18]而發表於民國 57 年（1968 年）「聯合副
刊」的第一篇專欄，文題就是「溫柔敦厚」，文中闡述了彭歌的理想標竿：
「溫柔敦厚不是流質的俯仰由人，切忌陷於圓熟嫵媚，無所是非。照我淺
陋的體會，溫柔敦厚乃是本著一顆與人為善的心，自愛而愛人。由這一點
出發，時時都會覺得天地有情，萬物可親，風和日麗，無往而不怡然自
得」。[19]

「三三草」專欄在「聯合副刊」出現十年後，彭歌依然不能忘情「溫
柔敦厚」，他在名為〈溫柔敦厚〉[20]的一篇「三三草」中說：

> 溫柔敦厚是中國文學思想的主流。中國人幾千年來立足於世，崇尚仁愛
> 之心，踐行忠恕之道。這種民族性反映到文學藝術中，就呈現為溫柔敦
> 厚的風格；這種特色的形成，有其源遠流長的背景，非一朝一夕之功。

在這篇短文中，彭歌顯然地賦予「溫柔敦厚」極高的價值意義：「溫柔
敦厚是中國文學思想的主流」、「中國文學歷來以溫柔敦厚為正則，也是最
高的理想」。他引用《禮記》〈經解篇〉（溫柔敦厚，詩教也）及《詩經》
〈秦風‧小戎〉（言念君子，溫其如玉），強調這是中國文學的傳統精神。

彭歌對「溫柔敦厚」的執著，也可從他悼念諾貝爾文學獎得主伊撒‧
辛格（Issac B. Singer）一文[21]看出，辛格是原籍波蘭的猶太裔美籍作家，彭
歌的悼詞是：

> 猶太人受了太多苦難與挫折，有人抱怨，有人發出報仇的誓言，辛格的

---

[18]彭歌，〈「三三草」十三年〉，《夢中憂患尚如山》，頁 37。
[19]彭歌，〈「三三草」十三年〉，《夢中憂患尚如山》，頁 37。
[20]彭歌，〈溫柔敦厚〉，《不談人性‧何有文學》，頁 28。
[21]彭歌，〈悼辛格〉，《三三草》（臺北：聯經出版公司，1994 年 10 月），頁 147。

　　作品有異於此。他是寬諒的、深情的、在幽默之中寄託其仁愛和恕道的精神。辛格的好處頗近乎中國人。

　　實則彭歌認為中國人與猶太人有相似的遭遇，屢經異族侵略壓迫，「誠然是史不絕書」，但「恕道與仁心，寬厚與純樸，似為猶太人所不及」。[22]難怪彭歌認為辛格是猶太裔作家中的一個異數，對照前面引用他認為中國文學思想的主流就是「溫柔敦厚」，可看出彭歌對中國文學與中國人的自負之情。他相信中國人的長處就是「行王道而不霸道」，這個特點卻是發自溫柔敦厚。在彭歌看來，溫柔敦厚已成為「嚴夷狄華夏之辨」的量尺。

　　與其說「溫柔敦厚」是彭歌寫作的風格，不如說也是他個人心實嚮往的立身處世典型。彭歌的文章中經常透露出師友故舊的交往回憶，筆下念之感之的人物風範無不具備「溫柔敦厚」的人格特質。例如他對已逝的總統府資政黃少谷先生即極為推崇，形容他是「望之儼然，即之也溫，嚴肅中特具親和力」。[23]彭歌追憶當年參與編纂陳誠副總統逝世紀念集，文集獨缺陳副總統真蹟遺墨，經探詢得知黃少谷先生有一幅陳副總統生前書贈的七律祝壽詩真蹟。彭歌親訪「少老」懇請一借原件拍照製版，黃少谷先生得知用途後乃一再囑咐須將條屏的上款遮去，以免有招搖之嫌。彭歌說這件事給他的印象深刻，認為這是前輩謙抑自守的風儀，並讚揚黃少谷先生在政治外交的重大貢獻：「皆如桃李無言，下自成蹊，默然運作，不求名而名自至，厚重誠摯，這才是所謂『古大臣之風』。」字裡行間不難看出彭歌的孺慕與欽羨之情。

　　彭歌回憶在政大新聞系和研究所讀書，受益最多的三位老師是馬星野、謝然之、曾虛白。他說這三位老師為人的共同特色是「謹厚持重，立身處世，皆有雍容氣度」[24]，這裡再次顯示他對為人處世「溫柔敦厚」境界的嚮往。

---

[22]彭歌，〈關於《浩劫後》〉，尤瑞斯著；彭歌譯，《浩劫後》（臺北：純文學出版社，1972 年 4 月），頁 1。

[23]彭歌，〈前輩風儀〉，《說故事的人》，頁 163。

[24]彭歌，〈孔子與報人〉，《水流如激箭》，頁 133。

　　中國人常說「文人相輕」，彭歌在作品中卻常常顯示文人相重、相濡以沫的惺惺相惜之情，他為文讚揚作家何凡（夏承楹）先生的專欄「玻璃墊上」，自稱是從中汲取所長，做自己的滋養品，特別指出何凡專欄的基本精神是揚善批惡，幾十年來保持一致。[25]同樣的，寫林海音女士與同輩女作家沉櫻的友誼，林海音最後為沉櫻編輯出版散文全集《春的聲音》，新書航空寄抵美國時，沉櫻已是彌留狀態。文中引述林海音自謂能為老友做最後的服務也是求一個心安，彭歌嘆道：「所謂一死一生乃見交情，友道之厚，著實可敬」。[26]

　　為悼念旅居英國的記者老友周瑜瑞先生，彭歌一共寫了三篇「三三草」，他提到周瑜瑞的美籍妻子追憶亡夫的喪事，曾徵詢夫弟是否同意將遺體火化。弟弟說「唯嫂命是從」，並向協助治喪的楊禮鏘先生下了一跪。彭歌評論這一家人行事遵循中華古禮，「而禮亦原在人情之中」。[27]彭歌筆下念茲在茲的，是人際關係的情、理、義。

　　彭歌曾擔任臺灣的「中華民國筆會」會長一職，多次出國參加「國際筆會」的世界年會，因而結識不少外國作家。他相當推崇英籍的前「國際筆會」會長金範士（Francis King），不但因為金範士主持會議最「罩得住」，並且「處事公正，平易近人，親和之中自有其望之儼然的尊嚴感」。[28]他對「溫柔敦厚」標竿的嚮往，顯然是普世性的。

　　彭歌對文壇新人也經常予以鼓勵，出發點還是「溫柔敦厚」。在評論《聯合報》小說獎時，他說：「有人說：這是『發掘』新人才，我不太同意；因為入選者儘管大都是青年人，但他們寫作之勤，用心之誠，恐不宜以『新人』概括之。事實上，他們都是下了許多苦工，經過辛苦的探索，而一朝脫穎而出。更可貴的是，他們都是保持著梁實秋先生所謂的『獨來獨往』的氣質，勤勤懇懇地寫作，跟這些人雖然只有數面之雅，但他們的

[25]彭歌，〈不止幽默〉，《說故事的人》，頁187。
[26]彭歌，〈朦朧〉，《說故事的人》，頁191。
[27]彭歌，〈生者的堅強〉，《永恆之謎》（臺北：聯合報社，1980年12月），頁280。
[28]彭歌，〈篤信自由的小說家：國際筆會會長金範士〉，《水流如激箭》，頁187。

作品和名字，已經相當熟悉了。讀他們的作品，格外給人一種清新的喜悅，從心裡喜歡」。[29]

在〈喜見新人佳作〉[30]中彭歌評介《六十四年短篇小說選》：「六位入選者之中，有四位都只是在 23 歲在大學裡讀書的青年。他們對文學寫作、對人生所表現的誠懇與專注，他們在寫作態度與技巧上的認真，可使讀者有刮目相看的感受。唯其對新人的期求不必過奢，對這些作家的出現就格外覺得可喜。」凡此在在顯示彭歌的溫柔敦厚。

大凡作家或新聞工作者都會遇見「公器私用」的誘惑，藉著自己有一支筆和發表的園地，至少隨時可為自己做不平之鳴，或是黨同伐異。彭歌為文卻多能謹守公私分際，這大概是來自多年主持報社言論部門的經驗體會，認為身為執政黨黨報言論部門的工作者，「應該多汲取各方面的高明意見，自己則對外最好是少講不必要的話」。[31]

作者在此姑舉一例：彭歌在《中央日報》服務的最後五年多時間主持社務，時值臺北忠孝西路火車站改建，《中央日報》社址亦將波及，中國國民黨擬議搬遷八德路另起新廈。大家都知道八德路新大樓的規畫設計與起建，是在姚朋社長任內籌畫的，可是社長卻在新廈落成搬遷前夕奉命離職。臺灣文藝界及新聞圈對中國國民黨這段令人錯愕的處置經過多有傳言，直指當年任職中國國民黨中央文化工作會主任的宋楚瑜先生。事隔多年後宋楚瑜接受《中國時報》記者夏珍專訪[32]，說那是由於蔣經國先生要整頓《中央日報》，因為一次群眾事件後，《中央日報》竟以一篇農業政策的議題當社論，「經國先生氣壞了」、「我建議經國先生讓姚朋免兼總主筆，姚為此事還非常不高興」。然而，彭歌始終未在他的報紙專欄或其他地方詳加辯白說明始末原委。於此，可見其為人溫柔敦厚的真性情。

---

[29]彭歌，〈新人新書〉，《不談人性‧何有文學》，頁 310。

[30]彭歌，〈喜見新人佳作〉，《孤憤》，頁 136。

[31]彭歌，〈夢中憂患尚如山〉，《夢中憂患尚如山》，頁 24。

[32]夏珍，〈專訪臺灣省長宋楚瑜〉，《政海沉沉楚天闊：宋楚瑜二十三年政壇紀實》（臺北：商周出版社，1997 年 5 月）。

（二）擇善固執

　　彭歌的寫作風格第二特色是「擇善固執」，他對於某些人事物的黑白區隔，採取的立場相當鮮明，有他的堅持。讀這類大開大闔的文章，只覺海雨天風之氣，似乎提醒讀者這個溫柔敦厚的彭歌也有一支如椽大筆，可以溫柔也可以作戰。

　　前言中說過彭歌先生很重要的一個身分乃是新聞工作者，他對於「做人」和「辦報」同樣有很高的自我期許：

> 人有人格，報有報格，辦報的基本信念與一貫方針，即報格之所在。做人如果是俯仰由人、隨波逐流，便是一個沒有什麼味道的人，報紙也是如此，報紙的副刊更是如此。[33]

　　辦報的理想實證於彭歌主持《中央日報》的言論部門，在〈夢中憂患尚如山〉[34]一文中他追憶八年多總主筆任內，始終記得「文格即報格，而此報格乃由黨的精神與中華民族的文化傳統中孕育而來」、「《中央日報》的社論是嚴謹的、負責的、敦厚的，所謂『嘉善而矜不能』，因此絕少作凌厲刻薄之言。但在大是大非之際，則必須是堅決的、明確的，不容有『差之毫釐』的偏謬」。

　　這些堂堂之論很可能被部分人士譏為辦黨報不得不然的「表態文章」，但若與彭歌多年來的其他署名散文、雜文相對照，可知他對這些理念的執著態度是一致的，絕非在某個職位上的敷衍應付。本文作者覺得這正是彭歌文章風格令人稱奇的特色。他的年齡層次、他的現代西方教育背景，都不屬於「黨國大老」的階層。但是讀彭歌的文章，有時會錯覺背後的作者擁有不亞於黨國大老的忠貞，例如他敢於公開呼籲讀者讀《國父全集》，不但把中國國民黨黨史委員會編印的全集六冊內容詳盡介紹，更說：「每一個

---

[33]彭歌，〈副刊的去來今〉，《說故事的人》，頁221。
[34]彭歌，〈夢中憂患尚如山〉，《夢中憂患尚如山》，頁24。

中國家庭都應珍藏一部，作為『父以教子，兄以教弟』的傳家之寶。每一個中國人，尤其是知識分子，都應該細心勤讀，至少在一生之中，立志把全書通讀一遍。」[35]雖說這是發表於民國 70 年（1981 年）間的文章，但即使在那個年代，理直氣昂公開鼓吹讀《國父全集》的人也不多見。彭歌筆下忠黨愛國的讜論，顯然不能以平常所謂的「八股文章」視之。

彭歌所謂的「大是大非」，指的是什麼？他在「三三草」提到對敵人也要溫柔敦厚嗎？在生死存亡鬥爭中，溫柔敦厚有用嗎？他的答覆是：「這當然不能。日本軍閥侵略中國，所以我們要抗戰；共產黨要奴役中國人，要『血洗臺灣』，所以我們必須反共。這是拚死一決，義無反顧的事。」[36]

彭歌的散文與雜文，「反共」是相當重要的幾個主軸之一。掀開「三三草」選集任何一本的目錄，從篇名就可知道許多短文有強烈的反共色彩。在彭歌看來，「反共」的最重要任務是防止中共在臺灣地區的滲透分化。他相當篤信「共產勢力對自由社會的滲透顛覆，最先使用的武器之一，就是文學藝術。這是我們必須特別提高警惕的」。[37]

每涉及這一個主題，那個溫柔敦厚的彭歌就旗幟鮮明地拍馬上陣，言詞犀利，毫不留情，毫不鄉愿，毫不退縮，充滿「舍我其誰」的壯志情懷，敵我意識涇渭分明。民國 66 年（1977 年）彭歌發表在《聯合報》「副刊」的一篇〈不談人性‧何有文學〉[38]，掀起「鄉土文學論戰」。這是一篇評價兩極的長文，贊同他的人，會為他叫好；立場不同的人，可能恨他入骨，甚至為他貼了標籤。但在彭歌看來可能全不在意，因為這是他堅持「不能」溫柔敦厚的「大是大非」原則所在，是「拚死一決，義無反顧的事」。

不止是「反共」一項，彭歌在文章中給讀者的印象多是光明正大的形象，連他翻譯的外國作品，也是像《人生光明面》這種勵志書居多。在《人生光明面》中文譯本第 60 版後記中，彭歌說這本書的原作者皮爾

[35]彭歌，〈好好讀讀《國父全集》〉，《夢中憂患尚如山》，頁 65。
[36]彭歌，〈溫柔敦厚〉，《不談人性‧何有文學》，頁 28。
[37]姚朋，〈文學與社會〉第 36 章，《文學與社會》（臺北：國立空中大學，1987 年）。
[38]彭歌，〈不談人性‧何有文學〉，《不談人性‧何有文學》，頁 3。

（Norman Vincent Peale）「思想也許並不高深，但他的誠懇、切實和對世人的關心，卻自有一種無可莫言的感人力量」。[39]這段話也可以視做彭歌對自己寫作的期許吧。讀彭歌的文章，的確可以感受「一種無可莫言的感人力量」。本文作者多年前尚在大學讀書時，即曾寫過一篇文章，說：「彭歌先生批評現代小說作者作品中『安樂之情多，憂患之情少』，我卻認為現代小說少數作品的『淫逸之情多』才令人憂慮」。[40]想來，我也曾經被彭歌的感人力量影響吧！

四、夢中憂患尚如山的彭歌

在本文第二節中指出「感時憂國」是彭歌作品的特色之一，也是值得我們深入分析這位作家的切入點。作家的作品及其人其事固有多個面向，但是在這裡值得我們注意的不是那個遨遊四海、與各國作家交遊的文藝團體負責人，或是推介新書新人的儒雅學者，也不是那個黨報總主筆及社長的資深新聞工作者，而是這位自稱「夢中憂患尚如山」的作家，把自己赤裸裸放在歷史火線的彭歌！作者相信唯有從這一個角度切入才能掌握關鍵，分析這位作家的一生文學事功。

（一）彭歌的教育及成長背景

依彭歌自己的回憶，他是在民國 34 年（1945 年）報考大學，念的是校址位於重慶的「中央政治學校大學部」（即後之國立政治大學），學生只有 300 人；民國 35 年學校遷返首都南京，校園位於南京紅紙廊，學生增為 2000 人。民國 38 年畢業後來臺，在《新生報》服務期間報考政治大學新聞研究所第二期。彭歌在〈紅紙廊的歲月〉[41]對南京求學期間的酸甜苦辣多有懷念；在〈高學費〉[42]一文，更有動人的描述：

---

[39]彭歌，〈第 60 版後記〉，《人生的光明面》（臺北：純文學出版社，1978 年）。
[40]保真，〈常保赤子心──代序〉，《人性試驗室》（臺北：道聲出版社，1976 年 1 月）。
[41]彭歌，〈紅紙廊的歲月〉，《夢中憂患尚如山》，頁 31。
[42]彭歌，〈高學費〉，《釣魚臺畔過客》，頁 251。

我是抗戰期間成長的青年，念大學不但沒繳過學費，而且衣食住行無不
仰賴大學供給——實際上也就是國家供養。我們那一代不僅個個是清寒子
弟，而且大多數都是無家可歸，不靠國家我靠誰？

彭歌大學畢業後隨即來臺灣，他在〈贈言〉[43]文中回憶那段歲月時，大
學畢業卅年後仍有唏噓與豪情：「回想 30 年前我們大學畢業時，因為是當
山河破碎、流離道途之中，根本沒有什麼謝師會。那時候，我只有一個朦
朧的想法，先到臺灣再說。後來只有一步一步朝前走，那只是裹創再戰，
絕不服輸的悲壯心情。」

更早一點，彭歌是在北京念的輔仁大學附屬中學，他受很多老師的
「身教」感召，「在日本人和漢奸的重重監視之下，教導我們不要忘記做一
個堂堂正正的中國人」。[44]彭歌特別懷念老師英千里先生，日本占領北京期
間，英千里被捕，在姚朋的心目裡，「任何被日本人抓去的人都值得我們尊
敬，何況是自己的師長」。雖然他自嘲那是「少年期的狂熱崇拜」，但這些
「少年姚朋」的背景，可能就影響了後期的「作家彭歌」的寫作題材與風
格。因此，在彭歌的雜文中，除了「反共」他最堅持的就是「抗戰」；而在
彭歌的心目中，從「抗戰」到「反共」是民族求生存的一條主線，因此他
盛讚作家王藍先生的《藍與黑》就是描寫「大血戰、大勝利、到大崩解的
過程」。[45]

「抗戰」畢竟是歷史了，彭歌只有在筆下追憶、懷念；「反共」對彭歌
而言卻是現實。他熱烈讚揚甫自蘇聯流亡美國的索忍尼辛[46]，認為他是「說
破真相、堅持真理」、「猶如一片耀眼的強烈陽光。那陽光亮麗得使某些人
睜不開眼」，諷刺「反反共」的詭辯家有如「蒼白膽怯的鴕鳥」；當時的美
國國務卿季辛吉只是「小有才而未聞大道」的人。在彭歌看來，「反共」乃

---

[43]彭歌，〈贈言〉，《作家的童心》（臺北：聯合報社，1979 年 11 月），頁 215。
[44]彭歌，〈輔仁〉，《釣魚臺畔過客》，頁 92。
[45]彭歌，〈人間夢間〉，《不談人性・何有文學》，頁 100。
[46]彭歌，〈陽光與鴕鳥〉，《孤憤》，頁 13。

是人類的主流價值。

（二）彭歌那一代的憂患意識與信念

　　彭歌是在民國 38 年（1949 年）前後追隨國民政府自大陸來臺的「外省人」，他們大多數人基本上對於國家民族有著深厚的情感，在戰爭與流亡中體驗了「沒有國哪有家」的痛苦。他們恨「小日本」、恨「共匪」。因此，彭歌在 10 月 10 日發表的方塊文，開頭就說：「雙十國慶，人人都從心裡覺得歡喜」。[47]簡單地說，彭歌的基本信念是認為共產暴政必亡，在臺灣的中華民國政府應該會主導中國統一。別忘了，他曾自述當年自大陸來臺的心境乃是「裹創再戰，絕不服輸」的悲壯之情。

　　民國 64 年（1975 年），彭歌寫〈莊嚴的誓約〉[48]悼念先總統蔣公逝世後的第一個冥誕，他說：「他老人家的遺言遺命，深深鐫刻在每一個人的心頭。這是大家的責任。那激勵我們、督責我們的話，將與中華民國的青史長存。國家的命運，民族的前途就要看我們躬行的結果。未來歷史的大綱要目都已由蔣公寫下，而要我們去完成每一個細節。」然而，彭歌寫的不止是上述「官方語言」，他也以「民間語言」呈現同樣的信念：

> 近來聽到令我感受最深的一句話，是在市井中聽到一位陌生的長者說的。他對他身旁的人說：「好好幹，我們活著，是為中華民國而活。死了，將來我們要有面目去見老先生。」

　　彭歌感動地說這段陌生人的對話是「莊嚴的誓約，超越人間意味的生死不渝的誓約」。在這篇文章中，彭歌更以真摯的語調述說自己的內心世界：

> 我出生於　國父逝世後一年。在我們這一輩人的心目中，仰望　國父如神明，對　國父有如信徒對神的虔誠。總統　蔣公是繼承　國父的革命

---

[47]彭歌，〈莊嚴的誓約〉，《孤憤》，頁 16。
[48]彭歌，〈莊嚴的誓約〉，《孤憤》，頁 16。

者，是聖哲、是英雄、是此生僅見的偉人。

　　因此，彭歌多次在作品中對國父和先總統蔣公流露出孺慕之情也就不足為奇了。而正如他說的，這也是他們「這一輩人心目中」的共同信仰。因此，他呼籲全民讀《國父全集》也是很自然的。

　　彭歌所讀的當然不止《國父全集》，民國 73 年（1984 年）時值中國國民黨慶祝建黨 90 週年，他為《中央日報》主編上下兩厚冊的《革命詩文選》，書中盡收先烈先賢的詩文。在後記中雖然不能避免「官樣文章」的詞彙，但是彭歌多少寫出了他的愛國心情：「革命事業是從堅定的信仰和熾烈的熱情之中鐵血奮鬥而來，革命的文藝也是如此」、「唯其是思深慮切，所以能得真理；唯其是篤信立誠，所以能生出熱烈的信仰，出之為毅然決然的行動。理與情一以貫之。」[49]

　　如果讀者質疑「作家彭歌」的高言讜論，應當要明白背後的「流亡學生姚朋」及「中國國民黨黨員姚朋」的心路歷程，就不會詫異彭歌文章中那「堅定的信仰」、「熾烈的熱情」及「毅然決然的行動」。是這些背景使他認為人類的弱點之一就是健忘，而所謂健忘就是「不曉得歷史的教訓」。[50]所以彭歌認為中國作家的使命，就是要「向殘暴詭詐的共產邪惡勢力宣戰」。[51]

　　其實，彭歌那一代的憂患意識與信念，也是臺灣社會許多人曾經共同擁有過的經驗。作者個人的年紀雖然比較年輕，但是也記得自己曾經呼喊口號「反共抗俄」、「反攻大陸」、「保密防諜，人人有責」。民國 61 年（1972 年）聯合國通過 2758 號決議，排除臺北政府的中國席位代表權，自己雖是青少年，也曾激動落淚。這種發自內心的情感，僅以「愚忠」、「教條」、「八股」等輕蔑的詞語，不足以抹煞那一世代的共同際遇與情感。那的確是一段時間裡臺灣社會的共同經驗、共同記憶。彭歌於傅斯年

[49]彭歌，〈《革命詩文選》編後〉，《革命詩文選》下冊（臺北：中央日報社，1984 年）。
[50]彭歌，〈堡壘內部〉，《不談人性・何有文學》，頁 41。
[51]姚朋，〈文學與社會〉第 36 章，《文學與社會》。

先生逝世 30 週年時撰文悼念，回憶傅斯年初來臺灣時曾題字贈友人：「歸骨於田橫之島」。[52]彭歌讚揚這種義不帝秦的壯烈胸懷，希望「青年朋友們也應該能體會得到才好」。今天回顧彭歌的作品，得承認當年的確發揮了凝聚民心士氣的作用，影響了相當多的人。

本文前面說過，彭歌文中多年來的憂慮之一就是中共的滲透與分化臺灣。他引用列寧關於攻占堡壘內部著手的名言，提醒臺灣民眾，「中共圖謀臺灣」有三個途徑：軍事冒險進犯、政治陰謀、文化滲透。彭歌顯然對文化滲透特別敏感，他說：「這是大家特別要提高警惕的——大陸之失，就是先從文化思想上的混亂而起。」[53]這是彭歌在民國 66 年（1977 年）7 月寫的，一個月後彭歌在《聯合報》「聯合副刊」發表〈不談人性‧何有文學〉[54]的長文，率直點名指責王拓、陳映真、尉天驄等三位作家及學者。這篇長文的觀點簡單說，就是「如果不談善惡，只講階級，不承認普遍的人性，哪裡還有文學？」在為「空中大學」編寫的《文學與社會》課程教材中，彭歌坦言文學寫作的目標應是「要從整體著眼，從遠大處用心，一切的作品，最後的主題都是在發揚人性，維護自由，遵循真理的道路，明白大是大非，嚴義利之辨，審善惡之分，有所為有所不為，『合億萬人為一心』」。[55]了解彭歌的理念與信仰，對於他寫〈不談人性‧何有文學〉也就不覺驚訝了。

五、結論

彭歌在臺灣多年寫作，他的散文與雜文作品，無論從著作數量及影響力來看，都有可觀的成績。本文指出「感時憂國」是彭歌作品的特色，其中又以「憂患意識」為主軸。

目前彭歌雖然已經自新聞工作退休，移民海外定居，但彭歌既是一位

---

[52] 彭歌，〈三十年前〉，《猛虎行》（臺北：聯合報社，1981 年），頁 47。
[53] 彭歌，〈堡壘內部〉，《不談人性‧何有文學》，頁 41。
[54] 彭歌，〈不談人性‧何有文學〉，《不談人性‧何有文學》，頁 3～24。
[55] 姚朋，〈文學與社會〉第 36 章，《文學與社會》。

「生產力」旺盛的作家，顯然還不會就此停筆。本文只是暫時總結過去的彭歌，我們仍然期盼「未來的彭歌」會繼續對讀者說話，展現他的「誠懇、切實和對世人的關心」。

——本文發表於「彭歌作品研討會」

九歌文教基金會主辦，1999 年 3 月 27 日

淺讀彭歌的《水流如激箭》

一

　　《水流如激箭》是彭歌最近出版的一本集子。集子中的第一輯，大部分是他在聯副「三三草」專欄中發表的文章；第二輯，較為具體的寫人、寫事，是彭歌在文學範疇中所稔知的人和事。

　　彭歌在聯副的「三三草」，寫得斷斷續續，我讀它也斷斷續續，印象當中，「三三草」是「我手寫我心」的作品，雖然無所不寫，而所寫都是彭歌心裡的那份執著，就如作者在本書後記中說的：「《水流如激箭》裡並不只是感嘆世變之急遽，而更要透露出一點心情。」我與彭歌同年，有著「一同走過從前」的那份感受，因此，我讀他「三三草」時，有些篇，我一讀再讀，用他的「一點心情」，安慰我自己的一點心情，而且常常浸沉在一陣子無言當中。有些篇，我看了題目就丟開了，因為不必看內容，我就知道他所要說的，我不要他的那份無奈，增添我心底的無奈。所以，我讀《水流如激箭》，就如同讀彭歌。

二

　　《水流如激箭》中，所收的大部分是他民國 77 年的作品，是他交卸了繁重的行政工作後較為有暇的一年？還是他對世局感喟較深的一年？不得

---

*尼洛（1926～1999），本名李明，江蘇東海人。作家、評論家。發表文章時為《文藝月刊》發行人兼社長、國防部所屬中央廣播電臺副主任。

而知，但是，卻不能僅用這一年中的人和事，來讀這本集子，因為彭歌所執著的「一點心情」，不僅貫穿著這本集子，而且其來有自。

遠在 30 年前，有一個十分新鮮的名詞，叫做「代溝」，也就是說，老一代的，與小一代的當中，有著一道「溝」，又因為無法溝通，而形成格格不入。現在，「老賊」的國罵成立，「代溝」這名詞，就十分自然的消失掉了。沒有人會想到，在老一代與小一代當中，另有彭歌這樣的「中生代」的存在，我個人認為，彭歌所說的「一點心情」，是 30 年前「中生代」的心情，不曉得是否貼切中肯？

30 年前的「中生代」，因戰爭與災禍，將他們形成特別「早熟」的一代，這一代，面對過資本主義所形成的殖民帝國主義的掠奪，所以當他們接納由資本主義衍生出來的自由、民主時，總是不會忘懷曾經使他們驚悸過的歷史；這一代，或多或少的迷幻過共產主義反壓迫、反奴役、反剝削的聲浪，卻同時恐嚇於在國際共產強調「公平」的口實下鮮血橫流的報復思想與報復現實；這就十分自然的使他們向著自己的國家、民族、文化、傳統而趨歸了。如果說在民國 38 年那個大潰敗以後，我們能夠人同此心、心同此理的在「保衛大臺灣」的聲音中屹立，這種趨歸，頂少是形成了一種「勢」的力量，面對中共吼著的「識時務者為俊傑」而無懼。

彭歌在《水流如激箭》裡，沒有我前面這樣露骨的陳述，但是，他趨歸於國家、民族、文化、傳統的「一點心情」，卻處處可見。所以他才能在原寒山詩中「水流如激箭」的下一句「人世若浮萍」的意境裡掙扎出來，而說「有惶愧也有自傲，有憂慮也更有信心」，並且堅定著：「斯之謂有勇」。

三

彭歌說：「真理可能有千面，因而需要寬容」，寬容是一種對待態度，彭歌將這種對待態度，呈現在他的文字上，是十分溫柔敦厚的，而不是咄咄逼人的；彭歌總是好整以暇的、慢條斯理的寫那「千面」，在書的第二輯

中尤為凸顯。其寬容也不是什麼鄉愿，而是彭歌經歷過「天塌下來的日子」後的一種修練，在他看來，一些現象上的爭議，或許只是無關宏旨罷了。

彭歌用「真理其實只有一個，寬容並不是無所是非；人更需要沉思，以及沉思之後形成的信仰」，做為自我的勉勵與標榜。在沉思以後，而是其所是的，非其所非的，就是彭歌在《水流如激箭》中，最坦率的自我剖白，他所說的信仰，也就在裡面。

彭歌信仰什麼？僅從《水流如激箭》來看，他堅持著自己在國家、民族、文化、傳統中，自己所應有的定位，無論是時間在變動著，空間在變動著，而他的定位不變。他愛這些，因為他活在這樣一個的空間、時間裡，他對這些也有他自己的意見，因為他希望能夠整體的掙脫苦難，臻於美好。

從沉思到信仰，可以說是 30 年前「中生代」十分可貴的事物。今天很少有人會理解到，在民國 38 年大潰敗以後的那一段歲月裡，國內國外視我如「垃圾」般的對待，在那種對待之下，我們連情緒化的奢望都沒有了，因為在下一分鐘或會沉滅的時刻裡，唯一能夠使自己溫暖的，就只有沉思了。沉思使我們蛹蛻出來，然後才有「千萬人吾往矣」的信仰，從信仰中產生出堅毅。

因此，讀彭歌的〈珍芳達之悔〉，以彭歌在文中談到「保釣」的朋友們時，就十分唏噓。坦白的說：心裡相當羨慕，或嫉妒珍芳達以及「保釣」人士，因為他們尚有「覺今是而昨非」的悔的豪情，無論是其非、或非其是，都能夠意氣風發，而 30 年前的「中生代」，卻從不敢有如此豪邁的奢望與虛擲的。彭歌在《水流如激箭》中，連「人世若浮萍」的瀟灑之念都不敢存有，而說「人世畢竟不完全是隨波逐流」，由此可以讀出彭歌的樸素心態。

四

　　不管人們對文化的認識為何,以及對文化的主觀意願為何,文化總是人世中多方面纍砌而成的面貌與內涵,以及承續它而為傳統的。近百年來,我們有多種多樣的「新文化運動」,但是,我們百年來的文化面貌與內涵,究竟有個什麼樣的成績單呢?細加沉思,總是相當令人疑慮,無論狂呼中「橫的移植」或「縱的繼承」,在感覺上總是呼號多於履踐,甚至自我作踐,自侮那曾經有過的星星點點的纍砌,於是才自嘆空寂與蒼白。

　　在這一段「水流如激箭」的空間與時間裡,我們究竟纍砌了什麼?彭歌的文章中,給我們凸顯了一些人,凸顯了一些事,這些人和事,多半是彭歌較為稔知的新聞方面的、文學方面的人和事,雖然只如「滄海之一粟」,但是,能不說有關文化的纍砌?能不說是曾經呈現過的面貌與內涵?

　　在彭歌述及當中,特別令人扼腕嘆息的,應該是蕭乾與沈從文兩位先生了,這兩位在悲劇中串演著的人物,是他們個人性格的悲劇?還是現實的歷史悲劇?文化悲劇?彭歌以「真理可能有千面」的虛懷,十分「寬容」的不作深入探討,但是,無可諱言的,它是多種多樣「新文化運動」下所形成的虛擲,更何堪「文化大革命」的砍伐!

　　「文化大革命」的砍伐是有形的,我們也因那「傷痕」而沾染著哀痛,但是,在這裡又何嘗不有無形的文化砍伐?因此,在《水流如激箭》中,我們就讀出彭歌的憂慮,而有「今夕之蟲二」的嘆息,十分令人深省。

五

　　與彭歌交,近四十年,而相知於「八二三」金門炮戰後猝然見面的剎那,那時候他幹新聞我當兵,共同唏噓於炮火後的滿目瘡痍。我記不住唏噓中語言的交換,只記得我們以仍該挺住,該做些什麼相勉。淺讀《水流如激箭》,在個人來說,讀出遠在 30 年前猝然相見中的那份情景,久久不

能自已：**緬懷**以往，遠瞻未來，「水流」不息，橫逆仍在，又那得豪情而慷**慨一擲，如彭歌者。**──此復為讀他文章以外的情懷了。

──選自《文訊》第 54 期，1990 年 4 月

《知識的水庫》（節錄）

◎隱地*

　　最近讀了彭歌先生的《新聞圈》（晨鐘出版社）和《知識的水庫》兩書，前者是新生報上的專欄「雙月樓雜記」的第二集，內容側重和新聞事業有關的報導與評介（第一集定名《書香》，以新書出版和名作家介紹為中心）；後者主要是在介紹圖書館與書目的重要，強調知識需要存儲蓄積，學術需要流通往來的觀念，以及一些實際可行的做學問的方法。它不但是一本能增進並擴展我們知識領域的報告文學，同時，也未嘗不可以說，是一本這一代讀書人所必備的參考書；因為，在這本書裡，舉凡如何讀書，如何尋找我們所要讀的書，它全告訴了我們，愈發使人覺得，彭歌先生是一位讀書人中的讀書人。

　　《知識的水庫》共包括 12 篇文章，第一篇〈知識的水庫，學術的銀行〉指的是圖書館，作者在〈前記〉中曾這樣加以解釋：「水庫與銀行是有形的，知識與學術是無形的。水庫與銀行的功能與貢獻，人所共見；我們如果普及知識，提高學術，也需有類似水庫和銀行一樣的機構，使能匯集前人的智慧、心血與成果，並且融通往來，促進知識的交流與學術的發展……圖書館非僅是庋藏圖書文物之所，而且還要提供種種服務，如水庫之能儲水也能放水，如銀行之能存款也能貸款。」

　　說到圖書館，彭歌先生指出，在歐美等先進國家，它已經成為社會結構中必要的成分之一，一個地方如果沒有圖書館，便不能以一個文明社區自居，根據 1963 年的統計，當時美國人口 1 億 9000 萬人，就有 4 萬 8690

*本名柯青華。詩人、散文家。發表文章時為《青溪》雜誌主編，現為爾雅出版社發行人。

所圖書館，等於平均約每 3,900 人就可以享受到一所圖書館的服務，而臺灣人口在 1,300 萬人左右，如按照這種比率，則我們現在馬上應該有 3,330 所圖書館，而事實上呢？

彭歌先生在告訴我們有關設立圖書館和圖書館學的新觀念──諸如圖書館的任務，應該是「服務」重於保存，它的最大宗的開支，不是購置書物，而是聘請專家的人事費用，等等──之後，他建議我們必須努力發展圖書館事業，提倡研究圖書館學。他說，在國外，人們為了紀念偉大的人物，最普通的方式就是建立一個紀念性的圖書館，而我們這裡則多半是建銅像，或增出特刊，彭歌認為：「對於一位思想家，我們所最看重的應該是他的思想，而不僅是他的音容笑貌。一座銅像只能夠供少數行人瞻拜；一座圖書館卻可以把這位思想家長遠而普遍的傳播在崇拜者的心中。」

第二篇〈歐洲著名的圖書館〉，是就歐洲、埃及、中亞方面情形，對圖書館發達的沿革，作一概括的說明與介紹，使人一目了然世界各國圖書館事業的發展情況。

第三篇〈選擇新的西書之門徑〉，彭歌分四組提供了 17、18 種刊載有新書評論和新書介紹的雜誌報刊，使我們知道這些週刊或月刊的特性，由於對它們概略的認識，進而也了解了美國新書評介風氣之盛，書評所具之權威性，不像我們這兒一天到晚高喊文藝評論重要，卻很少看到有那家報紙雜誌領導著實際的推行，相反的，倒有不少家對書評文字仍採「謝絕」的態度，偶爾發表一、兩篇，不是捧自己園地發表出來的作品，就是有人情成分在內，或者根本就是一種謾罵。由於這種因素，我們這兒所謂的新書介紹也好，文藝批評也好，毋寧說，更像是一件禮物與一項武器。如何有一天，我們的出版界，也能像彭歌在本篇中簡介說明的那樣，使報刊雜誌都設有新書評介欄，且以新書評介為主，我想，首先是當編輯的人要有新的觀念和氣魄，以報紙副刊為例，我們有些主編始終認為，書評只能闢欄，不能當頭題發表，且規定字數，書評文字以二千左右為佳。其實，只要書評本身真有內容，發頭題，字數超過二千字，甚至萬字以上，分三天

刊完，誰說一定沒有讀者？其次，甲報不用評乙報刊載的作品，乙報亦如此作風，風氣演變，愈趨保守，文藝批評到此地步，還談什麼公正嚴肅？

　　彭歌告訴我們，《紐約時報書評週刊》，每週刊出書評約四十篇，每年約二千至二千五百篇。這個數目，即使我們將近二十年來臺灣「廣告式的書評」亦統計在內，恐怕還有一段距離吧？

　　我們這兒一本新書出版之後，沒有評論，倒還在其次，最奇怪的，常常連一點新書出版的消息都發不出來，報紙寧願競相刊登明星們的私生活，卻不願讓出篇幅使讀者知道有些什麼新書「已經」或「即將」出版，或請專人主持一個專欄，每天向讀者介紹一些好書，我曾私下和幾位在報社服務的朋友談過此事，他們都說，辦報也是做生意，必須遷就讀者的興趣，但誰會相信，在我們廣大的讀者群裡，沒有人想多讀幾本好書？沒有人希望多了解一點新知？似乎也未免太低估我們讀者了。

　　第四、第五篇分別為：〈讀書人應重視參考書〉和〈如何選擇參考書〉，參考書乃是指那些不是供一般閱讀，而專供查考資料的書，如字典、辭典、百科全書、人物辭典、地名辭典、地圖、年表年譜世系表等、年鑑、手冊要覽，此外，還有間接提出答案的，這一類參考書，包括各種書目、索引等。彭歌根據最近兩、三年間，他曾數度應邀參加碩士學位論文口試的經驗，發現今日在大學研究所中的同學，治學之專，用功之勤，比抗戰時期的大學生似有進步。但在治學方法上，對於如何依循科學途徑去找資料？找到資料後又如何去運用？都還相當有問題。

　　關於選擇參考書，彭歌根據蕭而斯所著《基本參考來源》一書，指出應從 1.權威性；2.內容範圍；3.處理資料的態度；4.排列資料的方法；5.形式；6.特點諸方面來評斷其價值。

　　另一位溫契爾女士更建議我們，在考察參考書的價值時，應該從「書名頁」（即一本書最前面載有書名、作者姓名、出版人名稱等的那一頁）、序文和書的本文去了解。

　　第六篇〈用科學方法治經〉，目的在介紹西方研究宗教與聖經的參考

書，以供我國推行文化復興運動，特別是如何以科學方法整理孔學經典以弘揚教義這方面，做為斟酌的參考的依據。文中所介紹西方人在宗教與聖經有關的參考工具共八大類約四十種書。

在〈讀書人應重視參考書〉、〈用科學方法治經〉、〈世界最大的書〉甚至於全本《知識的水庫》，給人的印象是：彭歌先生一再強調書目的重要性，治學當自書目始；所謂書目，就是一張書單子，或一套圖書目錄；其中包括作者姓名、書名、出版者、出版的時間與地點、總頁數、定價等等。書目的價值，在證實某一本書的存在及其流傳的沿革，其作用對讀書人來說，好像是銀行的一本總帳，或市政府的市民戶籍總名簿。作學問的人要找資料、查書，書目是最根本的參考工具，此外，在千百年歷史中，某一本書是佚是存，其存者是否有流行版本傳世？或僅在國家圖書館的善本書庫中庋藏？這些知識，書目中可以有完整的交代，彭歌先生認為，我們如研究孔學經書，至少有兩種書目應為必備：

其一，是孔學各種經籍歷代各種版本的書目。

其二，是後人有關研究孔學的各種著作的書目。

第七篇〈世界最大的書〉係指 1966 年 10 月 5 日出版的《大英博物院總書目》，全套共 263 卷，13 萬 1,500 頁，包括自 1455 到 1955 年這 500 年間用西方文字出版的書籍目錄，這套總書目，從編輯到出版，一共費時 35 年，1966 年版共印 750 部，定價每部 5,000 美元，合新臺幣 20 萬元，在出版的當天就全部賣光了，由於它的重量每一部總在 1,500 磅左右，因而被稱為「世界上最大的書籍」。

第八篇〈研究西書的書刊〉，彭歌說：「由於知識無國界，所以我們不止要注意本國的圖書出版，也要注意到世界上其他國家的圖書出版情形。」〈研究西書的書刊〉一文，目的在於：1.使讀者了解，從什麼書裡面可以找得到專門討論圖書出版有關問題的史料，以及有關圖書出版的最新消息；2.為經營書籍出版業者，提供與其業務密切有關的參考工具；3.對於圖書館學界，特別是對於若干專業人員較少，經費有限又需要選購英文書籍

的圖書館提供若干可行之參考建議；我個人同時也認為〈研究西書的書刊〉一文，本身即是一套發財致富的最佳方法，有志於出版事業的我國青年，若讀過本文後，會發現在出版界，我們還有不少事情好做，換句話說，我們的出版界，應做而未做以至待做的事情太多了。譬如本文所列參考書籍、年刊、雜誌等 32 種中，第一種《美國書業要覽》，以表格方式列舉：1.出版社一覽（包括名稱、地址、主要出版動向、負責人等）；2.暢銷書一覽（包括作者、書名、出版人、出版年分及地點）；3.書業同業組織一覽；4.各種讀書會（實際上多是推薦優良作品的同好會）一覽等等。像類似的方式，我們的出版界，不也急須一本《中國書業要覽》這樣的參考書嗎？又如第 11 種《出書概論》，它的目的在說明出版一本書籍所能遭遇的各種實際問題，特別是以要到市場上零售的書籍為討論的對象。編者首先就出版業一般情形加以介紹，然後由許多位權威專家，分別討論具體問題，諸如原稿的選擇、編排印刷、設計、銷售、推廣、折扣、海外代銷、及有關的法律問題。這類參考書我們目前不正需要嗎？可惜就是沒有人出來做此項工作。

第九篇〈研究國際問題的參考工具〉，一方面在提供書目，一方面更希望從而促進國內學術界的注意與興趣；彭歌認為：「我們除了購置、保藏、使用別人所製作的工具以外，尤其應當按照我們自己的需要，製作我們自己專用的參考工具。」

第十篇〈美國的國會紀錄〉使我們了解到美國是一個年輕的國家，但卻是「老牌」的憲政國家，自 1789 年起，美國國會紀錄的名稱，從《辯論議事錄》、《辯論紀錄》、《國會世界》到現在國會期間每天出版一本的《國會紀錄》，已有 180 年歷史，目前美國的《國會紀錄》是 28 開本書籍的形式，封面與內容為爭取時間、減低成本，都是白報紙印刷，每天的頁數視議事的繁簡而不同，通常在一百頁左右，始於議長宣布開會，國會牧師領導祈禱，然後報告、聽證、討論、表決，完全是照速紀錄的文字，議員的每一句話都進入了紀錄。

　　第 11 篇〈美國出版界好景空前〉，指出圖書出版這一行，在美國的蓬勃興旺，一方面是由於人口激增，教育普及，一方面由於經濟繁榮，當然最主要的原因，還是在於美國人民渴望於求知和自修，有了錢就願意買書，根據統計，在 1960 年以前，美國出版界每年出版的新書大約一萬八千多種；1960 年打破了兩萬大關，1968 年，據統計新書就有三萬之多；此外，本文也提到了作家的稿費與版稅，通常一部硬面本的書，作者按百分之十抽取版稅，而紙面本的書因成本低，銷路廣，作者版稅要抽到百分之五十，因此，作者一本書收入 20,000 元是很平常的事，我們這兒出版一本書不要說 20,000 美金，能有 2,000 臺幣就算不錯的了，誠如彭歌先生所說：「讓作者為了幾十元新臺幣 1,000 字而爬格子，而又責備他寫不出偉大的作品來，……我們的出版界領導人物們似乎應該對此做一番深長的考慮。沒有適當的報酬與鼓勵，好書不會從天上掉下來的。」

　　最後一篇〈談談「授權影印西書」〉，從民國 55 年 5 月中旬，中美兩國關於授權我國出版界翻印西書獲致協議的消息，談到過去由於一些「聰明人」的翻印西書，不僅搶去了西書的市場，而且更行銷國外，甚至於倒流入美國，使真正的出版人蒙受嚴重損失，也由於翻印商為了賺這種不光彩的利潤，使外國人指責我們的出版界，看不起我們的知識分子，乃至於認為中國人是毫無法律觀念的落後民族，對國家的損害真是太大了。

　　讀完全本《知識的水庫》，我們會發現，如何使讀書成為一種普遍的風氣，如何使每一個人都能具有「不讀書是可恥可憎，讀書是可愛可喜」的認識，是彭歌先生寫作本書的動機之一，他說：「……為求知，為養性，為消遣，讀書都是一件很快樂的事……單單是為了開拓胸襟，恢宏心志，讀書也是一種好習慣……提倡體育，不能光靠明星選手，發展學術，也不能光靠中央研究院院士……」

　　由本書，看看人家，再想想自己，有些現象確實使我們慚愧，雖然最近三、兩年來，我們的出版界也逐漸活躍起來，但和求知慾旺盛的國外人士比較，我們還是顯得不夠，而且我們絕大多數的購書人都是青年學生，

一旦跨出校門，走入社會之後，往往就不再觸碰書本，這是很使人不解的，也許是環境使人如此吧？隨便舉一個例子：如果你曾有夜間坐公路局車子的經驗，你會發現，我們的車掌小姐似乎很懂得節約的原則，收了錢，把票根交給乘客之後，馬上就把兩盞本來已不夠明亮的燈關了，公路局彷彿從來不曾想到乘客之中也有人想利用三、四十分鐘閒坐的時間看幾頁書吧？每次坐車子，我常想，是不是這一代的中國人都患了瞌睡病，怎麼一上車，就會昏昏欲睡起來？還有些人寧願呆坐一、兩小時也不肯拿本書或雜誌出來翻翻。

　　末了，我想建議文化局的官員們，但願能撥出點時間來瀏覽一下這本《知識的水庫》，或許會發現書中有不少問題需要我們謀求改進呢！

──選自隱地《反芻集》
臺北：大林出版社，1970 年 12 月

談笑無還期

彭歌

◎廖玉蕙*

「中歲頗好道，晚家南山陲；興來每獨往，勝事空自知。行到水窮處，坐看雲起時；偶然值林叟，談笑無還期。」

彭歌先生書寫的王維〈終南別業〉詩，被攤展在書房的桌上，彷彿正替主人代言著。曾經在臺北文壇及媒體上炙手可熱的彭歌先生，在訪談結束後，一身輕便地為我們介紹著樓上書房裡的擺設及照片。我特別被這一張他親筆書寫的文字所吸引，渾厚的筆跡裡，似乎密藏著某些他所未曾言宣的情緒。「談笑無還期」，到底是瀟灑？抑或惆悵？是識透人生況味後的不羈？還是深情付出後的惘然？

略顯發福的彭歌先生，口才依舊便給。我們從人事滄桑談起，話題遍及新聞、政治，專欄、小說，甚至戲劇，對我們提出的當年鄉土文學論戰問題，也並未迴避。雖然不言悔，卻又說：「照現在的想法，就讓別人去談吧！」語氣淡然。

牆上的字畫，張張有來歷，透露出主人過往生活的繁華；飯廳桌上，一個哈密瓜、幾枚水蜜桃和橘子，外加一盤圍棋，則訴說著繁華過後的平淡。窗外，是藍色尼羅河百合及各式各樣的仙人掌，側門的走道旁，紅豔豔的美人蕉對著經過的訪客花枝招展地巧笑倩兮！當主人笑著說道：「盡洗鉛華悔少作」的時候，不經意間，我彷彿瞥見一抹落寞落在眉間。

離開姚府時，已過了七點。天色依然透亮，風，卻不客氣地翻動我們的衣領。

*作家。發表文章時為世新大學中國文學系副教授，現為臺北教育大學退休教授。

廖：前幾天，我們在洛杉磯拜訪了王藍先生，他身體狀況不是很好，心情有些低落。提到最近老友相繼凋零，譬如鹿橋、陳庭詩、劉其偉、林海音……給他很深的感慨。

彭：年紀大了，這種感受最深。尤其是海音的過世，恐怕對我們兩人心情的影響都很大。當年，我們都住在光復南路、延吉街那一帶。王藍是我幾十年的老朋友，他這個人的特色就是他自己願意為朋友做一切事情，他也希望朋友對他一樣的熱心，所以他交友很廣闊。精神不好，我想大概跟心情也有關係。我最近都沒有去看他了，老朋友生病，心情很難過。海音過世倒是沒想到的，我前年回去看她，那時候好像還好嘛！就是記憶力稍微差一點。沒想到就這樣走了，所以，你們年輕人多做一點也對啊！能做的時候做，不能做的時候想做也做不動。

廖：真的很讓人感慨！其實，這幾位前輩不管在文學或藝術界都是很重要的。

彭：過去，我們常談「中國人為什麼沒有得諾貝爾獎啊？」等到高行健，100 年才有一個，我想這跟整個大環境有關。國內比如說左右的觀念啦，像現在統獨的意見不一樣，因為見解不一樣，所以，有時候，你好我也不承認你。譬如我們這一代，大陸的人認為魯迅的文筆不得了，我們這邊有人就說魯迅沒什麼了不起！我們這邊覺得胡適、林語堂好，他們那邊也覺得不怎麼樣。這樣子，連中國人自己都沒有一個共同的看法，你叫外國人能夠怎麼辦呢？所以，到最後，高行健還是等於外國人替我們爭取的。有人講文學和政治實在應該分開，其實這不是很容易的，有某些文學也許是可以，但大多數文學牽涉到人生，牽涉到人生，就免不了有政治意義、見解。你看王藍的《藍與黑》，應該算是相當具代表性的作品，以前也改拍成電影。我們那一代有同樣經歷的人，大概都會有這種感想，也不是說特別愛國，而是說國家到了那個時候，你個人的命運和國家的命運好像分不開了。像我們這夥兒升大學要公費，假設沒有國家照顧的話，根本不可能。別說上大學了，連生活都有問題。從北方到重慶，王藍比我早幾

年，比我大幾歲，今年他應該也八十幾歲了。

廖：紀剛先生比他年紀大，可是，看起來身體要好一些。就是他帶我們去看王藍先生的。

彭：紀剛身體好，可能跟他是醫生有關係，而且是小兒科醫生。他很樂觀，剛剛到美國以後，就跟我說：你現在為什麼不把筆會在這兒重新組織起來？我說：不了！搞了那麼多年，很累的，而且情況也不同了。

廖：的確是不一樣喔！整個時代的變化太大、太快了！尤其我們在學校教書感受特別深。像您剛剛講的這個愛國情操，就差很多，現在的年輕人比較崇尚個人主義。

彭：其實這倒也不只是臺灣，全世界幾乎都是一樣。這也是沒辦法的，生活教育就是這樣，到以後，就是吃一點兒苦、跑一點兒路，恐怕都沒辦法了。

廖：您在 1977 年發表的一篇文章，引起了鄉土文學論戰。事隔多年以後，您介意再來談談這一段歷史嗎？

彭：這是一個很有意思的問題。其實論戰要真正把一件事搞很清楚，不容易。因為，所有的論戰到最後都會變成很情緒化的，你攻擊我、我攻擊你，到最後都會離開本題！我那時候主要的一個想法是，臺灣需要安定、民心需要團結，文學不應該作為政治的工具，尤其是不要做共產黨的工具。那時是 1977 年，大陸文化大革命剛過後，以前你可以講國民黨多麼腐敗、多麼壞，但無論如何，國民黨最壞的時候，也沒有像共產黨那麼壞。有很多資深的共產黨，以前我們的朋友，在大陸都遭遇了很殘忍的遭遇，在臺灣，這應該是很好的教育。

廖：如果我沒記錯，您在那篇文章裡，批評了幾個人？

彭：在那篇文章裡，我批評了三個人，主要是陳映真。一直到現在，陳映真還是這樣。他一直說共產黨怎樣的好、美帝不對等，我覺得現在你更不應該講。因為連蘇聯都垮了，東歐整個垮了，北韓、越南微不足道，只剩下一個中國大陸，你看中國大陸現在是用怎樣的辦法？像深圳加工

區、吸引外資、和外資合作⋯⋯，這就是臺灣在 1960 年代開始起飛時用的辦法。假使他們早走這個路子，我相信臺灣老早就完了。我在國際筆會的中間幾年，我們的處境非常艱苦，東歐集團的共產黨總共八票，討論任何問題，只要一句涉及臺灣，他就是要想辦法打擊你，最好把你排除。另外，文學界左傾的人很多，包括我們有些很好的朋友，譬如：南美的人就相信社會主義，覺得社會主義好。請他們親自到臺灣來看，看了以後，就了解了，實際改變他們的觀感。當時，我們好像在外面拚命打仗，陳映真卻還在國內講國民黨不好，共產黨好，讓我覺得非常難過。我在文章裡面舉的例子，他們始終沒辦法反駁。例如：1950 年代，臺灣光復不久，大陸淪陷了，省主席陳誠找農復會主任委員蔣夢麟來，讓他請中外的專家來做一個預估，假定臺灣一年沒有地震、颱風，沒有大的災害，臺灣的米能夠有多少、能撐多久？這個最要緊！如果飯都吃不飽，還談什麼反共！各方面估計後，最樂觀的是產米 150 萬噸。但是，後來過了十幾二十年後，臺灣的產米達到 250 萬噸，而且還吃不完，得想辦法外賣給日本。臺灣的土地比 20 年前減少，因為工廠蓋多了，人多了。農民人數減少，可是糧食增加了，而且超過當初最樂觀的估計 100 萬噸以上。我覺得這不是農民出汗就有辦法的，這是因為整個科學界的農業改進、病蟲害防護，水利增進，政府社會的調配農會怎麼借錢給他。我想你居住的中部農村，這個現象很明顯，如果還抱怨這個社會不好、現實怎麼樣，實在不公平。

　　廖：您好像還抨擊了王拓？

　　彭：是還有一位王拓，我現在有時在報紙上看到他的消息，我倒很高興。為什麼？那時他是很年輕的，還沒畢業，寫文章分析臺灣的經濟情況，蔣經國還跟他也談過。我覺得他現在當選立法委員，已經跟大學生不一樣了，因為現在已經真正負責任啦！譬如，前一陣子，陳水扁先生聘任宗才怡女士作經濟部長，大家都覺得她不夠。王拓是黨團負責人，他就直接點名宗才怡應該辭職，這就多多少少保持一點青年人的那種正氣。如果這樣，我就沒什麼好反對的。就我來看，政黨輪替等等，是一個很正常現

象，沒什麼了不起！國民黨幹得不好，在野黨就上來；在野黨上來以後，也要幹得更好，不比前面更好，馬上又要輪替了，美國情形也是這樣。沒什麼哪一黨！今天稅繳得少，生活過得好，我就支持那一黨；失業了，大家都找不到工作，下回我就由共和黨變成民主黨。我想，如果真正的正常化來說，都沒什麼大關係。所謂鄉土不鄉土，少數人利用這個議題，走得很激烈，什麼外省都是豬啦，這一類的話，有的人聽了以後心灰意冷。當初從大陸到臺灣來，不是每個人都願意來的。但是到了這個地方以後，至少我們所認識的人裡邊，很少有人分你是外省、我是本省，我們要怎麼樣、怎麼樣的，其實整個環境好了，大夥兒都好了嘛！海音我們最清楚了，當初我們一家三口住一間房，她們一家五口住兩間房，後來慢慢大家都好了。她能夠住到翠亨大廈，我到光復樓這邊，我們都常常回想以前艱苦的日子，我們也沒有機會去貪汙、去搞什麼名堂，就是一個字、一個字的寫，去努力，好好工作。

廖：現在，您回想起來，對這場論戰感到後悔嗎？

彭：假如照我現在的年齡，也許就根本不談鄉土文學這個問題，因為究竟是責備別人總會引起反感，就會變成一種爭論，爭論最後又沒有結果，對社會到底是好是壞，我也不知道。也不是說後悔，就是照現在的想法，就讓別人去談吧！

廖：現在是到處都在談，言詞更加激烈，似乎已經習以為常了。

彭：你想，你是中國文學系的，你就會了解。譬如在臺灣，你就要弄一個臺灣文學，這就好比山東人、河北人就要都弄一個文學。沒有這個必要，也不大可能嘛！臺灣文學沒辦法把它孤立起來。臺灣有很多老先生，比我們更老的，像臺大的教授黃得時，他就說他的父親根本不會講國語，可是，他念詩、念古文，都是中國的東西。這位老先生很有意思！

廖：您早年寫作小說、專欄文字，是當年很多年輕朋友的偶像呢！有一段時間，比較少看到您的作品，最近似乎又稍稍寫得多些？

彭：退休到這裡來已經有 11、12 年了，國內同輩的朋友都老了，有的

都離開臺灣了；年輕的一代來往比較少，不是很了解。像你，是看到我寫的東西，才想起我這個人。寫作也是一樣，有人在背後催著、逼著，自己也覺得很高興。現在是覺得，寫了一輩子，寫出來結果又怎麼樣！對整個社會有多大影響也很難說。不過，看了很多前輩還在努力，想想也不能太消極。

廖：最近寫的好像也都跟時論有關係？

彭：《世界日報》寫寫，偶爾在《聯合報》上。我現在倒是很想幫《中央日報》寫文章。從報上看到中央日報從三百多人裁員到七、八十人，滿心痛的，幸好還是留下來了。

廖：您曾經在《中央日報》做總主筆？

彭：先做總主筆，然後做五年社長，前後十幾年。《中央日報》那棟大樓就是在我任內蓋起來的，那時候蓋大樓真是萬分艱苦，公家機關財力有限。

廖：您以前也寫長篇小說，現在寫長篇小說的，都慨嘆比較少園地可供發表，而一般的大眾也比較沒耐性看長篇小說。

彭：我在這裡很方便，兩岸的東西都可以看見。我們從臺灣來，對臺灣總是有種期望，只要兩邊比較起來東西差不多，我們就說臺灣的好，但差太多就不行。很多過去歷史劇、現代劇也好，大陸確實比較好。這裡租帶子滿街都是，《雍正王朝》、《康熙帝國》，我聽說臺灣有些都在演了，臺灣在文化上拿不出東西來，這就麻煩了。

廖：確實！臺灣的電視劇，幾乎都被大陸的劇作攻占，晉文公、康熙、雍正等大製作，比臺灣本身拍攝的精細了許多。臺灣還在私生子、換孩子、撞車失憶、甩耳光、下跪等不理性的情節裡打轉！

彭：故事大家倒還覺得無所謂啦！但是對話上好像沒有一點真實感。

廖：可是，這樣的俗濫故事，也確實有許多死忠的觀眾喜歡看！沒辦法。一切為收視率！曲高就和寡，電視不做沒有錢的事。

彭：全是為了錢就不行，其實你做好的東西，也有錢嘛！也不見得就

一定賺不了錢，但是得多方去試探，試探一些新的。我有一個願望，常常聽國際上講，說臺灣的影片好，我在這兒就看了《臥虎藏龍》、《悲情城市》，但是，後來還有好多得獎的，好像臺北都看不到，有沒有什麼辦法可以讓人看到？

廖：現在變成一些比較小眾的電影欣賞，電影資料館、文化大學推廣部都在想法子做。前陣子，也辦了些專題式的講座和播映些主題式的電影。譬如侯孝賢、王小棣、楊德昌等導演的作品，也都還吸引一些年輕人去欣賞。偶爾也會邀請我們一起看，看完，舉行座談來促銷，用討論方式來引起大家的興趣。

彭：你回去也可以好好反應、反應我們這樣的意見。從海外回到臺灣，留的時間當然不會太長，不管哪個影片，中國影片、臺灣製作，得了大獎，我們看看，心裡高興，我們也曉得有哪些好的人。有位邱復生製作的電影《活著》，劇本、演員全是大陸的，張藝謀導演的，很好。張藝謀曾到我們這兒來，記者去訪問他，問他覺得自己的電影哪一部最好，他說《活著》最好，只可惜大陸不能上演。但是因為大陸不能演，我相信中國人興趣也不大了，因為大陸的市場最大。但是那部電影太好了，也不是親共產黨或親國民黨，真是看出來中國人的痛苦。

廖：您可能因為待在臺灣的時間不夠長，沒能去找。出租錄影帶的地方，若仔細找，應該還可以找到。有一些很好的電影常常是叫好不叫座，錄影帶店裡可能因為沒什麼人借，就提前下架了。

彭：這裡的文化競爭也很厲害的，像此地有一個叫「南海」的地方，我看應該是共產黨辦的藝術中心，也辦活動，請一些音樂家來演出，或舞蹈什麼的，然後，就賣一些書籍、雜誌，臺灣的書也賣，不過就像是李敖、瓊瑤啊這些的，正經東西很少。主要是賣大陸的書，現在大陸的書好的也有一些，可惜像張賢亮那一批人，現在都不寫了，大概現在生活好了，苦悶少了。

廖：大陸作家剛開始被引介到臺灣時，可能因為新鮮感，很受歡迎。

現在就比較不是那麼受注目了！現在在臺灣比較引起注意的是王安憶、余秋雨和莫言。

彭：王安憶很不錯，比較老的像諶容。

廖：剛剛聊天時，您提到還是有一些題材可以寫的。目前有沒有計畫再重提小說之筆呢？

彭：現在寫小說的興趣比寫評論高一點。寫評論就像是我們兩個談話一樣，我把我的意見告訴你，也許過一陣子，情況變化以後，別人就不一定有興趣了，小說也許可以長遠一點。我們這一代，有人講中國人「花果飄零」，其實，我很喜歡一個德國作家雷馬克，他很有意思，他說 20 世紀的特色是，整個是難民世紀。儘管生活也許不是難民，但心理上卻是難民心態，總是覺得：第一沒有安全，第二總是有點兒缺乏的地方。現在物質生活也許不虞匱乏，但精神卻有很大的空虛。臺灣 1960 年代經濟起飛以前，大家都窮，把錢都看得很重。有句口號說：「人無一個錢，地無一寸荒。」一點點的地，都要把它利用。但是現在想想又不對了，把環境都弄壞了，很難的。我想寫作的朋友，對眾人、對自己以外的人，沒有一點兒的關懷，是不可能的事情。在我小學剛畢業到 1945 年那段時間內，心裡面唯一的事情，就是希望把日本人打垮。從北京到後方去，唯一願望就是希望考空軍官校。可惜眼睛不行，人家不要，後來做別的事。但是，心理上還是一樣，想說這麼大的國家為什麼老是被日本人欺負！在初期，我對臺灣沒什麼印象；對臺灣的了解是在大學二年級，讀連橫先生的《臺灣通史》，才了解臺灣原來跟我們關係那麼密切。沒想到後來會有一天，在臺灣住了幾十年。到了臺灣，也沒想到有一天又到美國來住。一步一步的，人好像隨這個浪潮一樣，流浪嘛！

廖：這麼說來，您還是會繼續寫小說？

彭：有可能。不過，年紀大了，怕沒有從前的勇氣了！現在變成有點兒眼高手低。看雜誌報紙上別人寫的東西，老覺得這種東西何必寫出來！美國現在出了一個給老年人看的大字版雜誌，亂七八糟的小說，看十本，

難得有一本還可以，很無聊！無論技巧或意識，都沒什麼意思。可是自己一個字、一個字地寫就……。

廖：您太客氣了！您以前寫的作品還真多！除了翻譯以外，小說、散文、雜文、評論，翻譯版的《小小說寫作》，門類很多？

彭：使命感談不上，能做點什麼事，就做點什麼事。另外，今天這個朋友辦個出版社，明天那個朋友辦個雜誌，最好笑的是，1970 年，寫作比較旺盛的時候，一個朋友說：「你們幾位先生寫的東西，寫在紙上、丟在地下，馬上就是錢！」出版商就用這種說法來誘惑我。可是，哪能對讀者這樣呢！還是得好好寫。寫作雖然沒什麼進步，但是，在我心裡總是把它當作一個很神聖、很重要的事情。我現在有時也幫他們寫社論，寫社論就要各方面的意見都照顧全。現在就是看很多這些個東西，也很有意思。美國的事情比較亂，金融風暴啊、阿富汗、九一一驚爆……這些事，平常談過就完了。現在寫評論，就必須多了解一點。但我想評論以後又怎樣，我也天天看《紐約時報》，對社會發展也沒有多少正面的影響，乾脆寫自己的東西，把自己的想法留在那裡。社論就像日本人所說的「浮世繪」一樣；自己寫文學創作，好像真的雕塑東西一樣，好壞是自己的。

廖：我們都知道您是學新聞的，採訪寫作當然是一定要的，但是，當時怎會想要去寫小說呢？

彭：初到臺灣來，當時，報紙篇幅都很少，兩大張、三大張，一個記者、一個編輯，一天能夠寫個千字見報就不容易了，多出來的時間，自己就把當時的感觸慢慢寫出來。現在看起來，是盡洗鉛華悔少作，不成熟啦！

廖：身兼作家、報人、教授多重身分，您比較認同哪一種身分？

彭：也說不上，主要的時間恐怕還是新聞比較多吧！本來還想計畫一些時間寫東西，但是後來實在是不可能，尤其責任變重了以後，完全身不由己，出門就不曉得我今天下午要幹什麼，這裡要開會，那裡要開會的，忙得沒有辦法。我做了《中央日報》社長以後，林海音女士家裡常有外地

或海外來的朋友去吃飯，邀我一塊兒去。有兩次，我答應了一定去，結果也去不了。她等了很久後說：「彭歌啊！你再這樣，我以後不跟你玩兒了！」慢慢的，自己私人的朋友的來往都沒有了，都是公事。一天晚上吃幾頓飯，很不文學！

廖：您有沒有計算過自己到底出版了多少書？

彭：大概算過，80 本左右。三民書局最多，《聯合報》也有。我在《聯合報》寫「三三草」，一個禮拜寫三、四篇，每半年幾乎就可以出一小本書。三民叢刊從開始到後來一共有兩百多本，我的就占了十幾本。出版界的朋友，跟我們有來往的，像三民的劉振強先生，海音當然原來就熟，另外，有一位張清吉先生，新潮的，比林海音年紀還大，非常了不起。那時候他辦了出版社，自己通日文，他雖然沒有很好的學歷，但是很喜歡讀書，而且都讀好書，哲學、歷史、文學的，他不能讀原文，從日文裡選，大概也就是岩波文庫之類的，然後找人翻譯。不過，初期因經濟不是很好，翻譯的人有時候找在大學讀書的研究生，有的好、有的不好。他們也很努力，但有時候很生硬，也有錯誤的。但是像他這種鍥而不捨的精神是很令人敬佩的。新潮文庫裡面沒有不好的書，不管是社會科學的，文學的書，幾乎都是第一流的。

廖：可不可以談談您的讀書經驗？看起來您的閱讀似乎是十分廣泛的。

彭：廣泛閱讀的原因，有時候也並不是你自己要，而是工作逼著來。在比較先進國家，它可以用很多的專家，譬如《紐約時報》的科學記者，美國有關原子彈發展史就請他來寫。我們中國報界沒有這種人才，花多少錢都找不到這種人才，只好自己來。一方面當然也是興趣比較廣泛，多接觸一點社會問題。我倒覺得讀書裡邊，最大的樂趣也不一定是學到什麼或解決什麼問題，就在那個時候很 enjoy。在中國文學範圍裡，有蘇東坡、杜甫、陸放翁的詩文，有時候覺得他幫我們講出來我們心裡想要講而說不出來的，而且講得很好。

廖：創作者最大的快慰也就在這裡，能讓讀者產生共鳴，或對讀者的思想、生活有所豐富、提升。

彭：做新聞記者的，在這一面往往有比較所謂功利性的 function，希望這個報導寫出去以後，馬上轟動，或是這個評論出去，大家都能接受這個觀點。但是做文學家的，就只要把我自己心裡相信的東西寫出來，聽不聽是你們自己的事。如果偶爾有一、兩個知音，那當然最好；沒有的話，也沒關係，至少我對自己有所交待。但是，現在這種想法，對今天社會的文化環境已經不適合了。臺灣是這樣，在美國也是一樣。首先要有市場，很多美國的暢銷作家銷路幾百萬本，看起來很了不起，其實想起來，有很多也就是璩美鳳那種的。反倒是很多很好的哲學家、科學家有好的意見，並不一定有人知道。文學方面，我在這裡看的，高行健算是不錯的，大陸出來的哈金也不錯。本來我是覺得張賢亮應該是不錯的，結果就不寫了，王猛一開始我就覺得不怎麼樣。

廖：臺灣的作家您有注意到嗎？有哪些覺得不錯？

彭：看是看了，廖輝英小姐不錯，七等生我很喜歡，有特色，但是有一點怪，不容易給人家這個……另外，王禎和啦，我最喜歡的是黃春明。鍾肇政我是跟他認識最久，他開始寫作的時候，都是我幫他發表的，幫他改一改，現在他做資政我就不願談了。有個年輕的，叫黃凡，寫得不錯！好像後來也不寫了……。不過，《世界日報》上好像有報導說他最近又要重新開始寫了。寫作的時期，太年輕時，寫詩也許好，寫小說是不夠的。

廖：您已經很能適應這邊的生活了嗎？

彭：女主人覺得這裡好，好在什麼呢？好在洗衣、燒飯這些問題比在臺灣輕鬆。家裡如果沒有病人照護的話，大概也不需要請人。我們家也還好，太喜歡熱鬧的就不行。我在這裡，過去的朋友有時候想請開會、演講，我都盡量算了！我在臺灣已講夠了，年紀大了，不講了。書也不教了，現在臺灣的大學聽說很多？

廖：很多！學校太多了！有些學校連名字都沒聽過。

　　彭：太快了！擴展得太快了！在美國看到西方講的所謂的文理教育，也不是說今天學企業管理、明天學電腦，不是這樣的！基本的還是人文和物理、化學這種所謂的基本科學，這才是教育最重要的部分。大陸上出那麼大的問題，也就是這樣，假若不是人文教育缺乏，這種人性絕滅的事情應該不會發生。

　　廖：謝謝接受我們的採訪，下次回臺灣，我幫您找好電影看！我們臺北見。

——原載《中央日報‧副刊》，2003 年 1 月 27～28 日

——選自廖玉蕙《打開作家的瓶中稿——再訪捕蝶人》

臺北：九歌出版社，2004 年 5 月

彭歌的文學主張
1987～1997

◎李瑞騰

前言

　　1972 年 9 月 27 日，彭歌就任《中央日報》總主筆，展開他新聞事業的另一個高峰。在此之前，他在《臺灣新生報》工作二十餘年，從編輯做到副社長兼總編輯，其間還編過副刊和另外一個刊物《自由談》。

　　1981 年 5 月 12 日，彭歌接任《中央日報》社長。1987 年 1 月 20 日去職，賦閒八個月有餘，發布為《香港時報》董事長。我們很清楚，基本上彭歌的新聞事業已經結束；但他並沒有完全喪失戰場，因為他還有一支筆。

　　這支筆，寫過小說、專欄散文、遊記，評論時事、反共批獨，表達他個人的時代感受，並且翻譯了許多膾炙人口的著作，前後總計出版八十幾本書。

　　彭歌當然是新聞人，更是一位文學家；實踐之餘，繼之以談論是極自然之事。但我在想，談新聞是他的本行，論文學應是他的志趣，前者有《新聞學研究》（1967 年）、《新聞三論》（1982 年）；後者有《小小說寫作》（1968 年）、《不談人性‧何有文學》（1978 年）；合二者而論之者，則有《新聞文學》（1965 年）。

　　從新聞現場退了下來，彭歌還原成為一個讀書人，一個寫作者。新聞已矣，文學猶可追，《一夜鄉心》（1988 年）之後，他仍然勤於寫作，但從《水流如激箭》（1989 年）到《說故事的人》（1998 年），語多激切，心中似有不滿之氣，倒是仍然愛談論文學人事及閱讀感受。

　　在長期寫作過程中，除了專書，彭歌極愛在專欄中談論文學。如果編「彭歌論文學」，大概可以出好幾本。我今談彭歌的文學主張，暫不碰他位居要津時期的資料，主要是時間太短，力氣有限，還有就是我想避開〈不談人性・何有文學？〉相關問題的討論，那太複雜了。我想從他《中央日報》去職後開始談起，前後大約十年（1987～1997 年），相關文章見於《水流如激箭》（聯經，1989 年）、《風雲起》（聯經，1991 年）、《追不回的永恆》（三民，1994 年）、《三三草》（聯經，1994 年）、《釣魚臺畔過客》（三民，1996 年）、《說故事的人》（三民，1998 年）。

　　我不想按學術規範來寫這篇文章，下面謹依書出版之先後，摘句析釋，希望能彰顯彭歌重要的文學主張。

《水流如激箭》

　　本集 55 篇，分成二輯，與文學有關者約 15、16 篇：談諾貝爾，對中國作家有所期待；報導國際筆會的活動與人事，強調「自由」，這類的文章彭歌寫過很多；談編劇，這方面彭歌頗為拿手（1978 年曾出版《戲與人生》，《三三草》中第三輯是「戲譚」）；談大陸作家蕭乾和沈從文，語含悲憫；此外，也談文學與政治、讀小說的快樂等。

1. 小說其實就是人生（〈讀小說之樂〉）

　　小說與人生、文學與社會的關係是彭歌常討論的課題，就是因為他認為「小說其實就是人生」、「小說的世界美妙無比」，因此讀一流的鉅著（如《紅樓夢》、《安娜・卡列妮娜》），「令人欣然忘我，如醉如癡，是人間無可替代的經驗」。那也就難怪他把讀小說列為平常閱讀之首位，其他門類則都算是「閒書」了。對於大陸作家，他會期待他們能寫出「以這個民族空前劫難為題材的長篇小說」（〈期待〉），就很容易理解了。進一步說，「歷經憂患的中國人，應該以什麼樣的作品」，「來面對人生，面對世界，面對千秋萬世的歷史，是每一個從事寫作的人都必須凝神深思、全力以赴的使命」（〈林語堂與諾貝爾〉），彭歌的提問充滿期待。道理很簡單，做起來不容易。

2. 文學常常是一切變革的先頭（〈五四與新文學〉）

在五四運動近七十年之際，彭歌寫了〈五四與新文學〉，文中指出「五四卻不僅是那一天的事，也不僅是政治，而更有其深遠的文化與思想等多方面的影響」，他引述余英時、林毓生等人對於五四的反省，提到建基於傳統的重要，以及「新整合」的可能。他強調文學探索問題、剖析人心的功能，如果文學能致力於新的整合，那麼文學將會是一種變革的力量。

3. 好的劇本往往來自好的文學（〈從名著改編說起〉）

彭歌認為，「好的電影戲劇，總是要先有好的劇本。劇本是底子；底子薄了弱了，搞來搞去都搞不出像樣的東西來」（〈赫本談編劇〉），但編劇的好手不可多得，原因是電影界的大亨不願在這裡多投資，他呼籲重視編劇，「不可以把他看成工匠」。遠在民國 60 年代初他就不斷提出好的腳本之重要，而「從好的小說改編為劇本，不僅是一條可行之路，似乎也是一條必須走的路」（《戲與人生》，頁 101）。

在這一篇〈從名著改編說起〉中，他舉了許多古今中外的好戲，得出「好的戲，必以好的劇本為先決條件；而好的劇本往往來自好的文學」，「古今文學裡有無數的題材，文學裡有戲劇，戲劇裡有人生」。他認為「改編」其實是某種程度的「再創作」──「就原來的架構再生枝節，生葉開花，更需要能保存原作的特色和精神」，編劇要有這樣的本領。

《風雲起》

本集各篇大約寫在 1989、1990 年之間，遇上一個五四運動 70 週年及大陸六四天安門事件，「風雲起，戰鼓擂」，整本書彷彿是歷史的見證，有血有淚，有批判有反省。

比較來說，純粹談文學的是比較少，但因文學而引申到現實，或以古諷今的篇章有一些，譬如〈聰明累〉舉《西廂記》、《紅樓夢》談「絕有心計」、「機關算盡」，指涉現實人生；〈不容兒戲〉舉元遺山詩批判「近時所見的種種兒戲，種種胡鬧」等。此外，亦有幾篇文學書評。

4.文學不那麼容易死（〈你往何處去？〉）

　　彭歌談過幾次胡適，前引〈五四與新文學〉即曾提及，這篇短文談胡適的開風氣之先以及他的可敬可愛，但對於胡適當年在倡導白話文學之初，「有意貶低，甚至否定了傳統文學的價值」，「顯失公平」。他認為縱使白話重要，但非口語、非白話的文學，也不是隨便就可以判「死」刑的，「文學不那麼容易死」。

　　面對著文學在當代所面臨的諸多困境，彭歌始終對文學有一種信心：「當世人慨嘆著『文學瀕臨死亡』之時，總還有些癡情的、固執的人，包括區區在內，仍然相信文學不僅不會就此衰竭、死亡，而且終必有其新興再起的運會。」（《釣魚臺畔過客・中國的古拉格》）「當人們慨嘆小說越來越沒落的時候，仍然有許多人確信，小說是人性的一部分，小說不會死亡。」（《說故事的人・說故事的人》）。

　　這就是彭歌，他常常給我們信心與希望。

5.為專政作工具的文學教條也已破產（〈還是人性〉）

　　彭歌堅決反共，一路走來始終如一，縱使已經重返過神州，把「中國」和「中共」一分開，熱愛中國和反共一點都不衝突。

　　過去在〈不談人性・何有文學？〉一文中，彭歌就極力反對「文學淪為政治的工具」，反對「用階級觀點來限制文學」。十年之後，因白樺在美國的一段談話而寫〈還是人性〉，他說：「談到文學創作，他強調，必須歸於人性的發揚，撇開人性而只著重在階級性，便擺脫不了政治掛帥的魅影。『不談人性，何有文學』，道理就是這麼簡單。」

　　彭歌認為共產主義已經破產，所謂「無產階級專政」，事實是少數穿制服的頭頭們專人民的政，「為專政作工具的文學教條也已破產」。

　　對彭歌來說，這是一個大課題，當年討論「鄉土文學」，1980 年代中期以後談白樺、楊絳、蕭乾、沈從文等，這樣的因素都影響他的論斷。

　　是的，教條一定得丟掉。文學要的是自由，不受任何約束。

《追不回的永恆》

　　本集 101 篇，是聯副「三三草」專欄的結集（民國 81、82 年），談文學者僅八篇，包括〈追不回的永恆〉談一種文學式的懷鄉；〈文學的興衰〉歸結到作家應否自省與自責；〈走向〉提出正派寫作；〈閉門寫作〉討論寫《麥田捕手》的沙林傑（J. D. Salinger）閉門寫作 30 年之事；〈非超越〉介紹 1993 年諾貝爾文學獎得主美國黑人莫莉生（Toni Morrison）；〈「我的安東妮亞」〉介紹美國小說家維拉・凱瑟（Willa Cather）的長篇小說《我的安東妮亞》；〈不負心〉回憶 12 年前在國際筆會的一段往事，介紹了韓國作家毛允淑和金芝河；〈憶高陽〉談亡友的歷史小說之可貴處及其人之用功不苟。文章雖短，但彭歌從大處著眼，頗有可觀之處。

6. 文學的興衰，首先決定於人的志氣胸襟（〈文學的興衰〉）

　　彭歌在這篇文章中首先提出「文學沒落」是一種世界的普遍現象。他認為我們不能把這種現象完全歸咎於市場上唯利是圖的風氣，作家也應自省：寫作究竟是為什麼？是否已盡心殫智去追求心目中至高至美的目標？

　　確實是這樣，當代的出版機制已完全企業化，作家之寫作無可避免的被納入產／銷結構之中，創造利潤成了追求的目標。在這種情況下，還會有所謂「計利應計天下利，求名應求後世名」的名利觀嗎？

　　彭歌以韓愈「文起八代之衰」期勉當代作家，希望作家要有理想，要能振衰。彭歌說，這是一種胸襟，一種志氣。在〈走向〉一文的結筆處，他說：「畢竟一個作家在本質上應該是一個理想主義者，至少他不應該為聲名，為利祿而俯伏拜倒，『跟著市場的感覺走』，而要正派寫作，認真的寫上一生。」這樣的說法對寫作人應有一定程度的啟發吧。

7. 作家的任務只是傾注心血寫他最好的東西（〈非超越〉）

　　這篇文章介紹諾貝爾文學獎得主美國黑人女作家莫莉生女士，說她能以高妙的筆法寫出痛苦的「黑色經驗」。彭歌舉出評論家葛瑞（Paul Gray）和臺灣學者陳東榮的說法，認為莫莉生深刻、精微表現黑人的特質，而且

能從狹隘的意識形態的拘束中掙脫出來。

　　彭歌提到文學獎的偶然性，「作家的任務只是傾注心血寫他最好的東西，獎之有無，不必計較」，這話說得很懇切，但忠言逆耳，我們的作家對於所謂的「獎」，能不計較者幾希？

《三三草》

　　彭歌在「聯副」寫了那麼久的「三三草」專欄，結集的也不少了，但這還是首度使用「三三草」作為書名。但其實只有輯一是「三三草」，文章有 50 篇；輯二是「文學人物」，有 7 篇；輯三是「戲譚」，總共 9 篇。第一輯中有 3、4 篇是文學，第二輯全是文學人物，有國際筆會作家之介紹，有〈記蕭乾與文潔若〉、〈胡風沉冤錄〉。至於戲譚，和文學多少也有點關係。

8. 天地間鍾靈毓秀，皆在女身（〈洗澡〉）

　　《洗澡》是錢鍾書夫人楊絳女士的長篇小說，寫中共建政後大陸知識分子首次經歷的思想改造。彭歌介紹完這部小說之後，將 1950 年代初期的「洗澡」（洗腦）和其後的「文革」、「天安門事件」相比，也把楊絳過去寫的《五七幹校》拿來相比，把錢鍾書〈圍城〉也拿來相比：同樣是寫知識分子之可憐，《洗澡》更寫實些，有比錢鍾書更高的勇氣和特立獨行的風格。彭歌接著說：「文潔若的自傳比蕭乾更富啟發性。如果蕭珊活過了『文革』而來寫作，一定會勝過巴金老人。天地間鍾靈毓秀，皆在女身。女人心細，記憶力強，『婉而多諷』起來，就格外深刻。」這樣的說法雖有他的道理，但不可能放諸四海而皆準，不過，提到「女身」，已在尋找「女性文體」之可能，應可進一步討論下去。

9. 以臺灣經驗為題材的，幾乎交了白卷（〈噩夢〉）

　　單獨抽出這樣兩句，說這話的人一定要挨罵。所以得趕緊說明，彭歌是指某一屆聯合報小說獎所傳達出來的訊息，因為在那得獎作品集中，有吳弘達寫在清河農場接受勞動改造的慘狀；有寫北京市一個陰暗的角落；有寫海外華人的悲劇和難題。而「以臺灣經驗為題材的，（在這裡）幾乎交

了白卷」，他也具體指出小說方面的歉收。

　　從一次文學獎，當然無法做這樣的推論，但是大陸和海外作家已經對本土作家形成一種壓力，這是我們不能不面對的大課題。

《釣魚臺畔過客》

　　這裡面收有 81 篇文章，區分成三輯：「釣魚臺畔過客」一輯 37 篇，是重訪故鄉（北京）的印象和觀感；「第三層觀察」一輯 26 篇是觀察臺灣之作；「迷惘」一輯 18 篇則是旅美見聞。其中與文學有關者十有餘篇。

　　〈雪芹故居〉、〈大觀幻夢〉談的當然是《紅樓夢》；〈寂寞感〉寫冰心；〈大爭議小說〉介紹一本值得「爭議」的短篇小說選集《自由的空間》；〈誰逝去？〉從《齊瓦哥醫生》談到「反共文學」的「光輝永續」；〈中國的古拉格〉從索忍尼辛的《古拉格群島》談到吳弘達的《中國的古拉格》；〈新希望〉期待文學家的真誠與勇敢；〈小說家破案〉介紹張大春的《沒人寫信給上校》；〈面對人生〉懷念林語堂；〈醉墨〉介紹熊琛的舊體詩集《醉墨軒詩鈔》；〈玄都觀〉寫的是劉禹錫和柳宗元的詩與時局；〈不荒謬〉懷念「荒謬大師」尤乃斯柯；〈最後一夜〉介紹出生愛爾蘭的名記者雷恩（Cornelius Ryan 1920～1974）的戰爭報導文學《最長的一日》。

　　愛讀書的彭歌，進出古今，兼治中外文學，異鄉歲月並不寂寞。

10. 不論是怎樣的文學，其中總要包含著真摯的情感和誠懇的見地（〈誰逝去？〉）

　　有人說反共文學是一種「逝去的文學」，彭歌斬釘截鐵地說「當然不是的」，他說：「只要『共』仍在，『共』所犯的種種錯誤仍在不斷發生，文學家就總會有真情的流露和英勇的反抗。」

　　這篇文章從巴斯特納克的《齊瓦哥醫生》談到不死的文學作品，而這樣批判馬克斯主義和共產黨的小說，「包含著真摯的情感和誠懇的見地」，「反映著人類在一個危難的時代中，堅忍不屈的精神」，自有一種永恆的價值。

11.（張大春）充分運用了小說家「想像」的特權，《沒人寫信給上校》是臺灣近年來「新聞小說」的新嘗試（〈小說家破案〉）

　　政治評論是彭歌近期行文的主要用心，所以面對張大春以「新聞事件」——海總武獲室執行長尹清楓上校沉屍海面為素材寫成《沒人寫信給上校》，他會極感興趣。當然也一定還有其他原因，譬如他對於張大春這位優秀的小說家日常就保持關心，對於「新聞小說」這個特殊類型特別重視，而這些也就成了彭歌評論《沒人有寫信給上校》的基本思考。

　　這類書評由現實面引出小說，最後再回到現實，主體部分談張大春之作此書、情節、人物、結尾等，都用相當簡明扼要的文字去討論，並且界定文類。他說：「以新聞事件為經緯的小說，最大難處在於既不能完全脫離事實，又不完全為事實所拘泥……。作者的想像不只是砌磚頭縫兒之間的泥漿，而是海綿體裡的肥皂泡沫，捉摸不定，但確實有清洗的作用。」他肯定張大春在形式與內容風格上的契合，說他以嘲諷的筆法鋪敘情節，更試探著走入每一個人物的內心。

　　最後他建議張大春在結尾處應仔細談談尹上校遺體之所以能在臺灣近海出現，「豈不是冥冥之中自有天意？」張大春說從屍體浮出的這一天開始，「真理、正義、公理沉入最深最深的海底」，而彭歌認為這是「天意」，「鯁直之士，含辱帶垢，鬼神也為之不平」。作者和評者在這裡的差距很大，各有其理，但要張大春在這點上「特加強調」，我看是不可能的事。

《說故事的人》

　　是彭歌最近的一本書，去年元月才出版，所收的文章發表在民國 81 年到民國 86 年之間，計 37 篇，有一些較長。分成三輯：「故事與小說」、「人與文」、「海外生涯」。談文學、新聞、翻譯與電影，都是生活上有這些，夾敘夾議，並發抒內心的感受。作者雖說是「海外閒居，淡泊自處」，但是「夜深不寐，遙望霜天寥闊，百感交集，說不盡的悵觸」，在這種生活情境下，論小說，談故人，總在行文之間流洩出不盡的憂思。

許多文章還是書評的性質，譬如像〈密契納的《小說》〉、〈柯瑞契特的《揭發》〉、〈老人言〉、〈寂寂文心〉等。另有兩篇值得注意，一篇是〈譯事憶往〉是他自己一生譯事之總清理，一篇是〈唯善與愛〉針對《聯合文學》小說新人獎發言，和評審商量，也和作者對話。

12. 如果只是為了暢銷而去媚俗阿世，有志者總是不屑為之（〈柯瑞契特的《揭發》〉）

柯瑞契特是美國著名暢銷小說作家，膾炙人口的電影《侏羅紀公園》之原作者，「他的作品現有一億本在市場行銷」，彭歌介紹這樣一個暢銷作家，是要指出他與眾不同之處是他多了一份「書卷氣」。他能選擇眾人所關心的話題來寫，抓得住社會的脈動，掌握住複雜的人性，並出之以流暢的文筆及明快的節奏。不媚俗阿世而又能暢銷，非常難得。

關於暢銷的問題，彭歌談過很多次，通俗文學與嚴肅文學之間的相對性，一直就是他非常關心的文化現象。本書另有〈暢銷作家〉一文，提到美國娛樂界薪酬最高的 40 位得主中有四位是暢銷小說家，前述柯瑞契特排名第十，此外三人各有特色及魅力，彭歌給他們的評價不一樣。基本上，他不認為暢銷就不好，如何兼顧文學性與市場性，乃成為這類作家的大挑戰；對於「懷著遺世高蹈、唯我獨清的心情去寫作，離世人越來越遙遠」的作家，彭歌似也不以為然。

13. 一種文學獎的設置，除了鼓勵作家努力創作以外，同時也有倡導創作風氣，乃至帶動寫作方向的作用。文學獎就是一種切片式的批評（〈唯善與愛〉）

這些年，臺灣可以說百無禁忌，在文學上最顯眼的大概是情慾寫作了，而且愈寫愈露骨，愈挖愈深入，連性器官都放大特寫了，頗引起一些人的焦慮：這樣下去還得了！

彭歌多年不參與文壇議題的辯論，但面對通過文學獎呈現的情色現象忍不住就寫了〈唯善與愛〉。

〈唯善與愛〉的標題很清楚，他是針對聯文小說新人獎評審委員馬森

的「唯美是求」而發的，馬森要把文學批評的標準維繫在文學的審美範圍之內，避免外緣的價值（宗教、道德、政治等）過分地侵犯到文學的創作，世俗的功利主義把文學創作帶上商品取向的道路。彭歌的擔心是；如果這樣，美則美矣，但是會不會造成反道德、反社會、反人性的後果呢？

彭歌希望的是內外兼顧，他一直都採取中庸之道，你可以說他折衷，也可以說他保守。他既認為文學的入世性很強，作家就不該讓他的作品「在形式上炫奇；而內容則是虛無」，換句話說，他「應該深明究理，帶著更高的理想，追求人生的提升與理想」。

「文學藝術需要自由，同時更需要內在的規範」。彭歌誠懇地請文學獎的評審先生要有社會責任，畢竟「文學獎就是一種切片式的批評」，影響很大。不過，和馬森對話還可以，和新人類作家討論這樣的課題就很難了。

結語

文學對彭歌太重要了，他認為文學之於社會、人生也非常重要，因此他對文學不斷表示意見，言論分散在 70、80 本著作當中，要整理實在不容易；尤其是古今中外無所不談，要和他平等對話，有相當程度的困難。不過，他的文學主張是可以理解的，我希望以後有人能夠寫出完整的論述。

也許「海外閒居」的彭歌，除了追憶過去，報導新書新知之外，可以規畫寫一部大書，書名就叫作「彭歌的文學主張」。

——本文發表於「彭歌作品研討會」

九歌文教基金會主辦，1999 年 3 月 27 日

夏濟安的四封信

◎彭歌

一

　　夏清安先生是臺大的教授，《文學雜誌》的主編人。《文學雜誌》銷路不過三、五千份，出版不過數年，但其培植的作家，開創的風格，可以說影響至今猶存。其中當然蘊含著濟安先生的理想，而為了自己理想的實現，他曾付出無限的精力與心血，辛勤灌溉而後有成。

　　我非濟安的同事，亦非他的學生，甚至也說不上是很密切的朋友。我之得識濟安，主要是由於《文學雜誌》的一位支持人，當時在臺北美國新聞處服務的吳魯芹先生之介紹。魯芹先生長我數歲，於中西文學濡染甚深。他的小品文字，醇厚清華，我覺得是梁實秋先生之後的第一人。我們早結文字之緣，而他對我的小說頗加謬賞。濟安先生對我之頗加青睞，我猜想，可能是由於魯老的推讚揄揚為多。

　　臺北本來有幾位文友，每隔一、二個月輒有小聚，大家輪流作東，吃吃小館談談天，所談自以文學寫作方面者為多。這是一個十分不拘形跡的集會，來來往往，參加的人也並不一定。記得最早的幾位，有郭嗣汾、現在東京的司馬桑敦、到美國去的聶華苓、何凡與林海音夫婦，李唐基與潘琦君夫婦，詩人周棄子。後來又有從香港來的南郭，從中南部來的孟瑤與高陽，在臺北的潘壘、王敬羲、張明、公孫嬿。另外「偶爾參加」的還有王藍、余光中等許多位，再就是吳魯芹與劉守宜。《文學雜誌》創刊之後，這一群朋友便自然地與濟安先生常常見面，偶爾寫寫稿，或為他出出主意。

　　我與濟安見面的機會很少，間有書信往返。我本無保存信件的習慣，可是，不知怎的，有幾封他寫給我的信，夾在舊稿中保存至今。他不幸後來猝然病逝美國，這幾封信乃一直保存下來。

　　我對濟安先生的才學與風骨，懷有無限的敬意；尤其他的虛懷若谷，遇人坦率謙誠，更是文人名士之中所罕見。我之將他的幾封信發表出來，用意乃在追憶這位卓越的名編輯與名評論家的風範，同時也在藉此說明，一本成功的文學雜誌，其主持人非僅是胸襟要開闊，略無門戶戈矛之見，對於新進的人才，尤須細心予以呵護督責。濟安的這幾封信，不過是他主編《文學雜誌》全部工作中千百分之一，但由此已略可窺見他任事之勤與用心之專。

　　這四封信信末皆有月日而無年份，前後次序我是推算得之，未必正確。想大都在民國45、46年間。

二

　　濟安先生在《文學雜誌》第 1 卷第 2 期發表〈評彭歌的《落月》兼論現代小說〉萬言長文，時在民國 45 年 10 月。讀過那篇書評之後，我覺得受益頗多。雖然其中有些觀點我不盡同意，但我仍認為這是一篇極其重要的評論，因寫信給他頗示感謝，並且說：「自成而後數年間，《落月》或將從此月落無痕，然以弟意度之，大作則為必傳之文」。我當時的話，至今已經應驗了。

　　濟安原信的第一行，就是回覆我這封信的。他說——

　　彭歌先生：

　　　　承賜信並贈書，甚感。拙作書評實在內容相當混亂，立論頗多可商榷之處，該發揮的地方很多沒有發揮，（可是多發揮了，又成了論文，不成書評了，）與書評無關的話，卻又說了不少。我這篇文章真是草草寫成的。初動筆的時候，只預備寫 5000 字，後來一支筆收不住，不知怎麼

的寫了這麼多。我這篇文章只好算是篇「拉雜談」，結構組織談不上，我以「忠於藝術」責人，可是自己卻率爾操觚，草率成章，說來不勝慚愧。我讀書很少，寫作更毫無成績，常常夢想要寫小說，可是迄今沒有寫過什麼像樣的東西。就說這篇書評吧，假如不是《文學雜誌》的編務套在我頭上，加以第 2 期雜誌又缺稿，我也不會去寫的。我頭腦裡的歪論、幻想、計劃恐怕有不少，但是沒有決心去實地寫作；說得好聽些，我也許在這一點上可以和 Coleridge 相比；說得不好聽些，我只是個專務空談的幻想家而已。

寫小說是大苦事，我要不是深知其苦，也不會如此「裹足不前」的。但是我也很愛國，我希望中國的文學創作能夠不受政治災難的影響而蓬勃起來。我欽佩一切為文學工作而努力的人，您當然是我所欽佩的一個。我自己雖不寫小說，我的一點點心得，也許可以給小說作家作參考之用。您能不見怪我的「語無遮攔，振筆直書」，是使我很感激的。

《流星》已拜讀，我很喜歡這本書。希望您再接再厲，替《文學雜誌》寫一部長篇小說。長篇連載已經有讀者寫信來要求了，但是我們找誰去寫呢？我想您是一個最理想的人選。茅盾、老舍的幾個長篇起初是在《小說月報》上連載的，他們的東西未必比得上您的，但是他們成了一代名作家（後來投匪的事姑且不談），連帶的也加強了《小說月報》在中國文學史上的地位。《文學雜誌》很希望能增加篇幅，登載一、兩種長篇小說，務必請您幫忙，使我們的計劃能夠實現。至於短篇創作，仍希望隨時賜寄，我們的小說欄很缺稿呢！

《落月》的後記中提起了巴爾扎克，因此我武斷假定您是喜歡巴爾扎克的。至於福克納，老實說我也看不懂，不過我很佩服他。我很想用功研究他一下，替《文學雜誌》寫篇介紹性的文章，但是恐怕這又是一個「空想」而已。

專覆敬頌

撰祺　　　　　　　　　　　　　　　　夏濟安敬啟　10 月 24 日

三

在第二信中，濟安先生指引我在寫小說時，對於情感要善加控制，這話我受益至今。此信提到的某女士，是一位寫作甚豐的小說家，至今仍勤於創作，享有時譽。濟安不因她的盛名而改變去取的標準，但又絕不肯讓她「一怒之下，絕裾而去」，此中分際，很有趣味。

信中所提到的「伊丹」，是因那期《文學雜誌》上載有「伊丹・佛洛姆」那本小說的中譯文，我乃告訴他，此書十多年前已有譯本，譯者是王還女士。故他覆信提及。

姚朋先生：

承贈大作《過客》，業已拜讀，甚感且佩。大函對拙作頗多獎詞，又使弟不勝感愧。

先生的小說：就文字而論，海內外自由作家，恐鮮有能匹敵者。不過情感方面，有時尚不免流入 self pity，對於這點，如能善加控制，不難躋入世界名作之列。弟對

先生，雖認識不久，然，已久懷仰慕。直言談相，當可獲鑑宥。《文學雜誌》小說稿壓積了不少，但是好稿不多，尚望

先生能抽暇寫作，多多賜稿為感。弟事冗，欠信債甚多，×女士的信，一直沒有覆，甚為抱歉。

先生既和她認識，希望去信時，代弟說兩句好話。她的稿子擬退，（這幾天也許已經由社裡寄出了，）這也是無可奈何的事，希望×女士不要生氣。我們稿子還是缺，承蒙×女士賜稿，我們總是感激的。先生去信時，望代為婉轉陳辭，但願她不要一怒之下，絕裾而去。再有稿子來，我們仍舊是十分歡迎。

伊丹已有人譯出，弟不知道，說起王還，倒是熟人，她是弟在昆明北平的同事。夫婿楊周翰，中英文俱佳，一對賢伉儷，皆才人也。專此

奉覆，末了還是一句話：拉稿。即頌

撰祺　　　　　　　　　　　　　　　　　弟濟安　4月7日

四

　　第三信中所談，涉及寫小說的一個重要問題，即「小說中人物對於人生的認識，常常是判別一本小說是否偉大的標準」。濟安先生在這方面的意見，可參看〈舊文化與新小說〉，那篇論文已收入他去世以後朋友們為他出版的《夏濟安選集》裡了。

　　此外，此信中談到《文學雜誌》的古典傾向，這是由我引起的話頭。他說，這是為了要大家更多注意文章的風格，同時期待著「真正有現代眼光，能融合中西，評論中國舊文學的人」。這也是《文學雜誌》的一個特色；當時有若干篇這一類的文章，似為以後所不及。

　　至於信中所提更正的事，是因為我剛在《文學雜誌》上寫了一篇有關日本文壇的文章，其中說到，「日本從事寫作的人雖然成千上萬，但真正經各方公認為職業性的文學作家，則不過數十人而已」。發表時，數十人錯成了數十萬，所以，濟安答應給予訂正。

　　這封信裡談小說的話，我覺得最值得重視──

　　姚朋先生：

　　　　大函奉悉。大稿「人」字誤植「萬」字，差以毫厘，其謬竟有幾十萬人之多，真正抱歉。下期當刊更正啟事。

　　　　拙作所謂「經驗」等等，主要還是看：一件事情（經驗）給書裡人物情感上起了什麼作用，因此經驗他對於人生是否增加了什麼認識，或是改變了過去的認識。小說中人物對於人生的認識常常是判別一本小說是否偉大的標準。拙作語焉不詳，甚歉。長篇小說常常是人物和環境互相發生作用的記錄。因為環境的影響，人物的性格是在發展中的。他的

性格的發展，往往是對於人生進一步的認識。敝見如此，不知
先生以為如何。

　　《文學雜誌》稿甚缺，望
先生多多幫忙。小說稿子更需要。〈弱水〉如改寫，可能寫得很長，因為
裡面東西太多。「戀愛動機」和「犯罪動機」，都可以好好的分析、發
揮。那兩個男女主角，經過這許多波折，對於人生的認識，應該和在小
說開頭的時候，大不相同。

　　至於我們的「古典」傾向，假如指我們登載研究中國文學的論文，
那是沒有辦法的事。我們不能不登論文，研究中國文學的論文，當然只
好登。只怕那些論文寫得不好，真正有現代眼光，能融合中西，評論中
國舊文學的人，實在不多。我們希望有這種作品，至少還在等待著這種
作品。

　　假如「古典」指文章風格，此乃編者私好，《文學雜誌》是打著
Maturity、Sobriety 的招牌的。文章寫法很多，但是五四以來，這方面似
乎不大注重，我們不得不叫大家注意這一點。事實上，古典主義在中國
絕不會成為一個潮流；提倡「古典主義」，無非使文學風氣不致太「浪
漫」而已。專覆敬盼　賜稿，並頌
著祺　　　　　　　　　　　　　　　　　　弟夏濟安啟　10 月 4 日

五

　　最後的這一封信，可能是在民國 47 年冬間。次年春天，濟安先生就再
度去美，先後在華盛頓大學和加州大學任教，並作研究工作。再隔一年，
我也到美國去讀書。但以相隔路遠，沒有再見面。當他在西雅圖時，我聽
說他正在從事福克納的研究，我心中覺得很高興。在現代小說中，福克納
當然是一大家；但他的作品譯為中文者寥寥，真正能了解其奧妙者更少。
我曾寫信給他，希望他將來能就此人多所發揮。那封信他似沒有收到。民

國 53 年春間我回國服務。民國 54 年 2 月 23 日，濟安先生突然以腦溢血不治，在美逝世。懷想他的聲容、才識，與獎掖後進的熱心，令人能不黯然。

　　他這第四封信，是答覆我的詢問。當時有某大學約我作一有關小說作法的演講。我就寫信給他，請他同意我引用他那幾篇論文中的意見，同時問他有無新的修正或補充。我自己向來相信「文章無定法」，對於一切的規章格律，皆不重視。濟安信中強調「文字的訓練」，可謂深獲我心。他信中說「我對於中國文學很悲觀」的那一段話，是很沉痛也很認真的。在小說寫作中，他最重視誠懇、乾淨、靈動的風格，在他的〈白話文與新詩〉那篇文章中，說得很清楚。這封信裡的話則尤為痛切。

　　彭歌先生：

　　　　大函收到多日，因事冗遲覆為歉。您要講演小說作法，叫我貢獻意見，我很抱歉，不知從哪裡說起。小說是一種藝術，要討論它的作法，是同討論「鋼琴演奏法」、「雕刻法」、「作畫法」一樣的困難。誰想寫小說，只有多練習。一面練習，一面再觀摩名家作品，領悟體會。此外我不相信有更好的方法。泛泛的討論，那麼不妨從「Plot」、「人物」、「景物描寫」、「世界大小說家介紹」這幾點著手。據我看來，自由中國小說家對於這些點已經有足夠的智識。他們所最缺乏的還是文字的訓練。而文字的訓練不是從討論裡能得到的。我對於中國文學很悲觀，因為我們大多數文學作品在文字技巧上比不上我們的祖先，也比不上西洋人。中文（白話文）是一種「文學的文字」嗎？假如我們努力不夠，白話文的寫作水準不能提高，那麼不待共匪來摧殘，中文在若干年後就要成為劣等文字，而逐漸被淘汰。這一點想起來是很可怕的。您在目前小說家中，是文字造詣最深的一個，這不是我的私見，很多人都對我這麼說過。希望您能再接再厲，領導中國文學，走上新生之路。少數人的努力可以發生很大的影響，這在文學史上前例很多，我也不必列舉了。您答應替

《文學雜誌》寫長篇小說，我非常高興。一部傑作的產生，說不定可以挽救中國文字的劫運。專此敬覆，即頌

撰祺　　　　　　　　　　　　　　　弟夏濟安頓首　11 月 5 日

六

　　以上所錄濟安先生的四封信，過去一直不曾和別人談起過。私人通信之間，他對我個人有溢美之詞，本亦不外人情之常；自炫自美，士君子之所不屑。某雖不文，豈有不明此義？我今在濟安先生謝世八年之後將這幾封信發表出來，主要的用意乃在與《中外文學》的諸君子相敦勉，濟安先生評文之嚴，治事之勤，與待人之真，在在皆足以引為典範。濟安信中說：「您在目前小說家中，是文字造詣最深的一個。這不是我的私見，很多人都對我這麼說過。」這樣的話，無論在十多年前乃至於今日，我都是絕不敢當的。最近十年以來，我只寫過《在天之涯》與《從香檳來的》兩個長篇。每念亡友的期勉，則心中惶惶，不敢率爾操觚。回想濟安先生寫那封信給我時，我還是 30 歲剛出頭的青年，歲月蹉跎，了無進益，內心媿作之情良深。前歲重遊華府，受到吳魯芹先生的款待，猶殷殷勉勵，「你怎麼可以不寫小說呢？」這種友情的鼓勵，一方面使我感受到一種精神上的魔力，但同時也是給我莫大的督促與推動的力量，衷心銘感，非可言宣。對於「寫小說」一道，至今尚未死心。

　　朱立民兄與吳、夏兩位大體是同一輩人物。顏元叔和胡耀恆兩兄則遠為年輕。但是，以元叔的穩練，以耀恆的熱情，得到立民和守宜的老成經驗，《中外文學》將可有超越《文學雜誌》與《純文學月刊》等先進刊物的成就，而對當代文學的提高，發生積極的作用。從濟安先生的四封信中，我們可以約略看出一個主編人鼓勵作者，獎掖後進的那種誨人不倦的精神。《中外文學》可能有很多地方一開始就比《文學雜誌》做得更好；但是，在鼓勵年輕新秀這一點上，我特別要請幾位主持人注意。文學的進

步，與其他事業的進步一樣，需要長期不斷地發掘新人才，培植新人才。
謹以此祝福《中外文學》的創刊，並希望由於這本刊物的問世，而獎進了
更多年輕的優秀作家。

——選自《中外文學》第 1 卷第 1 期，1972 年 6 月

詞二闋

琦君為彭歌小說題詞

◎琦君[*]

　　奠邊府陷落時，珍尼薇小姐與卡斯德里將軍均困危城中。吾友彭歌摹擬其情人口吻，作〈孤城書簡〉、〈斷鴻〉二篇，極盡纏綿悱惻之情，讀之不勝感動，為賦二章寄意。

　　錦書萬里憑誰寄？過盡飛鴻矣。柔腸已斷淚難收，不為相思不上最高樓。

　　夢中應識歸來路，夢也偏無據。十年往事已模糊，轉悔今朝分薄不如無。

　　　　　　　　　　　　　　　　　　　　　　　　　　　──虞美人

　　目斷連天芳草路，香箋難訴離情。飄零心事已成塵。眼枯頭欲白，愁絕夢邊城。

　　長記欄干同倚處，愛他好月朧明。西風庭院悄無聲。清燈溫舊句，腸斷憶平生。

　　　　　　　　　　　　　　　　　　　　　　　　　　　──臨江仙

　　編按：琦君讀彭歌〈孤城書簡〉、〈斷鴻〉兩篇小說，賦得詞二闋，調寄「虞美人」、「臨江仙」，前有小序，收錄於彭歌短篇小說集《昨夜夢魂

[*]琦君（1971～2006），本名潘希珍，浙江永嘉人。散文家、小說家。發表文章時為臺灣高等法院法庭書記官。

中》[1]。彭歌曾作〈夢中歸來路〉[2]，言及中共《人民日報》轉載琦君詞二闋，而略去小序，意在統戰。

———選自彭歌，《昨夜夢魂中》

香港：亞洲出版社，1956 年 3 月

[1]彭歌，《昨夜夢魂中》（香港：亞洲出版社，1956 年 3 月）。

[2]彭歌，〈夢中歸來路〉，《愛與恨》（臺北：中央日報出版部，1985 年 12 月），頁 74～76。

臨江仙
高陽為彭歌小說題詞

◎高陽*

門外蕭郎成陌路，無言未必無情。秋風蜀道暗兵塵。相逢才幾日？愁怨起危城。

是我負卿卿誤我，寸衷欲剖難明。一離一死兩吞聲。不辭擘苦琖，寂寞了餘生。

右調臨江仙，用琦君先生韻奉題

彭歌我兄短篇小說〈苦琖〉。

高陽并誌

編按：高陽採用琦君〈臨江仙〉韻腳與調，以彭歌短篇小說〈苦琖〉填了一闋〈臨江仙〉，推斷為 1956 至 1957 年間。彭歌散文《憶春臺舊友》[1]曾提及這闋詞的填寫始末原委。

——選自彭歌，《憶春臺舊友》
臺北：九歌出版社，2009 年

---

*高陽（1922～1992），本名許晏駢，浙江杭州人。小說家。發表文章時為中華民國空軍總司令文職祕書。

[1]彭歌《憶春臺舊友》（臺北：九歌出版社，2009 年），頁 58～63。

輯五◎
研究評論資料目錄

作家、作品評論專書與學位論文

專書

1. 彭　歌　　自強之歌　臺北　三民書局　2015 年 2 月　472 頁

　　本書為彭歌自傳。全書共 35 章：1.親情如海；2.崇實與藝文；3.輔仁歲月；4.雪暗太行山；5.跨越陰陽界；6.勝利在蔡家坡；7.海棠溪一年；8.紅紙廊猛讀書；9.書本以外的世界；10.騙人的盟約；11.坎坷姻緣路；12.《新生報》入門；13.轉機與希望；14.步步求生；15.「恐怖」種種；16.改造了誰？；17.頭痛的三大案；18.兩項條約背後；19.親歷「五二四」；20.《自由談》與我；21.寫小說的起步；22.美國、美國；23.甘迺迪那一課；24.總編輯甘苦；25.陽明山莊；26.筆勝於劍；27.《中央》的挑戰；28.蓋新樓、舉人才；29.「保釣」、「保臺」；30.「人性」論戰；31.懷念好辰光；32.歸去來兮；33.兩岸的對照；34.老番癲，並不癲；35.君子自強。正文後有〈後記〉，附錄〈彭歌生平事略〉、〈彭歌作品目錄〉。

作家生平資料篇目

自述

2. 彭　歌　　後記　殘缺的愛　臺北　中國自由出版社　1953 年 10 月　頁 120

3. 彭　歌　　孤癖者的印象　幼獅文藝　第 20 期　1956 年 3 月　頁 22

4. 彭　歌　　《落月》後記　自由中國　第 15 卷第 3 期　1956 年 8 月 1 日　頁 29

5. 彭　歌　　後記　落月　臺北　自由中國社　1956 年 8 月　〔4〕頁

6. 彭　歌　　前記　流星　臺北　中國文學出版社　1956 年 8 月　〔2〕頁

7. 彭　歌　　前記　流星　高雄　大業書店　1960 年 9 月　〔2〕頁

8. 彭　歌　　後記　落月　臺北　遠景出版社　1979 年 9 月　頁 225—226

9. 彭　歌　　《過客》後記　過客　香港　友聯出版社　1957 年 1 月　頁 163—164

10. 彭　歌　　後記　煉曲　臺北　明華書局　1959 年 4 月　頁 107—108

11. 彭　歌　　後記　煉曲　臺北　明華書局　1959 年 12 月　頁 107—108

12. 彭　歌　　後記　尋父記　臺北　明華書局　1959 年 8 月　頁 221—222

13. 彭　歌　　後記　尋父記　臺北　中央日報社　1980 年 4 月　頁 241—242

14. 彭　歌　　十年來我的寫作生活　十年　臺北　文壇社　1960 年 5 月　頁 246—249

15. 彭　歌　　在藝文的日子　自由談　第 11 卷第 6 期　1960 年 6 月　頁 23—26

16. 彭　歌　　〈辭山記〉前記　辭山記　臺北　暢流半月刊社　1960 年 7 月　頁 69—70

17. 彭　歌　　前記　辭山記　臺北　中央日報社　1989 年 5 月　頁 3—5

18. 彭　歌　　序　花落春猶在　香港　中外文化公司　1961 年 9 月　〔2〕頁

19. 彭　歌　　《文壇窗外》序　文星　第 81 期　1964 年 7 月　頁 64

20. 彭　歌　　自序　文壇窗外　臺北　文星書店　1964 年 7 月　頁 1—2

21. 彭　歌　　自序　文壇窗外　臺北　傳記文學出版社　1969 年 12 月　頁 1—2

22. 彭　歌　　代序　小小說寫作　臺北　蘭開書局　1968 年 6 月　頁 1—6

23. 彭　歌　　前記　書香（雙月樓雜記第一集）　臺北　仙人掌出版社　1968 年 8 月　頁 1—2

24. 彭　歌　　前記　書香（雙月樓雜記第一集）　臺北　晨鐘出版社　1971 年 12 月　頁 1—2

25. 彭　歌　　前記　新聞圈　臺北　仙人掌出版社　1969 年 3 月　頁 1—2

26. 彭　歌　　前記　新聞圈　臺北　晨鐘出版社　1970 年 9 月　頁 1—2

27. 彭　歌　　前記　知識的水庫　臺北　純文學出版社　1969 年 4 月　頁 1—2

28. 彭　歌　　前記　書中滋味　臺北　三民書局　1969 年 5 月　頁 1—2

29. 彭　歌　　前記　書中滋味　臺北　三民書局　1975 年 2 月　頁 1—2

30. 彭　歌　　前記　萊茵河之旅　臺北　仙人掌出版社　1969 年 11 月　頁 1—3

31. 彭　歌　　前記　萊茵河之旅　臺北　晨鐘出版社　1970 年 9 月　頁 1—3

32. 彭　歌　　《奇特與平凡》前記　奇特與平凡（雙月樓雜記第二集）　臺北　仙人掌出版社　1969 年 12 月　頁 1—2

33. 彭　歌　　《奇特與平凡》前記　奇特與平凡（雙月樓雜記第二集）　臺北　晨鐘出版社　1971 年 4 月　頁 1—2

34. 彭　歌　　前記　天涯孤棹還　臺北　弘毅出版社　1970 年 2 月　頁 1—2

35. 彭　歌　　前記　英雄們　臺北　晨鐘出版社　1970 年 9 月　頁 1—2

36. 彭　歌　　前記　祝善集　臺北　三民書局　1970 年 11 月　頁 1—2

37. 彭　歌　　前記　觀美草（雙月樓雜記第五集）　臺北　晨鐘出版社　1971 年 6 月　頁 1—2

38. 彭　歌　　序　新聞學研究　臺北　臺灣商務印書館　1971 年 8 月　頁 1—3

39. 彭　歌　　前記　書的光華　臺北　三民書局　1971 年 12 月　頁 1—2

40. 彭　歌　　後記　青年的心聲　臺北　三民書局　1969 年 10 月　頁 228

41. 彭　歌　　後記　彭歌自選集——短篇小說　臺北　臺灣中華書局　1972 年 4 月　頁 433—434

42. 彭　歌　　前記　愛爾蘭手記　臺北　大地出版社　1972 年 6 月　頁 1—2

43. 彭　歌　　前記　K 先生去釣魚　臺北　華欣文化中心　1972 年 6 月　頁 1—3

44. 彭　歌　　前記　雙月樓說書　臺北　臺灣學生書局　1973 年 3 月　頁 1—2

45. 彭　歌　　《書香》出版　雙月樓說書　臺北　臺灣學生書局　1973 年 3 月　頁 240—244

46. 彭　歌　　《知識的水庫》及其他　雙月樓說書　臺北　臺灣學生書局　1973 年 3 月　頁 245—250

47. 彭　歌　　《萊茵河之旅》　雙月樓說書　臺北　臺灣學生書局　1973 年 3 月　頁 251—255

48. 彭　歌　　前記　讀書與行路　臺北　三民書局　1973 年 4 月　頁 1—2

49. 彭　歌　　《愛爾蘭手記》　讀書與行路　臺北　三民書局　1973 年 4 月　頁 74—76

50. 彭　歌　　前記　自信與自知　臺北　三民書局　1974 年 1 月　頁 1—2

51. 彭　歌　　談談自己的書　書評書目　第 9 期　1974 年 1 月　頁 13—23

52. 彭　歌　　談談自己的書——回顧與自省　彭歌自選集　臺北　黎明文化公司　1975 年 5 月　頁 247—263

53. 彭　歌　　前記　筆之會　臺北　三民書局　1971 年 5 月　頁 1—3

54. 彭　歌　　《筆之會》　書的光華　臺北　三民書局　1974 年 4 月　頁 55—56

55. 彭　歌　　前記　致被放逐者　臺北　三民書局　1974 年 11 月　頁 1—2

56. 彭　歌　　前記　成熟的時代　臺北　聯合報社　1976 年 6 月　頁 1—2

57. 彭　歌　《彭歌自選集》　讀書與行路　臺北　三民書局　1977 年 1 月　頁 72—73

58. 彭　歌　前記　筆掠天涯　臺北　遠景出版社　1977 年 4 月　頁 1—3

59. 彭　歌　不談人性・何有文學（上、中、下）　聯合報　1977 年 8 月 17—19 日　12 版

60. 彭　歌　不談人性・何有文學　鄉土文學討論集　〔自行出版〕　1978 年 4 月　頁 245—263

61. 彭　歌　不談人性・何有文學　不談人性・何有文學　臺北　聯合報社　1978 年 9 月　頁 3—24

62. 彭　歌　前記　回憶的文學　臺北　聯合報社　1977 年 9 月　頁 1—2

63. 彭　歌　前記　回春詞　臺北　三民書局　1972 年 5 月　頁 1—2

64. 彭　歌　後記　暢銷書　臺北　三民書局　1977 年 12 月　頁 188—189

65. 彭　歌　前記　孤憤　臺北　聯合報社　1978 年 5 月　頁 1—3

66. 彭　歌　浮生絮語（後記）　戲與人生　臺北　九歌出版社　1978 年 7 月　頁 231—245

67. 彭　歌　前言　不談人性・何有文學　臺北　聯合報社　1978 年 9 月　頁 1—3

68. 彭　歌　前記　作家的童心　臺北　聯合報社　1979 年 11 月　頁 1—2

69. 彭　歌　呈獻一本小書　作家的童心　臺北　聯合報社　1979 年 11 月　頁 36—38

70. 彭　歌　自序　小小說寫作　臺北　遠景出版社　1980 年 3 月　頁 1—6

71. 彭　歌　前記　筆花　臺北　中央日報社　1980 年 4 月　頁 9—10

72. 彭　歌　前記　永恆之謎　臺北　聯合報社　1980 年 12 月　頁 1—2

73. 彭　歌　前記　書與讀書　臺北　純文學出版社　1979 年 5 月　頁 1—4

74. 彭　歌　前記　書與讀書　臺北　純文學出版社　1981 年 8 月　頁 1—4

75. 彭　歌　「三三草」十三年　猛虎行　臺北　聯合報社　1981 年 11 月　頁 281—287

76. 彭　歌　　「三三草」十三年　夢中憂患尚如山　臺北　中央日報出版部
　　　　　　　1983 年 3 月　頁 37—43

77. 彭　歌　　前記　愛書的人　臺北　純文學出版社　1982 年 3 月　頁 1—8

78. 彭　歌　　《愛書的人》　風簷展書讀　臺北　純文學出版社　1985 年 1 月
　　　　　　　頁 400—404

79. 彭　歌　　自序　新聞三論　臺北　中央日報出版部　1982 年 4 月　頁 13—14

80. 彭　歌　　改變美國的書　風簷展書讀　臺北　純文學出版社　1985 年 1 月
　　　　　　　頁 385—390

81. 彭　歌　　心之火　風簷展書讀　臺北　純文學出版社　1985 年 1 月　頁 504
　　　　　　　—507

82. 彭　歌　　後記　水流如激箭　臺北　聯經出版公司　1989 年 12 月　頁 323
　　　　　　　—324

83. 彭　歌　　序　風雲起　臺北　聯經出版公司　1991 年 12 月　頁 1—4

84. 彭　歌　　譯事憶往（1—4）　中華日報　1993 年 4 月 30—5 月 3 日　11 版

85. 彭　歌　　譯事憶往[1]　說故事的人　臺北　三民書局　1998 年 1 月　頁 67—
　　　　　　　85

86. 彭　歌　　前記　三三草　臺北　聯經出版公司　1994 年 10 月　頁 1—3

87. 彭　歌　　前記　追不回的永恆　臺北　三民書局　1994 年 10 月　頁 1—2

88. 彭　歌　　前記　改變歷史的書　臺北　純文學出版社　1995 年 2 月　頁 1—4

89. 彭　歌　　新版前記　改變歷史的書　臺北　純文學出版社　1995 年 2 月　頁
　　　　　　　1—3

90. 彭　歌　　前記　釣魚臺畔過客　臺北　三民書局　1996 年 4 月　頁 1—2

91. 彭　歌　　前記　說故事的人　臺北　三民書局　1998 年 1 月　頁 1—2

92. 彭　歌　　弱冠之喜——創辦「全國學生文學獎」的回憶　中央日報　2002 年
　　　　　　　8 月 21 日　14 版

93. 彭　歌　　寫在前面　在心集　臺北　三民書局　2003 年 5 月　頁 1—2

[1]本文自述過往翻譯經歷。

94. 彭　歌　　春臺舊友　文訊雜誌　第 257 期　2007 年 3 月　頁 34—69

95. 彭　歌　　為了未來　惆悵夕陽　臺北　三民書局　2009 年 10 月　頁 1—2

96. 彭　歌　　紀錄有意味的生命片段（自序）　憶春臺舊友　臺北　九歌出版社
　　　　2009 年 12 月　頁 3—5

97. 彭　歌　　紀錄有意味的生命片段（自序）　憶春臺舊友　臺北　九歌出版社
　　　　2011 年 12 月　頁 3—5

98. 彭　歌　　後記　自強之歌　臺北　三民書局　2015 年 2 月　頁 451—452

他述

99. 趙君豪　　序　殘缺的愛　臺北　中國自由出版社　1953 年 10 月　頁 1—2

100. 寶　山　　藝文壇趣事錄——彭歌　聯合報　1955 年 9 月 19 日　6 版

101. 高信疆　　文藝作家——姚朋　中國一周　第 791 期　1965 年 6 月 21 日　頁
　　　　17—18

102. 施長要　　我所知道的姚朋先生　中國一周　第 939 期　1968 年 4 月　頁 15
　　　　—16

103. 〔編輯部〕　　作者簡介　書香（雙月樓雜記第一集）　臺北　仙人掌出版
　　　　社　1968 年 8 月　頁 1—3

104. 〔編輯部〕　　作者簡介　書香（雙月樓雜記第一集）　臺北　晨鐘出版社
　　　　1971 年 12 月　頁 1—2

105. 〔編輯部〕　　作者簡介　新聞圈　臺北　仙人掌出版社　1969 年 3 月　頁
　　　　1—3

106. 〔編輯部〕　　作者簡介　新聞圈　臺北　晨鐘出版社　1970 年 9 月　頁 1
　　　　—3

107. 高　歌　　寧靜的海：彭歌　幼獅文藝　第 190 期　1969 年 10 月　頁 80—96

108. 高　歌　　寧靜的海——彭歌　書評書目　第 9 期　1974 年 1 月　頁 24—37

109. 徐士芬　　希望彭歌沒有錢　純文學　第 7 卷第 5 期（總第 41 期）　1970 年
　　　　5 月　頁 69

110. 〔殷張蘭熙〕　　Peng Ko 彭歌　The Ivory Balls&Other Stories（象牙球及其

他）　臺北　美亞出版公司　1970 年 6 月　〔1〕頁

111.〔編輯部〕　作者簡介　英雄們　臺北　晨鐘出版社　1970 年 9 月　頁 1
—3

112. 應未遲　雙月樓主人　藝文人物　臺北　空中雜誌社　1972 年 12 月　頁
57—58

113.〔編輯部〕　作家話像——彭歌　書評書目　第 9 期　1974 年 1 月　頁 92
—93

114.〔編輯部〕　譯者簡介　奈何天　臺北　晨鐘出版社　1975 年 4 月　頁 1
—3

115.〔編輯部〕　譯者簡介　奈何天　臺北　皇冠出版社　1984 年 7 月　頁 15

116.〔編輯部〕　小傳　彭歌自選集　臺北　黎明文化公司　1975 年 5 月　頁
1—2

117. 楊昌年　彭歌　近代小說研究　臺北　蘭臺出版社　1976 年 1 月　頁 552
—553

118.〔編輯部〕　彭歌小傳　中國當代十大小說家選集　臺北　源成文化圖書
供應社　1977 年 7 月　頁 146—147

119.〔編輯部〕　彭歌小傳　象牙球　武漢　長江文藝出版社　1993 年 11 月
頁 7—8

120. 姚曉天　人性文學——特寫彭歌・吳東權・羅門・蓉子等四家　中華文藝
第 84 期　1978 年 2 月　頁 132—135

121.〔愛書人〕　感念倉頡以雙手握刀造字——作家部分系列〔彭歌部分〕
愛書人　第 129 期　1980 年 1 月 1 日　2 版

122. 周　錦　中國新文學第四期的特出作家〔彭歌部分〕　中國新文學簡史　臺
北　成文出版社　1980 年 5 月　頁 256—257

123. 齊邦媛　彭歌　中國現代文學選集（小說卷）　臺北　爾雅出版社　1983
年 7 月　頁 77—78

124. 林海音　說不盡（之二）〔彭歌部份〕　聯合報　1983 年 12 月 16 日　8 版

125. 林海音　　說不盡〔彭歌部份〕　剪影話文壇　臺北　純文學出版社　1984
　　　年 8 月　頁 229—231

126. 林海音　　說不盡〔彭歌部分〕　林海音作品集・剪影話文壇　臺北　遊目
　　　族文化公司　2000 年 5 月　頁 221—222

127. 齊邦媛　　江河匯集成海的六十年代小說──彭歌　文訊雜誌　第 13 期
　　　1984 年 8 月　頁 45—46

128. 齊邦媛　　江河匯集成海的六○年代小說──彭歌　霧漸漸散的時候　臺北
　　　九歌出版社　1998 年 10 月　頁 53—54

129. 張　健　　六十年代的散文──民國五十年到五十九年──雜文家〔彭歌部
　　　分〕　文訊雜誌　第 13 期　1984 年 8 月　頁 74

130. 〔薪火週刊〕　臺北探索──彭歌以「摘譯代替寫作」　薪火週刊　第 40
　　　期　1985 年 4 月 24 日　頁 15

131. 應鳳凰　　報人、教授、作家──彭歌　文藝月刊　第 195 期　1985 年 9 月
　　　頁 26—35

132. 應鳳凰　　報人、教授、作家──彭歌　筆耕的人　臺北　九歌出版社
　　　1987 年 1 月　頁 165—178

133. 應鳳凰　　劉守宜與「明華書局」・《文學雜誌》（下）──彭歌、孟瑤與
　　　林適存　文訊雜誌　第 21 期　1985 年 12 月　頁 310

134. 〔編輯部〕　The Auther　Black Tears-Stories of War-Torn China　San
　　　Francisco　Chinese Materials Center Publications　1986 年　〔1〕
　　　頁

135. 〔九歌雜誌〕　書緣・書香〔彭歌部分〕　九歌雜誌　第 74 期　1987 年 4
　　　月　4 版

136. 〔九歌雜誌〕　書緣・書香〔彭歌部分〕　九歌雜誌　第 79 期　1987 年 9
　　　月　4 版

137. 〔九歌雜誌〕　書緣・書香〔彭歌部分〕　九歌雜誌　第 81 期　1987 年
　　　11 月　4 版

138.〔九歌雜誌〕　　書緣・書香〔彭歌部分〕　九歌雜誌　第 88 期　1988 年 6 月　4 版

139.〔九歌雜誌〕　　書緣・書香〔彭歌部分〕　九歌雜誌　第 89 期　1988 年 7 月　4 版

140.〔九歌雜誌〕　　書緣・書香〔彭歌部分〕　九歌雜誌　第 111 期　1990 年 5 月　4 版

141. 保　真　　溫柔與憂患並存的作家──彭歌作品研討會　青年日報　1999 年 3 月 26 日　15 版

142. 曾意芳　　學界作家盼彭歌不停筆──文學創作能手、翻譯高手、也是文化交流推手　中央日報　1999 年 3 月 28 日　9 版

143. 賴素鈴　　談文論人說彭歌──譯筆先進，著作斐然，堅貞信念更獲印證　民生報　1999 年 3 月 28 日　19 版

144. 王　璞　　便當與芝麻大餅──我為彭歌拍攝「作家錄影傳記」　聯合報　2001 年 4 月 22 日　37 版

145. 王　璞　　便當與芝麻大餅──為彭歌拍攝「作家錄影傳記」　作家錄影傳記十年剪影　臺北　國家圖書館　2009 年 6 月　頁 48─54

146. 唐先凱　　萬化根源總在心　聯合報　2003 年 6 月 1 日　4 版

147. 王景山　　彭歌　臺港澳暨海外華文作家辭典　北京　人民文學出版社　2003 年 7 月　頁 461─464

148.〔封德屏主編〕　　彭歌　2007 臺灣作家作品目錄　臺南　國立臺灣文學館　2008 年 7 月　頁 963

149. 隱　地　　文學老抽屜・彭歌與殷張蘭熙　中華日報　2010 年 1 月 7 日　B7 版

150. 隱　地　　彭歌與張蘭熙──飄走了的風華年代　朋友都還在嗎？　臺北　爾雅出版社　2010 年 3 月　頁 67─70

151. 馬　森　　臺灣的現代小說與海外作家的回歸〔彭歌部分〕　世界華文新文學史──中國現代文學的兩度西潮（下編）・分流後的再生：第二度西潮與現代／後現代主義　臺北　印刻文學生活雜誌出版公

司　2015 年 2 月　頁 990—991

訪談、對談

152. 周楚玉　　訪姚朋先生談《天地一沙鷗》　自由青年　第 49 卷第 1 期　1973
年 1 月　頁 49

153. 夏祖麗　　彭歌訪問記　書評書目　第 40 期　1976 年 8 月　頁 68—76

154. 夏祖麗　　愛書的人——彭歌訪問記　握筆的人——當代作家訪問記　臺北
純文學出版社　1977 年 12 月　頁 89—106

155. 楊亭，陳義芝　　彭歌訪問記　中華文藝　第 85 期　1978 年 3 月　頁 89—
101

156. 楊亭，陳義芝　　人性文學的發揚者——彭歌訪問記　作家的成長　臺北
華欣文化事業中心　1978 年 7 月　頁 246—260

157. 史玉琪[2]　　現代文學討論會實況——研討彭歌先生的三部作品：《落月》、《微
塵》、《從香檳來的》（1—4）　中央日報　1991 年 1 月 23—26 日
16，16，18，16 版

158. 傅光明　　真誠與創作——彭歌訪談錄　臺港文學選刊　1993 年第 10 期
1993 年 10 月　頁 66—67

159. 傅光明　　真誠與創作——彭歌訪談錄　中華日報　1993 年 12 月 17 日　11 版

160. 傅光明　　真誠與創作——彭歌訪談錄（代序）　象牙球　武漢　長江文藝
出版社　1993 年 10 月　頁 1—6

161. 李瑞騰　　文學筆話人性，新聞眼觀世情——專訪彭歌先生　文訊雜誌　第
153 期　1998 年 7 月　頁 61—66

162. 李瑞騰　　將自己一輩子的事都攤開來——專訪彭歌　彭歌研究資料初編
臺北　九歌文教基金會　1999 年 3 月 27 日　頁 7—22

163. 廖玉蕙　　談笑無還期——彭歌先生訪談錄（上、下）　中央日報　2003 年
1 月 27—28 日　16 版

---

[2]主持人：齊邦媛；與會者：梅新、石永貴、黃武忠、彭歌、潘人木、黃慶萱、司馬中原、大荒、
林良、小民、王文進、郭嗣汾、朱秀娟、古蒙仁、朱西甯、殷張蘭熙、王藍、尼洛、林海音、史
玉琪。

164. 廖玉蕙　談笑無遷期——彭歌　打開作家的瓶中稿——再訪捕蝶人　臺北
　　　九歌出版社　2004 年 5 月 10 日　頁 69—88

165. 廖玉蕙　談笑無遷期的過客——引領一代風騷的彭歌　人間福報　2008 年 3
　　　月 29 日　8—10 版

年表

166. 〔編輯部〕　彭歌著作年表　中國當代十大小說家選集　臺北　源成文化
　　　圖書供應社　1977 年 7 月　頁 147—150

167. 〔編輯部〕　著作目錄　象牙球　武漢　長江文藝出版社　1993 年 10 月
　　　頁 235—237

168. 彭　歌　彭歌生平事略　自強之歌　臺北　三民書局　2015 年 2 月　頁
　　　453—464

169. 彭　歌　彭歌作品目錄　自強之歌　臺北　三民書局　2015 年 2 月　頁
　　　465—472

其他

170. 李晏如　星雲新聞獎・彭歌獲終身成就獎　聯合報　2011 年 10 月 4 日
　　　A6 版

171. 蔡欣潔　第三屆星雲真善美新聞傳播獎——彭歌獲華人世界終身成就獎
　　　聯合報　2011 年 11 月 21 日　A10 版

作品評論篇目

綜論

172. 〔本社〕　彭歌其人及其作品　文壇　第 58 期　1965 年 4 月　頁 20

173. 何　欣　三十年來的小說〔彭歌部分〕　中華文化復興月刊　第 10 卷第 9
　　　期　1977 年 9 月　頁 27

174. 尉天驄　欲開壅蔽達人情，先向詩歌求諷刺！　中華雜誌　第 172 期
　　　1977 年 11 月　頁 39—40

175. 尉天驄　欲開壅蔽達人情，先向詩歌求諷刺！　鄉土文學討論集　臺北

〔自行出版〕 1978 年 4 月 頁 363—368

176. 尉天驄 欲開壅蔽達人情，先向詩歌求諷刺！ 鄉土文學討論集 臺北
遠景出版公司 1980 年 10 月 頁 363—368

177. 蘇燈基 彭歌恐共症有助於全民團結嗎？[3] 夏潮 第 4 卷第 6 期 1978 年
4 月 頁 313—331

178. 殷張蘭熙 導言〔彭歌部分〕 寒梅 臺北 爾雅出版社 1983 年 1 月
頁 6

179. 夏志清 志士孤兒多苦心——彭歌的小說（上、中、下） 聯合報 1985
年 8 月 13—14，16 日 8 版

180. 夏志清 志士孤兒多苦心——彭歌的小說 七十四年文學批評選 臺北
爾雅出版社 1986 年 4 月 頁 261—310

181. 夏志清 志士孤兒多苦心——彭歌的小說（代序） 生命與創作 臺北
中央日報社 1986 年 6 月 頁 9—49

182. 夏志清 志士孤兒多苦心——評彭歌的小說 夏志清文學評論集 臺北
聯合文學雜誌社 1987 年 6 月 頁 199—234

183. 夏志清 志士孤兒多苦心——我看彭歌其人其文 九歌雜誌 第 89 期
1988 年 7 月 2 版

184. 夏志清 志士孤兒多苦心——評彭歌的小說 夏志清文學評論集 臺北
聯合文學出版社 2006 年 10 月 頁 221—258

185. 丁 平 是記者、是教授、也是作家的彭歌 中國現代文學作家論（卷
一・上冊） 九龍 明明出版社 1986 年 9 月 頁 213—236

186. C.T.Hisa（夏志清） Introdution[4] Black Tears-Stories of War-Torn China
San Francisco Chinese Materials Center Publications 1986 年 頁
13—31

187. 夏志清著；蘇益芳譯 《黑色的淚》英譯本序言（一九八六） 臺灣文學

---

[3] 本文論述彭歌的鄉土文學觀。
[4] 本文後譯為〈《黑色的淚》英譯本序言（一九八六）〉。

學報　第 9 期　2006 年 12 月　頁 1—12

188. 齊邦媛　時代的聲音〔彭歌部分〕　千年之淚　臺北　爾雅出版社　1990
　　　年 7 月　頁 10—13

189. 辛　鬱　我看彭歌的小說　中央日報　1991 年 1 月 23 日　16 版

190. 〔張超主編〕　彭歌　臺港澳及海外華人作家辭典　江蘇　南京大學出版
　　　社　1994 年 12 月　頁 375—376

191. 皮述民　從反共小說到現代小說〔彭歌部分〕　二十世紀中國新文學史
　　　臺北　駱駝出版社　1997 年 10 月　頁 320

192. 李瑞騰　彭歌的文學主張　彭歌作品研討會　臺北　九歌文教基金會主辦
　　　1999 年 3 月 27 日

193. 張素貞　苦心深築的生命軌跡——彭歌的小說　彭歌作品研討會　臺北
　　　九歌文教基金會主辦　1999 年 3 月 27 日

194. 張素貞　苦心深築的生命軌跡——彭歌的小說　現代小說啟事　臺北　九
　　　歌出版社　2001 年 8 月　頁 71—97

195. 保　真　二十年來的憂患意識——讀彭歌的散文與雜文　彭歌作品研討會
　　　臺北　九歌文教基金會主辦　1999 年 3 月 27 日

196. 保　真　二十年來的憂患意識——讀彭歌的散文與雜文　傳記文學　第 491
　　　期　2003 年 4 月　頁 104—119

197. 江中明　從未反對過「鄉土文學」——彭歌：文學均具鄉土性　聯合報
　　　1999 年 3 月 28 日　14 版

198. 江中明　彭歌作品深惠青年學子——學者昨天舉行研討會，肯定其在小
　　　說、翻譯及時事評論等領域的成就　聯合報　1999 年 3 月 28 日
　　　14 版

199. 蔡雅薰　六、七〇年代臺灣重要旅美作家作品論——彭歌[5]　臺灣旅美作家
　　　之留學生小說及移民小說研究（1960—1999）　高雄師範大學國

---

[5] 本文後改篇名為〈六、七〇年代臺灣重要旅美作家作品論——聶華苓、彭歌——彭歌及其小說簡
介〉。

文學系　博士論文　何淑貞教授指導　2001 年 6 月　頁 239—240

200. 蔡雅薰　六、七〇年代臺灣重要旅美作家作品論——聶華苓、彭歌——彭
　　　　　　歌及其小說簡介　從留學生到移民——臺灣旅美作家之小說析論
　　　　　　臺北　萬卷樓圖書公司　2001 年 12 月　頁 278—279

201. 陳芳明　歷史的歧見與回歸的歧路——鄉土文學的意義與反思——彭歌、
　　　　　　余光中與王拓、陳映真的論辯　後殖民臺灣——文學史論及其週
　　　　　　邊　臺北　麥田出版公司　2002 年 4 月　頁 101—103

202. 呂正惠　在複雜的政治文化環境中展開激烈的論爭〔彭歌部分〕　臺灣新
　　　　　　文學思潮史綱　臺北　人間出版社　2002 年 6 月　頁 313—319

203. 蘇益芳　五四文學精神的繼承與突破——戰後臺灣的現代文學發展——彭
　　　　　　歌：寫在家國之外的孤兒　夏志清與戰後臺灣的現代文學批評
　　　　　　政治大學中國文學系　碩士論文　陳芳明教授指導　2004 年 4 月
　　　　　　頁 125—126

204. 陳信元　一九七〇年代臺灣的鄉土文學論戰〔彭歌部分〕　臺灣新文學發
　　　　　　展重大事件論文集　臺南　國家臺灣文學館　2004 年 12 月　頁
　　　　　　140—149

205. 傅怡禎　論一九五〇年代臺灣小說中的懷鄉意識——一九五〇年代重要的
　　　　　　懷鄉小說作家——彭歌　理論、現象與批評論考　臺中　天空數
　　　　　　位圖書公司　2009 年 2 月　頁 180

206. 古繼堂　臺灣當代文學思潮和文學爭論〔彭歌部分〕　臺灣新文學理論批
　　　　　　評史　臺北　秀威資訊科技公司　2009 年 3 月　頁 147—148

207. 陳芳明　一九五〇年代的臺灣文學局限與突破——陳紀瀅與反共文學的發
　　　　　　展〔彭歌部分〕　臺灣新文學史　臺北　聯經出版公司　2011 年
　　　　　　10 月　頁 305

208. 戴華萱　回歸鄉土與寫實的文學論戰——鄉土文學論戰——後期：官方文藝
　　　　　　陣營的強烈反擊〔彭歌部分〕　鄉土的回歸——六、七〇年代臺灣
　　　　　　文學走向　臺南　國立臺灣文學館　2012 年 11 月　頁 87—88

209. 蔡明諺　　鄉土為名──聯經集團〔彭歌部分〕　燃燒的年代──七〇年代
臺灣文學論爭史略　臺南　國立臺灣文學館　2012 年 11 月　頁
277─278

210. 蔡明諺　　鄉土為名──夏潮陣線〔彭歌部分〕　燃燒的年代──七〇年代
臺灣文學論爭史略　臺南　國立臺灣文學館　2012 年 11 月　頁
303─307

分論
◆單行本作品
論述
《小小說寫作》

211. 魏　闕　　觀奕──彭歌《小小說寫作》評介　青年戰士報　1971 年 5 月 9
日　7 版

212. 謝　瑞　　幫助你邁向寫作的途徑──彭歌的《小小說寫作》讀後　中央日
報　1979 年 5 月 30 日　11 版

《知識的水庫》

213. 張子明　　選擇書籍與駕馭知識──讀彭歌《知識的水庫》有感　青年戰士
報　1969 年 7 月 27 日　7 版

214. 隱　地　　《知識的水庫》　反芻集　臺北　大林出版社　1970 年 12 月　頁
47─57

215. 隱　地　　我讀《知識的水庫》　風簷展書讀　臺北　純文學出版社　1985
年 1 月　頁 408─418

216. 國　樑　　《知識的水庫》及其他　今日中國　第 33 期　1974 年 1 月　頁
137─143

《愛書的人》

217. 〔編輯部〕　　介評《愛書的人》　中央日報　1974 年 3 月 3 日　9 版

218. 杜舜卿　　《愛書的人》讀後　中央日報　1974 年 4 月 23 日　10 版

219. 曹俊漢　　知識的「燈塔」──一個大學教師對《愛書的人》讀後感　中央

日報　1974 年 4 月 26 日　12 版

220. 隱　地　　讀《愛書的人》想起　書評書目　第 15 期　1974 年 7 月　頁 128—131

《書與讀書》

221. 鄭雅仁　　《書與讀書》　出版與研究　第 47 期　1979 年 6 月　頁 41

222. 金　劍　　評彭歌《書與讀書》　中央日報　1980 年 3 月 5 日　11 版

223. 金　劍　　評彭歌《書與讀書》　美學與文學新論　臺北　臺灣商務印書館
2003 年 10 月　頁 283—286

224. 應鳳凰　　說書之書、教人選書——談一本書海航行指南[6]　新書月刊　第 8
期　1984 年 5 月　頁 42—43

225. 應鳳凰　　說書之人，教人選書　風簷展書讀　臺北　純文學出版社　1985
年 1 月　頁 405—407

散文

《文壇窗外》

226. 傅　瑩　　彭歌《文壇窗外》的共鳴　大華晚報　1970 年 8 月 31 日　8 版

《書香》

227. 黃　海　　彭歌《書香》讀後——俯瞰世界文壇　青年戰士報　1968 年 9 月
5 日　6 版

228. 隱　地　　《書香》　反芻集　臺北　大林出版社　1970 年 12 月　頁 58—65

《雙月樓說書》

229. 水　齊　　推介《雙月樓說書》　書目季刊　第 13 卷第 2 期　1979 年 9 月
頁 52

《孤憤》

230. 朱星鶴　　腹有詩書氣自華　國魂　第 397 期　1978 年 12 月　頁 74—75

《戲與人生》

231. 孫　旗　　評彭歌《戲與人生》　中央日報　1978 年 12 月 1 日　10 版

---

[6] 本文後改篇名為〈說書之人，教人選書〉。

《不談人性・何有文學》

232. 孫　旗　　理性的聲音——讀彭歌的文藝論集有感　聯合報　1979 年 8 月 30
　　　　　　　日　8 版

《水流如激箭》

233. 尼　洛　　淺讀彭歌的《水流如激箭》　文訊雜誌　第 54 期　1990 年 4 月
　　　　　　　頁 38—40

《追不回的永恆》

234. 吳月蕙　　文學的懷鄉　在閱讀與書寫之間——評好書 300 種　臺北　三民書
　　　　　　　局　2005 年 2 月　頁 87

《釣魚臺畔過客》

235. 楊　明　　歷史過渡期的老實話　在閱讀與書寫之間——評好書 300 種　臺北
　　　　　　　三民書局　2005 年 2 月　頁 127

《說故事的人》

236. 張春榮　　始於有趣，終於有味　在閱讀與書寫之間——評好書 300 種　臺北
　　　　　　　三民書局　2005 年 2 月　頁 163

《在心集》

237. 徐開塵　　彭歌新書《在心集》出版，綜觀世事筆尖入古今　民生報　2003
　　　　　　　年 5 月 21 日　A10 版

238. 楊　明　　心是萬化根源　在閱讀與書寫之間——評好書 300 種　臺北　三民
　　　　　　　書局　2005 年 2 月　頁 263

傳記

《自強之歌》

239. 石永貴　　回到心靈的故鄉——彭歌《自強之歌》讀後感　文訊雜誌　第 360
　　　　　　　期　2015 年 10 月　頁 26—30

小說

《殘缺的愛》

240. 司徒衛　　彭歌的《殘缺的愛》　書評集　臺北　中央文物供應社　1954 年

9 月　頁 67—69

241. 司徒衛　　彭歌的《殘缺的愛》　五十年代文學論評　臺北　成文出版社
　　　1979 年 7 月　頁 111—113

《昨夜夢魂中》

242.〔編輯部〕　　簡介　昨夜夢魂中　香港　亞洲出版社　1956 年 3 月　〔1〕頁

《流星》

243.〔編輯部〕　　簡介　流星　臺北　中國文學出版社　1956 年 8 月　〔1〕頁

244. 方　熒　　《流星》讀後感　海風月刊　第 1 卷第 12 期　1956 年 12 月　頁 33

《落月》

245. 王　鈞　　彭歌的《落月》　自由青年　第 16 卷第 5 期　1956 年 9 月 1 日
　　　頁 18

246. 夏濟安　　評彭歌的《落月》兼論現代小說[7]　文學雜誌　第 1 卷第 2 期
　　　1956 年 10 月 20 日　頁 25—44

247. 夏濟安　　評彭歌的《落月》兼論現代小說　夏濟安選集　臺北　志文出版
　　　社　1971 年 3 月　頁 34—63

248. 夏濟安　　評彭歌的《落月》兼論現代小說　中國現代文學批評選集　臺北
　　　聯經出版公司　1976 年 8 月　頁 73—103

249. 夏濟安　　評彭歌的《落月》兼論現代小說　中國文學評論（三）　臺北
　　　聯經出版公司　1977 年 12 月　頁 71—101

250. 夏濟安　　評《落月》兼論現代小說　落月　臺北　遠景出版社　1979 年 9
　　　月　頁 177—211

251. 夏濟安　　評彭歌的《落月》兼論現代小說　文學評論集（當代中國新文學
　　　大系）　臺北　天視出版公司　1980 年 2 月　頁 314—341

252. 張素貞　　五十年代小說管窺——《落月》　文訊雜誌　第 9 期　1984 年 3
　　　月　頁 104—105

253. 陳芳明　　臺灣新文學史——五〇年代的文學侷限與突破〔《落月》部分〕

---

[7]本文後改篇名為〈評彭歌的《落月》〉。

聯合文學　第 200 期　2001 年 6 月　頁 173

254. 應鳳凰　　彭歌《落月》　五〇年代臺灣文學論集　高雄　春暉出版社
　　　　　　　2004 年 6 月　頁 65—66

255. 應鳳凰　　「反共＋現代」：右翼自由主義思潮文學版——五〇年代臺灣小
　　　　　　　說——彭歌《落月》　臺灣小說史論　臺北　麥田出版公司
　　　　　　　2007 年 3 月　頁 171—172

256. 葉石濤　　走過紛爭歲月，邁向多元世代——臺灣文學的回顧與前瞻〔《落
　　　　　　　月》部分〕　葉石濤全集・評論卷三　臺南，高雄　國立臺灣文
　　　　　　　學館，高雄市文化局　2008 年 3 月　頁 296

257. 應鳳凰　　五〇年代臺灣小說「反共美學」初探〔《落月》部分〕　臺灣文
　　　　　　　學史書寫國際學術研討會論文集・第二集　高雄　春暉出版社
　　　　　　　2008 年 6 月　頁 455

258. 趙慶華　　時間的封印，文學的跫音——彭歌，《落月》　臺灣文學館通訊
　　　　　　　第 42 期　2014 年 3 月　頁 15

《煉曲》

259. 大　進　　我讀《煉曲》　中華日報　1973 年 7 月 2 日　5 版

《在天之涯》

260. 鮑　芷　　《在天之涯》　中央日報　1980 年 6 月 4 日　10 版

《從香檳來的》

261. 梅　新　　夜讀《從香檳來的》　文藝月刊　第 27 期　1971 年 9 月　頁 26
　　　　　　　—31

262. 王純瑾　　《從香檳來的》　中央日報　1978 年 7 月 26 日　11 版

263. 郭明福　　海內存知己——《從香檳來的》　中央日報　1982 年 5 月 18 日
　　　　　　　10 版

264. 郭明福　　海內存知己　琳瑯書滿目　臺北　爾雅出版社　1985 年 7 月　頁
　　　　　　　57—60

265. 黃慶萱　　信念與事實之間——漫談彭歌《從香檳來的》的主題、情節和人物

（上、下） 中央日報 1991 年 1 月 11 日—12 日 16 版

266. 黃慶萱 信念與事實之間——漫談彭歌《從香檳來的》的主題、情節和人物 與君細論文 臺北 東大圖書公司 1999 年 3 月 頁 35—51

267. 保 真 癡情漢呂守成[8] 中華日報 1996 年 9 月 3 日 14 版

268. 保 真 癡情漢呂守成——彭歌寫《從香檳來的》留學生故事 保真領航看 小說 臺北 九歌出版社 1999 年 5 月 頁 139—141

《K 先生去釣魚》

269. 史 銘 彭歌的小說 臺灣新生報 1972 年 3 月 6 日 10 版

270. 朱星鶴 請為歷史作証——讀《K 先生去釣魚》（上、下） 臺灣新生報 1972 年 3 月 16—17 日 10 版

271. 朱星鶴 請為歷史作見證——讀《K 先生去釣魚》 一沙一世界 臺北 文 豪出版社 1979 年 12 月 頁 17—22

272. 朱星鶴 請為歷史作見證——讀《K 先生去釣魚》 一沙一世界 臺北 采 風出版社 1985 年 1 月 頁 27—34

《微塵》

273. 郭明福 那交會時互放的光亮——試論彭歌的《微塵》 中央日報 1984 年 5 月 31 日 12 版

《黑色的淚》

274. Nancy Ing（殷張蘭熙） Translator's Preface Black Tears-Stories of War-Torn China San Francisco Chinese Materials Center Publications 1986 年 頁 7—12

275.〔編輯部〕 Black Tears by Peng ko Black Tears-Stories of War-Torn China San Francisco Chinese Materials Center Publications 1986 年 〔2〕頁

《惆悵夕陽》

276. 張素貞 兩岸知識分子的對話 惆悵夕陽 臺北 三民書局 2009 年 10 月

---

[8]本文後改篇名為〈癡情漢呂守成——彭歌寫《從香檳來的》留學生故事〉。

頁 1—9

277. 張素貞　兩岸知識分子的對話——讀彭歌新作《惆悵夕陽》　文訊雜誌
　　　第 289 期　2009 年 11 月　頁 19—22

◆多部作品

《落月》、《微塵》

278. 潘人木　樹樹皆秋色　現代文學討論會　臺北　行政院文建會國家文藝基
　　　金會，中央日報合辦　1991 年 1 月 11 日

279. 潘人木　樹樹皆秋色（上、中、下）　中央日報　1991 年 1 月 23—25 日
　　　16，18 版

《落月》、《微塵》、《從香檳來的》

280. 江　兒　「現代文學研討會」評賞彭歌代表作——《從香檳來的》、《落
　　　月》、《微塵》　文訊雜誌　第 66 期　1991 年 4 月　頁 78

單篇作品

281. 撫萱閣主　〈海濱的晨昏〉按　你喜愛的文章　臺北　史地教育出版社
　　　1969 年 11 月　頁 33

282. 王集叢　彭歌〈三度空間〉——兩種心情　中華日報　1977 年 9 月 5 日　9
　　　版

283. 王　拓　擁抱健康的大地——讀彭歌〈不談人性‧何有文學〉的感想（1—
　　　3）　聯合報　1977 年 9 月 10—12 日　12 版

284. 王　拓　擁抱健康的大地——讀彭歌〈不談人性‧何有文學〉的感想　鄉
　　　土文學討論集　臺北　〔自行出版〕　1978 年 4 月　頁 348—362

285. 王　拓　擁抱健康的大地——讀彭歌〈不談人性‧何有文學〉的感想　民
　　　眾的眼睛　臺北　長橋出版社　1978 年 8 月　頁 277—293

286. 王　拓　擁抱健康的大地——讀彭歌先生〈不談人性‧何有文學〉的感想
　　　文學論評（聯副三十年文學大系‧評論卷）　臺北　聯經出版公
　　　司　1981 年 12 月　頁 87—101

287. 王　拓　擁抱健康的大地——讀彭歌〈不談人性‧何有文學〉的感想　鄉土

作品評論目錄、索引

其他（選、編、譯作品評論）

298. 黃　　昏　　介紹權力的滋味（上、下）　中央日報　1969 年 12 月 27—28 日
　　　　　　　　9 版

299. 黃文範　　《權力的滋味》　風簷展書讀　臺北　純文學出版社　1985 年 1
　　　　　　　　月　頁 124—128

300. 　飛　　　《改變歷史的書》　現代學苑　第 8 卷第 11 期　1971 年 11 月　頁
　　　　　　　　30

301. 賴金波　　一本改變歷史的書〔《改變歷史的書》〕　風簷展書讀　臺北
　　　　　　　　純文學出版社　1985 年 1 月　頁 381—384

302. 子　　敏　　高尚的貪念——談《改變歷史的書》　中國時報　1996 年 9 月 5
　　　　　　　　日　19 版

303. 魏　　闕　　談彭歌譯的《天地一沙鷗》　書評書目　第 10 期　1974 年 2 月
　　　　　　　　頁 38—47

304. 關淑媛　　〈《人生的光明面》——心靈的藥方〉　中國語文　第 45 卷第 1
　　　　　　　　期 265 期　1979 年 7 月　頁 17—20

305. 盧幹金　　一本值得細細咀嚼的書〔《人生的光明面》〕　風簷展書讀　臺
　　　　　　　　北　純文學出版社　1985 年 1 月　頁 501—503

306. 趙　　雲　　人類的悲劇〔《浩劫後》〕　風簷展書讀　臺北　純文學出版社
　　　　　　　　1985 年 1 月　頁 115—123

國家圖書館出版品預行編目資料

臺灣現當代作家研究資料彙編. 71, 彭歌 / 張素貞編選.
-- 初版. -- 臺南市：臺灣文學館, 2015.12
面；　公分
ISBN 978-986-04-6394-1 (平裝)

1.彭歌 2.傳記 3.文學評論

863.4　　　　　　　　　　　　　　104022641

【臺灣現當代作家研究資料彙編】71

彭歌

發 行 人　陳益源
指導單位　文化部
出版單位　國立臺灣文學館
　　　　　地　　　址／70041 臺南市中西區中正路 1 號
　　　　　電　　　話／06-2217201　　　　　傳　　　真／06-2218952
　　　　　網　　　址／www.nmtl.gov.tw　　　　電子信箱／pba@nmtl.gov.tw

總 策 畫　封德屏
顧 　 問　林淇瀁　張恆豪　許俊雅　陳信元　陳義芝　須文蔚　應鳳凰
工作小組　白心瀞　呂欣茹　陳欣怡　陳映潔　陳鈺翔　莊淑婉　張傳欣
編 　 選　張素貞
責任編輯　呂欣茹　林沛潔
校 　 對　呂欣茹　林沛潔　陳欣怡　張傳欣
計畫團隊　財團法人台灣文學發展基金會
美術設計　翁國鈞‧不倒翁視覺創意
印 　 刷　松霖彩色印刷事業有限公司

著作財產權人　國立臺灣文學館
　　　　　本書保留所有權利。欲利用本書全部或部分內容者，須徵求著作財產權人
　　　　　同意或書面授權。請洽國立臺灣文學館研究典藏組（電話：06-2217201）

經銷展售　國家書店松江門市（02-25180207）
　　　　　國立臺灣文學館—雪芙瑞文學咖啡坊（06-2214632）
　　　　　三民書局（02-23617511）　　　　　五南文化廣場（04-22260330）
　　　　　台灣的店（02-23625799）　　　　　府城舊冊店（06-2763093）
　　　　　南天書局（02-23620190）　　　　　唐山出版社（02-23633072）
　　　　　草祭二手書店（06-2216872）

初版一刷　2015 年 12 月
定 　 價　新臺幣 420 元整
　　　　　第一階段 15 冊新臺幣 5500 元整　第二階段 12 冊新臺幣 4500 元整
　　　　　第三階段 23 冊新臺幣 8500 元整　第四階段 14 冊新臺幣 5000 元整
　　　　　第五階段 16 冊新臺幣 6000 元整
　　　　　全套 80 冊新臺幣 24000 元整

GPN　1010402156（單本）　　ISBN　978-986-04-6394-1（單本）
　　　1010000407（套）　　　　　　　978-986-02-7266-6（套）

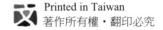